annabac

SUJETS et CORRIGÉS 2021

Français 1re générale

Hélène Bernard
Agrégée de Lettres modernes

Sylvie Dauvin
Agrégée de Lettres classiques

Mathilde de Maistre
Agrégée de Lettres modernes

Sophie Saulnier
Agrégée de Lettres modernes

Swann Spies
Agrégé de Lettres modernes

Bérangère Touet
Agrégée de Lettres modernes

Achevé d'imprimer
Par Maury imprimeur à Malesherbes - France
Dépôt légal 06412-6/01 - Août 2020

Hatier

ISSN 1168-3775 ISBN 978-2-401-06412-6

COMPRENDRE LE NOUVEAU BAC FRANÇAIS

- **Infos** → pages 10 à 17
- **Conseils de méthode** → pages 18 et 19

M'ENTRAÎNER À LA DISSERTATION

Traiter des dissertations sur les **œuvres et parcours** étudiés en classe.

- La dissertation **pas à pas** → sujet 1
- Les sujets marqués **DISSERTATION** dans le sommaire

Mes obj

M'ENTRAÎNER AU COMMENTAIRE

- Le commentaire **pas à pas** → sujet 2
- Les sujets marqués **COMMENTAIRE** dans le sommaire
  - **poèmes** → sujets 3, 5, 7
  - textes de **littérature d'idées** → sujets 10, 12, 15
  - extraits de **roman** → sujets 17, 19, 20
  - scènes de **théâtre** → sujets 26, 28, 29

M'ENTRAÎNER POUR L'ORAL

Travailler sur des extraits des **œuvres étudiées** en classe

- le recueil de **poésie**
  → sujets 31 à 36
- l'œuvre de **littérature d'idées**
  → sujets 37 à 42
- le **roman**
  → sujets 43 à 48
- la **pièce de théâtre**
  → sujets 49 à 54

tifs

CONSOLIDER MES CONNAISSANCES

Consulter les fiches sur les **œuvres au programme 2020-2021**

→ pages 22 à 45

SOMMAIRE

Organisez-vous pour mieux réussir !

Indiquez, sur ce sommaire, l'avancement de vos révisions.

☐ À retravailler encore ☒ Désormais ok !

Comprendre le nouveau bac français : infos clés et conseils de méthode

Maîtriser les œuvres au programme 2020-2021

Préparer l'épreuve écrite : 30 sujets expliqués et corrigés

Notez bien :

Corrigé guidé

Corrigé flash

Les sujets étape par étape

Les sujets classés par parcours

LA POÉSIE DU XIXE AU XXIE SIÈCLE

« Les Mémoires d'une âme » • *Les Contemplations*, de Hugo

SOMMAIRE

LE THÉÂTRE DU XVIIe AU XXIe SIÈCLE

Spectacle et comédie • *Le Malade imaginaire*, de Molière

Théâtre et stratagème • *Les Fausses Confidences*, de Marivaux

Crise personnelle, crise familiale • *Juste la fin du monde*, de Lagarce

Préparer l'épreuve orale : 24 explications de texte

LES RECUEILS DE POÉSIE AU PROGRAMME

LES ŒUVRES DE LITTÉRATURE D'IDÉES AU PROGRAMME

LES ROMANS AU PROGRAMME

LES PIÈCES DE THÉÂTRE AU PROGRAMME

Crédits photographiques : **21** : © Collection Folio (n° 921), Gallimard • **22** : Coll. Archives Hatier • **24** : Coll. Archives Hatier • **26** : Coll. Archives Hatier • **28** : Coll. Archives Hatier • **30** : Coll. Archives Hatier • **32** : Coll. Archives Hatier • **34** : Coll. Archives Hatier • **36** : Coll. Château de Versailles • **38** : h ph © Serge Hambourg / Opale / Leemage • **38** : b © Collection Folio (n° 921), Gallimard • **40** : Coll. Archives Hatier • **42** : ph © G. Dagli Orti / De Agostini Picture Library / Bridgeman Images • **44** : h ph © Brigitte Enguerand / Divergence • **44** : b © Les Solitaires Intempestifs.

- Coordination éditoriale : Louise Granat assistée de Tina de Filippo et d'Alice Petit
- Édition : Christophe Hardy
- Graphisme : Dany Mourain et le studio Favre & Lhaïk
- Maquette : Hatier et Nadine Aymard
- Illustration : Juliette Baily
- Mise en page : STDI
- Iconographie : Hatier illustration

Votre planning de révisions

J –15

Révisez les œuvres et parcours du programme

Sélectionnez les 4 œuvres et parcours **que vous avez étudiés en classe.**
Pour chaque objet d'étude :
– commencez par travailler le commentaire de texte,
– puis attelez-vous à la dissertation.

Œuvre & parcours	Sujets
Les Contemplations, de Hugo • « Les Mémoires d'une âme »	**3 • 4**
Les Fleurs du mal, de Baudelaire • Alchimie poétique : la boue et l'or	**5 • 6**
Alcools, d'Apollinaire • Modernité poétique ?	**7 • 9**
Essais, de Montaigne • « Notre monde vient d'en trouver un autre »	**10 • 11**
Fables, de La Fontaine • Imagination et pensée au XVIIe siècle	**12 • 14**
Lettres persanes, de Montesquieu • Le regard éloigné	**15 • 16**
La Princesse de Clèves, de Mme de Lafayette • Individu, morale et société	**17 • 18**
Le Rouge et le Noir, de Stendhal • Le personnage de roman, esthétiques et valeurs	**20 • 21**
Mémoires d'Hadrien, de Yourcenar • Soi-même comme un autre	**23**
Le Malade imaginaire, de Molière • Spectacle et comédie	**25**
Les Fausses Confidences, de Marivaux • Théâtre et stratagème	**26 • 27**
Juste la fin du monde, de J.-L. Lagarce • Crise personnelle, crise familiale	**29 • 30**

J –7

Dernière ligne droite !

Faites un commentaire ou une dissertation en **temps limité.**

Pour la dissertation, aidez-vous du sommaire pour choisir un sujet en lien avec une œuvre étudiée.

Sujets	
	Commentaire **28**
	Dissertation au choix

Comprendre...

le nouveau bac français

1 En quoi consistent les épreuves du nouveau bac français ?

Le nouveau bac français est défini dans le Bulletin officiel n° 17 du 25 avril 2019. Il fait référence à un programme d'œuvres renouvelé tous les ans (voir p. 22 à 45).

A En résumé

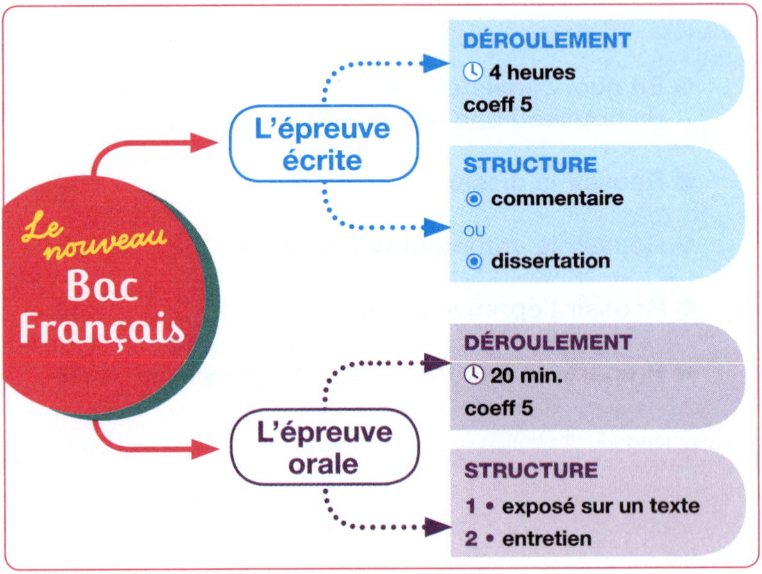

B L'épreuve écrite

1. Le commentaire

- Cet exercice porte sur un texte littéraire, en lien avec un des objets d'étude du programme de 1re.
- Vous devez composer un devoir qui présente de manière **organisée** ce que vous avez retenu de votre lecture, et justifier par des **analyses précises** votre **interprétation** et vos jugements personnels.

2. La dissertation

- Trois sujets de dissertation vous sont proposés : vous choisissez celui qui est **en rapport avec l'œuvre du programme** que vous avez étudiée.

● Cet exercice vous amène à conduire une réflexion personnelle organisée. Pour développer votre argumentation, vous devez vous appuyer sur votre connaissance de l'œuvre et sur les autres textes étudiés dans le cadre du parcours associé, ainsi que sur vos **lectures** et votre **culture personnelle.**

C L'épreuve orale

1. Le déroulement précis de l'épreuve

● Vous vous présentez à l'épreuve orale avec un descriptif des extraits des œuvres que vous avez étudiés en classe.

● L'examinateur choisit un des extraits et vous indique, également, la question de grammaire à laquelle vous devez répondre et qui consiste à analyser la syntaxe d'une courte phrase ou d'une partie de phrase.

● Vous avez ensuite un temps de préparation de 30 minutes.

2. L'exposé sur un texte (12 min.)

● Commencez par **lire** l'extrait à voix haute, de manière **expressive**, après l'avoir situé brièvement dans l'œuvre ou le parcours associé.

● Proposez-en une **explication au fil du texte**. Illustrez vos idées par des citations prises dans l'extrait.

● Enfin, répondez à la **question de grammaire** de manière précise.

REMARQUE **Cette première partie de l'épreuve est notée sur 12 points. L'entretien quant à lui est noté sur 8 points.**

3. L'entretien (8 min.)

● Ce second temps de l'épreuve est consacré à la présentation d'une œuvre que vous avez lue au cours de l'année en lecture cursive. L'examinateur ne revient pas sur la première partie de votre oral.

● Vous commencez par présenter brièvement cette œuvre et exposer les raisons de votre choix.

● L'entretien se poursuit par un échange avec l'examinateur : il s'agit alors de montrer vos capacités à dialoguer, à **étoffer** votre réflexion, à **défendre votre point de vue** en vous appuyant sur la connaissance de l'œuvre.

2 Réussir la dissertation sur œuvre

Le jour du bac, vous avez le choix entre trois sujets de dissertation sur un même objet d'étude, selon l'œuvre et le parcours que vous avez étudiés en classe. Vous devez montrer que vous en avez compris les principaux enjeux.

A Analyser le sujet et trouver des idées

- Le sujet se présente le plus souvent soit sous la forme d'une **question**, soit sous la forme d'une **citation** suivie d'une question. Une phrase de consigne délimite ensuite le champ de votre réflexion (l'œuvre seule ou l'ensemble des textes pouvant s'inscrire dans le parcours concerné).
- Lisez attentivement le sujet et identifiez les **mots clés**. Reformulez la citation et/ou la question de différentes manières pour vous **l'approprier** et en dégager les éventuels **présupposés**.

> MOT CLÉ **Un présupposé est un énoncé dont la validité est admise (souvent implicitement) dans le sujet : « Dans quelle mesure cette œuvre est-elle réaliste ? » présuppose que l'œuvre est réaliste par certains aspects.**

- Notez en vrac **toutes les idées et les questions** qui vous viennent à l'esprit : à ce stade, il n'y a pas de mauvaise idée.
- Listez au brouillon les œuvres et les textes que vous avez lus dans le cadre du parcours concerné : ils pourront vous fournir de précieux exemples. Quel éclairage apportent-ils sur le sujet ?

B Construire le plan

- La formulation du sujet peut vous indiquer le type de plan à privilégier.
  – Si le sujet vous invite à **discuter** une affirmation, choisissez un **plan dialectique** : vous devez d'abord expliciter l'affirmation (I), puis la nuancer, (II) avant de la reformuler pour dépasser la contradiction (III).
  – Si le sujet vous demande de **prouver** la validité d'une thèse, privilégiez le **plan thématique** : présentez successivement différents arguments en faveur de la thèse proposée.
- Reprenez vos notes et organisez vos idées : vous devez avoir, pour chaque partie, au moins deux **arguments**, illustrés par un ou plusieurs **exemples** chacun. Chaque argument correspond à une sous-partie.
- Vous devez mettre vos connaissances **au service de votre argumentation** : il ne s'agit pas de « recaser » des citations ou des éléments d'analyse appris par cœur, mais de sélectionner les exemples les plus pertinents et de montrer comment ils illustrent votre idée.

C Rédiger la dissertation

- Rédigez d'abord votre **introduction** au brouillon. Elle doit comporter :
  - une phrase d'amorce ;
  - la citation qui sert de support au sujet (le cas échéant) ;
  - une reformulation de la problématique ;
  - l'annonce de votre plan.
- Rédigez ensuite votre **développement** en suivant le plan établi au brouillon (une sous-partie = un paragraphe).

> CONSEIL **Ménagez des transitions entre vos grandes parties et utilisez des connecteurs logiques pour aider le correcteur à comprendre la logique de votre argumentation.**

- Rédigez enfin une **conclusion** qui synthétise votre point de vue et répond à la problématique posée par le sujet. Vous pouvez terminer en élargissant le débat (autre époque, autres arts…)
- **Relisez** attentivement l'ensemble de votre devoir : que vous soyez à l'aise ou non en orthographe, on fait souvent des fautes lorsque l'on est pris dans le fil d'une réflexion. L'important est de réussir à les corriger !

L'ESSENTIEL

Choisir un plan adapté

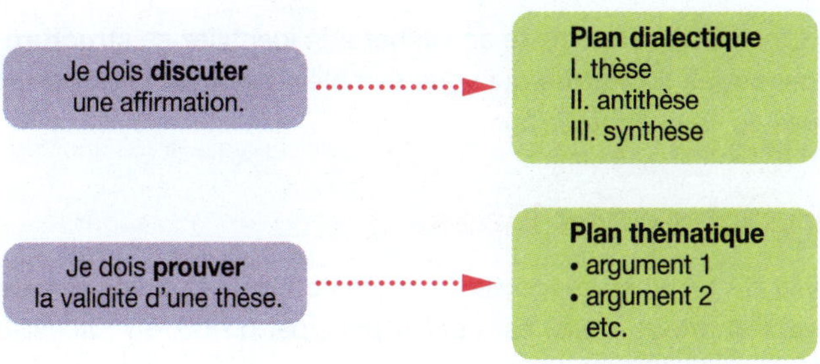

3 Réussir le commentaire de texte

Le commentaire littéraire consiste à proposer une interprétation d'un texte de manière argumentée. Le texte proposé au bac relève de l'un des objets d'étude abordés pendant l'année, mais n'appartient pas à une œuvre au programme.

A Lire et comprendre le texte

- Lisez une première fois le **texte**, sans oublier le **paratexte** et les **notes** : cela vous permet d'établir la « carte d'identité » du texte.

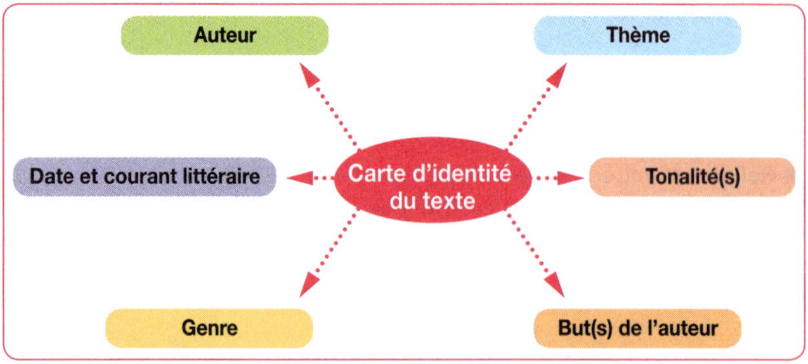

- Notez vos **impressions de lecture** : qu'avez-vous compris ? Quel effet le texte produit-il sur vous ?
- Relisez plusieurs fois le texte en l'annotant : identifiez sa **structure** et repérez les **procédés littéraires** qui vous semblent signifiants. Notez toutes vos remarques en vrac au brouillon.

B Organiser ses idées

- Essayez de résumer la spécificité du texte en une phrase afin de trouver votre **problématique** : quel est l'enjeu principal du texte ? Qu'est-ce qui le rend intéressant, selon vous ?
- Identifiez ensuite **deux ou trois pistes de réponse** (ou axes de lecture) qui structureront votre analyse. Attention, un procédé littéraire ne constitue pas un axe de lecture !

  Exemple : **Une description réaliste**
  [Ce titre de partie constitue bien une piste d'interprétation du texte : vous allez montrer qu'il s'agit d'une description réaliste.]

Contre-exemple : **Le champ lexical de la nature**

[Il s'agit ici d'un procédé littéraire, qui n'a d'intérêt qu'au sein d'une analyse.]

● Classez les éléments relevés de manière à constituer des parties et des sous-parties équilibrées. Votre plan doit aller **du plus simple au plus complexe**.

● Chaque sous-partie doit comporter :

Des procédés littéraires → justifiés par → **Une idée clé** → illustrée par → **Des citations du texte**

C Rédiger le commentaire

● Rédigez d'abord votre **introduction** au brouillon. Elle doit comporter :
- une phrase d'amorce ;
- une courte présentation du texte (utilisez la carte d'identité élaborée) ;
- votre problématique, de préférence sous forme de question ;
- l'annonce de votre plan.

● Rédigez ensuite votre **développement** en suivant le plan établi au brouillon. Retenez que :

un paragraphe = une sous-partie

● Ménagez des transitions entre vos grandes parties.

● Rédigez enfin une **conclusion** qui synthétise votre démonstration et répond à la problématique. Vous pouvez terminer en ouvrant sur d'autres textes partageant les mêmes enjeux, mais évitez les ouvertures artificielles.

> CONSEIL **Gardez au moins 10 minutes pour vous relire : la qualité de la langue fait partie des critères d'évaluation !**

L'ESSENTIEL

Bien gérer son temps le jour J !

Étapes	Durée
① Je choisis mon sujet.	10 min.
② Je travaille au brouillon (lecture et analyse du texte, élaboration de la problématique et du plan détaillé)	2 heures
③ Je rédige mon devoir au propre.	1 heure 30
④ Je me relis attentivement.	15 min.

4 Réussir l'épreuve orale

L'épreuve orale dure 20 minutes et vous disposez de 30 minutes de préparation. Vous êtes évalué(e) tant sur vos connaissances que sur votre capacité à vous exprimer à l'oral.

A Comprendre l'épreuve

● L'épreuve orale se déroule comme suit :

	Durée, barème	Structure
1re partie : exposé	12 min. 🕒 12 points	• lecture du texte • explication linéaire • question de grammaire
2e partie : entretien	8 min. 🕒 8 points	• présentation d'une œuvre intégrale • échange avec l'examinateur

B Bien gérer le temps de préparation

1. Préparer l'explication

● Commencez par **délimiter le passage à expliquer** : il ne correspond pas forcément à la totalité de l'extrait étudié en classe.

● **Lisez** une première fois le texte pour vous le remettre en mémoire, puis **relisez-le** en l'annotant au fil de votre lecture.

● Notez au brouillon les idées importantes, **dans l'ordre du texte**, en utilisant **un code couleur clair** qui vous permette de vous repérer facilement dans vos notes et dans le texte.

> CONSEIL **N'essayez pas de rédiger l'intégralité de votre explication : face à l'examinateur, vous devez être naturel(le) et spontané(e).**

● Contrairement au commentaire écrit, l'explication doit être linéaire, c'est-à-dire **suivre le fil du texte**. Vous pouvez la structurer en reprenant les mouvements du texte, mais il ne s'agit pas de construire un plan autour d'axes de lecture.

2. Garder du temps pour les autres parties de l'oral

● Prévoyez environ 5 minutes pour répondre à la question de grammaire, et 5 minutes pour préparer la 2e partie de l'oral, en notant les idées clés de votre présentation.

C Réussir la première partie de l'oral

● Présentez brièvement le texte (auteur, œuvre, époque, parcours dans lequel il s'inscrit), puis **lisez-le** à haute voix.

> CONSEIL **Soignez la lecture : ne parlez pas trop vite, faites les liaisons et utilisez une intonation adaptée.**

● Expliquez ensuite le texte **sans le paraphraser** : il ne s'agit pas de reformuler le propos de l'auteur, mais de proposer une interprétation du texte. Vous devez donc toujours **analyser** les procédés que vous relevez.

● **Concluez** votre explication en synthétisant vos observations : quels sont les principaux enjeux du texte ? Ouvrez éventuellement en évoquant d'autres textes du parcours.

● Répondez enfin à la question de grammaire :
– **citez** la phrase ou le passage concerné ;
– **décrivez**-en la structure en utilisant un vocabulaire adapté.

D Réussir la deuxième partie de l'oral

● Dans un premier temps, l'examinateur vous invite à présenter l'œuvre que vous avez choisie. Soyez **concis mais efficace** :
– résumez brièvement l'œuvre et ses principaux enjeux ;
– expliquez pourquoi vous avez choisi de la présenter.

● L'examinateur prendra appui sur votre présentation pour vous poser des questions. C'est surtout votre **aptitude à dialoguer** qui est évaluée : efforcez-vous de développer vos réponses et de réagir aux propositions de l'examinateur.

L'ESSENTIEL

Quelques conseils pour être à l'aise à l'oral

Pendant l'année	Le jour J
• Prendre la parole en public dès que possible. • Repérer les tics de langage et les gestes nerveux et s'entraîner à les éliminer.	• Prendre le temps de s'installer confortablement. • Ne pas parler trop vite ni trop bas. • Respirer profondément.

5 Préparer le bac français *sans stress*

SE MAINTENIR EN FORME

- Mangez **sainement** pour vous sentir bien.
Le jour de l'épreuve, ne partez pas le ventre vide.
- Faites de bonnes nuits, **sans téléphone portable** !

les 5 cons clé

RESTER ZEN

- Alternez les séances de révision avec **d'autres activités**. Pensez à bouger.
- Si vous êtes stressé(e) la veille des épreuves, faites des **exercices de respiration.**

TRAVAILLER SA MÉMOIRE

C'est en répétant que l'on apprend !
Tout au long de l'année, mettez **votre cours en fiches**.
Relisez-les pour les contrôles et en vue du bac.

BIEN ABORDER L'ÉPREUVE ÉCRITE

- **Lisez sérieusement** les œuvres au programme.
- Dans la dernière ligne droite, **mettez-vous en condition** et travaillez, en temps limité, sur des commentaires et des sujets de dissertation.

SE PRÉPARER À L'ORAL

Dans les semaines qui précèdent l'épreuve, **demandez à un(e) ami(e) de vous faire passer un oral blanc**, puis faites le point sur ce qui peut être amélioré (posture, voix, contenu).

Maîtriser…

les œuvres au programme

1 Hugo, *Les Contemplations* (1856)

Intitulé « Les Mémoires d'une âme », *Les Contemplations* se veut une autobiographie poétique. Le recueil reflète à la fois la vie intérieure et les engagements de Victor Hugo.

A L'auteur et le contexte littéraire

Victor Hugo (1802-1885)

Repères biographiques

- Chef de file du groupe romantique, il écrit de la poésie, du théâtre et des romans.
- La mort de sa fille Léopoldine, noyée en 1843, le marque profondément.
- Il s'oppose au Second Empire et sera exilé pendant vingt ans à Guernesey.

Œuvres clés

- *Hernani* (1830)
- *Les Contemplations* (1856)
- *Les Misérables* (1862)

Contexte littéraire

- Au XIXe siècle, le groupe **romantique** remet en question les règles du théâtre classique et la versification traditionnelle.
- Les écrivains, parmi lesquels Hugo, s'impliquent dans la vie **politique**.

B La composition du recueil et les thèmes

1. La composition

- Le recueil est structuré en **deux parties**, « Autrefois », qui évoque le bonheur, les espoirs et les luttes, et « Aujourd'hui », qui raconte le deuil et la difficile renaissance du poète : « Vingt-cinq années sont dans ce volume ».
- Au centre se trouve le livre IV « Pauca meae », section « tombeau » consacrée à la mort de sa fille.

2. Les principaux thèmes

● Le **souvenir** est présent tout au long du recueil : dans le livre I, puis le livre V, ce sont les souvenirs d'enfance. Le livre IV est marqué par le deuil et la **nostalgie**.

● L'amour apparaît sous la forme du **sentiment amoureux**, en particulier dans le livre II, qui évoque la liaison de Hugo avec Juliette Drouet, mais aussi sous la forme de l'**amour paternel**, majoritairement dans le livre IV.

● La communion avec la **nature**, thème lyrique par excellence, parcourt le recueil. Le poète se présente souvent en **promeneur**, notamment dans les livres I et II.

● *Les Contemplations* proposent une **réflexion philosophique** : la mort, la société, la justice, le bien et le mal sont convoqués, en particulier dans les livres III, V et VI.

C Le parcours : « Les Mémoires d'une âme »

1. Le lyrisme

● Le recueil, **autobiographie** versifiée, est marqué par le **lyrisme**. Le poète raconte sa vie, ses amours, ses découvertes, ses difficultés.

> MOT-CLÉ **Le lyrisme est un registre qui met en avant l'expression des sentiments personnels.**

● L'**écriture de soi** a aussi pour vocation de garder vivant le **passé**. C'est particulièrement vrai pour le « tombeau » que constitue le livre IV, qui porte sur la mort de Léopoldine. Le registre **élégiaque**, la déploration de la perte, est au cœur de l'écriture.

2. Le rôle du poète

● Cependant, l'évocation par Hugo de sa vie intérieure se veut universelle : il s'agit de parler de tous en parlant de soi.

● Ces « Mémoires d'une âme » sont le récit d'un itinéraire philosophique et spirituel. Le livre III raconte les « luttes » du poète face aux misères et aux **injustices** de son époque. La fin du recueil prend une dimension **métaphysique** : l'auteur semble accéder à une forme de sagesse, et s'attache à représenter la condition humaine jusque dans sa confrontation avec la mort (livre VI).

● Hugo se veut **prophète** : il s'agit par le récit de son itinéraire personnel d'**éclairer** le chemin des lecteurs. Le poète est celui qui « voit » et fait « flamboyer l'avenir » pour ses semblables (« Fonction du poète », *Les Rayons et les Ombres*).

2 Baudelaire, *Les Fleurs du mal* (1857)

Ce recueil a fait date dans l'histoire littéraire, et cristallise un des enjeux de la poésie moderne : prendre en charge la réalité dans sa beauté et sa laideur, et la transfigurer en un « or » poétique.

A L'auteur et le contexte littéraire

Charles Baudelaire (1821-1867)

Repères biographiques

- Il refuse de suivre une carrière diplomatique et n'a qu'un désir : être écrivain.
- Pour gagner sa vie il devient critique d'art, mais il se consacre surtout à son œuvre poétique.
- Il mène une vie de dandy et meurt des suites de la syphilis, criblé de dettes.

Œuvres clés

- *Les Fleurs du mal* (1857)
- *Les Paradis artificiels* (1860)
- *Petits poèmes en prose* (1869, posthume)

Contexte littéraire

- Les artistes **romantiques** dominent la vie culturelle de la première moitié du XIXe siècle.
- Dans les années 1850, le **réalisme** se développe en peinture puis dans les romans.

B La composition du recueil et les thèmes

1. La composition

- Le recueil, divisé en six sections d'inégale longueur, constitue un **trajet** depuis l'**Idéal** (l'art, le désir, le voyage) vers le **Spleen** (la solitude, la mélancolie, le temps qui passe).
- Le recueil construit des effets d'**échos** entre les poèmes et les sections. Par exemple, au poème « Le crépuscule du matin » répond « Le crépuscule du soir ». L'ouvrage possède donc une **structure narrative**.

2. Les principaux thèmes

● Les **femmes** et le sentiment amoureux : les figures féminines permettent à Baudelaire de dire toutes les nuances de l'amour et du désir. Les femmes sont des « fleurs du mal » : elles incarnent la **beauté** autant que le **vice**.

● Le spleen : **mélancolie** profonde, il domine le recueil. Les angoisses liées à la fuite du temps, à l'**ennui** du quotidien, au sentiment d'être abandonné par Dieu, et aux échecs des moyens envisagés pour atteindre l'Idéal, nourrissent cet état de désespérance.

● La quête de l'**ailleurs** : pour échapper au spleen, le poète se réfugie dans l'**exotisme**, le voyage, le passé, l'art, ou dans les **« paradis artificiels »** comme le haschich et l'opium.

● Obsession héritée du **romantisme noir** ou gothique, la **mort** est représentée de manière très crue. Elle représente aussi un **espoir** de salut pour le poète, en ce qu'elle lui permet d'échapper au dégoût de la vie.

C Le parcours : « Alchimie poétique : la boue et l'or »

1. La poésie comme alchimie

● L'alchimie renvoie à la fois à une recherche pratique, fabriquer la pierre philosophale, qui permettrait de transformer les métaux en or et de créer un élixir de longue vie, et à une **quête spirituelle**, proche de l'occultisme, qui vise à percer les secrets du monde et de la matière. Pour Baudelaire, le poète est un alchimiste : il cherche à **déchiffrer** « le langage des fleurs et des choses muettes » (« Élévation »).

● Le **langage poétique** doit permettre de **transfigurer la réalité** pour en révéler la vérité.

> INFO **Rimbaud (1854-1891) parle de la poésie comme d'une « alchimie du verbe ».**

2. La boue transformée en or

● Chez Baudelaire, la boue renvoie à la terre, et donc à la **condition humaine**, incapable d'atteindre l'Idéal. Elle représente aussi l'**époque moderne**, qui fait de Paris une « cité de fange » (« Crépuscule du soir »).

● Mais la boue renvoie également à la **laideur morale** et au malheur quotidien. La poésie doit permettre de transformer cette laideur en beauté, et de « gard[er] la forme et l'essence divine » (« Une charogne ») des existences promises à la décomposition.

3 Apollinaire, *Alcools* (1913)

***Alcools* est un recueil emblématique de la recherche d'une modernité poétique et du renouvellement lyrique à l'aube du XXe siècle.**

A L'auteur et le contexte littéraire

Guillaume Apollinaire (1880-1918)

Repères biographiques

- Né à Rome d'une mère polonaise, Apollinaire se considère comme un « apatride ».
- À Paris, il fréquente les milieux artistiques d'avant-garde.
- En 1915, il s'engage dans l'armée et meurt de la grippe espagnole peu après la fin de la guerre.

Œuvres clés

- *Alcools* (1913)
- *Calligrammes* (1918)
- *Poèmes à Lou* (1955)

Contexte littéraire

- Le début du XIXe siècle voit la création de **groupes d'avant-garde** dans les arts et la poésie, tels le cubisme et le dadaïsme.
- Apollinaire veut un « Esprit nouveau » qui puisse renouveler la représentation du réel par **l'imaginaire**.

B La composition du recueil et les thèmes

1. La composition

● Le recueil est **encadré** par deux longs poèmes, « Zone » et « Vendémiaire », qui se répondent : il s'ouvre ainsi sur un adieu au « **monde ancien** », et se clôt sur un « jour » naissant. La question du passage à un **monde nouveau**, représenté par les villes dans lesquelles déambule le poète, est ainsi mise en évidence.

● Le recueil présente aussi des **séries de poèmes** (« La Chanson du Mal-Aimé », « Rhénanes »). On y trouve des effets d'**échos** : certains poèmes sont par exemple centrés sur une femme (« Clotilde », « Marie »), d'autres sur des figures de marginaux (« Saltimbanques », « L'Émigrant de Landor Road »).

2. Les principaux thèmes

- Le recueil est lyrique et élégiaque : les souvenirs, les amours déçues, et les sentiments doux-amers qui y sont attachés sont omniprésents.
- L'**identité :** le poète s'interroge et s'adresse à lui-même, par exemple dans le poème « Zone ».
- L'**automne** : « saison mentale » (« Signe ») du poète, l'automne symbolise l'espace de la sourdine et du regret propre au lyrisme d'Apollinaire.
- La **modernité** et la **tradition** : les symboles de la tradition (la religion, les références à l'Antiquité) sont juxtaposés à ceux de la modernité (l'électricité, la publicité, la vitesse).
- L'**ivresse** : le motif de l'alcool et de l'ivresse est décliné dans tout le recueil, symbolisant tantôt l'enthousiasme et la force vitale, tantôt la **création** poétique.

C Le parcours : « Modernité poétique ? »

1. Le « monde ancien »

- La poésie d'Apollinaire se situe à la jonction entre la tradition et la modernité. Il reprend des éléments du **lyrisme** traditionnel comme le chant, la déploration élégiaque, mais en **sourdine**, atténués, en les mêlant à des références à la vie quotidienne ou à la culture populaire.
- Le « monde ancien » est présent dans *Alcools via* la **mythologie** ou l'histoire. Apollinaire souhaite réactualiser la tradition à travers une **poésie nouvelle** qui puisse prendre en charge les transformations du monde.

> INFO **Avant Apollinaire, Rimbaud désirait déjà fondre les traditions poétiques dans la révolution d'une poésie « voyante ».**

2. L'Esprit nouveau

- Apollinaire applique des principes propres aux avant-gardes artistiques de son époque : liberté de l'**imaginaire**, emploi d'images surprenantes, pratique du **collage** empruntée au cubisme. Il est le précurseur du **surréalisme**.
- Apollinaire s'efforce de restituer dans ses poèmes le **rythme** nouveau du XXe siècle, bouleversé par la révolution de l'électricité et de l'aviation. La **ville** moderne, ses bruits, ses couleurs et ses mouvements sont ainsi représentés dans le recueil. Le **vers libre** et l'absence de **ponctuation** participent à ce travail du rythme. Déjà, à la fin du XIXe siècle, dans son recueil *Les Villes tentaculaires*, Émile Verhaeren utilisait le vers libre pour restituer les bouleversements des paysages et de la vie quotidienne dus à la Révolution industrielle.

4 Montaigne, *Essais*, « Des cannibales », « Des coches » (1595)

Œuvre d'une vie, les *Essais* invitent à une remise en question de nos certitudes et du regard que nous portons sur l'autre.

A L'auteur et le contexte littéraire

Michel de Montaigne (1533-1592)

Repères biographiques

- Il reçoit une éducation humaniste.
- Il mène une carrière de parlementaire à Bordeaux.
- En 1570, il se retire de la vie publique et commence l'écriture des *Essais*.

Œuvres clés

- *Essais* (rédaction entre 1572 et 1592, publication finale posthume en 1595)

Contexte littéraire

- L'humanisme, mouvement de pensée né pendant la Renaissance, va de pair avec une redécouverte des **Anciens** (les auteurs grecs et latins).
- La période des « grandes découvertes » s'accompagne de la publication de nombreux **récits de voyage**.

B La composition de l'ouvrage et les thèmes

1. La composition

● Le chapitre « Des cannibales » commence par une **réflexion** sur la fiabilité des témoignages. Suit une **description** des modes de vie et de la culture des « cannibales ». Le chapitre s'achève sur le **récit** de la rencontre avec trois d'entre eux, ce qui permet à Montaigne de remettre en cause les préjugés des Européens au sujet des Amérindiens.

● Le chapitre « Des coches » débute par une **digression** sur la peur. Montaigne aborde ensuite les modes de transport et les dépenses excessives des princes. La fin du chapitre revient aux Amérindiens et constitue un **réquisitoire** contre la colonisation.

● Ces deux chapitres sont structurés par les **digressions** et les **renversements de perspective**. L'écriture « à sauts et à gambades » de Montaigne permet d'amener le lecteur à reconsidérer progressivement ses préjugés.

2. Les principaux thèmes

● Le **regard sur l'autre** : la confrontation avec autrui, la curiosité pour son mode de vie, ses valeurs et sa culture sont au centre des deux chapitres. Il s'agit aussi du **regard sur soi** : ouvrage réflexif, les *Essais* poussent le lecteur à interroger ses propres préjugés et ses représentations du monde.

● Le **relativisme culturel** : Montaigne mène une réflexion sur le caractère relatif des usages et des valeurs portées par les sociétés. Il montre que ce qui est proprement humain dépasse la diversité des sociétés et des comportements.

C Le parcours : « Notre monde vient d'en trouver un autre »

1. La diversité des formes de sociétés

● Pour Montaigne, la confrontation avec le Nouveau Monde est l'occasion d'accroître ses **connaissances**, mais aussi de les remettre en perspective, et de chercher les traits communs entre les peuples au-delà de leurs différences. Il développe ainsi une **démarche anthropologique**.

● Le projet de Montaigne témoigne d'une **éthique de la confrontation**. Il s'agit pour lui de « limer sa cervelle à celle d'autrui », par le biais des textes du passé et de la rencontre avec ses contemporains.

2. La critique de la colonisation

● Montaigne interroge les motivations de la colonisation, en remettant en question l'**évangélisation** des peuples d'Amérique du Sud.

> INFO **La religion en tant que masque des ambitions européennes sera également critiquée dans l'œuvre de Voltaire au XVIIIe siècle.**

● La **violence** et la **destruction** provoquées par la colonisation sont décrites par Montaigne, qui montre que l'appropriation des territoires est illégitime et détruit les peuples qu'elle prétend « civiliser ». Cette critique est présente dans de nombreux textes de la Renaissance et des Lumières, par exemple dans le *Supplément au Voyage de Bougainville* de Diderot.

5 La Fontaine, *Fables*, livres VII à XI (1678)

Fidèles à l'ambition classique de « plaire et instruire », les *Fables* de La Fontaine font appel à toutes les ressources de l'imagination pour susciter une réflexion morale.

A L'auteur et le contexte littéraire

Jean de La Fontaine (1621-1695)

Repères biographiques

- Il fréquente les salons des précieuses et les cercles libertins.
- Il reste fidèle à son protecteur Nicolas Fouquet, et reste à l'écart de la cour royale.
- Élu en 1684, il compte parmi les premiers membres de l'Académie française.

Œuvres clés

- *Contes et nouvelles en vers* (1665)
- *Fables* (1668, 1678, 1693)

Contexte littéraire

- Le **classicisme** promeut un idéal esthétique et moral fondé sur la mesure, le respect des règles et la sobriété.
- La **querelle des Anciens et des Modernes** oppose ceux qui prônent une imitation des auteurs latins et grecs, aux tenants de l'invention de formes nouvelles.

B La composition du recueil et les thèmes

1. La composition

● Les livres VII à XI sont marqués par une grande **diversité** dans les sujets abordés, les personnages présentés (animaux ou humains) et les registres utilisés (satirique, comique, lyrique, polémique).

● L'**unité** des fables tient essentiellement à la **sagesse** que propose La Fontaine, fondée sur le bon sens et la simplicité.

2. Les principaux thèmes

● Les *Fables* interrogent le **pouvoir** et son juste exercice. Elles permettent aussi à La Fontaine de développer une réflexion sur la guerre et la paix.

● **Ruses** et **tromperies** sont au cœur de ces livres. Ressort comique, la ruse est un contrepoint au pouvoir de la force. Les fables interrogent également la manière dont les humains se trompent eux-mêmes, étant « de glace aux vérités » et « de feu pour les mensonges » (« Le Statuaire et la Statue de Jupiter », IX).

● En moraliste, La Fontaine fait la **satire** de la **vanité** humaine, autrement dit de la tendance des individus à exagérer leur propre importance.

● Les *Fables* suggèrent un **art de vivre** fondé sur la simplicité, la proximité avec la nature et la lucidité.

C Le parcours : « Imagination et pensée au XVIIe siècle »

1. Le pouvoir des fables

● Faisant appel à l'imagination de son lecteur, La Fontaine met en scène, dans la plupart de ses fables, des **animaux** dotés de traits qui les rapprochent des humains.

● Ces **récits** anthropomorphiques sont particulièrement **plaisants** : La Fontaine privilégie le détail expressif et toutes les notations permettant de camper rapidement ses personnages. Il les fait parler selon leur caractère : ces dialogues ciselés apportent une grande vivacité au récit.

2. L'imagination au service de la pensée

● « Je me sers d'animaux pour instruire les hommes », affirme La Fontaine. L'art du fabuliste consiste en effet à **évoquer la société des hommes** à travers la peinture du monde animal.

> INFO **La formule latine « placere et docere » renvoie à l'idéal antique puis classique d'une littérature qui séduit les lecteurs pour mieux les instruire et les faire réfléchir.**

● Cependant, pour La Fontaine, il s'agit moins de délivrer des leçons de morale que d'inviter le lecteur à **réfléchir à différents enjeux**, collectifs et individuels : le pouvoir, la justice, la conduite morale.

> CITATION **« Le monde est vieux, dit-on : je le crois, cependant / Il le faut amuser encor comme un enfant. » (« Le pouvoir des fables », livre VIII)**

● Ses fables expriment **l'idéal classique de l'« honnête homme »**, fondé sur le bon sens et la modération. On retrouve cet idéal chez La Bruyère, dont les *Caractères* dénoncent les excès humains (hypocrisie, vanité, orgueil, etc.).

6 Montesquieu, *Lettres persanes* (1721)

Correspondance fictive entre deux Persans en voyage à Paris, les *Lettres persanes* sont une satire féroce de la société française du XVIIIe siècle.

A L'auteur et le contexte littéraire

Montesquieu (1689-1755)

Repères biographiques

- Les écrits de cet avocat, inspirés par l'idéal des Lumières, connaissent un grand succès.
- Montesquieu est la cible des milieux cléricaux. *De l'esprit des lois* est mis à l'index en 1751.

Œuvres clés

- *Lettres persanes* (1721 puis 1758)
- *De l'esprit des lois* (1748)
- *Essai sur le goût* (posthume, 1757)

Contexte littéraire

- Les penseurs des **Lumières** prônent la diffusion des savoirs et l'esprit critique.
- En Europe, le goût pour l'**Orient** se développe dans les arts.
- La mode des **romans épistolaires**, présentés comme des correspondances réelles, se répand.

B La composition du roman et les thèmes

1. La composition

- Les lettres s'étalent de 1711 à 1720 et ne sont pas présentées dans l'ordre chronologique. La **variété** des sujets et des formes prises par le récit (journal de voyage, apologue…) donne une impression de **discontinuité.**
- Cependant, on peut repérer des **séries** (la satire des Français, l'histoire des Troglodytes ou encore les lettres sur les apparences sociales) et des effets de **retours** qui créent une **continuité** narrative et thématique.

2. Les principaux thèmes

● Le sérail, palais du sultan dans l'empire ottoman, est un lieu propice aux **intrigues** et aux fantasmes. Ce décor permet aussi de mener une réflexion sur l'oppression et les **abus de pouvoir**.

● La question du pouvoir et de son juste exercice est centrale dans les *Lettres persanes*. Dans l'histoire des Troglodytes, Montesquieu propose une réflexion sur les différents **modèles politiques**. Les dangers et les injustices d'un pouvoir absolu sont sans cesse soulignés au cours du récit.

● Les **religions** sont présentées comme des superstitions qui justifient l'intolérance et le fanatisme au nom de la vertu. L'hypocrisie et les abus de pouvoir du clergé catholique sont critiqués, notamment par Usbek.

C Le parcours : « Le regard éloigné »

1. La mise à distance

● Le procédé du regard étranger, tel qu'illustré dans *Lettres persanes*, est fréquent dans la littérature du XVIIIe siècle. À travers un **point de vue faussement naïf**, il permet de mettre en évidence les défauts de la société, tout en évitant la censure.

> INFO **On retrouve ce procédé notamment dans certains contes philosophiques de Voltaire, comme *Candide* ou *L'Ingénu*.**

● Le **recours au décor oriental** permet, lui, une comparaison entre deux systèmes sociaux et politiques. Ce procédé est fréquemment utilisé par les auteurs des Lumières pour **critiquer** les sociétés européennes.

2. Le dispositif narratif

● Le procédé du « regard éloigné » relève de l'**argumentation indirecte :** il permet d'éviter le registre didactique, tout en exigeant du lecteur un effort de réflexion.

● Ce dispositif est renforcé par la **forme du roman épistolaire**, qui présente plusieurs points de vue, que le lecteur est invité à confronter et à évaluer : il est ainsi progressivement amené à exercer sa pensée critique, en conformité avec les idéaux des **Lumières.**

> CITATION **« (...) la loi, faite pour nous rendre plus justes, ne sert souvent qu'à nous rendre plus coupables. » (Lettre 33)**

7 Mme de Lafayette, *La Princesse de Clèves* (1678)

***La Princesse de Clèves*, nouvelle historique centrée sur une crise amoureuse dans un univers mondain, s'est imposée comme un chef-d'œuvre du récit d'analyse.**

A L'auteur et le contexte

Madame de La Fayette (1634-1693)

Repères biographiques

- Amie de la marquise de Sévigné, proche de la cour, elle participe aux salons littéraires.
- Elle publie dans l'anonymat.
- Très appréciées, ses œuvres entraînent des débats éthiques sur la vertu et la passion.

Œuvres clés

- *La Princesse de Montpensier* (1662)
- *Zaïde* (1671)
- *La Princesse de Clèves* (1678)

Contexte littéraire

- Au XVIIe siècle, la **préciosité** exprime les transports amoureux à travers une langue raffinée et métaphorique.
- Mme de Lafayette renouvelle le genre du récit à travers ses **nouvelles historiques**, marquées par l'idéal classique.

B La composition et le résumé du roman

1. La composition

● La *Princesse de Clèves* se structure en quatre tomes, et comporte **trois moments principaux** : la découverte de la cour et du monde, la découverte de l'amour, et l'acte final.

2. Le résumé

● À la cour des Valois, au XVIe siècle, l'aristocratie mène une vie fastueuse et divertissante. Mme de Chartres marie sa fille, **belle et vertueuse**, à **M. de Clèves**, qui en est éperdument amoureux et se désole de sa retenue. Lors d'un bal, la princesse de Clèves s'éprend cependant du **duc de Nemours**. Consciente du danger de l'interdit, elle cherche à l'éloigner. Le duc de

Nemours, très épris, ne laisse guère de doute à la princesse sur ses sentiments.

● **Tiraillée entre la passion et la vertu**, la princesse fuit la cour et avoue à son mari, atterré mais touché par cette franchise, sa passion pour Nemours. M. de Clèves cède cependant à la jalousie, épie sa femme, conçoit de faux soupçons **qui précipitent sa mort**. Désormais libre, la princesse refuse cependant d'épouser Nemours puis se retire, **trouvant son repos** loin des vicissitudes de la cour.

C Le parcours « Individu, morale et société »

1. La cour : un univers mondain et dangereux

● Derrière le raffinement et les divertissements, la cour est un **univers dangereux** qui impose ses exigences d'élégance, de galanterie et de modération. La façade mondaine cache bien des **intrigues** et des luttes d'influence. Il s'agit de dissimuler ce qui trahit les pensées, et de faire bonne figure.

> INFO **Au XVIIe siècle, le mariage aristocratique n'est en rien fondé sur les sentiments : c'est une institution qui privilégie les alliances politiques ou patrimoniales.**

● La vertu des femmes y est mise à l'épreuve ; leurs écarts de conduite sont plus sévèrement punis que ceux des hommes.

2. Passion et vertu

● La princesse de Clèves se démarque par l'éducation qu'elle a reçue et par ses **dispositions singulières à la modestie et à la sincérité**. La société mondaine l'oblige à s'inscrire dans le cadre des convenances : ainsi, la princesse doit dissimuler la passion qu'elle éprouve pour le duc de Nemours.

> CITATION **« Les passions peuvent me conduire ; elles ne sauraient m'aveugler. » (Tome quatrième)**

● Le récit montre la difficulté des **choix moraux** dans un milieu qui menace l'individu, exposé aux dangers des passions.

● Au fil du récit, la princesse gagne en lucidité et dépasse la contradiction, qui la déchire, entre amour incontrôlé et devoir, passion et vertu : elle choisit **la quiétude de la retraite**. Au contraire, dans *La Princesse de Montpensier* (1662), l'héroïne cède à sa passion pour le duc de Guise, qui finit pourtant par l'abandonner : elle meurt de chagrin, punie d'avoir transgressé la vertu.

8 Stendhal, *Le Rouge et le Noir* (1830)

Au XIXe siècle, le roman, en plein essor, s'impose comme le genre le mieux à même de dépeindre la complexité du monde et de l'individu. Incompris en son temps, *Le Rouge et le Noir* tend un miroir cinglant de la Restauration et nous place sur les pas d'un héros ambigu.

A L'auteur et le contexte

Stendhal (1783-1842)

Repères biographiques

- Il naît dans une famille bourgeoise et royaliste.
- Il amorce une carrière militaire avant de se tourner vers l'écriture.
- Essayiste et romancier, Stendhal connaît des débuts difficiles.

Œuvres clés

- *Le Rouge et le Noir* (1830)
- *La Chartreuse de Parme* (1839)
- *Lucien Leuwen* (1894, posthume, inachevé)

Contexte littéraire

- Deux mouvements marquent la première moitié du XIXe siècle : le **romantisme** et le **réalisme**.
- La période de la **Restauration** (1814-1830) correspond au retour de la monarchie française, après la chute de l'Empire napoléonien.

B La composition et le résumé du roman

1. La composition

● Sous-titré « Chronique de 1830 » et inspiré de faits divers, *Le Rouge et le Noir* s'inscrit dans les débuts du **mouvement réaliste** et comporte deux livres.

2. Le résumé

● L'intrigue se déroule sous la Restauration. Julien Sorel, fils de charpentier, se destine à une **carrière ecclésias-**

tique. Devenu précepteur des enfants de M. de Rênal, il séduit bientôt sa femme. Leur liaison éventée, Julien doit quitter la ville.

● Il rentre au séminaire de Besançon, où il découvre la médiocrité des religieux. La protection de l'abbé Pirard lui permet d'être engagé à Paris comme secrétaire du marquis de la Mole : il découvre **la haute société**. Il amorce une relation secrète et tumultueuse avec **Mathilde**, la romanesque fille du marquis.

● Alors qu'il **touche aux plus hautes fonctions**, Mme de Rênal dénonce Julien : elle le décrit comme un **ambitieux, dangereux et hypocrite**. Julien blesse Mme de Rênal au pistolet ; emprisonné, il s'aperçoit qu'il aime toujours cette femme. Il meurt **guillotiné** ; Mme de Rênal succombe quelques jours plus tard.

C Le parcours : « Le personnage de roman, esthétiques et valeurs »

1. Représenter la société telle qu'elle est : « la vérité, l'âpre vérité »

● Sous-titré « **Chronique de 1830** », *Le Rouge et le Noir* s'inscrit dans les débuts du **mouvement réaliste**. Le roman reflète la société, y compris dans ses détails les plus triviaux.

● *Le Rouge et le Noir* condamne la **société mesquine** de la Restauration. Partout règnent la corruption, l'ennui, la cupidité, l'hypocrisie et l'égoïsme.

● Le narrateur raille l'« asphyxie morale » de cette société à travers des **portraits moqueurs** et des **pointes ironiques**. Le recours au point de vue interne donne à voir le monde à travers la conscience des personnages.

> INFO **Le réalisme de Stendhal est subjectif : le lecteur ne voit souvent que ce que perçoit le personnage et épouse alors sa perception du réel.**

2. Un roman d'initiation : de la charpente à l'échafaud

● Très apprécié au XIXe siècle, le **roman d'initiation** présente le parcours d'un personnage jeune et naïf qui découvre le monde, souvent au prix de désillusions qui le font murir. Julien Sorel est confronté aux ressorts secrets de la politique.

● Julien souffre d'un écart entre sa place dans la société et sa force d'âme. En trois ans, **il prend sa revanche** grâce à ses amours tourmentées avec des femmes socialement supérieures à lui. Observant la toute-puissance de la religion, c'est par elle, plutôt que par les armes, qu'il envisage de faire carrière.

9 Yourcenar, *Mémoires d'Hadrien* (1951)

Dans ces mémoires fictifs, Marguerite Yourcenar convoque la figure historique d'Hadrien afin de peindre le portrait romanesque et détaillé d'un empereur romain antique, ainsi que les méditations métaphysiques d'un vieil homme au seuil de la mort.

A L'auteur et le contexte

Marguerite Yourcenar (1903-1987)

Repères biographiques

- Femme de lettres et de voyages, elle publie des romans et des nouvelles dès les années 1930.
- Elle s'installe aux États-Unis en 1939.
- En 1980, elle est la première femme élue membre de l'Académie française.

Œuvres clés

- *Mémoires d'Hadrien* (1951)
- *L'Œuvre au noir* (1968)
- *Mishima ou la Vision du vide* (1980)

Contexte littéraire

- Après les deux guerres mondiales, les avant-gardes littéraires comme le Nouveau Roman remettent en question les **codes traditionnels de la fiction**.
- Dans les années 1950, le **théâtre de l'absurde** remet en cause le langage et le sens de l'existence.

B La composition et le résumé du roman

1. La composition

- Le roman prend la forme d'une **longue lettre** écrite par l'empereur Hadrien, destinée à son petit-fils Marc Aurèle et, au-delà, au lecteur. Le récit de vie, au passé, occupe les quatre parties centrales du roman.
- La structure de l'œuvre met alors en place une ouverture et une fermeture sous le signe de l'énonciation épistolaire, où la lettre devient **testament**.

2. Le résumé

- L'empereur **Hadrien**, après vingt ans de règne, au début du IIe siècle de notre ère, s'adresse à son petit-fils adoptif, **Marc Aurèle**, âgé de 17 ans, lui-même futur empereur romain.
- Hadrien, conscient de **l'imminence de sa mort**, souhaite **mieux se connaître** à travers le récit de sa propre vie. Il raconte ses années **d'études et de formation** entre l'Espagne, Rome et Athènes, puis son **engagement militaire** dans l'armée du Danube. Après avoir succédé à Trajan, il s'efforce de ramener la paix au sein de l'Empire romain.
- La répression de la révolte en Judée affaiblit **l'empereur vieillissant**. Après avoir choisi pour successeur Lucius, qui meurt soudainement, il se replie sur le vertueux **Antonin**. Malade, Hadrien envisage le **suicide**, avant d'y renoncer : il attend désormais patiemment la mort.

C Le parcours : « Soi-même comme un autre »

1. Se raconter soi-même

- La fiction peut utiliser la **narration à la première personne** pour permettre à un narrateur de **raconter sa propre vie**. Il peut s'agir d'un personnage historique, comme Hadrien, ou d'un personnage imaginaire, comme Marianne dans *La Vie de Marianne* de Marivaux (1731-1741). En tant qu'empereur romain, Hadrien est un **témoin privilégié** de son époque.
- Dans ces mémoires **fictifs**, le personnage retrace le parcours de sa vie *a posteriori*, en posant un regard lucide sur **ses réussites et ses échecs**. Hadrien vante les villes qu'il a fondées et la sagesse de ses lois, tout en reconnaissant certaines erreurs de jugement. Sous la plume de Prévost, le chevalier des Grieux raconte les **tourments de sa passion** pour Manon (*Manon Lescaut*, 1731).

> MOT-CLÉ **Les Mémoires sont le récit qu'un personnage fait de sa propre vie, en mettant l'accent sur ses liens avec le contexte historique.**

2. La difficile vérité de soi-même

- Hadrien éprouve la **difficulté de se connaître soi-même**, qui nécessite les mouvements contradictoires d'une « descente en soi » et d'une « sortie hors de soi-même ».
- Trouver la vérité de son être n'est pas chose aisée. Hadrien **renonce à trouver une unique vérité** : l'homme, « étrange amas de bien et de mal », est un être insaisissable, toujours **pétri de contradictions**. Il est « *Varius multiplex multiformis* » : « varié, complexe, changeant ».

10 Molière, *Le Malade imaginaire* (1673)

Dans *Le Malade imaginaire*, Molière nous fait rire aussi bien d'Argan, qui se croit toujours malade, que des médecins. À travers cette comédie-ballet où le théâtre se mêle au chant et à la danse, il crée un spectacle complet.

A L'auteur et le contexte littéraire

Molière (1622-1673)

Repères biographiques

- Né à Paris dans une famille bourgeoise, il fonde l'Illustre Théâtre en 1643.
- Au sein de cette troupe, il écrit et joue des farces et des comédies.
- En 1658, il entre sous la protection de la famille royale.

Œuvres clés

- *Le Misanthrope* (1666)
- *Le Bourgeois gentilhomme* (1670)
- *Le Malade imaginaire* (1673)

Contexte littéraire

- Il s'illustre dans le genre nouveau de la **comédie-ballet**, pièces destinées aux fêtes célébrant les victoires militaires de Louis XIV.
- Le XVIIe siècle est celui du **classicisme**, dont les valeurs s'incarnent dans la figure de l'« honnête homme ».

B La composition de la pièce et les thèmes

1. La composition

- La pièce se compose de **trois actes** ponctués d'intermèdes dansés et chantés, précédés d'un prologue précisant la volonté de « délasser [le roi] de ses nobles travaux ».
- Les **intermèdes** sont, au XVIIe siècle, de courts divertissements chorégraphiques qui interviennent entre les actes d'une comédie.

2. Les principaux thèmes

- Argan est un **hypocondriaque**, soumis à son médecin et à son apothicaire. La médecine est ainsi moquée à travers des personnages grotesques. Tout au long de la pièce, Molière fait la **satire de la médecine** de son époque.
- L'**amour filial** et le **mariage** : comique farcesque, quiproquos, travestissements rythment une pièce qui met en lumière les relations entre parents et enfants. Ainsi, bien que son mariage avec Cléante ne soit pas accepté par son père, Angélique l'aime profondément.

C Le parcours : « Spectacle et comédie »

1. La comédie : un genre conçu pour le spectacle

- Plus que tout autre genre théâtral, la comédie **trouve dans la mise en scène son aboutissement**. Le lecteur de la pièce rit en imaginant Toinette se déguiser en médecin de pacotille pour asséner à Argan un diagnostic burlesque, mais moins que le spectateur qui la voit à l'œuvre sur scène.
- La comédie utilise pleinement le principe de la double énonciation. Ainsi en est-il quand les personnages – pour parvenir à leurs fins – jouent la comédie, **sous l'œil complice du public**. Dans le *Malade imaginaire*, Béline feint son affection conjugale, puis Argan simule la mort, pour le plus grand plaisir du spectateur qui voit clair dans le jeu de chacun.

> INFO **La double énonciation est une caractéristique essentielle du théâtre : les répliques d'un personnage sont destinées aux autres personnages, mais aussi au spectateur.**

2. La comédie : un spectacle complet et varié

- La comédie peut **associer d'autres arts** pour se transformer en un spectacle complet. Ainsi Molière, dans ses comédies-ballets, ajoute des parties chantées et dansées, qui offrent au public un divertissement réjouissant. Deux ans après la première représentation du *Mariage de Figaro* de Beaumarchais (1784), Mozart adapte la pièce en opéra, avec l'aide du librettiste Lorenzo Da Ponte, créant un **spectacle dramatique et lyrique** d'une grande puissance.
- Genre plastique, la comédie peut réunir une **grande variété de registres**. La satire de la médecine atteint ainsi son apogée lors de la « cérémonie burlesque d'un homme qu'on fait médecin » qui clôt *Le Malade imaginaire*.

11 Marivaux, *Les Fausses Confidences* (1737)

Dans la pièce, Dubois est un valet rompu à l'art du stratagème, qu'il met au service d'un ancien maître amoureux. Le spectateur devient complice de la machination qui se déploie sous ses yeux.

A L'auteur et le contexte littéraire

Marivaux (1688-1763)

Repères biographiques

- Journaliste, il est fasciné par les mœurs de son époque.
- Il se tourne rapidement vers le théâtre et connaît le succès.
- Tout au long de sa carrière théatrale, il collabore de manière fructueuse avec la troupe des Comédiens-Italiens.

Œuvres clés

- *L'Île des esclaves* (1725)
- *Le Jeu de l'amour et du hasard* (1730)
- *Les Fausses Confidences* (1737)

Contexte littéraire

- Marivaux s'inspire de la ***commedia dell'arte***, née en Italie au XVIe siècle, qui se fonde sur des types comiques et sur l'improvisation.
- Le mouvement culturel, artistique et philosophique des **Lumières** se répand en Europe et symbolise une période de renouveau intellectuel.

B La composition de la pièce et les thèmes

1. La composition

- Cette comédie se compose de **trois actes** en prose. L'intrigue se fonde sur l'amour que ressent Dorante, jeune homme ruiné, pour la jeune et belle veuve Araminte, dont il devient l'intendant.

- L'astucieux **Dubois**, ancien valet de Dorante désormais au service d'Araminte, multiplie les menées afin de servir son ancien maître sous le manteau. Ses « **fausses confidences** » produisent l'effet escompté : Araminte accepte finalement l'amour sincère de Dorante.

2. Les principaux thèmes

● L'œuvre interroge **l'authenticité des sentiments**, à travers un langage raffiné propre à exprimer les subtilités de la naissance de l'amour : c'est le **marivaudage**.

● L'**argent** et la **condition sociale** : dès le début de la pièce, le spectateur comprend qu'Araminte et Dorante ne pourront ni s'aimer ni se marier à cause de la trop grande différence de statut social qui les sépare. En effet, Dorante est persuadé qu'il n'est pas assez riche pour plaire à Araminte, jeune veuve fortunée. Le valet Dubois, metteur en scène de leur amour, parviendra néanmoins à braver les convenances sociales.

C Le parcours : « Théâtre et stratagème »

1. Des stratagèmes pour faire triompher l'amour

● Dans la comédie classique, le stratagème vient **au secours de l'amour sincère**. Ainsi, dans *L'Avare* de Molière (1668), Valère multiplie les ruses afin de conquérir Élise contre l'avis de son père. Dans *Le Barbier de Séville* (1775), Beaumarchais fait de Figaro l'adjuvant des amours du comte et de Rosine face à Bartholo, véritable tyran domestique.

● Chez Marivaux, le stratagème **permet aux cœurs de se révéler** : c'est le cas dans *Les Fausses Confidences* comme dans *Le Jeu de l'amour et du hasard*, où le travestissement réciproque des maîtres et des valets conduit les personnages à s'avouer leurs vrais sentiments.

2. L'art du stratagème

● Dans la comédie classique, le stratagème est en général mis en œuvre par un **domestique rusé**. Dubois, meneur de jeu hors pair dans *Les Fausses Confidences*, est ainsi l'héritier d'une longue tradition de valets et de servantes qui, par leur habileté et leurs ruses, peuvent prétendre rivaliser avec leurs maîtres.

> CITATION **« Plus de raisonnement : laissez-vous conduire, » lance Dubois à Dorante (acte III, scène 1). Le valet se veut le maître de la machination.**

● Pour arriver à leurs fins, ces personnages **se travestissent et jouent la comédie :** ainsi Toinette se déguise en médecin dans *Le Malade imaginaire* afin de faire entendre raison à Argan ; dans *Les Fourberies de Scapin*, le valet contrefait plusieurs accents afin de bastonner librement son maître.

● Chez Marivaux, les **détours du langage** comme le travestissement jouent un rôle clé : le spectateur complice se réjouit de voir prendre corps le stratagème à travers un jeu de demi-mensonges et de « fausses confidences ».

12 J.-L. Lagarce, *Juste la fin du monde* (1990)

La pièce de Lagarce met en scène les retrouvailles impossibles d'un personnage avec sa famille ; elle cherche à explorer l'intimité familiale à travers les méandres du langage.

A L'auteur et le contexte littéraire

Jean-Luc Lagarce (1957-1995)

Repères biographiques

- Il étudie d'abord la philosophie.
- En 1977, il fonde le théâtre de la Roulotte.
- Il met en scène des pièces contemporaines déjà connues, puis ses propres créations.

Œuvres clés

- *Derniers Remords avant l'oubli* (1987)
- *Juste la fin du monde* (1990)
- *Le Pays lointain* (1995)

Contexte littéraire

- Dans les années 1970, le théâtre **se renouvelle profondément**, dans le sillage du théâtre de l'absurde de l'après-guerre.
- La tendance est à l'hybridation des formes : l'écriture théâtrale se poétise et/ou exprime une réflexion philosophique sur le sens de l'existence.

B La composition de la pièce et le résumé

1. La composition

● La pièce s'ouvre par un **prologue** et se termine par un **épilogue**, qui encadrent **deux parties**. La première partie et la seconde partie sont elles-mêmes séparées par un **intermède**, qui comporte 9 scènes très brèves.

2. Le résumé

● Ténue, l'intrigue se résume au **retour de Louis auprès des siens** après des années d'absence : celui-ci essaye d'annoncer sa mort prochaine – sans jamais y parvenir.

- Chacun des membres de la famille s'exprime tour à tour dans des interventions qui tournent au monologue, voire au soliloque. La **tension** atteint son paroxysme au cours du face-à-face final entre Louis et son frère cadet Antoine.
- L'écriture en versets, quasiment poétique, accentue la **fragmentation du langage** et souligne l'indicibilité des sentiments. En écho au prologue, l'épilogue clôt la pièce ; comme surgie d'outre-tombe, la voix de Louis regrette son éternel mutisme.

C Le parcours : « Crise personnelle, crise familiale »

1. Soi-même face aux autres

- Les dramaturges se servent des histoires de famille pour interroger la complexité des rapports humains. *Juste la fin du monde* exhibe la **solitude de personnages en décalage avec leur famille.** Dans le théâtre antique déjà, c'est contre son oncle Créon qu'Antigone se dresse au nom de ses valeurs.
- La famille **enferme l'individu dans un rôle** dont il est difficile de s'affranchir. Louis est un avatar dégradé du « fils prodigue » de la Bible : il croit à tort pouvoir renouer avec les siens et se faire pardonner son absence.
- **Chacun reste largement insondable** pour les autres comme pour lui-même. Louis repart sans avoir pu confier sa mort imminente. Gaston, héros du *Voyageur sans bagage* (Anouilh, 1937), devenu amnésique à 18 ans, cherche à reconstituer son passé et à retrouver sa famille, découvrant peu à peu l'être méprisable qu'il était.

> CITATION **Dans sa *Poétique*, Aristote recommandait déjà de représenter des familles « dans lesquelles il s'est passé ou fait des choses terribles. »**

2. Une communication difficile

- « Rien ici ne se dit facilement, » déclare Antoine. Chacun **peine à trouver les mots justes** et scrute les failles de sa parole. Dans *Assoiffés* de Mouawad (2007), Murdoch, un adolescent tourmenté, se heurte au silence de parents incapables de lui accorder de l'attention.
- D'obscurs monologues témoignent des **confusions** de l'histoire familiale ; Louis subit les reproches de sa sœur et l'ironie de son frère. Dans *Le Retour au désert* (1988), Koltès donne également à voir la confrontation d'un frère et d'une sœur en proie au poids de leur passé.
- Les mots se heurtent à l'**hostilité** de qui les recueille : Antoine pense que Louis l'inonde « d'histoires ». Dans *Papa doit manger* (2003), Marie NDiaye met en scène les mensonges d'un père qui, après dix ans d'absence, cherche à reprendre sa place dans une famille qui s'est reconstruite sans lui.

Préparer l'épreuve écrite

30 sujets corrigés et expliqués

Le stratagème : un ressort comique ?

4 heures
20 points

Le stratagème au théâtre est-il toujours un ressort comique ?

Vous répondrez à cette question dans un développement structuré. Votre travail prendra appui sur *Les Fausses Confidences* de Marivaux, sur les textes et documents que vous avez étudiés en classe dans le cadre du parcours « Théâtre et stratagème », et sur votre culture personnelle.

ÉTAPE 1 au brouillon — Analyser le sujet

15 min

Vous devez commencer par **définir les termes du sujet**, en tenant compte des liens de sens entre eux.

Le stratagème : Au théâtre, le stratagème est une ruse imaginée par un ou des personnages pour atteindre un but précis.

au théâtre : Les pièces littéraires sont destinées à être représentées sur scène, jouées par des comédiens.

est-il toujours : La formulation avec « toujours » présuppose que, le plus souvent, le stratagème sert à faire rire, ou que c'est son rôle le plus évident.

un ressort comique ? : L'expression renvoie aux paroles, gestes et situations qui suscitent le rire des spectateurs.

Cette première étape va vous permettre de **reformuler** le sujet.

REFORMULATION

Les ruses des personnages dans les pièces de théâtre ont-elles d'autres fonctions que celle de faire rire les spectateurs ?

ÉTAPE 2 au brouillon

Dégager la problématique et trouver les axes de réponse

15 min

Réfléchissez aux **questions que suscite le sujet** et déduisez-en la **problématique.**

QUESTIONS

- *Dans quelles pièces l'intrigue est-elle basée sur un stratagème ?*
- *À quoi sert le stratagème dans chaque cas ?*
- *Quels effets comiques suscite-t-il ?*
- *Provoque-t-il toujours le rire ?*

→ PROBLÉMATIQUE

Les stratagèmes des personnages dans les pièces de théâtre n'ont-ils comme seule fonction que de faire rire ?

Organisez votre réponse en deux ou trois temps :

1. Réponse au problème qui paraît la plus évidente.

2. (et 3) Examen des limites de la première réponse et approfondissement du questionnement.

Axe I

Oui, le stratagème au théâtre est un ressort comique.

Axe II

Cependant le stratagème peut avoir des fonctions plus sérieuses.

ÉTAPE 3 au brouillon — Chercher des idées pour chaque axe, les organiser en un plan détaillé

45 min

Pour chaque axe, cherchez **deux ou trois arguments** : il s'agit de détailler les différents cas de figure dans lesquels l'idée est vraie.

Attention, chacun des arguments doit **s'appuyer sur une référence précise** à un texte, un personnage ou un passage précis.

Voici ce que ce travail de recherche pourrait donner **pour l'axe 1**.

Axe 1
Oui, le stratagème au théâtre est un ressort comique.

Argument 1
Parce qu'il est mis en œuvre par un personnage ingénieux, qui suscite le rire.
EXEMPLE : Le personnage de Scapin est le meilleur exemple du valet rusé dont les stratagèmes font rire le spectateur.

Argument 2
Parce qu'il permet de se moquer de ceux qui pensaient être les plus forts.
EXEMPLE : Les ruses de Scapin ont pour effet de ridiculiser des pères trop autoritaires.

Argument 3
Parce qu'il peut prendre des formes très théâtrales, dont l'effet comique est assuré lors d'une représentation.
EXEMPLE : Dans Le Mariage de Figaro, Chérubin est déguisé en femme par la comtesse et Suzanne, afin de prendre au piège le comte Almaviva.

Voici maintenant ce qu'il pourrait donner **pour l'axe 2.**

Axe 2

Cependant le stratagème peut avoir d'autres fonctions plus sérieuses.

Argument 1

Chez Marivaux, il oblige l'autre à se découvrir et permet de vérifier l'authenticité de ses sentiments.

EXEMPLE : Le stratagème d'Araminte dans Les Fausses Confidences a pour but de forcer Dorante à avouer son amour pour elle.

Argument 2

L'inversion des rôles valet/maître remet en question – le temps de la fiction théâtrale – les rapports de domination qui régissent la société.

EXEMPLE : Dans Le Jeu de l'amour et du hasard de Marivaux, maîtres et valets échangent leur place.

Argument 3

Dans d'autres pièces, le stratagème peut prendre la dimension d'un complot avec une visée sociale ou politique.

EXEMPLE : Dans Tartuffe, le stratagème a pour but de dénoncer l'imposteur qui met en danger la famille. Dans Lorenzaccio, le stratagème est un véritable complot qui doit permettre d'éliminer le tyran.

Les **transitions entre les parties** sont essentielles pour faire apparaître la progression de votre réflexion. Rédigez-les à l'avance, au brouillon, au même titre que l'introduction et la conclusion.

Transition entre la 1re et la 2de partie

À l'issue de cette première étape, on peut conclure que le stratagème est bien souvent un ressort comique, en particulier dans les comédies traditionnelles inspirées de la tradition italienne. Cependant, nous allons voir qu'il peut jouer d'autres rôles, plus sérieux.

ÉTAPE 4 au brouillon Rédiger l'introduction

15 min

L'introduction doit restituer votre analyse du sujet et **amener progressivement la problématique** que vous avez dégagée. Il s'agit de montrer que vous avez compris les implications du sujet : ce qu'il présuppose, à travers l'amorce qui ouvre l'introduction, et ce sur quoi il porte exactement grâce à la définition des termes.

[Amorce] *Les intrigues des comédies traditionnelles, comme celles de Molière, sont souvent fondées sur des stratagèmes que mettent en place certains personnages pour en manipuler d'autres.* [Reformulation du sujet] *Ces stratagèmes ont-ils d'autres fonctions que celle de faire rire les spectateurs ?*

[Définition des termes du sujet] *On peut définir un stratagème comme un ensemble de ruses mises en place par un personnage pour arriver à ses fins. Celles-ci peuvent reposer sur l'emploi d'un déguisement ou d'autres accessoires, mais aussi sur le mensonge ou la manipulation par le langage. Souvent, elles suscitent le rire, puisqu'un personnage se voit dupé, parfois puni.*

[Problématique et annonce du plan] *Mais ces stratagèmes n'ont-ils pour seule visée que de faire rire ? Certes, le stratagème est souvent un ressort comique, cependant, il peut avoir d'autres fonctions plus sérieuses. Lesquelles ?*

CONSEIL
Quand vous énoncez votre problématique, recourez de préférence à une **interrogation directe** : formulez-la de manière soutenue avec une reprise du GN sujet par un pronom inversé.

ÉTAPE 5 au brouillon Rédiger le développement

2 heures

Vous devez prendre garde à **enchaîner** vos arguments de manière **progressive** et systématiquement vous appuyer sur des **exemples**. Utilisez des connecteurs logiques appropriés afin de guider votre lecteur dans votre argumentaire.

I. Le stratagème au théâtre est un ressort comique

1. Parce qu'il est mis en œuvre par un personnage ingénieux, qui suscite le rire

Dans la comédie traditionnelle, de Plaute à Molière en passant par la commedia dell'arte, le stratagème est conçu et réalisé par un personnage type, celui du domestique rusé, qui déclenche le rire par sa verve et sa capacité à retourner la situation.

Prenons l'exemple des Fourberies de Scapin de Molière (1671). Par ses ruses, Scapin réussit à extorquer de Géronte l'argent nécessaire pour sauver la bien-aimée de son jeune maître Léandre. Au cours d'une scène particulièrement comique, il va jusqu'à faire croire au vieillard qu'il le protège d'assaillants imaginaires et profite de sa crédulité pour le rouer de coups de bâton.

Les personnages féminins ne sont pas en reste : par exemple, dans La Surprise de l'amour (1722) de Marivaux, Colombine, servante rusée, s'allie à Arlequin afin de rendre leurs maîtres respectifs amoureux l'un de l'autre, alors qu'ils prétendent l'un et l'autre avoir renoncé à l'amour. Pour ce faire, elle conçoit plusieurs stratagèmes, qui lui permettent également de séduire son complice.

Dans les deux cas, le valet et la servante – par leurs ruses – retournent la situation au profit des jeunes gens et permettent à l'amour véritable de triompher.

LÉGENDE
- Argument
- Exemple
- Exploitation de l'exemple

INFO+
Dans la ***commedia dell'arte*** – genre théâtral populaire italien, né au XVIe siècle –, des acteurs masqués improvisent des comédies dont l'intrigue est le plus souvent basée sur une ruse. Molière s'en est beaucoup inspiré.

2. Parce qu'il permet de se moquer de ceux qui pensaient être les plus forts

Le stratagème est ainsi l'occasion de se moquer de ceux qui détiennent le pouvoir et de dénoncer les défauts qu'ils incarnent : autoritarisme, cupidité, bêtise...

Les ruses de Scapin permettent effectivement de punir Géronte, incarnation de l'avarice et de l'autorité paternelle abusive. Dans Le Barbier de Séville (1775) de Beaumarchais, le comte Almaviva tombe amoureux de Rosine, que Bartholot, vieux barbon, est résolu à

CONSEIL
Veillez à bien marquer les **liens logiques** entre les idées.

épouser. Le comte et son valet Figaro mettent en place diverses ruses pour déjouer la vigilance du vieillard, dont les prétentions amoureuses sont ridiculisées par le dénouement.

Toutes ces ruses s'inscrivent dans la fonction morale de la comédie classique, qui est de « corriger les mœurs par le rire ». Elles mettent en évidence les défauts et les vices des personnages autant qu'elles en font la satire.

INFO+
C'est une **référence** à la citation latine « *castigat ridendo mores* » : la comédie classique a pour fonction d'élever moralement les spectateurs.

3. Parce qu'il peut prendre des formes très théâtrales et fait du spectateur un complice

Notons enfin que le stratagème peut prendre des formes très théâtrales – personnages dissimulés, déguisements, quiproquos… –, dont l'effet comique est assuré lors d'une représentation. On peut citer Le Mariage de Figaro (1778) de Beaumarchais : à la scène 2 de l'acte II, la comtesse et Suzanne déguisent Chérubin en femme, afin de confondre le comte Almaviva qui cherche à séduire Suzanne, promise à Figaro. L'effet comique de cette ruse est renforcé par l'inversion des attributs vestimentaires traditionnellement associés au féminin et au masculin.

CONSEIL
Prenez bien en compte les spécificités liées à chaque genre littéraire : ici, le théâtre est inséparable de la question de la mise en scène et de la représentation.

L'efficacité du stratagème tient également au fait qu'il transforme le spectateur en complice du meneur de jeu. Dans Les Fausses Confidences (1737), le spectateur est ainsi le complice de Dubois. Comme lui, il sait où l'action entraîne les personnages et s'amuse de les voir se laisser prendre au piège.

Le stratagème se révèle être par conséquent un procédé théâtral particulièrement plaisant pour le spectateur.

[Transition] À l'issue de cette première étape, on peut conclure que le stratagème est bien souvent un ressort comique, en particulier dans les comédies traditionnelles inspirées de la tradition italienne. Cependant, nous allons voir qu'il peut jouer d'autres rôles, plus sérieux.

II. Cependant, le stratagème peut avoir d'autres fonctions plus sérieuses

1. Obliger les personnages à se dévoiler et à reconnaître leurs sentiments

Le stratagème peut avoir pour fonction d'obliger les personnages à dévoiler leurs sentiments : c'est le cas notamment dans le théâtre de Marivaux. Dans Les Fausses Confidences (1737), Dubois n'est pas le seul à user d'un stratagème. Araminte ruse elle aussi quand – à la scène 13 de l'acte II – elle prétend, devant Dorante, accepter d'épouser le comte ; elle entend ainsi vérifier la nature de ses sentiments et le pousser à l'aveu de son amour. Si la scène a une dimension comique (Dorante n'est-il pas dans la situation du dupeur dupé ?), elle prend progressivement une dimension plus pathétique, le jeune homme éprouvant une véritable souffrance.

De fait, dans cette pièce comme dans d'autres de Marivaux, le stratagème permet au dramaturge de donner à voir le fonctionnement d'un cœur amoureux. Dans le cas des Fausses Confidences, la question n'est pas tant de savoir si Araminte va tomber amoureuse de Dorante grâce au stratagème mis en place, mais plutôt de montrer comment le sentiment amoureux naît et se développe en elle, comment elle va progressivement l'accepter. D'ailleurs, Dubois annonce plusieurs fois au cours de la pièce l'inévitable résultat, comme pour bien faire comprendre aux spectateurs que l'intérêt de l'histoire n'est pas là.

Dans cette comédie, la ruse permet le triomphe de l'amour, mais elle n'est pas le sujet de la pièce, centrée sur l'observation du sentiment amoureux et de ses progrès.

CONSEIL
Dans cette sous-partie, l'argument est développé en deux temps, et illustré à chaque fois par la **pièce que vous avez étudiée.** N'oubliez pas effectivement de donner à celle-ci une place importante (mais non exclusive) dans votre devoir.

2. Interroger des rapports de domination en les inversant momentanément

Dans certaines pièces, le stratagème conduit à une inversion des rôles sociaux entre maîtres et valets, interrogeant du même coup les rapports de domination – au moins pendant le temps de la représentation.

On peut citer Le Jeu de l'amour et du hasard (1730) de Marivaux : inquiets du mariage que l'on projette pour eux, Silvia et Dorante décident de prendre la place de leurs domestiques respectifs, et finissent par s'éprendre l'un de l'autre. Le stratagème des jeunes gens, dont ils sont eux-mêmes dupes, permet à Marivaux de mettre en lumière les préjugés sociaux, en particulier dans la réaction de Silvia face à celui qu'elle croit être son futur mari, et qui est en fait le valet de Dorante. Dans Le Mariage de Figaro, la comtesse, afin de confondre son mari qui veut la tromper, prend le rôle de sa servante, Suzanne. L'alliance des deux femmes et les jeux d'inversion mettent ici en évidence le pouvoir injuste que les hommes exercent sur les femmes.

Ainsi, l'inversion des rôles résultant des ruses des personnages permet d'interroger les fondements des rapports de domination de classe ou de genre.

CONSEIL
La **conclusion partielle** fait écho aux différentes idées développées dans la sous-partie qui précède : les exemples qui précèdent font effectivement référence à des rapports de domination de deux types, de classe ou de genre.

3. Dénoncer une imposture ou le pouvoir d'un tyran

Dans d'autres œuvres, le stratagème a d'autres enjeux que l'amour ; il vise à démasquer un imposteur ou à renverser un tyran.

Quand, à l'acte IV de Tartuffe ou l'imposteur (1669) de Molière, face à l'aveuglement de son mari, Elmire demande à Orgon de se cacher sous la table afin qu'il puisse assister à son entrevue avec Tartuffe, c'est dans le but de démasquer celui-ci, qui sème le vice et la division au sein d'une famille, en prenant les apparences d'un saint homme. Dans Lorenzaccio (1834), drame *romantique de Musset, les personnages organisent un complot qui doit permettre d'éliminer un tyran.*

Le stratagème mis en place dans une pièce peut donc opérer également comme un ressort dramatique, et montrer des personnages en prise avec l'hypocrisie sociale ou la violence du pouvoir.

ÉTAPE 6 au brouillon — Rédiger la conclusion

15 min

La conclusion doit proposer un **bilan de votre réflexion**, en reprenant les grandes étapes de votre démonstration. Le but est de répondre de manière claire et synthétique à la problématique énoncée en introduction, avant de la relier à une autre piste de réflexion, ou à une autre question.

[Synthèse] *Pour conclure, si le stratagème est généralement un ressort comique, en particulier dans les comédies traditionnelles, il peut avoir des fonctions plus sérieuses en révélant la vérité des sentiments ou des rapports de domination. Le stratagème semble un procédé très efficace pour toucher le spectateur, qu'il s'agisse de le faire rire ou de le faire réfléchir.*

[Ouverture] *Jacques Copeau dit ainsi que « le théâtre fait appel à l'intelligence, au jugement, à la réflexion, à toutes les réactions et les facultés de l'âme par lesquelles le spectateur se distingue du spectacle ».*

CONSEIL
Si vous pensez traiter la dissertation, essayez de mémoriser des citations issues des œuvres étudiées et d'autres se rapportant aux genres.

ÉTAPE 7 au brouillon — Se relire

15 min

Ne négligez pas l'étape de la relecture : elle vous permet de vous assurer de la clarté de votre propos, et d'éliminer les fautes d'orthographe ou de syntaxe.

Demandez-vous notamment si les différentes étapes de votre plan apparaissent clairement (choix des connecteurs, sauts de ligne entre vos différentes parties).

Arthur Rimbaud, *Cahiers de Douai*, « Ma bohème »

4 heures
20 points

▶ Commentez ce texte d'Arthur Rimbaud, extrait des *Cahiers de Douai*.

TEXTE

Ma Bohème
(Fantaisie)

Je m'en allais, les poings dans mes poches crevées ;
Mon paletot aussi devenait idéal ;
J'allais sous le ciel, Muse ! et j'étais ton féal ;
Oh ! là ! là ! que d'amours splendides j'ai rêvées !

Mon unique culotte avait un large trou.
– Petit-Poucet rêveur, j'égrenais dans ma course
Des rimes. Mon auberge était à la Grande Ourse.
– Mes étoiles au ciel avaient un doux frou-frou

Et je les écoutais, assis au bord des routes,
Ces bons soirs de septembre où je sentais des gouttes
De rosée à mon front, comme un vin de vigueur ;

Où, rimant au milieu des ombres fantastiques,
Comme des lyres, je tirais les élastiques
De mes souliers blessés, un pied près de mon cœur !

Arthur Rimbaud, *Cahiers de Douai* (1870)

ÉTAPE 1 au brouillon Étudier le paratexte

5 min

Repérez le titre de l'œuvre, son auteur et sa date de publication, puis puisez dans vos connaissances les éléments qui vous permettront de **situer rapidement le texte à étudier** dans l'histoire littéraire.

Arthur Rimbaud : Rimbaud (1854-1891) a 16 ans lorsqu'il écrit ce poème. À la même époque, il fait plusieurs fugues dont les Cahiers de Douai gardent la trace.

« Ma bohème », « Fantaisie » : Le mot « bohème » renvoie à une vie en marge de la société, dans la pauvreté mais sans souci du lendemain. Le sous-titre, « fantaisie », exprime l'idée d'imagination libre, de création sans contrainte.

1870 : L'année 1870 correspond à la guerre franco-prussienne. C'est aussi une période de remise en cause des codes traditionnels de la poésie, sous l'impulsion des romantiques puis de Baudelaire.

ÉTAPE 2 au brouillon Lire une première fois le texte

10 min

Cette première lecture va vous permettre de comprendre le texte et d'en dégager les grandes caractéristiques.

- Identifiez les **termes difficiles** et essayez d'en déduire le sens à partir du contexte.
- Notez au brouillon vos **premiers repérages**, sous forme de courtes mentions.

Premiers repérages

- Sonnet régulier
- Récit à l'imparfait d'une fugue
- Champ lexical de la misère
- Champ lexical de la création poétique
- Enthousiasme du poète

ÉTAPE 3 au brouillon

Travailler sur le texte à travers des relectures successives

30 min

Ces relectures vont vous permettre d'approfondir progressivement votre compréhension et votre analyse du texte.

Étudiez l'énonciation : qui parle ? À qui ? Quels sont les pronoms personnels utilisés ? Y a-t-il des marques de subjectivité (termes mélioratifs ou péjoratifs, modalisateurs marquant le doute ou la certitude) ?

Qui parle ?
Le poète (voir l'emploi du pronom personnel sujet « je » et des possessifs de la première personne)

À qui ?
À la « Muse » (v. 3)

Marques de subjectivité :
Termes mélioratifs, tels « splendides » (v. 4), « doux » (v. 8)
Ponctuation expressive (nombreuses exclamatives)

Étudiez la composition du texte : y a-t-il une progression ? Y a-t-il des effets de répétition ? Quelles étapes peut-on dégager ?

Il y a deux mouvements dans le sonnet :
1. les deux quatrains racontent la « course »
2. les tercets représentent le poète « assis au bord des routes »

Repérez les **registres** présents dans le texte, les émotions exprimées : est-ce un texte pathétique, lyrique, satirique, etc. ?

C'est un poème lyrique :
- *forte présence de la 1re personne du singulier*
- *termes qui font référence aux sensations*
- *ponctuation exclamative qui exprime l'exaltation*

Repérez les éléments de style : par exemple dans un poème, relevez les champs lexicaux, les images, les effets de rythme, les jeux de sonorités.

- *Champs lexicaux : le voyage, la misère, la nature, la poésie*
- *Images : métaphore (vers 6-7), comparaisons (vers 11, vers 12).*
- *Effets de rythme : enjambements et rejets*
- *Jeux de sonorités : rimes antithétiques (« crevées »/« rêvées », « fantastiques »/« élastiques »)*

ÉTAPE 4 au brouillon

Formuler une problématique et établir un plan

15 min

Réfléchissez aux **questions que suscite le texte** et déduisez-en la **problématique**.

QUESTIONS

- *Pourquoi le poème est-il titré « Ma bohème » ?*
- *Comment le poète se représente-t-il dans ce poème ?*
- *Pourquoi fait-il référence à la « Muse » et à Orphée ?*
- *Quel rôle joue la nature dans ce poème ?*
- *Quel lien y a-t-il entre le voyage et l'écriture poétique ?*

→ PROBLÉMATIQUE

Comment ce récit enthousiaste d'une fugue permet-il à Rimbaud d'exposer sa vision de la poésie ?

Organisez votre réponse en deux (ou trois) parties.

- Exposé des caractéristiques les plus évidentes

De quoi parle le texte ?
Comment en parle-t-il ?

- Approfondissement

Quelle vision du monde se dégage du texte ?
Quel projet d'écriture apparaît ?

Partie 1

Un hymne à l'errance et à la liberté.

Partie 2

Un sonnet qui donne à lire le projet poétique de Rimbaud.

ÉTAPE 5 au brouillon

Chercher des idées pour chaque partie et construire votre plan détaillé

30 min

Pour chaque partie, vous devez recenser les passages pertinents dans le texte, et analyser les procédés employés. Appuyez-vous sur votre travail préliminaire (étapes 2 et 3) en vous efforçant de **répartir vos remarques de manière équilibrée** entre les parties et sous-parties.

Voici ce que le travail de recherche pourrait donner **pour la partie 1**.

Partie 1
Un hymne à l'errance et à la liberté

Argument 1
Le poème raconte une marche sans but et sans souci du lendemain.
RÉFÉRENCES AU TEXTE : champ lexical du voyage, imparfait d'habitude

Argument 2
Il s'agit d'un poème autobiographique.
RÉFÉRENCES AU TEXTE : pronoms personnels de la 1re personne, détails prosaïques

Argument 3
C'est un poème lyrique qui célèbre la nature, représentée comme un refuge pour le poète errant.
RÉFÉRENCES AU TEXTE : nature nourricière, adjectifs mélioratifs, ponctuation expressive

Voici ce que le travail de recherche pourrait donner **pour la partie 2**.

Partie 2
Un sonnet qui donne à lire le projet poétique de Rimbaud

Argument 1
Rimbaud se moque du mythe du poète.
RÉFÉRENCES AU TEXTE : références mythologiques ironiques, rimes antithétiques, jeu de mots final

Argument 2
Il fait preuve d'une grande liberté dans l'écriture.
RÉFÉRENCES AU TEXTE : variété du lexique, liberté prise avec l'alexandrin, rejets et enjambements

Argument 3
C'est l'errance qui lui permet de « devenir voyant ».
RÉFÉRENCES AU TEXTE : images et correspondances

Les **transitions entre les parties** sont essentielles. Elles permettent de guider le lecteur dans la progression de votre commentaire, et de montrer les différents niveaux d'analyse selon lesquels vous traitez le texte. Rédigez-les à l'avance, au brouillon, au même titre que l'introduction et la conclusion.

Transition entre la 1re et la 2de partie
Ce récit d'une fugue célébrant la liberté et la communion avec la nature est aussi une déclaration d'intention poétique, qui donne à lire la vision qu'a Rimbaud de la poésie.

ÉTAPE 6 au propre

Rédiger l'introduction

15 min

L'introduction doit présenter et caractériser le texte.

En vous appuyant sur le paratexte et votre première lecture du texte, **partez du plus général** (l'auteur, l'époque) **pour aller au particulier** (la forme du texte, ses thèmes).

La présentation et la caractérisation du texte vous amènent ensuite à proposer une **problématique** qui va guider votre commentaire.

[Accroche] *Le XIXe siècle est une période de renouveau dans l'écriture poétique. La révolution romantique, puis la réflexion de Baudelaire sur le Beau conduisent à une remise en cause des codes et des traditions du genre.*

[Présentation de l'auteur et de l'œuvre] *Adolescent révolté et fugueur, grand admirateur de Baudelaire, Rimbaud compose ses premiers poèmes à 15 ans.*

[Présentation et caractérisation du texte étudié] *« Ma bohème », écrit en 1870, fait partie de ces textes. Ce sonnet, sous-titré « Fantaisie », raconte l'errance exaltée du jeune poète.*

[Problématique et annonce du plan] *Comment cet éloge de l'errance permet-il à Rimbaud d'exposer sa vision de la poésie ? Nous verrons en quoi ce récit de fugues est d'abord un hymne à l'errance et à la liberté, avant de mettre en évidence comment il donne à lire le projet poétique du jeune Rimbaud.*

INFO+
Rimbaud est un poète précoce qui a publié, en à peine cinq ans, une œuvre fulgurante.

CONSEIL
Caractérisez précisément et brièvement le texte étudié en identifiant sa forme et son thème. Si vous le pouvez, situez-le dans l'œuvre, par exemple lorsqu'il s'agit de l'incipit d'un roman ou du dénouement d'une pièce de théâtre.

ÉTAPE 7 au propre

Rédiger le développement

1 h 45

Le développement doit être **progressif** : appuyez-vous systématiquement sur des références précises au texte ou des citations commentées pour étayer vos arguments. Utilisez des connecteurs logiques afin de guider votre lecteur dans votre argumentaire.

I. Un hymne à l'errance et à la liberté

1. Le récit d'une errance

Ce sonnet se présente tout d'abord comme le récit d'un voyage sans but.

Le champ lexical du voyage est omniprésent tout au long du texte : « course » (v. 6), « auberge » (v. 7), « routes » (v. 9). La répétition de « j'allais » au vers 3, qui reprend le « Je m'en allais » du premier vers, sans complément de lieu, évoque une marche sans destination précise.
La durée du voyage semble ne pas avoir d'importance : le poète reste « assis au bord des routes » (v. 9). L'expression au pluriel « Ces bons soirs de septembre » au vers 10 évoque une période de plusieurs jours ou semaines. Ces notations sont en accord avec le temps utilisé – l'imparfait – qui exprime ici l'habitude.

Cette « course » n'a ainsi d'autre but que d'« aller » : il s'agit bien d'une errance plus que d'un voyage.

LÉGENDE
- Argument
- Références au texte
- Interprétation

CONSEIL
Pensez à analyser la valeur des temps dans votre étude de texte. Elle peut vous permettre de repérer un effet de sens, ici l'idée de répétition.

2. Un texte autobiographique

Le sonnet est autobiographique, et rend compte d'une fugue du jeune Rimbaud.

En témoignent en premier lieu les nombreuses occurrences du pronom personnel sujet de la première personne, « je », mais aussi les déterminants possessifs « mon » ou « mes », ou la référence au mois de « septembre » (v. 10).

On notera également les détails prosaïques qui soulignent le dénuement dans lequel se trouve l'adolescent fugueur. Ses vêtements sont usés, comme on le voit aux « poches crevées » (v. 1), et au « trou » de son « unique culotte » (v. 5). Le vers 7 nous fait comprendre qu'il dort à la belle étoile.
L'impression de solitude domine : le poète s'adresse à une entité abstraite, la « Muse », au vers 3, et n'a pour compagnes de route que les « étoiles au ciel » (v. 8).

Dans ce poème, où il se présente comme un vagabond vivant au jour le jour, Rimbaud évoque donc la vie de « bohème » qui a pu être la sienne lors de fugues de Charleville vers Paris ou la Belgique. Le texte exprime sa révolte et son refus du conformisme petit-bourgeois et matérialiste dans lequel il a été élevé.

CONSEIL
À la fin de chaque sous-partie, il faut revenir à l'idée directrice formulée dans la première phrase du paragraphe, et la compléter avec votre interprétation, qui découle de l'analyse des procédés.

3. La célébration de la communion avec la nature

Ce récit est aussi une célébration lyrique de la communion avec la nature.

Le champ lexical de la nature parcourt le texte : « ciel » (v. 3), « Grande Ourse » (v. 7), « rosée » (v. 11). La nature est ainsi présentée comme un refuge pour le poète : elle lui offre une « auberge » (v. 7), un « vin de vigueur » (v. 11). Des adjectifs mélioratifs caractérisent les éléments naturels, comme le « doux frou-frou » des « étoiles » (v. 8), que le poète « écout[e] ».
Le registre lyrique, sensible notamment dans les exclamatives, traduit l'exaltation que la communion avec la nature suscite chez le poète, en dépit du dénuement dans lequel il vit.

La nature semble ainsi offrir au poète à la fois un refuge et une nourriture spirituelle.

INFO+
Le registre lyrique est le registre de l'expression des sentiments personnels. Il permet d'exprimer l'exaltation, et n'est pas réservé à l'expression de l'amour.

[Transition] Mais ce récit d'une fugue célébrant la liberté et la communion avec la nature est aussi une déclaration d'intention poétique, qui donne à lire la vision qu'a Rimbaud de la poésie.

II. Un sonnet qui donne à lire le projet poétique de Rimbaud

1. Le refus du mythe du poète

En premier lieu, Rimbaud se moque de la figure traditionnelle du poète lyrique.

Il se présente au vers 3 comme le « féal », c'est-à-dire le chevalier servant de la « Muse », figure mythologique qui représente l'inspiration. La poésie est donc une mission, une vocation, un devoir pour le jeune homme. Cependant, c'est un « féal » vagabond, qui se désigne plus loin comme un « Petit Poucet rêveur » (v. 6). Rimbaud reprend la mythologie du poète inspiré en l'associant ironiquement à des détails prosaïques. Dans le vers 2, le « paletot » de plus en plus usé est ainsi caractérisé avec humour comme « idéal » : son vêtement est si usé qu'il n'a pas plus de consistance qu'une idée. Aux vers 13 et 14, le poète remplace la « lyre », instrument traditionnel du poète selon le mythe d'Orphée, par les « élastiques » de ses « souliers ».

On peut lire, à travers ce rapprochement parodique, que Rimbaud refuse l'idéal du poète inspiré par des entités abstraites et cantonné au domaine des idées.

CONSEIL
On évoque d'abord les remises en question de Rimbaud (1er argument), avant de définir son idéal poétique, tel qu'il se dégage du poème, dans sa forme et son contenu (2e et 3e arguments).

INFO+
Héros de la mythologie grecque, Orphée est un poète qui, accompagné de sa lyre, sait émouvoir par son chant aussi bien les humains que les animaux et les êtres inanimés.

2. La « fantaisie » et la liberté dans l'écriture

Notons également que, même s'il reprend la forme fixe et traditionnelle du sonnet, Rimbaud se la réapproprie librement, avec « fantaisie ».

Soucieux de se détacher d'une poésie des grands sentiments et des idées abstraites, il intègre le prosaïsme de l'existence quotidienne dans ses vers. Il juxtapose ainsi un lexique élevé (« féal », « ciel », « étoiles ») à des termes triviaux (« culotte », « élastiques ») et des onomatopées comme « frou-frou ». Ce contraste est renforcé par le jeu des rimes : entre « crevées » et « rêvées » dans le premier quatrain, « fantastiques » et « élastiques » à la dernière strophe.

Le poète introduit de la fantaisie dans le rythme même du sonnet, par les rejets et les enjambements, par exemple aux vers 6 et 7, ou aux vers 13 et 14. De l'alexandrin régulier, il ne conserve pas la césure à l'hémistiche, et varie le rythme. Et c'est par un jeu de mots, qui joue sur le double sens de « pied », à la fois partie du corps et unité de versification, qu'il clôt le poème.

Ainsi, la « fantaisie » et la liberté que recherche Rimbaud prend forme dans le poème lui-même, et dans la manière dont le poète joue avec les codes de la versification.

3. Un voyage initiatique qui permet de « devenir voyant »

Mais c'est dans l'errance elle-même que se trouve le projet poétique de Rimbaud. Celle-ci met le poète à l'épreuve et transforme sa perception du monde, lui permettant d'écrire une poésie nouvelle.

Ce caractère initiatique de l'errance se lit dans l'association des verbes d'action qui parsèment le texte, comme « j'allais » (v. 3), « j'égrenais » (v. 6), « tirais » (v. 13), et des verbes de perception tels que « écoutais » (v. 9) ou « sentais » (v. 10). L'expérience de la « route » vécue par le poète s'accompagne de rêveries, et d'une progressive transformation de sa perception du monde, qui à la fin du sonnet est peuplée d'« ombres fantastiques » (v. 12). La correspondance établie au vers 8 entre la vue des étoiles et le son « frou-frou » témoigne de cette modification de la réalité.
Le dernier tercet évoque la création poétique. L'image finale du poète est ainsi celle du vagabond démuni « rimant » au milieu de la nuit. Cette image cristallise l'ambition poétique de Rimbaud : « se faire voyant » en multipliant les expériences.

INFO+
Selon Baudelaire, c'est en établissant des « correspondances » entre les sens (la vue, l'ouïe, l'odorat) que le poète peut rendre compte de la connaissance intime du monde à laquelle il a accès.

Ainsi, l'expérience de l'errance modifie la vision du monde du poète, et lui donne accès à une réalité plus profonde, existentielle et spirituelle, à partir de laquelle la création poétique devient possible.

ÉTAPE 8 au propre

Rédiger la conclusion

10 min

La conclusion doit proposer un **bilan de votre réflexion**, en reprenant les grandes étapes de votre étude du texte. Le but est de répondre de manière claire et synthétique à la problématique énoncée en introduction, avant de **relier les enjeux du texte étudié à un autre texte**, ou à une œuvre d'art.

[Synthèse] *Pour conclure, le sonnet « Ma bohème » célèbre, à travers le récit d'une fugue, la liberté d'une vie sans souci du lendemain, au contact d'une nature nourricière. Cette errance est aussi présentée comme un moyen pour le poète de parvenir à voir le monde autrement, de manière à créer une poésie qui soit « résolument moderne », comme l'écrivait Rimbaud.*

[Ouverture] *La figure du poète fugueur et révolté a traversé l'histoire de la poésie après Rimbaud. On la retrouve par exemple chez les poètes américains de la beat generation, surnommés les « clochards célestes » dans le récit de Jack Kerouac.*

CONSEIL
Sautez une ligne avant la conclusion, et utilisez un connecteur logique qui marque explicitement l'étape finale.

CONSEIL
L'ouverture peut concerner un autre texte, du même auteur ou d'un autre, ou bien faire référence à l'histoire littéraire, ou encore à une œuvre d'art (peinture, cinéma, musique…).

ÉTAPE 9 au propre

Se relire

20 min

Ne négligez pas l'étape de la relecture : elle vous permet de vous assurer de la clarté de votre propos, et d'éliminer les fautes d'orthographe ou de syntaxe.

Posez-vous ces **questions.**

- Les différentes étapes de mon plan apparaissent-elles clairement (choix des connecteurs, sauts de ligne entre vos différentes parties) ?
- Ce paragraphe est-il compréhensible pour un lecteur extérieur ?
- Les citations sont-elles intégrées correctement ?

Vérifiez également les **chaînes d'accord** : l'adjectif accordé avec le nom ou le pronom auquel il se rapporte, le verbe accordé avec son sujet, ainsi que la terminaison des verbes en fonction de leur temps et de leur groupe.

3 Sujet d'écrit • Commentaire

Lamartine, *Œuvre posthume*, « Les Voiles »

4 heures
20 points

INTÉRÊT DU SUJET • Dans ce poème construit sur la métaphore qui assimile la vie à un voyage, Lamartine réussit à renouveler ce lieu commun et à écrire une page autobiographique originale.

Commentez ce texte d'Alphonse de Lamartine, extrait d'*Œuvre posthume*.

DOCUMENT

Lamartine, amateur de voyages, part en 1844 à Ischia, une île au large de Naples. La contemplation de la mer éveille en lui une méditation sur sa vie, alors assombrie par des soucis financiers, et lui inspire simultanément des œuvres autobiographiques en prose (Les Confidences), *mais aussi des poèmes marqués par ses déceptions.*

Quand j'étais jeune et fier et que j'ouvrais mes ailes,
Les ailes de mon âme à tous les vents des mers,
Les voiles emportaient ma pensée avec elles,
Et mes rêves flottaient sur tous les flots amers.

Je voyais dans ce vague où l'horizon se noie
Surgir tout verdoyants de pampre[1] et de jasmin
Des continents de vie et des îles de joie
Où la gloire et l'amour m'appelaient de la main.

J'enviais chaque nef[2] qui blanchissait l'écume,
Heureuse d'aspirer au rivage inconnu,
Et maintenant, assis au bord du cap qui fume,
J'ai traversé ces flots et j'en suis revenu.

Et j'aime encor ces mers autrefois tant aimées,
Non plus comme le champ de mes rêves chéris,
Mais comme un champ de mort où mes ailes semées
De moi-même partout me montrent les débris.

Cet écueil me brisa, ce bord surgit funeste,
Ma fortune[3] sombra dans ce calme trompeur ;
La foudre ici sur moi tomba de l'arc céleste
Et chacun de ces flots roule un peu de mon cœur.

Ischia[4], 1844, septembre.

Alphonse de Lamartine, *Œuvre posthume*, « Les Voiles », 1873.

1. Pampre : branche, rameau de vigne portant des feuilles et des grappes de raisin.
2. Nef (nom féminin) : navire.
3. Ma fortune : mon destin, mon sort, ma vie.
4. Ischia : île de la baie de Naples.

LES CLÉS DU SUJET

Définir le texte

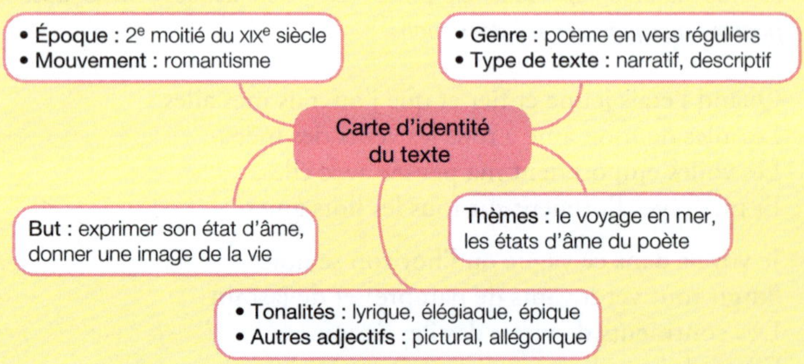

Construire le plan

① Un poème tableau	• À partir de la structure du poème, analysez les paysages marins (ou « marines ») que peint le poète. • Comparez-les et dites précisément en quoi ils s'opposent. • Montrez la dimension épique de la description.
② Un paysage mental exprimant la mélancolie romantique	• En quoi ces tableaux sont-ils en résonance avec l'univers mental de Lamartine ? • Analyser les registres du poème. Quelle progression de ton marque le poème ? • Quelle image de Lamartine se dessine ?
③ Le voyage, allégorie de la vie	• Quelle interprétation symbolique, allégorique du voyage suggère Lamartine ? • Quelle conception de la vie révèle cette allégorie ? • Quel regard Lamartine jette-t-il sur sa destinée ?

3 CORRIGÉ GUIDÉ

Les titres en couleur ou entre crochets ne doivent pas figurer sur la copie.

Introduction

[Présentation du contexte] Le thème du voyage, source d'exotisme, a toujours inspiré les artistes, notamment les écrivains : générateur de beaux « tableaux », il prend aussi chez les poètes de multiples valeurs symboliques Les romantiques l'ont exploité pour son pouvoir évocateur, en l'associant au thème du temps, cher à Lamartine.

[Présentation du texte et annonce du plan] Dans « Les Voiles », le poète romantique évoque des voyages maritimes à travers deux « marines » [I], qui reflètent son paysage mental [II] ; ces voyages sont à l'image de sa vie, sur laquelle il jette un regard rétrospectif, et du destin humain sur lequel il médite [III].

I. Un poème tableau

▶ Le secret de fabrication

Cette partie souligne l'aspect très pictural du poème : elle analyse le contraste entre les deux tableaux de mer et les notations sensorielles qui les accompagnent.

Lamartine déploie devant les yeux du lecteur deux « marines », peintures de la mer qui représentent des navires tantôt en haute mer tantôt rentrés au port. Les deux tableaux, composés lors d'un séjour sur une île italienne « Ischia », forment un diptyque contrasté : le vers 11 marque la transition de l'un à l'autre par la liaison « et maintenant » qui oppose passé et présent.

1. Deux « marines »

• Le poème se déroule comme deux voyages et mentionne de nombreux éléments liés à la navigation. Le titre « Les voiles » fonctionne comme une métonymie de la « nef », dont on discerne à la fin du poème les « débris ».

• Le champ lexical de la navigation, omniprésent, évoque notamment les déplacements du bateau, qui a « traversé » les « flots », qu'un « [écueil] brisa » et qui « sombra ». Tout est en mouvement : les ailes ouvertes du poète-bateau l'emportent, le bord surgit, la foudre tombe, chaque flot « roule »...

• Ces déplacements font voyager le lecteur à travers des paysages divers et s'ouvrent sur des perspectives multiples : les « flots » et leur « calme trompeur », mais aussi « l'horizon », « des continents », des « îles », un « rivage inconnu », un « cap », un « écueil », « l'arc céleste » qui s'ouvre à l'infini.

• Les deux voyages qu'opposent les circonstances temporelles (« autrefois », « maintenant ») n'ont pas la même atmosphère : le premier ressemble aux aventures pleines de « rêves », de « joie », de surprises et de découvertes (« je voyais surgir », « rivage inconnu ») ; le second est une scène de naufrage (« débris », « brisa », « sombra »).

2. Tous les sens sollicités

• Ces marines abondent en notations visuelles : elles dessinent les formes harmonieuses des voiles gonflées par le vent, celles plus escarpées et dures du « cap » et de « l'écueil » ; elles se colorent du « pampre » et du « jasmin » « verdoyants », de la blancheur de « l'écume », des éclairs de la « foudre ».

• Mais les autres sens sont aussi sollicités : l'odorat par la mention du « jasmin » et du cap qui « fume », l'ouïe par l'évocation des « vents », de la foudre qui suggère le tonnerre. Les notations auditives sont accentuées par des jeux sur les sonorités : légères dans les deux premières strophes (le son [è] se combine à la douceur des consonnes (« j », « m » et « l ») : « jeune, *étais*, *fier*, ouvr*ais*, *m*es *ai*les, mo*n* âme, me*rs* »…), les sonorités se durcissent dans la dernière strophe (« c/k, p, b » et la sonore « r »).

3. La dimension épique

• L'implication des quatre éléments naturels fait de ces voyages une aventure épique : « les mers » (au pluriel pour en amplifier l'immensité) figurent l'eau, les « vents » l'air, la « foudre » le feu et le « cap » la terre.

• Lamartine ne fait-il pas penser à Ulysse qui, lui aussi, a dû faire face aux « flots amers », au « calme trompeur », a connu le paradis « verdoyants » avec Circé, a vu son navire en « débris », a dû essuyer la « foudre » avant de rentrer chez lui ?

II. Un paysage mental, exprimant la mélancolie romantique

▶ Le secret de fabrication

Cette partie montre comment le bateau est assimilé au poète et les étapes du voyage, aux différentes étapes de sa vie ; elle analyse le passage du lyrisme à l'élégie.

La confrontation entre le passé et le présent du poète donne à ces voyages une valeur métaphorique : ils peignent, sur un ton à la fois lyrique et élégiaque, la mélancolie romantique.

1. Le motif du poète bateau

Les indices personnels qui parsèment le poème, le « je » qui ouvre le poème et presque toutes les strophes, le vocabulaire affectif (« j'enviais », « j'aime »…), la métonymie « mon cœur », indiquent la forte implication affective de Lamartine. Et par le biais du mot « ailes » qui amène le mot « voiles », le poète devient bateau lui-même ; c'est lui qui est « bris[é] ». S'esquisse alors un double portrait, en écho au double voyage.

2. Du lyrisme…

Le premier portrait, empreint de lyrisme, dessine un être fougueux parce que « jeune », plein de « rêves ». Il multiplie le vocabulaire positif : « verdoyants » (le vert étant symbolique de jeunesse), « joie », « gloire », « amour », « heureuse »… Il est peuplé d'allégories gracieuses et généreuses au geste symbolique d'amitié : « la gloire et l'amour appelaient [le poète] de la main ».

3. ...à l'élégie

CONSEIL
Si vous connaissez des œuvres (peinture, sculpture, photos...) en rapport avec le texte, mentionnez-les.

• Le second portrait, en demi-teinte, a le ton de l'élégie. Les couleurs ont disparu, l'immobilité a gagné : le poète est « assis », songeur, « au bord du cap » comme Le voyageur contemplant une mer de nuages du peintre Caspar David Friedrich (1817). Les mots de la souffrance et des désillusions envahissent le poème, qui semble une déploration funèbre, un « thrène » à l'antique : « champ de mort », « débris », « brisa », « funeste ». L'alexandrin se fait plus lent et s'allonge parfois par un enjambement qui entraîne avec lui la totalité du vers suivant (v. 15-16, 19-20). La valeur symbolique de la « fumée » – les souvenirs – souligne la mélancolie de cette lamentation.

• Le poète tout entier est pris dans ce parcours méditatif : corps (« mes ailes »), sens (« je voyais »), cœur (« j'aime »), « pensée » mais aussi « âme ». Le voyage est physique, affectif, intellectuel, moral et philosophique à la fois.

III. Le voyage, allégorie de la vie

▶ Le secret de fabrication
Cette partie montre comment le poème s'ouvre sur une réflexion plus générale sur la vie, la mort et la condition humaine.

Comme dans « Le Lac » (1820) qui évoque aussi des « rivages », « l'océan des âges » et un appel à « jeter l'ancre », Lamartine, par le mot « âme » dès le vers 2, invite à discerner dans « les voiles » la valeur symbolique d'une allégorie : ce voyage-là est celui de la vie.

1. Une structure symbolique

• La structure du poème parfaitement symétrique – ascendant jusqu'au vers 10, descendant à partir du vers 11 qui lui sert de pivot – invite à cette interprétation. De longueur égale, les deux parties qui figurent la jeunesse d'abord, puis, après une brusque rupture, la vieillesse, aboutissent à la mort et se répondent en un réseau d'échos en opposition : « ma fortune sombra » répond à « mes rêves flottaient » et « le champ de mort » au « champ de mes rêves ». Le poème suit la courbe de la vie.

• Chaque mot prend alors un sens figuré qui redonne à des clichés une vie nouvelle : on parle bien des « écueil(s) » de la vie, de « cap » dans la vie, d'une vie « amère » qui coule... (« flots amers »). L'expression « j'en suis revenu » a sans doute un double sens, propre et figuré (= je suis désabusé). On comprend alors les expressions étranges alliant deux mots, l'un de sens concret, l'autre abstrait : « continents de la vie », « îles de joie », « flots amers ».

2. La présence implicite du destin

• Le jeu des temps annonçait dès le début cette évolution et cette méditation sur le destin : des vers 1 à 10, l'imparfait joue son rôle de « temps cruel qui nous présente » « la vie comme quelque chose d'éphémère » (Proust).

• Il est douloureusement souligné par les adverbes « maintenant », « autrefois » et « encor » – tous au milieu du poème – et relayé par le présent, celui de l'écriture du poème qui sera celui du reste de la vie.

3. Un bilan fataliste et attendri

Et c'est bien une méditation, un retour sur soi que propose Lamartine.

• Des événements passés, relatés au passé simple définitivement irrémédiable (« brisa » « tomba »), il tire au présent (celui de l'écriture) mais aussi au passé composé les conséquences de ce qui, bien que passé (signifié par le participe passé) a des répercussions sur son présent (contenu dans l'auxiliaire au présent) : « j'ai traversé », « j'en suis revenu ». Il figure par là tout ce que chaque être au cours de sa vie contient de changement mais aussi de permanence (« j'aime encor ») : les « rêves » ont subsisté.

• Quelle est la teneur de ce bilan ? À l'âge mûr, devenu spectateur de sa vie (il n'est plus, dans la strophe ultime, sujet des verbes mais complément : « *me* brisa »), il ne peut rien contre la fuite du temps qui consacre la défaite de l'homme : tous les temps verbaux sont utilisés, sauf le futur, mais le champ lexical de la mort suffit à l'évoquer (« funeste, champ de mort »).

• Faut-il pour autant sombrer dans le désespoir ? Lamartine, même s'il exprime ses regrets devant ce « naufrage », semble plutôt conseiller la lucidité attristée, une soumission sans révolte (que faire contre les « flots qui roule[nt] un peu de [son] cœur » ?). Mais, symboliquement assis en retrait sur le « cap » et surplombant l'horizon, il teinte ce fatalisme d'un regard bienveillant et indulgent, presque amusé, pour le jeune homme qu'il était et pour ses « rêves » (« j'aime encor »). Il ne renie pas son « beau voyage » qui l'a rendu « heureux » mais, instruit par l'expérience, il s'apprête à accepter son sort avec sa poésie chargée de garder les traces nostalgiques de ses souvenirs.

Conclusion

[Synthèse] Le poème s'appuie sur deux tableaux en contraste pour rendre compte d'un état d'âme et figurer l'écoulement de la vie. Le ton des « Voiles » est fortement marqué par le contexte – le romantisme – et la sensibilité passionnée de Lamartine. [Ouverture] Mais, comme d'autres poètes avant lui – on songe à certains poèmes de Du Bellay – il assigne à sa poésie la fonction de préserver, métamorphosée et pérennisée par la beauté d'une forme, l'image de la vie passée.

Le « je » lyrique : un « je » autobiographique ?

4 heures
20 points

INTÉRÊT DU SUJET • Que dit un poète de lui-même dans ses poèmes ? Le sujet invite à confronter deux genres : l'autobiographie et la poésie.

La poésie romantique se caractérise par la forte présence du « je ». Pensez-vous que ce « je » lyrique soit un « je » autobiographique ?

Vous répondrez à cette question dans un développement argumenté, en vous appuyant sur votre lecture des *Contemplations* de Hugo et sur les autres textes étudiés dans le cadre du parcours « Mémoires d'une âme ».

LES CLÉS DU SUJET

Analyser le sujet

La poésie romantique se caractérise par la forte présence du « je ». Pensez-vous que ce « je » lyrique soit un « je » autobiographique ?

- **La poésie romantique :** elle correspond à la période du romantisme, mouvement qui met le « moi » au centre de l'écriture.
- **Pensez-vous :** attente d'un plan dialectique avec une pensée nuancée.
- **« je » lyrique :** le poète s'exprime en son nom propre mais son expérience personnelle est le support d'une parole poétique qui dépasse la singularité de l'expérience.
- **« je » autobiographique :** dont l'intention est de raconter sa vie de manière rétrospective et de l'analyser.
- **« ce » :** le démonstratif associe « je lyrique » et romantisme.

Formuler la problématique

Qu'apporte la dimension autobiographique au « je » lyrique de la poésie romantique ?

Construire le plan

1 La place du « je lyrique » et du « je autobiographique » dans la poésie romantique	• Cherchez ce qui lie lyrisme, poésie romantique, et expression du moi. • EXEMPLES : Lamartine, *Méditations poétiques* ; le mythe d'Orphée ; Musset, *Contes d'Espagne et d'Italie*, « Sonnet » ; Baudelaire, *Les Fleurs du mal*.
2 Le « je » des *Contemplations* peut-il être un « je autobiographique » ?	• Réfléchissez au traitement du temps dans *Les Contemplations*. • Intéressez-vous à la manière dont Hugo présente lui-même son projet. • EXEMPLES : Hugo, *Les Contemplations*.
3 L'association du « je lyrique » et du « je autobiographique » : le miroir du lecteur ?	• Réfléchissez à la comparaison entre la poésie et un miroir et demandez-vous qui peut s'y voir. • EXEMPLES : Musset, « Nuit de décembre » ; Baudelaire, « Au lecteur » ; Rimbaud *Lettre à Izambard* et *Lettre à Demeny* ; Lamartine, *Méditations poétiques*.

4 CORRIGÉ GUIDÉ

Les titres en couleur ou entre crochets ne doivent pas figurer sur la copie.

Introduction

[Accroche] « Qu'est-ce que *Les Contemplations* ? C'est ce qu'on pourrait appeler, si le mot n'avait quelque prétention, les Mémoires d'une âme », écrit Victor Hugo dans sa préface. En insistant sur le caractère autobiographique de son recueil, il semble vouloir faire du « je lyrique », propre à la poésie romantique, un « je autobiographique ».

[Explicitation du sujet] On peut alors se demander ce qu'apporte la dimension autobiographique au « je lyrique » de la poésie romantique.

[Annonce du plan] Nous verrons d'abord quelle place occupent le « je lyrique » et le « je autobiographique » dans la poésie romantique [I] ; nous nous demanderons ensuite, en nous appuyant sur la lecture des *Contemplations*, si le « je lyrique » peut vraiment se glisser dans le « je autobiographique » [II] ; enfin, nous tenterons de savoir si un « je lyrique » qui serait aussi un « je autobiographique » peut devenir le « je » du lecteur [III].

I. La place du « je lyrique » et du « je autobiographique » dans la poésie romantique

> **▶ Le secret de fabrication**
> Le lyrisme est défini comme l'expression forte d'une subjectivité sur des thèmes comme l'amour, la mort, la nature. Mais le « je lyrique » n'est pas obligatoirement un « je autobiographique », dans le sens où il n'est pas nécessaire que le poète ait vécu en personne les événements qu'il prend pour motifs de ses poèmes.

1. Une revendication de l'expression du « je »

Avec le romantisme, le « je lyrique » prend une place nouvelle caractérisée par l'expression des sentiments subjectifs.

• « Je suis le premier qui ai fait descendre la poésie du Parnasse, et qui ai donné à ce qu'on nommait la muse, au lieu d'une lyre à sept cordes de convention, les fibres mêmes du cœur de l'homme, touchées et émues par les innombrables frissons de l'âme et de la nature », écrit Lamartine dans la préface des *Méditations poétiques.*

• La poésie romantique est donc une poésie du cœur, qui cherche à exprimer les émotions directement grâce à un langage poétique moins conventionnel qu'auparavant, plus souple, plus sensible, apte à reproduire les mouvements intimes de l'âme.

• La poésie romantique se réclame d'Orphée, chantant sa douleur après la mort d'Eurydice. Le chant lyrique est incarné par la personne du poète.

2. Le « je lyrique »

La question se pose alors de l'identité de ce « je lyrique » : le poète est-il lui-même le sujet de son écriture, ou un « je » plus universel ?

• C'est ainsi que dans le même recueil, *Méditations poétiques*, Lamartine adresse un « Hymne au soleil », exprime la douleur de la perte d'un amour (« Isolement ») et s'adresse à son lecteur : « Qui n'a pas entendu cette voix dans son cœur ? » (« Vallon »).

• *Méditations poétiques* est un recueil teinté de mélancolie, à l'image de Lamartine, qui, comme Orphée, ne peut voir le monde qu'à travers sa douleur. Mais l'expression de sa mélancolie ne fait pas de son recueil un recueil autobiographique.

3. Le poème autobiographique

Certains poèmes retracent de manière plus explicite le parcours du poète, et pourraient à ce titre être qualifiés d'autobiographiques.

MOT CLÉ
L'autobiographie est un « récit rétrospectif en prose qu'une personne réelle fait de sa propre existence, lorsqu'elle met l'accent sur sa vie individuelle, en particulier sur l'histoire de sa personnalité. » P. Lejeune, *Le Pacte autobiographique*, 1975

- Le poète peut affirmer ses préférences. Ainsi de ce vers « J'aime le souvenir de ces époques nues, / Dont Phoebus se plaisait à dorer les statues », dans lequel Baudelaire expose ses goûts esthétiques.
- La datation et/ou la mention du lieu peuvent ancrer le poème dans la vie du poète : « C'est le temps de la ville. – Oh ! lorsque l'an dernier, /J'y revins, que je vis ce bon Louvre et son dôme, / Paris et sa fumée, et tout ce beau royaume » (Musset, *Contes d'Espagne et d'Italie,* « Sonnet », 1830).
- « Nuit de décembre » de Musset fait figure de poème autobiographique. On le voit écolier, adolescent, jeune homme amoureux, adulte, au chevet de son père ou dans les banquets. On suit son évolution jusqu'au moment de l'écriture du poème : la douleur de la rupture d'avec la femme aimée.

[Transition] Mais la poésie peut-elle vraiment accueillir le projet autobiographique ?

II. Le « je » des *Contemplations* peut-il être un « je autobiographique » ?

▶ Le secret de fabrication
Il s'agit de montrer en quoi le projet autobiographique annoncé par Hugo dans sa préface se différencie de l'autobiographie telle qu'elle est définie par Philippe Lejeune.

1. Brouillage du genre : journal intime, mémoire, autobiographie

À la manière de Rousseau dans son préambule aux *Confessions*, Hugo conclut avec son lecteur « un pacte de sincérité ».

- Lorsqu'il écrit qu'il « a laissé, pour ainsi dire, ce livre se faire en lui », il nous garantit la véracité des événements et des sentiments.
- En affirmant avoir écrit « jour à jour », Hugo présente *Les Contemplations* comme un journal intime. Pourtant elles relèvent bien du genre des mémoires comme le prouvent le sous-titre « Mémoires d'une âme » et le fait qu'il ait écrit le recueil entre 1840 et 1850 (dates qui ne correspondent ni à son enfance ni à son adolescence).

2. Le brouillage du temps

Un projet autobiographique s'inscrit dans une continuité historique, pourtant cette temporalité est brouillée.

- La composition du recueil en deux grandes parties « Autrefois » et « Aujourd'hui », ainsi que les trois livres qui les composent, se succèdent chronologiquement.

- Mais un désordre s'installe : par exemple « À Granville, en 1836 », précède le poème « Vers 1820 ». De plus, les dates sont peu précises : dans le deuxième livre, seul un poème est précisément daté (juin 1839), un autre précise la décennie (septembre 183…). Les autres poèmes ne portent que la mention du mois et du siècle : juin 18…

3. Le discontinu ou l'émiettement du « je »

La poésie, par sa forme même, accueille difficilement le projet autobiographique.

- La prose va de l'avant de manière continue, alors que chaque poème vaut pour lui-même et constitue souvent une forme brève.

- Il suffit d'observer la suite des poèmes du livre I pour voir qu'y règnent le discontinu et l'ellipse. Quelle continuité trouver entre « La vie aux champs » (I, 6) et « Réponse à un acte d'accusation » (I, 7) ou entre « À madame D.G de G. » (I, 10) et « Lise » (I, 11) ?

[Transition] Ainsi, on peut dire avec Maulpoix, que « Là où l'autobiographie tend à centrer la figure, la poésie l'émiette, la disperse et la dé-figure ».

À NOTER
Maulpoix et un poète contemporain, auteur d'essais critiques sur la poésie. Dans un de ses articles, il s'interroge sur la place du « je » dans la poésie.

III. L'association du « je lyrique » et du « je autobiographique » : le miroir du lecteur ?

▶ Le secret de fabrication
Comment le « je » autobiographique et le « je » lyrique, qui, selon Hugo, dépasse sa propre individualité, cohabitent-ils dans la poésie pour devenir le miroir du lecteur ?

1. « On se plaint quelquefois des écrivains qui disent moi. »

Dans sa préface, Hugo reprend un reproche souvent adressé aux poètes romantiques : ils sont trop centrés sur eux-mêmes.

• Un peu plus tard, en 1871, Rimbaud critiquera violemment cette poésie submergée par le « je » : « Sans compter que votre poésie subjective sera toujours horriblement fadasse » écrit-il dans sa *Lettre à Izambard*.

• D'autre part, au lieu de tendre à l'universel, le poème n'est parfois qu'un miroir narcissique. Dans la « Nuit de décembre » de Musset, cet « autre qui [lui] ressemblait comme un frère » et qui revient de manière lancinante n'est que son propre reflet.

2. Le miroir du lecteur ?

Pour éviter cet égocentrisme, Hugo affirme, dans sa préface, que « Ce livre contient, nous le répétons, autant l'individualité du lecteur que celle de l'auteur. *Homo sum*. »

• Le « je » autobiographique est alors un « je » collectif dans lequel le lecteur doit apprendre à se reconnaître, car tous les hommes ont une même destinée, de « l'énigme du berceau » à « l'énigme du cercueil ».

• Il y a une universalité des états d'âme même si les événements qui les provoquent sont différents de ceux vécus par le lecteur : le « je » lyrique s'adresse plus directement au lecteur que le « je autobiographique ».

• Car c'est au lecteur d'apprendre à se reconnaître dans le miroir tendu par le poète : « Hélas ! quand je vous parle de moi, je vous parle de vous. Comment ne le sentez-vous pas ? Ah ! insensé, qui crois que je ne suis pas toi ! », écrit Hugo dans sa préface.

DES POINTS EN +
On peut mettre en relation cette adresse au lecteur avec le poème liminaire des *Fleurs du mal* dans lequel Baudelaire apostrophe le lecteur : « Hypocrite lecteur, – mon semblable, – mon frère ! »

3. Je est un autre

Si la poésie est ce miroir qui fait passer du je au je (Musset), du je au nous (Hugo), elle peut être aussi ce qui permet au « je » de se voir « autre ».

• C'est ce qu'exprime Rimbaud dans sa lettre à Demeny (1871) : « Car Je est un autre. Si le cuivre s'éveille clairon, il n'y a rien de sa faute. Cela m'est évident : j'assiste à l'éclosion de ma pensée : je la regarde, je l'écoute : je lance un coup d'archet : la symphonie fait son remuement dans les profondeurs, ou vient d'un bond sur la scène. »

• C'est ce qu'explique Lamartine dans sa préface aux *Méditations poétiques* : « J'aimais et j'incorporais en moi ce qui m'avait ému ; j'étais une glace vivante qu'aucune poussière de ce monde n'avait encore ternie, et qui réverbérait l'œuvre de Dieu ! De là à chanter ce cantique intérieur qui s'élève en nous, il n'y avait pas loin. Il ne manquait que la voix. Cette voix que je cherchais et qui balbutiait sur mes lèvres d'enfant, c'était la poésie. »

Conclusion

[Synthèse] Il serait vain de tenter de réduire le « je lyrique » au « je autobiographique », ou de rechercher la vérité du « je autobiographique » dans le « je lyrique », car le passage par la poésie trouble par sa nature même, le projet autobiographique.

[Ouverture] Ce « je » qu'il soit lyrique ou autobiographique sera rejeté par les parnassiens et par les symbolistes, et particulièrement par Mallarmé qui cherche la « disparition élocutoire du poète » pour laisser parler la poésie elle-même et passer de la parole poétique à l'acte poétique.

5 Sujet d'écrit • Commentaire

Baudelaire, *Petits poèmes en prose*, « Les yeux des pauvres »

4 heures
20 points

INTÉRÊT DU SUJET • Adressé à une femme autrefois aimée mais désormais haïe, ce poème surprend par sa forme et son propos.

▶ Commentez ce texte de Baudelaire, extrait des *Petits poèmes en prose*.

DOCUMENT

Dans cette lettre de rupture atypique, alors qu'il évoque une soirée passée à la terrasse d'un quartier riche du Paris du Second Empire, Baudelaire reproche à une de ses maîtresses et, à travers elle, à tous les nantis, leur indifférence cruelle pour les plus pauvres et fait le constat de l'incommunicabilité entre les êtres.

Ah ! vous voulez savoir pourquoi je vous hais aujourd'hui. Il vous sera sans doute moins facile de le comprendre qu'à moi de vous l'expliquer ; car vous êtes, je crois, le plus bel exemple d'imperméabilité féminine qui se puisse rencontrer.

Nous avions passé ensemble une longue journée qui m'avait paru courte. Nous nous étions bien promis que toutes nos pensées nous seraient communes à l'un et à l'autre, et que nos deux âmes désormais n'en feraient plus qu'une ; – un rêve qui n'a rien d'original, après tout, si ce n'est que, rêvé par tous les hommes, il n'a été réalisé par aucun.

Le soir, un peu fatiguée, vous voulûtes vous asseoir devant un café neuf qui formait le coin d'un boulevard neuf, encore tout plein de gravois[1] et montrant déjà glorieusement ses splendeurs inachevées. Le café étincelait. Le gaz lui-même y déployait toute l'ardeur d'un début, et éclairait de toutes ses forces les murs aveuglants de blancheur, les nappes éblouissantes des miroirs, les ors des baguettes et des corniches, les pages aux joues rebondies traînés par les chiens en laisse, les dames riant au faucon perché sur leur poing, les nymphes et les déesses portant sur leur tête des fruits, des pâtés et du gibier, les Hébés[2] et les Ganymèdes[3] présentant à bras tendu la petite amphore à bavaroises ou l'obélisque bicolore des glaces panachées ; toute l'histoire et toute la mythologie mises au service de la goinfrerie.

Droit devant nous, sur la chaussée, était planté un brave homme d'une quarantaine d'années, au visage fatigué, à la barbe grisonnante, tenant d'une main un petit garçon et portant sur l'autre bras un petit être trop faible pour marcher. Il remplissait l'office de bonne[4] et faisait prendre à ses enfants l'air du soir. Tous en guenilles. Ces trois visages étaient extraordinairement sérieux, et ces six yeux contemplaient fixement le café nouveau avec une admiration égale, mais nuancée diversement par l'âge.

Les yeux du père disaient : « Que c'est beau ! que c'est beau ! on dirait que tout l'or du pauvre monde est venu se porter sur ces murs. » – Les yeux du petit garçon : « Que c'est beau ! que c'est beau ! mais c'est une maison où peuvent seuls entrer les gens qui ne sont pas comme nous. » – Quant aux yeux du plus petit, ils étaient trop fascinés pour exprimer autre chose qu'une joie stupide et profonde.

Les chansonniers disent que le plaisir rend l'âme bonne et amollit le cœur. La chanson avait raison ce soir-là, relativement à moi.

Non seulement j'étais attendri par cette famille d'yeux, mais je me sentais un peu honteux de nos verres et de nos carafes, plus grands que notre soif. Je tournais mes regards vers les vôtres, cher amour, pour y lire ma pensée ; je plongeais dans vos yeux si beaux et si bizarrement doux, dans vos yeux verts, habités par le Caprice et inspirés par la Lune, quand vous me dites : « Ces gens-là me sont insupportables avec leurs yeux ouverts comme des portes cochères[5] ! Ne pourriez-vous pas prier le maître du café de les éloigner d'ici ? » Tant il est difficile de s'entendre, mon cher ange, et tant la pensée est incommunicable, même entre gens qui s'aiment !

Charles Baudelaire, *Petits poèmes en prose*, « Les yeux des pauvres » 1869.

---

1. Gravois : gravats.
2. Hébé : fille de Zeus et d'Héra dans la mythologie grecque. Elle sert le nectar aux dieux et aide aux travaux domestiques.
3. Ganymède : prince légendaire de Troie. Zeus, changé en aigle, l'enlève et l'emporte sur l'Olympe où il devient immortel.
4. L'office de bonne : le travail d'un domestique.
5. Portes cochères : portes dont les dimensions permettent l'entrée en voiture.

LES CLÉS DU SUJET

Définir le texte

Carte d'identité du texte

- **Époque** : milieu du XIXe siècle
- **Genre** : poème en prose sous forme de lettre
- **Type de texte** : narratif, descriptif et argumentatif
- **Thèmes** : la pauvreté, l'indifférence des riches, l'incommunicabilité
- **Tonalité** : pathétique
- **Autres adjectifs** : contrasté, poignant, critique
- **Buts** : critiquer les riches, exprimer sa compassion pour les miséreux

Construire le plan

1 Le récit d'une expérience personnelle	• Interrogez-vous sur la forme du poème et sur la situation d'énonciation : qui « parle » à qui ? • Analysez sa structure. Comparez les premier et dernier paragraphes : quelle progression observez-vous ? • Quelle vision de la femme, de l'amour et des rapports entre les êtres le poème révèle-t-il ?
2 Une fable sur les rapports sociaux	• Analysez et comparez les deux « tableaux ». • Quels éléments récurrents prennent une valeur symbolique ? • Quelle image Baudelaire donne-t-il des deux mondes et des personnages qu'il décrit ?
3 Une conception du poète et de la poésie	• Montrez qu'indirectement le poème joue le rôle d'un art poétique. • Quelle image le poème donne-t-il du poète ? de la poésie ?

5 CORRIGÉ GUIDÉ

Les titres en couleur ou entre crochets ne doivent pas figurer sur la copie.

Introduction

[Présentation du contexte] Au XIXe siècle, la ville devient une source d'inspiration privilégiée pour les artistes. Ainsi Paris est pour Baudelaire un thème essentiel des *Fleurs du mal* et des *Petits poèmes en prose*. Sa vision, réelle ou rêvée, du Paris du Second Empire, bouleversé par les grands travaux de rénovation d'Hausmann, fait de la capitale un lieu contrasté, parcouru d'existences contradictoires, laborieuses et oisives, vertueuses et vicieuses, luxueuses et sordides. Paris est aussi le théâtre des aléas des histoires d'amour.

[Présentation du texte] Dans son poème en prose « Les yeux des pauvres », qui s'adresse à une femme naguère aimée, le poète rend compte d'un moment passé à la terrasse d'un café et de la confrontation du couple avec une famille de mendiants.

[Annonce du plan] Mais le poème dépasse l'anecdote, il prend des allures d'apologue et propose plusieurs niveaux de lecture. En effet, il conduit à une réflexion sur l'amour, la femme et l'être humain [I], et le récit de cet épisode apparemment banal ouvre une médiation sur les inégalités entre riches et pauvres [II] et, au-delà, sur les fonctions de la poésie et du poète [III].

I. Le récit d'une expérience personnelle

> **▶ Le secret de fabrication**
> Cette première partie vise à montrer comment ce poème en prose, sous la forme d'une lettre personnelle à une femme autrefois aimée, conduit à une réflexion plus générale.

1. Du lien amoureux à la rupture

- Jalonné d'indices personnels de la 1re personne du singulier – le « je » désigne le poète – le texte a la forme d'une adresse directe à une amante (« cher ange » aux « yeux si beaux et [...] doux ») liant « deux âmes ».
- Mais, à travers l'expression brutale « je vous hais », les conditionnels (« seraient », « feraient ») et l'expression « un rêve » qui « n'a été réalisé par personne », Baudelaire marque en fait une rupture. Il suscite ainsi la perplexité chez le lecteur qui se demande ce qui a pu la causer. L'explication, sous forme d'un retour en arrière (« nous avions passé ensemble une longue journée... »), constitue le corps du poème.

2. De l'expérience personnelle à la « leçon »

Baudelaire y révèle sa vision de la femme, de l'amour et des rapports humains.

- De son expérience qu'il sait commune (« rien d'original »), il tire une leçon : la fin du deuxième paragraphe – avec le présent de vérité générale et l'expression « *tous* les hommes » – ressemble fort à la morale d'une fable.
- L'amante, qualifiée ironiquement par le superlatif hyperbolique et l'adjectif antiphrastique de *plus bel* « exemple d'imperméabilité féminine », est

désignée par des apostrophes sarcastiques (« cher ange », « cher amour »). Ses yeux si *bizarrement* « doux » sont trompeurs. L'expression « imperméabilité *féminine* » étend à toutes les femmes les reproches adressés à une seule.

• Baudelaire révèle son idéal de communion entre les êtres : « Je tournais mes *regards* vers les vôtres [...] pour y lire *ma* pensée. » Mais ce « rêve » d'un monde où « deux âmes ne feraient qu'une » est balayé par deux termes négatifs qui se font écho, « *im*perméabilité » et « *in*communicable ». Cette vision pessimiste de l'amour renvoie à la solitude qui crée le « spleen ».

II. Une fable sur les rapports sociaux

> **▶ Le secret de fabrication**
>
> Dans cette partie, on analyse comment Baudelaire oppose le monde insolemment luxueux des riches et celui, pathétique, des plus pauvres ; et dénonce, à la manière d'une fable, l'indifférence des riches pour la misère.

La plus grande partie du poème est consacrée au récit d'une rencontre avec trois pauvres. Cette anecdote est l'occasion, pour Baudelaire, de « peindre » deux tableaux contrastés d'où se dégage une morale implicite sur les rapports entre riches et pauvres.

1. Premier tableau : un couple au milieu des fastes d'un café

Le décor de la rencontre – café chic sur un « boulevard » de Paris – est décrit avec précision et de façon hyperbolique, apparemment positive.

> **MOT CLÉ**
>
> *Hyperbolique* signifie « très exagéré, excessif » ; l'hyperbole s'exprime à travers des termes exagérément positifs ou négatifs, des superlatifs (*le plus…, très*), des accumulations…

• La répétition de l'adjectif « neuf » renvoie aux travaux de Paris dont Baudelaire rappelle certains accessoires : « gravois », éclairage au « gaz ». Le tableau s'anime grâce à de nombreux verbes d'action.

• Baudelaire multiplie les notations de lumière et de couleurs, accrues par les « miroirs » qui les reflètent : « le café étincelait », l'obélisque est « bicolore », il y a là « des ors ». Les pluriels et les termes mélioratifs (« glorieusement », « splendeur ») soulignent le luxe et la surabondance. Dans une longue énumération, le poète s'attarde sur le foisonnement du décor intérieur, tapisseries et peintures, avec des figures qui créent une impression de foule bariolée : « pages » et « dames riant » côtoient des créatures mythologiques, « Hébés » et « Ganymèdes ». Cet univers surchargé donne l'image d'une fête excessive et artificielle.

2. Second tableau : le pathétique d'une famille de mendiants

• Baudelaire juxtapose à ce tableau celui d'une famille de trois mendiants identifiés par leurs « guenilles », (seul mot péjoratif), présentée en gros plans

– vecteurs d'émotion – sur des éléments significatifs, comme les « visages fatigués », la « barbe grisonnante », les deux « main[s] » qui se tiennent fort.

• L'économie de détails n'empêche pas le pathétique : la qualification méliorative « brave (homme) », l'indication « un petit être trop faible pour marcher » suscitent l'attendrissement. Baudelaire est surtout sensible à leurs « yeux » : le mot, employé quatre fois, rythme le portrait, au point que la famille est résumée par une métonymie frappante, « ces six yeux ».

3. Le sens de cette rencontre entre deux mondes

La comparaison du jeu des regards et des paroles rapportées révèle les réactions des êtres et suggère les divers comportements humains.

• Réunis dans une fascination admirative, les pauvres ne disent rien : le poète imagine leurs pensées, rapportées au style direct (« les yeux [...] disaient »). Elles prennent un tour poétique, avec leurs exclamations lyriques répétées : « Que c'est beau ! » L'image de « l'or du pauvre monde, venu se porter sur ces murs » tire sa force de l'antithèse poignante entre « or » et « pauvre », mais aussi du jeu sur le propre et le figuré.

• De son côté, la femme ne « communique » pas avec les pauvres. Elle les rejette violemment : l'expression « *ces* gens-*là* », l'adjectif « insupportables » sont chargés de mépris. Ses paroles recourent à une image terre à terre : l'élément trivial, symbole de richesse, des « portes cochères ». Cette dureté est en disharmonie avec ses « yeux [verts] si beaux ». Elle est à l'image du Paris nouveau et du somptueux café : superficielle et matérialiste.

• Le poète se tient en retrait. Il est subjugué par cette famille de pauvres, « attendri » par leurs « yeux », il ressent de la pitié. Mais il exprime aussi sa « honte », sa mauvaise conscience face à la richesse. Le tableau surchargé et moqueur du café, qui se clôt sur le nom péjoratif « goinfrerie », exprime la condamnation du luxe tapageur et la « haine » pour les riches insensibles. Dans la scène, le poète ne parle ni aux pauvres, ni à son amante. Tout passe par son regard qui « comprend » les mendiants et interroge sa maîtresse.

III. Une conception du poète et de la poésie

> ▶ **Le secret de fabrication**
> Cette partie met en évidence quelle fonction Baudelaire assigne implicitement au poète et à la poésie.

1. Le poète, un être « rêveur », sensible et voyant

Le poème décrit indirectement le poète comme un être qui nourrit des « rêves » impossibles et qui est ainsi condamné à la désillusion. C'est aussi un être au « cœur » sensible et à « l'âme bonne », qui « sent » plus qu'il ne raisonne, « fier d'avoir vécu et souffert dans d'autres que [lui]-même » (« Les Fenêtres »). Il a pour particularité de voir au-delà des apparences, de percer le secret de l'autre. Ici, derrière l'apparence des êtres, il lit dans les yeux silencieux et sur les visages ce que le commun des mortels ne perçoit pas.

2. La poésie témoigne et « explique » : le poète « traducteur »

• Le poète témoigne du monde, de ses travers – le luxe inutile, l'insensibilité – et tire de ses expériences vécues les plus anodines des « leçons » sur l'homme. Non seulement il comprend, mais il sait et doit « expliquer » ; il est, selon l'expression de Baudelaire lui-même, un « traducteur, un déchiffreur ». La poésie prend alors une fonction didactique.

> **MOT CLÉ**
> *Didactique* : qui a pour but de transmettre un savoir, qui donne une leçon. Le registre didactique s'exprime à travers le présent de vérité générale, les tournures impersonnelles, l'usage de connecteurs logiques, le recours à des exemples…

• Le poète a aussi le pouvoir de transformer le monde, voire d'inverser les choses et les valeurs. Il rend les « ors » du luxe et le faste vulgaires. Inversement, à partir du laid, il crée du beau : ici de trois miséreux, il fait une famille humainement riche.

3. La poésie, seul moyen de communiquer ?

• L'anecdote rapportée dans « Les yeux des pauvres » semble consacrer la vanité des paroles, puisque Baudelaire montre qu'il n'a pas su ce soir-là communiquer de vive voix avec sa maîtresse.

• Or c'est le poème – fait de mots – qui renoue le dialogue dans le couple, même si c'est pour prendre acte d'une rupture : ainsi seule la poésie, grâce à l'originalité de sa langue, permet de communiquer. Alors même qu'il affirme que « la pensée est incommunicable », Baudelaire communique avec le lecteur. Son poème est à la fois un paradoxe et un miracle.

Conclusion

[Synthèse] La ville, la femme, les déshérités inspirent fréquemment Baudelaire lorsqu'il veut traduire sa vision du monde et donner à ses poèmes la profondeur d'une leçon existentielle. Ainsi, à partir d'un sujet apparemment banal (des mendiants dans une grande ville), il décrit le choc entre deux mondes pour dénoncer l'inégalité, mener une réflexion sur l'incommunicabilité entre les êtres et révéler sa conception de la poésie.

[Ouverture] Et souvent, comme ici, une femme recueille ses confidences. Ainsi, dans « Une charogne », c'est aussi par un poème en forme d'adresse à une de ses maîtresses qu'il incite au *carpe diem* et définit sa conception de l'art : reconstituer « l'essence divine » de ce que la réalité détruit.

6 Sujet d'écrit • Dissertation

« Tu m'as donné ta boue et j'en ai fait de l'or. »

4 heures
20 points

INTÉRÊT DU SUJET • Le sujet vous permet d'approfondir votre lecture des *Fleurs du mal* et de la mettre directement en relation avec la problématique annoncée par le titre du parcours.

Baudelaire, dans l'appendice aux *Fleurs du mal*, écrit : « Tu m'as donné ta boue et j'en ai fait de l'or. » En quoi ce vers éclaire-t-il votre lecture du recueil de Baudelaire ?

Vous répondrez à cette question dans un développement argumenté, en vous appuyant sur votre lecture du recueil *Les Fleurs du mal* de Baudelaire et sur les autres textes étudiés dans le cadre du parcours « Alchimie poétique : la boue et l'or ».

LES CLÉS DU SUJET

Analyser le sujet

boue : fait référence au vulgaire, au trivial, à l'informe. Le terme est péjoratif et ne semble pas correspondre à ce qui est habituellement considéré comme source ou objet de la poésie.

j'en ai fait : indique non seulement que le poète est celui qui peut opérer cette transformation extraordinaire, mais qu'il le prouve dans son recueil.

« Tu m'as donné ta **boue** et **j'en ai fait** de l'**or**. »
En quoi ce vers **éclaire-t-il** votre lecture du recueil de Baudelaire ?

éclaire-t-il : la consigne ne vous invite pas à discuter la citation (plan dialectique), mais à vous servir de cette phrase comme une clé de lecture du recueil (plan thématique).

or : fait référence au métal précieux et s'oppose en tous points à la boue, comme l'or s'oppose au noir, comme le beau s'oppose au laid.

Formuler la problématique

Comment cette formule provocante permet-elle de mieux comprendre l'esthétique de Baudelaire et sa conception du rôle du poète ?

Construire le plan

❶ La présence du mal	• Analysez très précisément le titre du recueil. • Cherchez les différentes formes du mal dans le recueil. • EXEMPLE : la section « Spleen et idéal » des *Fleurs du mal*.
❷ La beauté du mal	• Demandez-vous ce qui pourrait caractériser une esthétique du mal, selon Baudelaire. • Demandez-vous quels types de relations peuvent s'opérer entre l'or et la boue. • EXEMPLES : les poèmes « L'Idéal », « La Charogne », « Hymne à la beauté », « Allégorie », « Un Voyage à Cythère », « L'Amour et le crâne »
❸ Il n'y a de poésie que celle qui transforme	• Montrez pourquoi la poésie est un art qui permet cette transformation de la boue en or. • Demandez-vous quelle est la fonction du poète, selon Baudelaire. • EXEMPLES : « L'albatros » et « L'Ennemi » de Baudelaire, « Art » de Gautier, la lettre à Demeny de Rimbaud.

6 CORRIGÉ FLASH

Les titres en couleur ou entre crochets ne doivent pas figurer sur la copie.

Introduction

[Citation] Quand Baudelaire, dans l'appendice aux *Fleurs du mal,* écrit « Tu m'as donné ta boue et j'en ai fait de l'or. », il développe le sens de l'oxymore du titre qu'il a choisi pour son recueil et nous ouvre son laboratoire.

[Problématique] Nous verrons comment cette formule provocante permet de mieux comprendre l'esthétique baudelairienne.

[Annonce du plan] Nous commencerons par étudier la présence du mal dans le recueil [I], puis nous nous demanderons ce qui fait la beauté du mal et provoque à la fois fascination et répulsion [II] ; enfin, nous verrons que cette transmutation presque alchimique que suppose la formule baudelairienne est le propre de toute poésie [III].

I. La présence du mal

1. Un titre explicite ?

Le titre d'une des six sections du recueil, devient le titre de l'ensemble et caractérise donc tous les poèmes aussi bien ceux du Spleen que ceux de l'Idéal.

• Baudelaire « dédie ces fleurs maladives », à Théophile Gautier ; chaque poème serait alors une « fleur maladive » où s'exprime la souffrance du poète.

• Mais le titre *Les Fleurs du mal* dépasse l'expérience personnelle du poète pour extraire les fleurs hors du mal (sens local de la préposition « du ») : le mal devient susceptible de produire la beauté.

• La relation entre les fleurs et le mal peut aussi être une relation de possession : les fleurs appartiennent au mal dont le poète deviendrait le porte-parole.

> **À NOTER**
> « Des poètes illustres s'étaient partagés depuis longtemps les provinces les plus fleuries du domaine poétique. Il m'a paru plaisant, et d'autant plus agréable que la tâche était plus difficile, d'extraire la Beauté du mal. » (Baudelaire, projet de préface, 1857)

2. La thématique du mal

La thématique du mal est présente sous différents aspects dans le recueil.

• Elle se glisse dans la section « Spleen et Idéal » sous la forme du spleen, ce mal qui ronge le poète et qui empêche toute action et toute élévation (voir les quatre poèmes intitulés « Spleen »).

• Le mal trouve sa personnification dans les appels à la figure de Satan : le Diable est associé à l'Ennui (« Au lecteur »), et de nombreux poèmes décrivent à plaisir des lieux infernaux et les supplices qui s'y pratiquent.

• Le mal présente la double figure de la Débauche et de la Mort offrant « de terribles plaisirs et d'affreuses douceurs » (« Les deux bonnes sœurs »).

[Transition] Comment cette omniprésence de la mort, de la débauche, de figures infernales peut-elle être, paradoxalement, source de beauté ?

II. La beauté du mal

1. Une beauté sinistre et froide

Comment dire la beauté du mal ? Quelles seraient les caractéristiques d'une esthétique du mal ?

• Baudelaire refuse le sentimentalisme, comme il l'écrit dans *L'Art romantique :* « La sensibilité du cœur n'est absolument pas favorable au travail poétique. »

> **À NOTER**
> « Ce livre, dont le titre *Fleurs du mal* dit tout, est revêtu, vous le verrez, d'une beauté sinistre et froide ; il a été fait avec fureur et patience. » (Lettre de Baudelaire à sa mère, le 9 juillet 1857)

- Il recherche au contraire la violence du tragique : « Ce qu'il faut à ce cœur profond comme un abîme, / c'est vous, Lady Macbeth, âme puissante au crime / Rêve d'Eschyle éclos au climat des autans » (« L'Idéal »)
- Certains de ses poèmes vont même jusqu'à glorifier le sinistre : « Et le ciel regardait cette carcasse superbe / Comme une fleur s'épanouir. » (« La Charogne »)
- Mais l'effet de fascination et de répulsion vient certainement de l'ambivalence du mal et du bien : « Viens-tu du ciel profond ou sors-tu de l'abîme, / Ô Beauté ? ton regard infernal et divin, / verse confusément le bienfait et le crime » (« Hymne à la beauté »)

2. L'or et la boue

Quelle dialectique peut-on établir entre l'or et la boue ?

- L'or de la boue. Dans « Allégorie », une prostituée « femme belle et de riche encolure / Qui laisse dans son vin traîner sa chevelure », par sa beauté et sa fierté l'emporte sur la Débauche et la Mort : elle est présence (et victoire) de la beauté dans le monde du vice.
- La boue sous l'or. « Un Voyage à Cythère » dénonce l'illusion d'un beau lyrique et heureux et révèle l'omniprésence de la douleur et du macabre.
- La boue et l'or. Dans « L'Amour et le crâne », on voit l'Amour régner sur les hommes et leur faire croire à « un songe d'or » alors qu'il ne s'agit que d'un jeu « féroce et ridicule » mais dont les parties, l'Amour et les hommes, sont indissociables.

[Transition] Ces transmutations qu'opère Baudelaire entre les deux matériaux que sont l'or et la boue, ne sont-elles pas le propre de toute poésie dont le rôle serait de transformer une matière informe en une forme porteuse de sens ?

III. Il n'y a de bonne poésie que celle qui transforme

1. De l'apport des contraintes

Comme le sculpteur transforme une forme (la pierre, le bloc de marbre) en une autre (la statue) grâce à des outils, la poésie transforme une matière (la langue) en une autre (le poème) grâce à ses outils (le rythme, la cadence, la versification…).

CONSEIL
Dans une dissertation en trois parties, faites attention à ce que votre troisième partie ne soit pas trop générale, mais continue bien à traiter le sujet.

• Baudelaire écrit dans *L'Art romantique* : « C'est l'un des prodigieux privilèges de l'Art que l'horrible puisse devenir beauté et que la douleur rythmée et cadencée remplisse l'esprit d'une joie calme. » Or c'est bien la poésie, par son rythme et sa cadence, qui opère cette transformation. La poésie, parce qu'elle est une forme brève, est cet alambic qui permet d'extraire la quintessence du réel pour la mettre en mots, en images, en vers.

• C'est ainsi que le parnassien Gautier cherche un vers plus court que l'alexandrin, pour extraire encore plus de beauté : « Oui, l'œuvre sort plus belle / D'une forme au travail / Rebelle, / Vers, marbre, onyx, émail / Point de contraintes fausses ! / Mais que pour marcher droit / Tu chausses, / Muse, un cothurne étroit… » (« Art »)

2. La fonction du poète

Si le poète est à l'écart des hommes et malheureux dans un monde qui ne le comprend pas, c'est à lui qu'il revient de donner du sens à ce qui ne semble pas en avoir.

• « Le Poète est semblable au prince des nuées / Qui hante la tempête et se rit de l'archer ; / Exilé sur le sol au milieu des huées, / Ses ailes de géant l'empêchent de marcher. » Ce dernier quatrain de « L'albatros » explicite la conception de Baudelaire.

• « Et qui sait si les fleurs nouvelles que je rêve / Trouveront dans ce sol lavé comme une grève / Le mystique aliment qui ferait leur vigueur ? » (L'Ennemi). Tout le travail du poète, et l'ambition de Baudelaire, est bien de donner du sens à ce qui n'en a pas.

• Rimbaud, dans sa lettre à Demeny (1871) veut que le poète soit « vraiment un voleur de feu » tel Prométhée allant voler aux dieux le feu qui éclairera et nourrira les hommes, au propre et au figuré.

Conclusion

[Synthèse] La formule Baudelairienne se révèle fondamentale pour comprendre son esthétique et ce travail de transmutation qu'il opère dans *les Fleurs du mal.* Le mal qui envahit les poèmes sous des formes diverses mais dont la beauté à la fois fascinante et repoussante violente parfois le lecteur, permet à Baudelaire d'explorer les pouvoirs de la poésie.

[Ouverture] C'est sans doute le symbolisme, dont Baudelaire est l'un des précurseurs, qui poussera encore plus loin cette alchimie du sens, au risque, parfois, de le rendre hermétique.

7 Sujet d'écrit • Commentaire

Max Jacob, *Le Cornet à dés*, « Voyages »

4 heures
20 points

INTÉRÊT DU SUJET • C'est un texte bien étrange que vous avez à commenter. Il peut vous dérouter. Lors d'une première lecture, vous le trouverez peut-être trop simple et penserez que vous n'avez rien à en dire. Avec un peu d'attention, vous allez changer d'avis.

▶ Commentez ce texte de Max Jacob, extrait du *Cornet à dés*.

DOCUMENT

Le Cornet à dés *est un recueil de poèmes en prose écrit par Max Jacob en 1917. Dans son « Petit historique du Cornet à dés », Max Jacob explique qu'il s'est « appliqué à saisir en [lui] de toute manière les données de l'inconscient : mots en liberté, associations hasardeuses des idées, rêves de la nuit et du jour, hallucinations, etc. »*

Jamais je n'en sortirai : je cours dire au revoir à ma tante, je trouve la famille sous la lampe ; on me retient pour mille recommandations, ma valise est faite, mais mon complet est encore chez le teinturier : j'ai de la peine à reconnaître mon costume : ce n'est pas mon costume, on l'a changé ! non, c'est lui, mais affreusement gonflé, mutilé, tiré, recousu, bordé de noir. Dehors, dans la rue, deux délicieuses Bretonnes rient près d'une charrette de linge : que n'ai-je le temps de les suivre ; bah ! elles prennent dans la nuit le même chemin que moi. Je remarque que les noms de rue ont changé ; il y a maintenant à Lorient une rue de « l'Énergie Lyrique ». Quel étonnant conseil municipal peut donner des noms pareils à des rues la nuit. À l'hôtel, l'idée me vient de regarder la note du teinturier : 325 francs, on vous l'expédiera. Vais-je devenir fou ? Le café est plein de curieux, je rencontre un peintre de Paris ! que j'ai de peine à m'en débarrasser. Il m'adore ici, bien que nous soyons fâchés ailleurs : je suis si en retard que je renonce à l'embrasser et pas de fiacre ! Pendant qu'on me cherche une voiture, des amis de mon enfance me supplient de m'arrêter au Mans ! non pas au Mans, à Nogent ! non pas à Nogent, parce que nous sommes très mal avec les… ah ! mon Dieu ! je perds le fil de tout… je finis par enlever une promesse à un camionneur de pianos. Et le teinturier ? me voici dans un costume étrange, en somme assez distingué : cette redingote grise, trop ouverte à cause des excès de lingerie que j'ai sur moi pour alléger ma valise ! Ce chapeau haut de forme, quelle tenue de voyage. Ah ! j'ai oublié de dire au revoir à… Et le teinturier ! J'ai laissé passer l'heure du train, du train unique : tout sera à recommencer demain ! je n'en dormirai pas de la nuit !

Max Jacob, « Voyages » *in Le Cornet à dés* 1917

LES CLÉS DU SUJET

Définir le texte

Carte d'identité du texte

- **Contexte** : début du XXe siècle ; modernité et surréalisme
- **Thèmes** : un train raté, la course après le temps, l'énergie lyrique
- **Caractéristiques du poème** : poème en prose
- **Tonalité** : lyrisme

Construire le plan

1 Une course effrénée

- Demandez-vous quelle fonction occupent les personnages dans le projet du poète.
- Montrez comment le texte nous fait ressentir la course folle du poète.
- Observez la structure du poème en prose et demandez-vous en quoi elle permet de prévoir l'échec du projet.

2 Onirisme et folie

- Intéressez-vous aux caractéristiques du rêve.
- Analysez les sentiments éprouvés par le poète.
- Soyez attentif à la phrase « je perds le fil de tout » et demandez-vous en quoi elle éclaire le sens du poème.

7 CORRIGÉ FLASH

Les titres en couleur ou entre crochets ne doivent pas figurer sur la copie.

Introduction

[Présentation du contexte] Max Jacob, poète, peintre et romancier, a participé à l'intense vie intellectuelle du début du XXe siècle et a été proche des surréalistes.

[Présentation du texte] *Le Cornet à dés,* publié en 1917, est un recueil de poèmes en prose qui prennent souvent la forme du récit de rêve. « Voyages » raconte, à la première personne, la course effrénée du poète qui doit prendre un train mais qui rencontre tant d'obstacles qu'il finit par le rater. Le poème est construit sur une telle accumulation de séquences et d'images que le poète, et son lecteur, s'y perdent, comme dans un rêve.

[Problématique] Nous nous demanderons comment le poème joue sur la frontière entre rêve et réalité.

[Annonce du plan] Nous verrons que le poème en prose transforme une course après le temps [I] en un rêve dont il est impossible de sortir [II].

I. Une course après le temps

1. Un départ perturbé

« Voyages » suit la structure d'un récit : le héros (le poète) poursuit un but (prendre le train) et rencontre un obstacle (il a peu de temps) amplifié par des opposants ou atténué par des adjuvants.

- Le manque de temps : indiqué dès le début (« je cours dire au revoir »), repris par l'interro-négative exprimant le regret « que n'ai-je le temps », et par le constat du retard, amplifié par l'intensif *si*, « je suis si en retard ».
- Les opposants : la tante et ses « mille recommandations », le « peintre de Paris », les « amis d'enfance », appartiennent à son cercle familial ou proche. Tous semblent ligués pour retarder le poète qui « peine » à se débarrasser d'eux.
- Les adjuvants : les « délicieuses bretonnes », qualifiées mélioratívement, ne le détournent pas de son chemin ; le « camionneur de pianos » dont il a obtenu « une promesse » (connotation positive).

2. La course, la vitesse : une dégradation du récit

La structure du poème, mimant la course du poète, semble se dégrader au fur et à mesure de l'avancée du texte.

• Le poème débute sur un rythme ternaire dans lequel on reconnaît un heptasyllabe (vers de 7 syllabes) un ennéasyllabe (vers de 9 syllabes) et un décasyllabe ; « tante » et « lampe » sont à la rime. L'effet structurant est amoindri par l'adjonction de six propositions isolées par des virgules, des points virgules et un emboîtement de phrases introduites par deux points (l. 1-3).

• Les hésitations du poète sont indiquées par la répétition du connecteur « mais » (l. 3 et 5), et par les négations « ce n'est pas mon costume », « non c'est lui » (l. 4 et 5).

• Tout le long du texte, la parataxe permet l'énumération rapide d'événements. Des points de suspension interrompent les phrases. De courtes phrases exclamatives ponctuent la fin du récit « et pas de fiacre ! » (l. 16), « Et le teinturier ! » (l. 25)

> **MOT CLÉ**
> La parataxe est une figure de style qui consiste à juxtaposer des phrases simples sans aucun élément de liaison.

3. L'échec

Le poète court à l'échec, échec annoncé dès le début et que la fin confirme.

• « Jamais je n'en sortirai » est une prolepse. Le poète, débordé, est pessimiste sur la réussite du projet. Pourtant cette première phrase n'est pas performative, il pourrait faire mentir la prophétie.

> **MOT CLÉ**
> Une phrase performative est une phrase qui réalise ce qu'elle annonce, ainsi d'une phrase comme « Je vous marie » prononcée par le maître de cérémonie lors d'un mariage.

• Les personnages qui ont fonction d'adjuvants ne l'aident pas. Si sa démarche auprès du camionneur est couronnée de succès, elle a pris du temps : le verbe finir (l. 20) suppose une action longue et difficile.

• « J'ai laissé passer l'heure du train » (l. 25), confirme l'échec. Le passé composé clôt la succession des verbes, jusque-là au présent. L'apposition, « du train unique », rend l'échec encore plus terrible.

[Transition] Cette avalanche de péripéties dans un si court récit nous fait passer de la réalité au rêve. Car c'est bien un rêve dans lequel le poète se perd et qui lui fait craindre de perdre la tête.

II. Onirisme et folie

1. Les caractéristiques du rêve

Le poème partage avec le rêve la transformation du réel en fonction du désir du rêveur, l'incohérence des événements, la bizarrerie des images.

• La ville de Lorient, transformée par le désir du poète, donne aux rues des titres de poèmes : « l'Énergie lyrique ».

• Les réflexions du poète relèvent d'une fausse logique : ce qui est « étonnant » (l. 10) ce n'est pas que le conseil municipal se tienne la nuit, c'est que le poète le croit possible. L'antithèse « il m'adore ici, bien que nous soyons fâchés ailleurs » (l. 15) montre que le rêve ne suit pas la logique de la réalité.

• L'expression « camionneur de pianos » est une invention langagière qui condense l'expression attendue : « le camion du déménageur de pianos », ou « le camionneur spécialisé dans le transport de pianos ». La condensation lance les images (surréalistes) du rêve. Un personnage mi-homme, mi-camion ?

2. Le sentiment d'angoisse

Le poète-rêveur vit des moments d'angoisse et s'interroge sur lui-même comme s'il se dédoublait.

• L'énumération « gonflé, mutilé, tiré, recousu, bordé de noir », commentée par l'adverbe « affreusement », donne vie au costume, mais semble décrire un cadavre. Si le costume est à l'image de celui qui le porte, alors le poète se voit lui-même « bordé de noir », portant son propre deuil.

• Le costume, devenu « assez distingué », passe du noir au gris. Le « chapeau haut de forme » inadapté pour le voyage et surtout ce flot de « lingerie » qui déborde de son costume, font du poète un clown triste et dérisoire.

DES POINTS EN +
Ce costume peut être l'image d'une certaine poésie dont le poète veut se dégager : une poésie gonflée par le lyrisme élégiaque, mutilée par la lourdeur de la versification, tirée dans tous les sens et mal recousue.

• « Vais-je devenir fou ? » se demande le poète entre deux situations incongrues. Les déictiques « ce », « cette » (l. 13) prennent une connotation péjorative : le poète évalue l'étrangeté de son accoutrement et ne se comprend plus lui-même.

3. Le labyrinthe

Le poète est perdu dans son rêve comme dans un labyrinthe.

• « Jamais je n'en sortirai [...] tout sera à recommencer demain ! ». En reliant la première et la dernière phrase, toutes deux au futur, on comprend que le pronom « en » ne réfère pas aux préparatifs du départ, mais au rêve lui-même : le poète est enfermé dans un rêve itératif dont il ne sortira jamais.

• L'exclamation « Ah ! j'ai oublié de dire au revoir à... » nous fait revenir au début du récit : les adieux à la tante. De même pour l'exclamation « Et le teinturier ! ».

• L'exclamation « ah ! mon Dieu je perds le fil de tout… » peut être comprise comme une référence au fil d'Ariane, qui aide Thésée à sortir du labyrinthe. Mais le poète perd le fil et ne sait quel est son chemin « au Mans ! non pas au Mans ! à Nogent ! non pas à Nogent ! »

Conclusion

[Synthèse] Ce poème en prose, avec une grande économie de moyens, nous entraîne dans une course effrénée à la suite du poète pris dans un tourbillon de situations qui deviennent toutes plus étranges les unes que les autres et qu'il échoue à maîtriser. Il nous entraîne ainsi dans un monde onirique où tout se transforme et dont on comprend que le poète est prisonnier.

[Ouverture] « L'Énergie lyrique », ce nom de rue incongru, caractérise la poésie de Max Jacob qui désire insuffler à ses poèmes en prose cette énergie lyrique qui crée, à partir de faits anodins de la vie quotidienne, une profusion d'images et qui nous emmène dans un autre monde, celui de la poésie.

Éluard, *Pouvoir tout dire*, « Bonne Justice »

4 heures
20 points

INTÉRÊT DU SUJET • Après une série de malheurs, comment ne pas désespérer ? Éluard mobilise les ressources de la poésie pour nous donner des raisons d'espérer en ce qu'il appelle une « Bonne Justice ».

Commentez ce texte de Paul Éluard, extrait de *Pouvoir tout dire*.

DOCUMENT

Paul Éluard après avoir été pendant de longues années profondément désespéré par la mort de sa femme Nusch en 1946, apprend, grâce à des amis et à un nouvel amour qu'il épouse en 1951, à retrouver avec une sage lucidité le chemin de l'espoir et de la confiance en l'homme.

C'est la chaude loi des hommes
Du raisin ils font du vin
Du charbon ils font du feu
Des baisers ils font des hommes

C'est la dure loi des hommes
Se garder intact malgré
Les guerres et la misère
Malgré les dangers de mort

C'est la douce loi des hommes
De changer l'eau en lumière
Le rêve en réalité
Et les ennemis en frères

Une loi vieille et nouvelle

Qui va se perfectionnant
Du fond du cœur de l'enfant
Jusqu'à la raison suprême.

Paul Éluard, *Pouvoir tout dire*, « Bonne Justice », 1951 © Éditions Gallimard.

LES CLÉS DU SUJET

Définir le texte

Carte d'identité du texte

- **Époque** : 2e moitié du XXe siècle
- **Genre** : poème en vers réguliers
- **Type de texte** : descriptif, argumentatif
- **Buts** : donner une leçon de vie, définir la « bonne justice »
- **Thèmes** : la vie, l'humanité
- **Tonalités** : didactique, lyrique
- **Autres adjectifs** : imagé, pessimiste, optimiste

Construire le plan

1 Une leçon de vie et de vérité

- Montrez que le poème prend la forme d'une leçon.
- La vision du monde qui se dégage du poème est-elle négative ou positive, pessimiste ou optimiste ?

2 Peinture, musique et poésie

- En quoi ce poème se rapproche-t-il de la peinture ?
- Pourquoi peut-on parler d'un poème « musical » ?
- Quelle conception du poète et de la poésie se dégage implicitement de ce poème ?

8 CORRIGÉ GUIDÉ

Les titres en couleur ou entre crochets ne doivent pas figurer sur la copie.

Introduction

[Présentation du contexte] Les époques troublées poussent les poètes à s'engager. Ainsi Éluard, aux côtés d'Aragon, de Tardieu, de Desnos…, publie-t-il clandestinement en 1943 un recueil de poèmes de lutte et de résistance (dont son fameux « Liberté »). Les guerres finies, il poursuit sa quête d'une poésie ancrée dans la réalité (*Les Sentiers et les Routes de la poésie*, 1952).

[Présentation du texte] Dans son court poème en vers « Bonne justice », il fait un bilan lucide des « lois » (au sens large et non strictement juridique) qui régissent la vie des « hommes ».

[Annonce du plan] En observateur attentif du monde, il reconnaît que tout dans la vie n'est pas « merveille », mais qu'il faut garder espoir [I]. Cette « leçon » de vie, qui est à la fois peinture et musique, contient aussi un art poétique implicite [II].

I. Une leçon de vie et de vérité

> ▶ **Le secret de fabrication**
> Il s'agit de montrer qu'Éluard propose une sorte de « leçon de vie » à son lecteur et d'en dégager le contenu philosophique et moral.

1. Un poème en forme de « leçon »

• Ce poème en vers réguliers est construit sur l'anaphore en tête de trois premières strophes d'une structure syntaxique identique « C'est la [adjectif] loi des hommes », comme si le poète procédait par définitions successives suivies d'exemples pour cerner la notion qu'il approfondit. La dernière strophe se distingue des précédentes par sa forme (phrase nominale) ; elle propose une synthèse à partir des trois strophes précédentes.

• Éluard emploie le présent de vérité générale (« font ») mais aussi l'infinitif, mode impersonnel et intemporel, qui désigne une action dans sa nature et non dans sa temporalité (« se garder » / « changer »).

• L'absence d'intervention directe du poète (le poème ne comporte aucune marque grammaticale de la 1re personne du singulier) donne au propos la valeur d'une vérité immuable. Néanmoins, Éluard étudie les lois humaines dans leur progression au fil de la vie (« Qui va se perfectionnant / Du fond du cœur de l'enfant / Jusqu'à la raison suprême »).

2. Fatalisme et optimisme

• Le poète accepte les misères de la vie avec un fatalisme lucide : c'est une « loi », c'est-à-dire une norme qui règle la vie individuelle et la vie collective. La récurrence du mot, comme un refrain, souligne son caractère inévitable.

• Cependant la leçon du poète est empreinte d'optimisme. Il a l'espoir d'un futur meilleur : la plupart des vers marquent la progression du négatif au positif, la transformation de la réalité brute (le « raisin » devient « vin », le « charbon », feu » qui réchauffe), du mal en bien (« ennemis » / « frères », « mort » /

« intact »). Éluard place aussi son espoir dans l'entraide : de telles transformations sont les fruits d'un travail collectif des « hommes » (mot mis en relief à la rime à quatre reprises, avant de se transformer en « frères »).

• Ainsi, le poème résonne comme une profession de foi en l'homme dont il souligne la perfectibilité (« va se perfectionnant »). Éluard croit en l'amélioration des rapports humains ; il pense que la loi « nouvelle » sera comprise et acceptée de tous car l'homme est doué d'une « raison suprême » (l'expression est hyperbolique). Cette « loi nouvelle », fruit d'un large consensus, aboutira à la « Bonne justice », sereine et équilibrée, qu'annonce le titre.

3. Une profession de foi sans dieu

• Dans ce tableau de l'humanité, Dieu n'est pas mentionné : seule demeure la « Justice » qu'une majuscule transforme en figure tutélaire, au seuil du poème. L'homme est l'unique artisan de cette évolution qui aboutit à la perfection.

• Pourtant, le poème a les accents d'un hymne religieux. Éluard s'approprie de nombreux éléments chargés d'une connotation sacrée, présents dans la Bible : le « vin » (image du sang du Christ), « l'eau » purificatrice (du baptême), la « lumière » (du Saint-Esprit qui éclaire), le « feu » (qui purifie)...

• Il écrit donc un hymne profane et laïc, un credo matérialiste et humaniste, un « aime ton prochain » qui est dicté non par Dieu mais par le poète inspiré... qui est aussi un de ces hommes.

II. Peinture, musique et art poétique

> **▶ Le secret de fabrication**
> On étudie ici comment ce poème fait référence à d'autres arts et esquisse une conception de la poésie.

1. Des évocations graphiques

• Passionné par les arts graphiques et la peinture, Éluard avait conçu son poème comme un calligramme symbolique : les strophes s'enroulaient en une spirale parfaite qui culminait sur les derniers mots « raison suprême » – étape ultime de l'humanité en marche vers le progrès. Le poème garde des traces de ce travail visuel : quatre quatrains (4 × 4 vers) composent une sorte de carré poétique, qui rend d'emblée visible l'équilibre vers lequel tend la leçon d'humanité qu'il contient.

> **MOT CLÉ**
> Un calligramme est un poème-dessin qui, par la disposition des mots, reproduit la forme de ce qui est le sujet du poème (ex : « La pluie » d'Apollinaire).

• Les trois premières strophes constituent comme de rapides « croquis » souvent en contraste. Se succèdent une scène champêtre (« raisin, vin »), une scène d'intérieur en hiver (« charbon/feu »), puis une scène amoureuse (« baisers/hommes »), un champ de bataille, un paysage naturel plein de vie (« eau/lumière »), enfin une scène de réconciliation (« ennemis/frères »)…

2. Des airs de musique

- Les poèmes d'Éluard, comme celui-ci, ont été souvent mis en musique. De fait « Bonne Justice » a l'aspect d'une chanson avec une suite de couplets, des mots et formules-refrains (« C'est la loi », « hommes », « ils font »).
- Éluard y joue sur les sonorités : lorsqu'il évoque des réalités positives, il recourt à des rimes féminines qui prolongent un son doux à l'oreille (« hommes », « lumière », « frères », « nouvelle », « suprême ») ; il multiplie les rimes intérieures ou les échos **sonores** dans un même vers (raisin/vin ; charbon/font ; guerres/misère ; malgré/dangers ; vieille/nouvelle) en jouant sur des allitérations (sonorités dures en « r » : garder, malgré, guerres, misère, mort) ou des assonances.

3. Un art poétique

Enfin, de la lecture du poème se dégage implicitement un art poétique. Quels principes essentiels Éluard y défend-il ?

- Le poète puise son inspiration dans le quotidien, la « réalité » : la vie concrète (v. 2-3 ; v. 10) ; la vie affective et les réalités de l'amour (v. 4).
- Le poète doit « Pouvoir tout dire » (titre d'un poème d'Éluard, art poétique explicite cette fois autour des mêmes thèmes), sans chercher à embellir ou à « poétiser » (le terme est péjoratif pour Éluard).
- La poésie doit aborder des sujets sérieux : la vie, la « mort », « la guerre », la « justice », la « misère »… Et le poète doit s'engager : à la fois philosophe et artiste, il doit délivrer aux hommes des leçons de vie.
- En même temps qu'un hymne à la gloire de l'homme, le poème implicitement est l'affirmation d'une confiance en la parole poétique qui éclaire et peut guider les « hommes » sur la voie de la « Bonne Justice ».

Conclusion

[Synthèse] Ce poème est à la fois une leçon de vie, une peinture, un hymne, à travers lesquels se dessine un art poétique.

[Ouverture] Éluard semble confirmer la conception de la poésie de Théodore de Banville : « La poésie est à la fois musique, statuaire, peinture, éloquence […] ; aussi est-ce le seul art, complet, nécessaire, et qui contient tous les autres ». C'est ce qui en fait la force et la beauté.

9 Sujet d'écrit • Dissertation

Comment définir la modernité poétique ?

4 heures
20 points

INTÉRÊT DU SUJET • Le sujet vous permet d'approfondir votre lecture d'*Alcools* et de la mettre directement en relation avec la problématique annoncée par le titre du parcours.

« On ne peut transporter partout avec soi le cadavre de son père [...] Mais nos pieds ne se détachent qu'en vain du sol qui contient les morts. » Cette réflexion d'Apollinaire vous permet-elle de définir la modernité poétique ?

Vous répondrez à cette question dans un développement argumenté, en vous appuyant sur votre lecture du recueil *Alcools* d'Apollinaire et sur les autres textes étudiés dans le cadre du parcours « modernité poétique ? ».

LES CLÉS DU SUJET

Analyser le sujet

« **On ne peut transporter partout avec soi** le **cadavre de son père** [...] Mais nos pieds ne se **détachent qu'en vain** du **sol qui contient les morts**. » Cette réflexion d'Apollinaire **vous permet-elle de définir la modernité poétique** ?

On ne peut transporter partout avec soi : pour être un créateur, il est nécessaire de s'émanciper de l'influence de ses prédécesseurs.

cadavre de son père : métaphore qui désigne les poètes qui l'ont précédé et influencé.

détachent qu'en vain : il est impossible de s'abstraire de cette poésie ancienne. Cette entreprise est vouée à l'échec.

Vous permet-elle de définir la modernité poétique : Apollinaire ne la définit pas. C'est à vous d'en proposer une définition en vous demandant si l'alliance de l'innovation et de la tradition suffit à rendre compte de cette « modernité poétique ».

sol qui contient les morts : poursuite de la métaphore ; il s'agit de la poésie ancienne.

Formuler la problématique

L'équilibre entre tradition et modernité suffit-il à définir la modernité poétique ?

Construire le plan

1 Tradition ou modernité ?	• Cherchez ce qui relève de la tradition ou de la modernité dans *Alcools* et d'autres œuvres poétiques contemporaines. • EXEMPLES : Apollinaire, *Alcools* ; Cendrars, *La Prose du Transsibérien et de la petite Jehanne de France* ; Max Jacob, *Le Cornet à dés*.
2 Un lyrisme nouveau	• Au-delà de cette alliance de tradition et de modernité, demandez-vous sur quoi peut se fonder et comment s'exprime le lyrisme nouveau réclamé par Apollinaire. • EXEMPLES : Apollinaire, *L'Esprit nouveau et les poètes*, « Zone », « Cortège » ; Cendrars, *Le Lotissement du ciel*, « Menu fretin » ; Reverdy.

9 CORRIGÉ GUIDÉ

Les titres en couleur ou entre crochets ne doivent pas figurer sur la copie.

Introduction

[Accroche] Apollinaire est très souvent présenté comme un poète moderne rompant avec les différentes traditions des siècles passés et introduisant la vie moderne dans ses poèmes.

[Citation] Pourtant s'il affirme qu'« on ne peut transporter partout avec soi le cadavre de son père », il écrit aussi que « nos pieds ne se détachent qu'en vain du sol qui contient les morts. »

[Explicitation du sujet] S'il faut, pour être un créateur, s'émanciper de l'influence de ses prédécesseurs et ne surtout pas se contenter de reproduire ce qu'ils ont fait, il faut aussi savoir puiser dans le passé les éléments d'une poésie nouvelle. On est donc tenu de se demander si cet équilibre entre tradition et modernité suffit à définir la modernité poétique.

[Annonce du plan] Nous verrons tout d'abord comment modernité et tradition coexistent dans *Alcools* et dans d'autres œuvres poétiques contemporaines

[I], puis nous chercherons à savoir comment cette alliance entre deux extrêmes peut fonder un lyrisme nouveau [II].

I. Tradition ou modernité ?

> **▶ Le secret de fabrication**
> Il s'agit de repérer les indices de la modernité et ceux de la tradition et de montrer comment modernité et tradition peuvent coexister.

1. Les indices de la modernité

La modernité, c'est-à-dire ce qui pourrait rompre avec une certaine tradition, se manifeste au moins sous deux formes.

• Tout d'abord les thèmes. Ils sont pris dans la réalité de ce monde moderne de la fin du XIXe et du début du XXe siècle. Apollinaire, dans *Alcools*, fait l'éloge de la « rue industrielle » et « Zone » commence par l'évocation de la Tour Eiffel. Cendrars, dans *Du monde entier*, consacre un poème au transsibérien et un autre au canal du Panama.

• C'est aussi le travail sur le vers. Cendrars, comme Apollinaire déstabilisent le vers en en supprimant la ponctuation. Ils utilisent le vers libre, en l'allongeant parfois jusqu'à ce qu'il se confonde avec de la prose, ce que note le titre (provocateur) choisi par Cendrars pour un de ses poèmes les plus connus : *La Prose du Transsibérien et de la petite Jehanne de France.* Max Jacob, quant à lui, choisit le poème en prose dans *Le Cornet à dés.*

2. Les indices de la tradition

Mais derrière ces indices d'une modernité revendiquée, on trouve aussi les traces d'une poésie plus traditionnelle.

• Il suffit de regarder la composition du recueil d'Apollinaire pour s'apercevoir que la majorité des poèmes se présentent sous la forme de strophes régulières et que le poète utilise alexandrins, octosyllabes, décasyllabes et heptasyllabes.

• Le poète puise ses références dans les temps anciens, qu'ils soient mythologiques (« Brasier »), bibliques (« Salomé »), appartenant au cycle arthurien (« Merlin et la vieille femme ») ou tous confondus comme dans « La chanson du mal aimé » où se côtoient, entre autres, les références à Ulysse, à la Bible, et à la mythologie hindoue.

> **CONSEIL**
> Apollinaire fait souvent référence à des personnages ou à des épisodes appartenant aux temps anciens. Cherchez à les élucider, cela vous permettra de mieux comprendre *Alcools.*

• Reverdy, quant à lui intitule certains de ses poèmes « La fuite du temps » ou encore « Jour monotone », qui sont des thématiques traditionnelles.

3. La coexistence de la tradition et de la modernité

La modernité ne signifie pas le refus total d'une poésie ancienne considérée comme dépassée. Au contraire, il s'agit d'un mariage subtil entre passé et présent.

• Ainsi Apollinaire écrit dans une lettre à sa marraine : « Pour ce qui est de la poésie libre dans *Alcools,* il ne peut y avoir aujourd'hui de lyrisme authentique sans la liberté complète au poète et même s'il écrit en vers réguliers, c'est la liberté qui le convie à ce sujet. Sans liberté il ne saurait y avoir de poésie. »

DES POINTS EN +
« Je ne me suis jamais présenté comme destructeur mais comme bâtisseur. » Apollinaire, *Lettre à Billy*, 29 juillet 1918.

• Cette liberté peut se manifester dans une utilisation plus prosaïque du vers régulier. Ainsi, dans « Loreley » poème composé d'alexandrins en distiques, se glisse parfois un vers de 14 syllabes ou un vers de 17 syllabes. *A contrario*, un alexandrin peut se glisser dans une strophe en vers libres ; c'est le cas, par exemple, de ce vers de *La Prose du Transsibérien et de la petite Jeanne de France* : « En ce temps-là, j'étais en mon adolescence ».

• Le goût du pastiche, pratiqué par Max Jacob, relève bien de ce mélange entre tradition et modernité : le pastiche (qui imite un ancien) oscille toujours entre éloge et moquerie, comme le montre ce titre « Poème dans un goût qui n'est pas le mien » (*Le Cornet à dés*).

[Transition] Si le jeu entre tradition et modernité est bien un indice d'une modernité poétique, il ne suffit pas à définir cette modernité poétique du début du XXe siècle. Il y faut aussi un souffle nouveau.

II. Un lyrisme nouveau

▶ Le secret de fabrication
Comment définir le « lyrisme nouveau » auquel aspire Apollinaire ? Quelles en sont les caractéristiques ?

1. « L'esprit nouveau »

Sans être véritablement ce qu'on appelle un chef de file, Apollinaire publie des textes théoriques sur la peinture (le cubisme) et tente de définir ce qu'il appelle « l'esprit nouveau » en poésie.

• En 1917, Apollinaire écrit dans *L'Esprit nouveau et les poètes* que « La surprise est le grand ressort nouveau. C'est par la surprise, par la place importante qu'il fait à la surprise que l'esprit nouveau se distingue de tous les mouvements artistiques et littéraires qui l'ont précédé. »

• Cette recherche de l'effet de surprise se manifeste, par exemple, dans « Chantre » constitué d'un monostiche au sens énigmatique (« Et l'unique cordeau des trompettes marines »), surprise d'autant plus forte que le poème est inséré entre deux poèmes plus longs et aux thématiques différentes.

• Les jeux sur les mots (forme et sens), les calembours relèvent du même effet : « Le cuisinier plume les oies / Ah tombe neige / Tombe et que n'ai-je / Ma bien-aimée entre les bras » (« La blanche neige »)

2. Un lyrisme visuel

Les calligrammes d'Apollinaire ne sont pas une simple fantaisie du poète, mais traduisent la recherche d'une nouvelle poésie visuelle.

• En effet, toujours dans *L'Esprit nouveau et les poètes*, Apollinaire note que « Les artifices typographiques poussés très loin avec une grande audace ont l'avantage de faire naître un lyrisme visuel qui était presque inconnu avant notre époque. Ces artifices peuvent aller très loin encore et consommer la synthèse des arts, de la musique, de la peinture et de la littérature. »

• Apollinaire et Cendrars introduisent des chiffres dans leurs vers : « il y a les livraisons à 25 centimes », « Pie X » (Apollinaire), ou même dans les titres des poèmes « 35° 57' latitude nord 15° 16' longitude ouest » (Cendrars).

• Les poètes s'inspirent des collages des peintres cubistes : Cendrars, dans « Le Panama ou les aventures de mes sept oncles » insère un prospectus en anglais. Reverdy délaisse l'alignement systématique des vers sur la marge gauche et les organise de manière dynamique comme des lignes graphiques sur le blanc de la page.

3. Un lyrisme fondé sur un nouvel élan

Ce lyrisme nouveau prend son essor sur le quotidien, la recherche de soi, et une aspiration à la spiritualité.

• Les poètes continuent à réhabiliter les objets du quotidien, les situations qui pourraient sembler insignifiantes ; comme au début de ce poème de Cendrars, justement intitulé « Menu fretin » : « Le ciel est d'un bleu cru / Le mur d'en face est d'un blanc cru / Le soleil cru me tape sur la tête. »

• Le « je lyrique » est à la recherche de lui-même, comme on le voit dans de nombreux poèmes *d'Alcools* (« Zone » où on

> **DES POINTS EN +**
> « Nous avons vu aussi depuis Alfred Jarry le rire s'élever des basses régions où il se tordait et fournir au poëte un lyrisme tout neuf. [...] Aujourd'hui, le ridicule même est poursuivi, on cherche à s'en emparer et il a sa place dans la poésie, parce qu'il fait partie de la vie au même titre que l'héroïsme et tout ce qui nourrissait jadis l'enthousiasme des poëtes. » Apollinaire, *L'esprit nouveau*, 1917.

suit la déambulation du poète dans la ville ; ou encore dans ce vers de « Cortège » : « Je me disais Guillaume il est temps que tu viennes »).

• Cette recherche de soi s'accompagne d'une aspiration à la spiritualité, à l'élévation, à un sens transcendant. Une telle aspiration se manifeste dans « Zone » (« La religion seule est restée toute neuve la religion »), mais aussi chez d'autres poètes comme Max Jacob ou Reverdy. L'ouvrage en prose poétique de Cendrars, *Le Lotissement du ciel*, relève de cette même fascination.

Conclusion

[Synthèse] Comme l'écrit Apollinaire dans sa lettre à Billy, la modernité poétique n'est pas œuvre de destruction, il s'agit plutôt de donner un nouveau souffle au monde ancien, d'en jouer librement afin d'inventer ce lyrisme nouveau où se rencontrent le rire, la surprise, la mélancolie, le trivial, le questionnement de soi et la spiritualité.

[Ouverture] Un art du collage qui se rapproche du renouveau opéré par les peintres cubistes du début du siècle qui mêlent eux aussi dans leurs tableaux, lettres et images, et auquel André Breton rendra hommage.

10 Sujet d'écrit • Commentaire

Léry, *Histoire d'un voyage fait en la terre du Brésil*

4 heures
20 points

INTÉRÊT DU SUJET • Un explorateur aventurier rencontre des peuples qui n'ont pas été en contact avec notre civilisation. Cette expérience le fait réfléchir sur la manière de vivre des Indiens comparée aux mœurs des Européens.

Commentez ce texte de Jean de Léry, extrait d'*Histoire d'un voyage fait en la terre du Brésil*.

DOCUMENT

Artisan d'origine modeste et de religion protestante, Jean de Léry participa à une expédition française au Brésil. À cette occasion, il partagea pendant quelque temps la vie des Indiens Tupinambas. Vingt ans après son retour en France, il fit paraître un récit de son voyage.

Au reste, parce que nos Tupinambas sont fort ébahis de voir les Français et autres des pays lointains prendre tant de peine d'aller quérir[1] leur Arabotan, c'est-à-dire bois de Brésil, il y eut une fois un vieillard d'entre eux qui sur cela me fit telle demande :

« Que veut dire que vous autres Mairs et Peros, c'est-à-dire Français et Portugais, veniez de si loin pour quérir du bois pour vous chauffer, n'y en a-t-il point en votre pays ? »

À quoi lui ayant répondu que oui et en grande quantité, mais non pas de telles sortes que les leurs, ni même[2] du bois de Brésil, lequel nous ne brûlions pas comme il pensait, ains[3] (comme eux-mêmes en usaient pour rougir leurs cordons de coton, plumages et autres choses) que les nôtres l'emmenaient pour faire de la teinture, il me répliqua soudain :

« Voire[4], mais vous en faut-il tant ?

– Oui, lui dis-je, car (en lui faisant trouver bon[5]) y ayant tel marchand en notre pays qui a plus de frises[6] et de draps rouges, voire même (m'accommodant[7] toujours à lui parler de choses qui lui étaient connues) de couteaux, ciseaux, miroirs et autres marchandises que vous n'en avez jamais vu par deçà[8], un tel seul achètera tout le bois de Brésil dont plusieurs navires s'en retournent chargés de ton pays.

– Ha, ha, dit mon sauvage, tu me contes merveilles. »

Puis ayant bien retenu ce que je lui venais de dire, m'interrogeant plus outre, dit :

« Mais cet homme tant riche dont tu me parles, ne meurt-il point ?

– Si fait, si fait, lui dis-je, aussi bien que les autres. »

Sur quoi, comme ils sont aussi grands discoureurs, et poursuivent fort bien un propos jusqu'au bout, il me demanda derechef :

« Et quand donc il est mort, à qui est tout le bien qu'il laisse ?

– À ses enfants, s'il en a, et à défaut d'iceux[9] à ses frères, sœurs et plus prochains parents.

– Vraiment, dit alors mon vieillard (lequel comme vous jugerez n'était nullement lourdaud), à cette heure connais-je[10] que vous autres Mairs, c'est-à-dire Français, êtes de grands fols : car vous faut-il tant travailler à passer la mer, sur laquelle (comme vous nous dites étant arrivés par-deçà) vous endurez tant de maux, pour amasser des richesses ou à vos enfants ou à ceux qui survivent après vous ? La terre qui les a nourris n'est-elle pas aussi suffisante pour les nourrir ? Nous avons (ajouta-t-il), des parents et des enfants, lesquels, comme tu vois, nous aimons et chérissons ; mais parce que nous nous assurons qu'après notre mort la terre qui a nous a nourris les nourrira, sans nous en soucier plus avant, nous nous reposons sur cela. »

Voilà sommairement et au vrai le discours que j'ai ouï de la propre bouche d'un pauvre sauvage américain.

Jean de Léry, *Histoire d'un voyage fait en la terre du Brésil*, chapitre XIII, 1578.

---

1. Quérir : chercher. 2. Ni même : ni surtout. 3. Ains : mais. 4. Voire : soit. 5. En lui faisant trouver bon : pour le persuader. 6. Frises : étoffes de laine. 7. M'accomodant : essayant. 8. Par deçà : chez les Tupinambas, au Brésil. 9. À défaut d'iceux : s'il n'a pas d'enfants. 10. Je connais : je me rends compte.

LITTÉRATURE D'IDÉES

LES CLÉS DU SUJET

Définir le texte

Carte d'identité du texte

- **Époque** : 2e moitié du XVIe siècle, Renaissance
- **Mouvement** : humanisme
- **Genre** : récit de voyage
- **Type de texte** : narratif, argumentatif
- **Buts** : critiquer les peuples civilisés, faire l'éloge de la vie naturelle
- **Thèmes** : le nouveau monde, richesse et bonheur, le regard de l'autre
- **Tonalité** : didactique
- **Autres adjectifs** : vivant, élogieux, critique

Construire le plan

1 Un épisode pittoresque	• Étudiez la précision des circonstances du récit. • Précisez le statut du narrateur : comment s'implique-t-il dans son récit ?
2 Le « sauvage » comme révélateur	• Commentez l'importance de l'étonnement du « sauvage » dans la dynamique du dialogue. • Analysez la progression du dialogue : y a-t-il une évolution dans les rapports entre les interlocuteurs ? • Quelle image du « vieillard » ce dialogue donne-t-il ?
3 Critique des Européens, éloge des Indiens	• Quelles sont les cibles de Léry ? • Quelle image Léry donne-t-il des peuples « sauvages » ?

10 CORRIGÉ GUIDÉ

Les titres en couleur ou entre crochets ne doivent pas figurer sur la copie.

Introduction

[Présentation du contexte] Dans un siècle où abondent les récits de voyages – un des effets de la colonisation des Amériques par les Européens – les hommes de la Renaissance et les écrivains humanistes redoublent d'intérêt pour les peuples du Nouveau Monde.

[Présentation du texte] Ainsi, un cordonnier protestant s'embarque en 1557 pour le Brésil. Il partage quelques mois la vie des Indiens Tupinambas. À son retour en France, ses amis le pressent de raconter son expérience et, en 1578, il publie *l'Histoire d'un voyage fait en la terre du Brésil*.

[Annonce du plan] Le récit d'une conversation avec un vieil indien rapportée de façon vive et pittoresque [I] amène Jean de Léry à réfléchir sur notre société : le « sauvage », par son regard candide et décapant, impose sa sagesse [II]. À travers lui, Léry met en lumière les défauts du monde dit civilisé et fait l'éloge de ces prétendus « sauvages » [III].

I. Un épisode pittoresque

> **▶ Le secret de fabrication**
> Cette partie analyse ce qui donne de l'authenticité et de la vivacité à ce témoignage vécu et pittoresque en étudiant la structure du texte, le portrait des personnages et les marques de l'implication du narrateur.

1. Un récit et un dialogue plaisants, vivement menés

• Les deux interlocuteurs sont, dès le début, clairement définis : d'un côté un narrateur, de l'autre un « vieillard ». L'étrangeté du nom « Tupinambas » stimule l'imagination : le lecteur imagine visuellement le « vieillard » sous les traits d'un de ces Indiens que les voyageurs de l'époque dessinaient.

• L'usage du discours direct donne l'impression d'assister à la conversation. Du coup, le lecteur ne s'étonne pas de l'absence d'interprète et ne se demande pas en quelle langue les deux interlocuteurs communiquent.

• La vivacité du dialogue crée une impression d'authenticité. La conversation progresse naturellement par un jeu de questions-réponses, (voir les nombreux verbes de parole : « demande, ayant répondu, répliqua, lui dis-je, dit ») Elle ne semble pas artificielle : elle ne fait pas l'économie de l'étonnement des Tupinambas, « ébahis » devant les efforts déployés par les Européens pour se procurer le bois du Brésil.

2. Un narrateur soucieux d'authenticité

• Le statut du narrateur, sa présence et ses choix narratifs contribuent à donner de l'authenticité à la scène. L'emploi de la première personne du singulier tout au long du texte et du verbe « j'ai ouï » dans la dernière phrase le pose en témoin véridique.

• Si le récit est au passé simple, Léry utilise par endroits le présent (« nos Tupinambas sont fort ébahis », « ils sont aussi grands discoureurs et poursuivent… ») qui réactualise l'anecdote, vieille de plus de vingt ans.

3. Un narrateur attentif et curieux

• Le narrateur jette sur les Indiens un regard attentif et curieux. Il émaille le récit de termes empruntés à la langue des Indiens, qu'il prend soin de traduire pour ses lecteurs : « *Arabotan,* c'est-à-dire bois de Brésil », « *Mairs et Peros*, c'est-à-dire Français et Portugais »…

• Il mentionne aussi leurs us et coutumes : il précise par exemple le parti que ces Indiens tirent du bois (« pour rougir leurs cordons de coton, plumages et autres choses ») ; il rappelle leurs liens familiaux (ils « aim[ent] et chériss[ent] » leurs « parents » et « enfants »)…

II. Le « sauvage » comme révélateur

> **▶ Le secret de fabrication**
> Il s'agit de montrer comment, au fil du dialogue, l'étonnement du vieux « sauvage » sert le projet argumentatif de l'auteur.

1. L'étonnement révélateur d'incompréhension

• Avec la mention de la grande surprise des Tupinambas, « fort ébahis », l'étonnement devient un motif qui assure la dynamique du texte, à travers les multiples questions que pose le « vieillard » et qui font progresser le dialogue.

• Elles révèlent l'incompréhension du comportement des Européens. Le texte tourne alors à la critique : elle se fait plus franchement explicite à travers certains propos du « sauvage », qui use du mot « merveilles » (qui a encore au XVIe siècle le sens fort de « choses incompréhensible ») ou, plus brutalement, du mot « fols » (au sens très fort de « qui ont perdu la raison »).

2. Un renversement des rôles dans le dialogue

• Au début, le narrateur s'impose : ses répliques se déploient en longues phrases didactiques, structurées par de nombreux connecteurs logiques (« mais non pas », « ni même », « ains », « car », « voire même ») et par des subordonnées relatives. Son souci de convaincre le « sauvage » se marque dans ses interventions entre parenthèses (« en lui faisant trouver bon », « m'accommodant toujours à lui parler de choses qui lui étaient connues »).

• Mais, progressivement, le « vieillard » prend de l'assurance et il domine la fin de la conversation. Il clôt le dialogue par une longue intervention, au ton oratoire et persuasif. Sa tirade, qui démarre sur un adverbe assertif (« Vraiment… »), est parfaitement construite sur une succession d'interrogations rhétoriques et de connecteurs logiques (« car », « mais, parce que… ») ;

> **MOT CLÉ**
> La question rhétorique est une fausse question qui contient implicitement la réponse.

elle oppose de façon très équilibrée la folie des Européens (« vous autres ») à la sagesse des Indiens (« nous… »).

- Le narrateur, à court d'arguments, ne trouve même pas quoi répondre.

3. Le « vieillard » reconnu comme l'incarnation de la sagesse

- Ce renversement fait du « vieillard » l'incarnation de la sagesse (ce que son âge laissait symboliquement présager) ; il peut donc, à la fin du dialogue, souligner les incohérences de ceux que l'on dit civilisés.
- Ses questions rhétoriques (« faut-il tant… pour… ? »), la forme interro-négative (« la terre n'est-elle pas suffisante… ? ») présentent comme une évidence la leçon qu'il donne aux Européens.
- Le narrateur s'incline devant cette force persuasive et doit même reconnaître – et faire reconnaître au lecteur pris à témoin – les qualités oratoires et argumentatives de ce qu'il qualifie avec un respect admiratif de « discours ».
- Le narrateur semble définitivement déserter le « camp » des civilisés : il reprend sur un ton ironique, pour en souligner l'erreur, des propos qui traitent avec un mépris injustifié le « vieillard » de « pauvre sauvage américain ».

III. Critique des Européens, éloge des Indiens

> **▶ Le secret de fabrication**
>
> Cette partie explicite la réflexion à laquelle son expérience a conduit l'auteur : elle dégage les griefs adressés implicitement aux Européens et les qualités reconnues aux Indiens injustement considérés comme sauvages.

1. La critique des Européens

Les griefs contre les nations européennes sont multiples et précis.

- Le premier reproche est concret, irréfutable : il part d'une constatation objective qui concerne la vie quotidienne des indigènes. Le sauvage dénonce le pillage des ressources naturelles du Brésil, notamment du « bois » : « Voire, vous en faut-il autant ? »
- Plus largement, l'Indien pointe du doigt l'avidité des Européens qui ne cherchent que l'enrichissement des « marchand[s] ». Ce grief était déjà préparé par le narrateur lui-même qui souligne l'abondance (« en grande quantité ») ; puis il est soutenu par l'accumulation des « marchandises » (« couteaux, ciseaux, miroirs… »), l'expression « *tout* le bois » et l'évocation très visuelle des « navires » alourdis par leur chargement.

• Enfin est dénoncée l'inconscience des « civilisés » face aux dangers et aux souffrances que produit leur cupidité : le vieillard le résume de façon saisissante : « vous endurez tant de *maux,* pour amasser des *richesses* ». De façon plus générale encore, il souligne le manque de mesure des Européens en répétant l'adverbe de quantité « tant » (« vous en faut-il *tant* ? », « cet homme *tant* riche », « *tant* de maux »...).

• En homme pratique, le « sauvage » clôt sa diatribe sur un fait concret : il s'étonne de la pratique de l'héritage que vient de lui expliquer son interlocuteur, fait incompréhensible pour les peuples indigènes. Indirectement le narrateur introduit ainsi la notion de relativité des coutumes, donc de l'absurdité à vouloir imposer sa culture à autrui.

MOT CLÉ
La relativité est le caractère de ce qui est relatif, c'est-à-dire de ce qu'on ne peut affirmer de façon absolue ; elle suppose que rien n'est vrai ou bon en soi, mais varie en fonction des circonstances et des cas.

2. L'éloge de la culture indienne

• Les Tupinambas vivent dans un profond respect de la nature, mère nourricière envers laquelle il faut avoir de la reconnaissance. L'expression « terre [...] qui [les/nous] a nourris » est répétée, le verbe « nourrir » est employé trois fois (au passé et au futur).

• Ce ne sont pas des « sauvages » étrangers à tout sentiment : ils ont le sens de la famille marquant leur affection et leurs égards aussi bien pour leurs « enfants » que pour leurs ascendants et leurs proches (« des parents »).

• Enfin, ils ne sont ni inconscients ni insouciants : ils savent se projeter vers l'avenir : « nous nous assurons que [...] la terre [...] nourrira [nos enfants] ». Cela leur donne une sérénité que les Européens ont perdue (« nous nous reposons sur cela »).

Conclusion

[Synthèse] À travers un dialogue qui semble pris sur le vif, Jean de Léry dresse un réquisitoire contre les pays dits « civilisés » et un éloge des civilisations « sauvages ». Son témoignage personnel est porteur des valeurs humanistes et a sans doute influencé les réflexions de Montaigne dans le chapitre des *Essais* intitulé « Les Cannibales »

[Ouverture] Il est aussi précurseur des combats du siècle des Lumières : Montesquieu reprendra dans *Lettres persanes* (1721) le procédé du regard naïf de l'étranger qui voyage, Voltaire s'en inspirera dans ses contes philosophiques (*L'Ingénu*, par exemple) et le mythe du bon sauvage prendra ses racines dans des récits de voyage de ce type.

11 Sujet d'écrit • Dissertation

À la rencontre du Nouveau Monde

4 heures
20 points

INTÉRÊT DU SUJET • Ce sujet conduit à mettre en évidence comment la découverte du Nouveau Monde a ébranlé les certitudes et nourri la réflexion des écrivains de la Renaissance et d'époques ultérieures.

Pourquoi les écrivains se sont-ils intéressés à la découverte du « Nouveau Monde » ? Comment en ont-ils rendu compte ?

Vous répondrez à cette question dans un développement argumenté, en vous appuyant sur votre lecture des *Essais* de Montaigne et sur les autres textes étudiés dans le cadre du parcours « Notre monde vient d'en trouver un autre ».

LES CLÉS DU SUJET

Analyser le sujet

Pourquoi/ Comment : questions larges, qui supposent d'étudier à la fois les raisons et les moyens d'un projet d'écriture.

la découverte du « Nouveau Monde » : l'Amérique découverte par les Européens à la fin du XVe siècle.

Pourquoi les écrivains se sont-ils intéressés à la **découverte du « Nouveau Monde »** ? **Comment** en ont-ils **rendu compte** ?

rendu compte : transcrire des observations, des remarques, des idées, partager des analyses ou des réactions avec les lecteurs.

Formuler la problématique

Comment et à quelles fins des écrivains ont-ils traité le thème de la découverte du Nouveau Monde ?

Construire le plan

1 Un monde nouveau et fascinant	• Présentez les réactions de surprise et d'étonnement face au Nouveau Monde ; également les tentatives pour décrire précisément les terres et les peuples nouveaux. • EXEMPLES : Montaigne, les récits de voyage de Thevet et de Léry, les gravures de Théodore de Bry…
2 Un monde qui nous interroge	• Montrez que la conquête du Nouveau Monde conduit certains auteurs à remettre en cause les pratiques et les valeurs de l'Ancien Monde. • EXEMPLES : Montaigne, les philosophes des Lumières (Montesquieu, Voltaire, Rousseau, Diderot)…

11 CORRIGÉ GUIDÉ

Les titres en couleur ou entre crochets ne doivent pas figurer sur la copie.

Introduction

[Accroche] La période historique moderne s'ouvre avec les Grandes Découvertes. Elles permettent aux navigateurs européens de découvrir de nouvelles contrées : en particulier l'Amérique, abordée par hasard en voulant gagner les Indes par une route maritime occidentale. Mais aux explorateurs succèdent les conquistadores qui soumettent avec la plus grande brutalité les peuples vivant sur ces terres nouvelles.

[Explicitation du sujet] Pourquoi des écrivains, tel Montaigne, se sont-ils intéressés à ces événements ? Comment en ont-ils rendu compte ?

[Annonce du plan] Dans un premier temps, il s'agira de comprendre la fascination exercée par ces terres et peuples nouveaux et les tentatives pour les décrire [I]. Puis nous analyserons comment la conquête qui a suivi les découvertes a conduit certains écrivains à dénoncer le modèle européen [II].

I. Un monde nouveau et fascinant

> ▶ **Le secret de fabrication**
> Il s'agit dans cette partie de décrire les sentiments divers que suscite la découverte du Nouveau Monde à l'époque de Montaigne, ainsi que les tentatives pour rendre compte de terres et de peuples si différents de ceux de la vieille Europe.

1. Des réactions variées

La découverte du Nouveau Monde engendre des réactions différentes, selon le regard que les auteurs portent sur les peuples qui le composent.

• Le protestant Jean de Léry découvre avec fascination les mœurs et les lois civiles des Indiens Tupinambas. Dénué de préjugés, il décrit dans son *Histoire d'un voyage fait en la terre du Brésil* (1578) la beauté de ce territoire et de ce peuple. Son témoignage direct exercera une influence majeure sur Montaigne.

• Dans le chapitre « Des cannibales » des *Essais*, Montaigne présente la terre des Indiens comme « la plus riche et belle partie du monde » et souligne les qualités morales de ce peuple naturel et simple.

• Dans son journal de bord, le navigateur Christophe Colomb exprime un tout autre point de vue. Il promet aux rois d'Espagne une colonisation qui rapportera des « profits très substantiels », quitte à exploiter les populations autochtones : « Les Indiens sont propres à être commandés et à ce qu'on les fasse travailler, semer et mener tous autres travaux dont on aurait besoin ».

2. Comparer l'Ancien et le Nouveau Monde

Décrivant ce monde radicalement nouveau, les écrivains de la Renaissance soulignent tout ce qui l'oppose à l'Ancien Monde.

• Prenons l'exemple d'André Thevet qui, au milieu du XVIe siècle, part pour le Brésil dans une expédition destinée à fonder la France antarctique (colonie française dans la baie de Guanabara, au Brésil). Dans les *Singularités de la France antarctique* (1557), il décrit précisément ce qui peut choquer un Européen dans la vie et les mœurs des Tupinambas, en expliquant par exemple la pratique du cannibalisme.

• Montaigne est troublé par les différences entre les peuples indigènes d'Amérique du Sud et les Européens, mais explique que c'est ce qui fait leur richesse : « Il y a une merveilleuse distance entre leur forme et la nôtre. »

3. Décrire, nommer, classer

Les relations de voyage de l'époque traduisent la volonté de rendre compte précisément des terres et des peuples nouveaux, avec une ambition qui annonce l'ethnologie moderne.

• Jean de Léry décrit avec précision la nourriture, la langue et les rites des indigènes qu'il rencontre, et dont il partage le quotidien.

• Montaigne, fasciné par les peuples amérindiens, souligne l'importance d'une connaissance directe de leurs modes de vies. Dans « Des cannibales », il raconte sa propre rencontre avec des Amérindiens à Rouen.

• Bien qu'il n'ait jamais visité les Amériques, Théodore de Bry crée un grand nombre de gravures, basées sur les observations communiquées par des explorateurs et destinées à être diffusées à grande échelle. Cette entreprise de vulgarisation des connaissances sur l'Amérique sera poursuivie ultérieurement, notamment à travers l'immense projet de l'*Encyclopédie*, mené par Diderot dès le milieu du XVIIIe siècle (l'article « Amérique » y liste les infinies ressources de ce continent.)

II. Un monde qui nous interroge

> **▶ Le secret de fabrication**
> Vous devez montrer ici que la confrontation avec le Nouveau Monde conduit certains auteurs à valoriser des peuples « sauvages » et, ce faisant, à souligner les limites de « l'Ancien Monde ».

1. La question du statut des Indiens

Mais qui sont ces Indiens du Nouveau Monde ? Des êtres inférieurs que les Européens sont donc autorisés à réduire en esclavage ? Ou des êtres humains à l'égal des Européens ?

• Au milieu du XVIe siècle, les théologiens s'affrontent, lors la controverse de Valladolid, sur cette question. C'est le prêtre Las Casas, qui a pris la défense des Indiens contre les conquérants espagnols dans sa *Très Brève Relation de la destruction des Indes* (1542), qui l'emporte finalement.

• Plus de quatre cents ans plus tard, Jean-Claude Carrière met en scène cette confrontation dans le récit *La Controverse de Valladolid* (1992). Le dénouement, tout positif (et symbolique) qu'il soit pour les Indiens, met tout de même en lumière avec ironie la cruauté humaine : il est décidé que ce seront les Africains qui seront réduits en esclavage à la place.

• Dans « Des coches », Montaigne critique l'incapacité des conquistadores européens à concevoir l'existence d'êtres humains différents d'eux-mêmes. La réponse des Indiens face à la sommation des envahisseurs montre pourtant leur supériorité morale : les autochtones sont lucides quant au véritable motif – la soif de richesse – qui anime les Européens débarquant en Amérique.

> **MOT CLÉ**
> Les conquistadores sont les conquérants espagnols du Nouveau Monde, tels que Cortés et Pizarro.

2. L'idéalisation du « bon sauvage »

MOT CLÉ
Le stoïcisme est une philosophie de l'Antiquité qui professe le détachement des passions pour parvenir à la sagesse et au bonheur.

• Montaigne tombe sous le charme de la simplicité des Amérindiens. Prenant le vocabulaire à rebours, il explique que la « sauvagerie » est de détourner les fruits de la nature – ce que ne font pas les Cannibales. Les Indiens font d'ailleurs preuve de vertus majeures, rappelant les préceptes stoïciens : « hardiesse et courage, [...] fermeté, constance, résolution contre les douleurs et la faim et la mort » : ces « bons sauvages » ne seraient-ils pas de vrais philosophes ?

• Ce mythe du « bon sauvage » est repris et développé par Jean-Jacques Rousseau dans son *Discours sur l'origine de l'inégalité* (1755) : il y explique qu'aucune nécessité ne conduit automatiquement de « l'état de nature » à l'état social, et fait l'éloge de cet état originel, pur et non corrompu.

• De même, Diderot dans son *Supplément au Voyage de Bougainville* (1772), met en scène le discours d'un vieillard tahitien qui fait l'éloge de la libération des mœurs, et d'une société affranchie de toutes les tyrannies. Ce « sauvage » apparaît comme un sage face à des Européens orgueilleux.

3. La dénonciation de la barbarie

L'exploitation du Nouveau Monde, sa colonisation brutale conduisent d'ailleurs certains auteurs à dénoncer la barbarie des Européens eux-mêmes.

• Montaigne critique ainsi sévèrement ses contemporains : le cannibalisme est une barbarie, certes, mais présentée comme moins condamnable que celle des guerres de religion qui ravagent la France. La plus grande cruauté, pour Montaigne, est celle des Européens qui veulent imposer aux Amérindiens leur vision du monde et leurs valeurs. Il condamne avec virulence les conquistadores qui ont exterminé les Aztèques et les Incas, par pure cupidité.

• L'abbé Raynal, dans son *Histoire des deux Indes* (1770), dénonce les abus des Européens, notamment l'esclavage, dans les colonies de l'Inde orientale et du Nouveau Monde. Voltaire, dans *Candide* (1759), et Montesquieu, dans *De l'esprit des lois* (1748), dénoncent également cette pratique inhumaine.

Conclusion

[Synthèse] La découverte du Nouveau Monde bouscule les idées reçues de Montaigne et de ses contemporains. L'asservissement des Indiens met en évidence la « barbarie » des colons avides d'accaparer leurs richesses.

[Ouverture] Au XXe siècle, les anthropologues s'inscrivent dans le sillage des *Essais* de Montaigne. Dans *Tristes Tropiques* (1955), Claude Lévi-Strauss enrichit ses descriptions ethnographiques des Indiens du Brésil de réflexions philosophiques sur le sens de la civilisation.

12 Sujet d'écrit • Commentaire

Bergerac, *L'Autre Monde ou Histoire comique des États et Empires de la Lune et du Soleil*

4 heures
20 points

INTÉRÊT DU SUJET • Comment critiquer les institutions les plus respectées tout en divertissant son lecteur ? Cyrano de Bergerac y parvient en racontant avec une fantaisie débridée un voyage interstellaire.

Commentez ce texte de Cyrano de Bergerac, extrait de *L'Autre Monde ou Histoire comique des États et Empires de la Lune et du Soleil*.

DOCUMENT

Cet ouvrage, ancêtre français de la « science-fiction », présente les voyages imaginaires du héros-narrateur, qui après avoir visité la Lune, se retrouve sur le Soleil. Là, il va être jugé par les oiseaux qui peuplent cet astre et traitent les hommes en ennemis. Une pie qui a séjourné sur Terre prend sa défense.

Elle[1] achevait ceci, quand nous fûmes interrompus par l'arrivée d'un aigle qui se vint asseoir entre les rameaux d'un arbre assez proche du mien. Je voulus me lever pour me mettre à genoux devant lui, croyant que ce fût le roi, si ma pie de sa patte ne m'eût contenu en mon assiette[2]. « Pensiez-vous donc, me dit-elle, que ce grand aigle fût notre souverain ? C'est une imagination de vous autres hommes, qui à cause que vous laissez commander aux plus grands, aux plus forts et aux plus cruels de vos compagnons, avez sottement cru, jugeant de toutes choses par vous, que l'aigle nous devait commander.

« Mais notre politique est bien autre ; car nous ne choisissons pour notre roi que le plus faible, le plus doux, et le plus pacifique ; encore le changeons-nous tous les six mois, et nous le prenons faible, afin que le moindre à qui il aurait fait quelque tort, se pût venger de lui. Nous le choisissons doux, afin qu'il ne haïsse ni ne se fasse haïr de personne, et nous voulons qu'il soit d'une humeur pacifique, pour éviter la guerre, le canal de toutes les injustices.

« Chaque semaine, il tient les États[3], où tout le monde est reçu à se plaindre de lui. S'il se rencontre seulement trois oiseaux mal satisfaits de son gouvernement, il en est dépossédé, et l'on procède à une nouvelle élection.

« Pendant la journée que durent les États, notre roi est monté au sommet d'un grand if sur le bord d'un étang, les pieds et les ailes liés. Tous les oiseaux l'un après l'autre passent par-devant lui ; et si quelqu'un d'eux le sait coupable du dernier supplice, il le peut jeter à l'eau. Mais il faut que sur-le-champ il justifie la raison qu'il en a eue, autrement il est condamné à la mort triste. »

Je ne pus m'empêcher de l'interrompre pour lui demander ce qu'elle entendait par le mot triste et voici ce qu'elle me répliqua :

« Quand le crime d'un coupable est jugé si énorme, que la mort est trop peu de chose pour l'expier, on tâche d'en choisir une qui contienne la douleur de plusieurs, et l'on y procède de cette façon :

« Ceux d'entre nous qui ont la voix la plus mélancolique et la plus funèbre, sont délégués vers le coupable qu'on porte sur un funeste cyprès. Là ces tristes musiciens s'amassent autour de lui, et lui remplissent l'âme par l'oreille de chansons si lugubres et si tragiques, que l'amertume de son chagrin désordonnant l'économie de ses organes et lui pressant le cœur, il se consume à vue d'œil, et meurt suffoqué de tristesse.

« Toutefois un tel spectacle n'arrive guère ; car comme nos rois sont fort doux, ils n'obligent jamais personne à vouloir pour se venger encourir une mort si cruelle.

« Celui qui règne à présent est une colombe dont l'humeur est si pacifique, que l'autre jour qu'il fallait accorder[4] deux moineaux, on eut toutes les peines du monde à lui faire comprendre ce que c'était qu'inimitiés[5]. »

Cyrano de Bergerac, *L'Autre Monde ou Histoire comique des États et Empires de la Lune et du Soleil*, 1657-1662.

---

1. Elle : la pie.
2. Ne m'eût contenu en mon assiette : ne m'eût fait conserver ma position.
3. Il tient les États : il tient une assemblée.
4. Accorder : mettre d'accord, réconcilier.
5. Inimitié : dispute, hostilité, haine.

LITTÉRATURE D'IDÉES

LES CLÉS DU SUJET

Définir le texte

Carte d'identité du texte

- **Époque** : 2e moitié du XVIIIe siècle
- **Mouvement** : baroque

- **Genres** : roman de science-fiction, apologue, utopie
- **Type de texte** : narratif, argumentatif

Buts : dépayser, décrire une société idéale, critiquer la société européenne

Thèmes : oiseaux parlants, société utopique, organisation politique

- **Tonalités** : humoristique, satirique
- **Autres adjectifs** : pittoresque, vivant, critique

Construire le plan

1 L'attrait du dépaysement et de l'exotisme	• Analysez les caractéristiques du récit : situation, décor, personnages. • D'où viennent l'étrangeté et l'humour de ce récit ? • Analysez le personnage du roi et les pratiques décrites.
2 Une république utopique	• Étudiez les différentes composantes du régime politique des oiseaux. • Quelles sont les valeurs de cette société idéale ?
3 Une satire implicite mais virulente de notre monde	• Quels sont les rapports entre la pie et le narrateur ? • Montrez que la pie dresse le réquisitoire des sociétés humaines. Quels sont ses griefs ?

12 CORRIGÉ GUIDÉ

Les titres en couleur ou entre crochets ne doivent pas figurer sur la copie.

Introduction

[Présentation du contexte] Dans la lignée de l'*Histoire véritable* de l'écrivain grec Lucien (IIe siècle), où le personnage voyage sur la Lune, ou de l'*Utopia* de l'humaniste Thomas More, Cyrano de Bergerac, écrivain et scientifique libertin du XVIIe siècle, écrit *L'Autre Monde ou Histoire comique des États et Empires du Soleil*. Dans ce roman burlesque et fantaisiste, précurseur de la science-fiction, le narrateur-héros, un humain, voyage sur la Lune et sur le Soleil. Au fil de ses découvertes, il a des conversations philosophiques avec les habitants de ces mondes lointains.

[Présentation du texte] Sur le Soleil, au cours d'une discussion avec une pie, il découvre un nouveau système politique et social, la République des Oiseaux. Mais le texte dépasse l'anecdote, il prend des allures d'apologue et propose plusieurs niveaux de lecture.

[Annonce du plan] Le récit qui dépayse le lecteur en le faisant voyager dans un monde fantaisiste [I] dessine, à travers le discours de la pie, les contours d'une société utopique, très en avance sur son temps [II] et dresse implicitement la satire de l'organisation sociale et politique de notre monde [III].

I. L'attrait du dépaysement et de l'exotisme

> **▶ Le secret de fabrication**
>
> Cette partie vise à analyser comment l'auteur, grâce à son imagination, divertit le lecteur en le dépaysant. Elle s'appuie sur le relevé et l'identification des détails fantaisistes (décor exotique, personnages mi-animaux mi-humains) et sur l'étude des sources de l'humour.

1. Mi-oiseaux, mi-humains

• Le pittoresque du passage tient au cadre et à la nature des personnages. Le lecteur se trouve transporté dans un monde où toutes sortes d'« oiseaux » – « pie, aigle, moineaux, colombe » – vivent dans les « rameaux » des arbres « if, cyprès » au bord d'un « étang ». Logiquement, ces oiseaux se distinguent par leur « voix » (leur chant).

• Mais, en même temps, ces oiseaux semblent étrangement humains. L'aigle vient « s'asseoir » (et non se percher), il a les « pieds » liés ; les moineaux sont des « musiciens ». Ils sont aussi dotés de la parole – ils savent même

LITTÉRATURE D'IDÉES

« justifie[r] » la raison de leurs démarches – et de sentiments : il est question de « haine », de vengeance, de « chagrin », d'« humeur pacifique », de « tristesse », de « tragique »... Ils ont aussi un système « politique » qui semble organisé selon des critères humains : ils tiennent des « États » (= des assemblées), ils ont un « gouvernement », des « élections », un « roi ».

• Ce mélange de caractéristiques animales et humaines incite Cyrano à adapter avec humour certaines expressions figurées de notre monde à ce nouvel univers : ainsi « mourir de chagrin » devient l'amusant pléonasme « mort triste » ; « être pieds et poings liés » devient « pieds et ailes liés » et l'expression « jeter à l'eau [le roi] » rappelle l'expression « faire tomber un roi » !

2. Un étrange monarque

• S'il répond bien au titre de « roi », le « souverain » est en tout point opposé au roi qui règne alors en France, comme le souligne l'erreur du narrateur qui prend l'aigle pour le roi et qui, « sottement » – comme le lui dit la pie – veut se « mettre à genoux devant lui ».

• Le groupe ternaire de superlatifs qui qualifie leur roi – « le plus faible, le plus doux, le plus pacifique », trois qualités explicitées dans la fin du paragraphe s'oppose à un autre groupe ternaire qui caractérise les souverains des hommes : « aux plus forts, aux plus grands, aux plus cruels ».

3. D'étranges pratiques

Enfin, certaines pratiques semblent fort curieuses, comme le « supplice de la mort triste ». La musique et le chant ont le pouvoir non de divertir et de plaire, mais produisent des effets « psychosomatiques » qui « désordonn[ent] l'économie [des] organes et press[ent] le cœur » jusqu'à la mort.

II. Une république utopique

> **▶ Le secret de fabrication**
> L'objectif de cette partie est de lire, derrière la fantaisie, le tableau d'un système politique et social idéal.

Mais derrière cette fantaisie, à travers le discours didactique de la pie, se dessine l'image d'une vie politique et sociale idéale, pleine de sagesse, en tout point contraire à celle des hommes.

1. Une république démocratique

• L'organisation politique décrite correspond à celle d'une république démocratique. Elle repose sur une « élection » (et non sur une monarchie héréditaire de droit divin) à laquelle participe tout le peuple : « *nous* [...] choisissons » renvoie au suffrage universel, comme le soulignent la fréquence du pronom « nous » et les expressions « où tout le monde est reçu » et « tous les oiseaux ».

• Cette vie politique est précisément balisée et réglée. L'élection est relativement fréquente : « tous les six mois » et c'est « chaque semaine » que se « tiennent les États » qui durent « une journée » et se déroulent toujours dans un même lieu (« au sommet d'un grand if » qui n'est pas sans rappeler, de façon humoristique le « grand chêne » au pied duquel Saint Louis rendait la justice !). Les procès se tiennent lors de ces États.

2. Un roi soumis et sous surveillance

• C'est la volonté de tous et de chacun (« seulement trois oiseaux », quelqu'un d'« eux ») qui peut infléchir la vie politique en cas d'erreur, comme en témoignent les champs lexicaux du choix et du changement : « choisissons (deux fois), dépossédé, nouvelle (élection), changeons, prenons, voulons ».

• Le roi, loin d'être un monarque absolu, est soumis « pieds et ailes liés » à la décision de son peuple ; il peut être destitué à tout moment.

3. Une république pacifique et mesurée

• L'identité du monarque qui guide ce monde d'oiseaux lors de la visite du narrateur est symbolique : il s'agit d'une « colombe », emblème de la paix et de la concorde, « dont l'humeur est si pacifique » (l'adjectif est utilisé deux fois) qu'elle ne conçoit pas l'existence de la violence et ne comprend pas « ce que c'était qu'inimitiés ».

• C'est aussi un monde dont les passions sont exclues : le roi est choisi de façon qu'il « ne haïsse ni ne se fasse haïr de personne ».

• La peine de mort existe mais elle n'est utilisée que pour punir le roi s'il est vraiment « coupable du dernier supplice » ou châtier tout oiseau qui l'aurait accusé à tort. Quoi qu'il en soit, tous essaient d'éviter « une mort si cruelle » et « un tel spectacle n'arrive guère ». Elle n'existe donc que pour sa force dissuasive. Le texte se présente bien comme une utopie.

MOT CLÉ
L'utopie est un genre littéraire qui, à l'occasion du récit d'un voyage, décrit une société imaginaire idéale. Elle a pour fonction de faire réfléchir sur le monde réel et d'en critiquer les défauts.

III. Une satire implicite mais virulente de notre monde

▶ Le secret de fabrication
Il s'agit ici de montrer que la description de cette société idéale imaginaire mène, par la comparaison implicite avec la nôtre, à une réflexion critique.

En filigrane se dessine une satire implicite du monde des humains.

LITTÉRATURE D'IDÉES

1. Une pie critique et un narrateur-homme remis à sa place

• La pie semble donner une leçon au narrateur. Son discours, très didactique, est rigoureusement structuré. Après avoir remis à sa place son auditeur, elle progresse de la théorie à l'exemple : elle explique l'organisation politique générale des oiseaux, puis l'illustre par la description de la « mort triste » pour conclure sur le portrait du roi idéal. Elle suit une progression allant du plus général au plus précis, marquée par les indications temporelles : « tous les six mois », « chaque semaine », « la journée ».

• En face de cette pie qui sait raisonner, le narrateur (et avec lui les hommes) ne fonde son jugement que sur des croyances ou des imaginations (« pensiez-vous donc », « c'est une imagination », « vous avez sottement *cru* »).

2. La critique des humains

• Mais l'exposé tient aussi du réquisitoire. La pie ne cesse d'égratigner la société des humains, en dénonçant leur anthropocentrisme et leur intolérance (« vous avez sottement cru, jugeant de toutes choses par vous »).

• La pie condamne la guerre de façon très explicite comme le pire des fléaux à travers la périphrase et la métaphore qui la désignent en fin de paragraphe : « le canal de toutes les injustices ». Elle la présente comme la conséquence du mauvais choix des rois chez les humains. En effet, si les deux adjectifs qui les désignent comme « [les] plus grands, [les] plus forts » peuvent paraître laudatifs, le dernier qualificatif « [les] plus cruels » annule toute connotation positive des deux premiers et établit le lien entre le monarque et la guerre.

• Par ailleurs, la description du système politique des oiseaux comme une république montre bien que la monarchie est présentée comme obsolète : le roi des oiseaux n'a en fait plus rien d'un roi européen.

• Enfin, à la base de cette situation, la pie met en cause la soumission aveugle des hommes qui « laisse[nt] commander » à ceux qui ne le méritent pas.

Conclusion

[Synthèse] Le roman de Cyrano, apparemment plaisant et pittoresque, aborde en fait des sujets très sérieux et osés.

[Ouverture] Parodie des récits de voyage et des éloges à la mode, mais aussi apologue, il ouvre la voie, par sa stratégie, son humour et sa fantaisie, au conte philosophique du XVIIIe siècle, comme *Candide*, et au roman de science-fiction du XIXe siècle.

13 Sujet d'écrit • Commentaire

La Bruyère, *Les Caractères*, « De l'homme », XI

4 heures
20 points

INTÉRÊT DU SUJET • La Bruyère, en moraliste avisé, caricature les défauts humains et tire profit des ressources de l'imagination pour nous donner une leçon morale.

LITTÉRATURE D'IDÉES

Commentez ce texte de Jean de La Bruyère, extrait des *Caractères*.

DOCUMENT

Dans Les Caractères, *La Bruyère observe en moraliste les comportements de ses contemporains et des hommes en général.*

Irène se transporte à grands frais en Épidaure[1], voit Esculape dans son temple, et le consulte sur tous ses maux. D'abord elle se plaint qu'elle est lasse et recrue de fatigue ; et le dieu prononce que cela lui arrive par la longueur du chemin qu'elle vient de faire. Elle dit qu'elle est le soir sans appétit ; l'oracle lui ordonne de dîner peu. Elle ajoute qu'elle est sujette à des insomnies ; et il lui prescrit de n'être au lit que pendant la nuit. Elle lui demande pourquoi elle devient pesante, et quel remède ; l'oracle répond qu'elle doit se lever avant midi, et quelquefois se servir de ses jambes pour marcher. Elle lui déclare que le vin lui est nuisible : l'oracle lui dit de boire de l'eau ; qu'elle a des indigestions : et il ajoute qu'elle fasse diète. « Ma vue s'affaiblit, dit Irène. – Prenez des lunettes, dit Esculape. – Je m'affaiblis moi-même, continue-t-elle, et je ne suis ni si forte ni si saine que j'ai été. – C'est, dit le dieu, que vous vieillissez. – Mais quel moyen de guérir de cette langueur[2] ? – Le plus court, Irène, c'est de mourir, comme ont fait votre mère et votre aïeule. – Fils d'Apollon, s'écrie Irène, quel conseil me donnez-vous ? Est-ce là toute cette science que les hommes publient, et qui vous fait révérer de toute la terre ? Que m'apprenez-vous de rare et de mystérieux, et ne savais-je pas tous ces remèdes que vous m'enseignez ? – Que n'en usiez-vous donc, répond le dieu, sans venir me chercher de si loin, et abréger vos jours par un long voyage ? »

Jean de La Bruyère, *Les Caractères*, « De l'homme », XI, 1688.

---

1. Épidaure : région de Grèce où se trouve le temple d'Esculape, dieu de la médecine. Esculape est le fils d'Apollon.
2. Langueur : manque d'énergie.

LES CLÉS DU SUJET

Définir le texte

Carte d'identité du texte

- **Époque** : 2e moitié du XVIIe siècle
- **Mouvement** : classicisme

- **Genre** : portrait sous forme de dialogue, fable, petite comédie
- **Type de texte** : narratif, descriptif, argumentatif

Buts : amuser, critiquer, donner des conseils de vie

Thèmes : santé et maladie, la cour, la condition humaine

- **Tonalités** : satirique, ironique
- **Autres adjectifs** : vivant, fantaisiste, critique

Construire le plan

1 La fantaisie : un portrait entre fable et comédie

- Analysez les personnages de cette saynète : en quoi s'opposent-ils ?
- Comment le portrait d'Irène est-il construit ? Quels sont ses points communs avec une fable ? une comédie ?
- Quel est le registre de ce texte ?

2 La leçon implicite d'un auteur classique

- Quels conseils La Bruyère donne-t-il pour la vie de tous les jours ?
- Quelles sont les cibles ? Quel travers dénonce-t-il ?
- Quelle image donne-t-il de l'être humain ?

13 CORRIGÉ GUIDÉ

Les titres en couleur ou entre crochets ne doivent pas figurer sur la copie.

Introduction

[Présentation du contexte] Au XVIIe siècle les moralistes adoptent diverses stratégies pour dénoncer les travers humains et « instruire » les hommes : certains optent pour l'argumentation directe (La Rochefoucauld, *Maximes*) ; d'autres prennent des voies détournées pour « instruire » mais aussi « plaire » (comédies de Molière qui « corrigent les mœurs par le rire », ou *Fables* de La Fontaine).

[Présentation du texte] Le moraliste La Bruyère, dans *Les Caractères et mœurs de ce siècle*, dresse une galerie de portraits qui lui permet de donner une image variée de l'« ample comédie » humaine, de critiquer les comportements humains et d'amener son lecteur à un jugement personnel. Dans « De l'homme », il rapporte une anecdote située dans un passé fictif, et fait, sous forme de dialogue, le portrait d'Irène venue consulter un dieu sur ses maux.

[Annonce du plan] La fantaisie de cette scène [I] amène le lecteur à une réflexion morale sur la nature humaine et donne des conseils de vie [II].

I. La fantaisie : un portrait entre fable et comédie

> **▶ Le secret de fabrication**
> Cette partie analyse la vivacité, la fantaisie imaginative et l'humour du portrait à partir de l'étude de sa structure, du contexte temporel, du dialogue et du traitement des personnages.

S'agit-il d'un portrait, d'une fable, d'une comédie ? Les trois à la fois : ce pourrait être une fable dont le titre serait « Le Dieu et l'Hypocondriaque » ou une comédie dont le titre serait *La Malade imaginaire*.

> **À NOTER**
> La Fontaine définit ses *Fables* comme « une ample comédie aux cent actes divers ».

1. La progression d'une fable

- Le portrait présente brièvement les personnages (Irène et le dieu Esculape), campe le décor (Épidaure), précise le sujet : une consultation.

- Le corps de l'anecdote s'articule en deux parties. La première aborde les petits maux de la vie quotidienne – « fatigue », manque d'« appétit », « insomnies », intolérance à certains mets ou boissons (le « vin »), « indigestions ». La seconde partie concerne des maux plus sérieux, voire existentiels (aléas liés à la vieillesse – baisse de la vue, « langueur » – ; mort).

LITTÉRATURE D'IDÉES

• Pour rendre son récit plus plaisant, La Bruyère en varie le mode. La première partie est rapportée au style indirect, d'un ton un brin moqueur ; la multiplication de la conjonction de coordination « et » qui débute chaque plainte d'Irène et la répétition de séquences identiques – plainte d'Irène/remède d'Esculape – donnent une impression de « mécanique plaquée sur du vivant » et crée un comique de répétition. Dans la deuxième partie, la consultation est retranscrite au style direct : on y assiste comme si elle se passait devant nous.

• La Bruyère soigne aussi le rythme du récit : il en accélère le tempo en précipitant les répliques qui se succèdent rapidement et s'abrègent.

• Ainsi, pour ne pas « apporter de l'ennui », La Bruyère allie deux principes opposés : répétition et variation, comme dans une comédie burlesque.

2. Un mélange plein de fantaisie

• La vivacité de l'anecdote tient aussi au mélange de deux mondes : l'humain – « Irène » est bien un nom humain – et le divin : « Esculape » est le dieu grec de la médecine. Mais nous sommes dans un monde de fantaisie où ces deux personnages dialoguent sans problème, comme dans un conte.

À NOTER
La Fontaine dit, à propos de l'apologue, qu'« une morale nue apporte de l'ennui / [et que] Le conte fait passer la morale avec lui ».

• Mélange des époques également, de l'Antiquité au siècle de Louis XIV.

– Le décor est celui d'une Grèce antique de convention : « Épidaure », ville sanctuaire de la médecine ; « temple », lieu de pèlerinage païen, où règne le « dieu Esculape », désigné par la périphrase « fils d'Apollon » ou par sa fonction : « l'oracle ».

– Mais, par ailleurs, le mode de vie d'Irène renvoie à la vie d'excès, à l'opulence de la cour : « dîner[s] » trop abondants qui provoquent des « indigestions », arrosés de « vin », veillées tardives et paresse au lit jusqu'à « midi ». Irène se fait transporter en voiture… Quelques détails – la mention des « lunettes » ou celle de la maladie de « langueur » – nous entraînent sans hésitation possible du côté du XVIIe siècle.

3. Des personnages de comédie

Les deux personnages, bien dessinés et en forte opposition – l'aristocrate hypocondriaque et le dieu farceur – pourraient figurer dans une comédie de Molière ou une fable de La Fontaine.

• Pour un lecteur savant le nom d'Irène implique une femme pondérée (le grec *eirênê* signifie « la paix »), alors qu'il constitue ici une antiphrase ironique : Irène est anxieuse et tourmentée. Son tempérament hypocondriaque s'impose à travers l'accumulation de plaintes qui, en réalité, ne portent au début que sur des maux courants (fatigue, mauvaise digestion, vue déficiente…). À la fin, elle se laisse aller à la colère (« elle s'écrie ») et oublie tout respect pour le dieu : elle lui adresse trois questions rhétoriques qui mettent en doute sa « science » et prétend pour finir être son égale (« ne savais-je pas tous ces remèdes »). Son irrespect se marque dans la nuance péjorative des adjectifs indéfinis et démonstratifs associés : « *toute cette* science, *tous ces* remèdes ».

• Face à elle, Esculape descend de son piédestal antique (comme le Mercure que Molière ou La Fontaine mettent en scène, l'un dans sa comédie *Amphitryon,* l'autre dans sa fable « Le Bûcheron et Mercure »). Il a les traits d'un dieu ironique, sans cœur : ses réponses sont lapidaires – elles ne répondent pas du tout aux espérances d'Irène. Plus la consultation avance, plus ses interventions sont acerbes, mordantes, frappées d'un bon sens cruel : il conseille à Irène de « se servir de ses jambes pour marcher », affirme que, pour mettre fin à tous ses maux, « le plus court, c'est de mourir ». Il ne ménage pas son interlocutrice : « c'est que vous vieillissez », lui déclare-t-il.

LITTÉRATURE D'IDÉES

II. La leçon implicite d'un auteur classique

> **▶ Le secret de fabrication**
> Cette partie dégage le message implicite de cette saynète cocasse et explicite la « leçon », aussi bien pratique qu'existentielle, que le moraliste classique délivre à travers elle.

1. Une fable à clé ?

> **MOT CLÉ**
> Un texte à clé met en scène des événements et des personnages réels sous couvert de la fiction, pour éviter la censure tout en faisant une satire.

• Pour le lecteur de l'époque, derrière Irène se profile Mme de Montespan, l'autoritaire maîtresse de Louis XIV, qui vivait « à grands frais », se disait toujours « recrue de fatigue » et avait une crainte maladive de mourir.

• Le long voyage d'Irène pour consulter un médecin (« de si loin ») rappelait aux contemporains les fréquentes cures thermales de Mme de Montespan pour guérir « tous ses maux ». Un médecin lui aurait répondu comme Esculape. Enfin, le nom d'Irène, ancienne impératrice de Byzance et conspiratrice ambitieuse, pouvait faire penser à la favorite officielle du roi.

• À travers Irène, La Bruyère fait la peinture de la vie des courtisans, avec son intempérance, ses nuits sans sommeil, ses fêtes et sa paresse ; le portrait tourne alors à la satire de la cour. C'est là le contraire de l'idéal classique de la juste mesure que le dieu rappelle par les mots « peu », « diète » ou la négation restrictive (« *n'*[être au lit] *que*… »).

2. L'analyse d'un moraliste classique sur la condition humaine

• L'homme aime se lamenter sur son sort, comme en témoignent les multiples doléances d'Irène, émaillées de mots négatifs (« sans [appétit] », « ni… ni… ») et péjoratifs (« maux », « lasse »…).

• La Bruyère montre aussi que l'homme manque de bon sens : il connaît les « remèdes » à ses « maux », mais il espère en trouver de plus doux auprès d'autrui (ici, Esculape).

• La Bruyère souligne également la conduite paradoxale de l'homme face à la vieillesse et à la mort : il veut vivre longtemps, mais néglige sa santé.

• Enfin, Esculape se moque d'Irène par une lapalissade féroce (« le plus court [moyen] […] de guérir de cette [langueur] c'est de mourir »), qui ne saurait à l'évidence constituer un vrai « remède » à la misère de l'homme.

3. Une leçon de vie

• Concrètement, à travers le dieu, le moraliste donne des conseils élémentaires de vie : la médecine ne peut tout soigner ; mais, pour garder la santé, il faut être tempérant, ne pas hésiter devant l'effort et se fier à son bon sens.

• D'un point de vue plus existentiel, La Bruyère indique les erreurs à éviter : ne pas vouloir rester toujours jeune, ne pas aller contre la condition humaine, ne pas commettre la faute de Prométhée qui voulait égaler les dieux immortels.

• Implicitement, et plus positivement, dans sa dernière phrase, c'est une leçon de lucidité que délivre le dieu : plutôt que de se plaindre, l'homme doit profiter du temps qui lui est accordé, sans le perdre dans de « longs voyages ».

MOT CLÉ
Un moraliste est un auteur qui, spectateur attentif de la société et des comportements humains, traite des mœurs et de la morale et enseigne à conduire sa vie. Montaigne, La Rochefoucauld, Pascal, La Bruyère, La Fontaine sont parmi les plus connus.

Conclusion

[Synthèse] La Bruyère a su adopter une stratégie adaptée à ses lecteurs mondains qui se plaisaient à ces sortes de croquis et se reconnaissaient dans cette « ample comédie » à la manière d'un Molière ou d'un La Fontaine. Mais ses portraits servent aussi son projet de moraliste : donner une image de l'homme, amener les lecteurs de tout temps à réfléchir sur la destinée humaine.

[Ouverture] Amusés par le tour ingénieux du portrait, les lecteurs se laissent à la fois convaincre et persuader plus facilement que par d'austères maximes, à la manière de celles de La Rochefoucauld.

14 Sujet d'écrit • Dissertation

Récit et moralité dans les *Fables* de La Fontaine

4 heures
20 points

INTÉRÊT DU SUJET • Au moyen d'un plan dialectique, vous allez montrer comment l'on peut dépasser l'apparente contradiction entre récit et moralité, imagination et pensée au sein des fables.

Dans la préface des *Fables*, La Fontaine affirme que « l'apologue est composé de deux parties dont on peut appeler l'une le corps, l'autre l'âme. Le corps est la fable ; l'âme, la moralité ». Selon vous, les fables des livres VII à XI donnent-elles la primauté au récit ou à la moralité ?

Vous répondrez à cette question dans un développement argumenté, en vous appuyant sur votre lecture des *Fables* de La Fontaine et sur les autres textes étudiés dans le cadre du parcours « Imagination et pensée au XVIIe siècle ».

LES CLÉS DU SUJET

Analyser le sujet

l'apologue : récit allégorique à visée morale désignant la fable.

fable : court récit allégorique qui illustre un principe moral.

Dans la préface des *Fables*, La Fontaine affirme que « **l'apologue** est composé de deux parties dont on peut appeler l'une le corps, l'autre l'âme. Le corps est la **fable** ; l'âme, la moralité ». Selon vous, les fables des livres VII à XI donnent-elles la **primauté** au **récit** ou à la **moralité** ?

primauté : prédominance, supériorité.

moralité : énoncé explicite ou implicite qui tire la leçon générale de la fable.

récit : narration d'événements (réels ou imaginaires).

Formuler la problématique

La fable est-elle un genre narratif ou argumentatif.

Construire le plan

1 La prééminence du récit sur la moralité	• Quelle est la part du récit par rapport à la « leçon » qu'on en tire finalement ? • Réfléchissez à la possibilité de supprimer l'un ou l'autre (récit ou moralité) : le résultat peut-il être encore qualifié de fable ? • EXEMPLES : « Les Animaux malades de la peste », VII, 1 ; *L'Émile* de Rousseau ; *Maximes* de La Rochefoucauld…
2 La primauté de la moralité sur le récit	• Montrez que la moralité constitue la finalité du récit. • Interrogez la dimension didactique et morale de la fable : serait-elle possible sans la moralité ? • EXEMPLES : « Le rat et l'Eléphant », VIII, 15 ; « Le gland et la Citrouille », IX, 4 ; « Le Berger et son Troupeau », IX, 19…
3 Le double statut générique de la fable (narrative et argumentative)	• Comment récit et morale s'articulent-ils dans le texte au niveau de l'argumentation ? • Comment imagination et pensée s'étayent-elles mutuellement au niveau rhétorique ? • EXEMPLES : « Le Pouvoir des fables », VIII, 4 ; « Le Pâtre et le Lion », VI, 1…

14 CORRIGÉ GUIDÉ

Les titres en couleur ou entre crochets ne doivent pas figurer sur la copie.

Introduction

[Accroche] L'argumentation n'apparaît pas toujours d'une manière explicite dans un texte ; elle peut passer par un biais qui lui est apparemment étranger. C'est sur ce modèle d'argumentation indirecte que fonctionne la fable : constituée en majeure partie d'un récit, elle ne relève pas moins de la littérature d'idées, ce dont témoigne, le plus souvent, la présence d'une morale.

[Citation] La Fontaine le notait dans la préface de ses *Fables* : « l'apologue est composé de deux parties dont on peut appeler l'une le corps, l'autre l'âme ». Et il précisait : « Ce corps est la fable ; l'âme, la moralité ».

[Explicitation du sujet] Pour La Fontaine, l'apologue aurait, à l'image de l'homme, une nature double, partagée entre son corps – le récit – et son âme – la morale. L'un ne pouvant aller sans l'autre, cela tendrait à prouver l'égalité absolue de deux parties. Pourtant, l'importance croissante accordée au récit à partir du septième recueil des *Fables* pourrait donner à penser que La Fontaine affirme sa prééminence sur la moralité. On pourrait dès lors se demander à qui, du récit ou de la moralité, les fables donnent la primauté. Autrement dit, c'est la question de la particularité générique de la fable qui se trouve posée : est-elle un genre narratif ou argumentatif ?

[Annonce du plan] Nous examinerons d'abord la prééminence du récit [I] puis montrerons la primauté de la morale [II] pour enfin nous demander si la séparation de ces deux entités est même possible [III].

I. La prééminence du récit sur la morale

> **▶ Le secret de fabrication**
>
> La première partie s'attache à montrer la prédominance du récit dans la fable. Il faut donc répertorier des arguments qui le prouvent : quelle place occupe le récit et quel rôle joue-t-il ?

1. La part dévolue au récit

• Si le récit semble le plus important, c'est d'abord parce qu'il occupe la plus grande place. Il s'impose comme la partie la plus longue de la fable : plusieurs dizaines de phrases contre à peine quelques-unes pour la leçon.

• C'est le cas, par exemple, dans « Les Animaux malades de la peste » (VII, 1) : la morale « Selon que vous serez puissant ou misérable, / Les jugements de cour vous rendront blanc ou noir » clôt de manière lapidaire et synthétique un récit de plus de cinquante vers.

• Cela influence le statut même du texte : les enfants lisent avant tout les *Fables* comme un texte narratif et l'abordent en général comme un conte. C'est, au reste, le reproche que Rousseau fait à La Fontaine dans *L'Émile* : pour lui, les jeunes esprits sont portés à s'identifier au personnage le plus fort qui n'est souvent pas l'être le plus moral mis en scène dans le récit.

2. Des fables sans morale

• La primauté du récit semble confirmée par l'examen des fables sans moralité explicite, qui n'en sont pas moins considérées comme des apologues. Dès lors, la morale semble superflue et on peut la supprimer sans opérer un changement de catégorie littéraire. Pourtant, l'opération inverse paraît impossible : cela provoquerait une mutation générique du texte qui, de fables, deviendrait maximes.

• L'expérience peut être tentée avec le recueil de La Fontaine ; en ne gardant que les morales exprimées, on obtiendrait un recueil de sentences générales proches formellement des *Maximes* d'un La Rochefoucauld.

[Transition] Ainsi, certains arguments semblent prouver la primauté du récit sur la morale dans la fable : il occupe un volume plus important dans le texte. De plus, la fable apparaît régulièrement sans morale alors que, sans récit, elle devient simple maxime et perd son statut d'apologue. Mais alors pourquoi, si seul le récit compte dans la fable, cette dernière ne se confond-elle pas avec les genres narratifs ? Pourquoi occupe-t-elle une place spécifique dans la nomenclature des genres ? C'est peut-être que la morale est moins négligeable qu'il y semblait.

CONSEIL
Pour assurer la transition d'une partie à l'autre et amorcer la réflexion à suivre sans dévoiler son contenu, on peut recourir à la modalité interrogative, qui soutient l'intérêt et dynamise la démonstration.

II. La primauté de la réflexion sur le récit

▶ Le secret de fabrication
La deuxième partie va chercher des arguments en faveur de la primauté de la réflexion. Il faut donc réévaluer la part de la réflexion dans la fable : cette dernière ne se définit-elle pas d'abord comme un genre didactique ?

1. La moralité comme finalité de la fable

• Si le récit constitue la plus large partie de la fable, sa leçon n'en est pas moins importante. On peut en effet considérer que le récit n'est que le moyen de l'apologue, alors que la morale en est la fin. La réflexion constitue donc le but vers lequel tend le récit.

• C'est ce qui apparaît si l'on observe la place qu'occupe traditionnellement la moralité dans la fable, le plus souvent située à un endroit stratégique : soit l'ouverture (« Le Rat et l'Éléphant », VIII, 15 ou « Le Gland et la Citrouille », IX, 4), soit la clôture (« Le Rat et l'Huître » ou « Le Berger et son Troupeau », IX, 19). Lui réserver une telle place d'honneur, c'est donc bien le signe de l'importance capitale qui lui est accordée.

2. La fable comme genre didactique

• Si le récit peut prendre en charge la dimension argumentative de la fable, seule la morale, explicite ou implicite, peut révéler son rôle didactique.

• Or La Fontaine précise, dans la préface des *Fables*, que « par les raisonnements et conséquences que l'on peut tirer de ces fables, on se forme le jugement et les mœurs, on se rend capable de grandes choses ». Le but premier de l'apologue est donc bien l'enseignement que le lecteur peut en tirer. L'apologue se distingue par sa dimension didactique et morale, que lui confère la moralité.

[Transition] Si certains arguments semblaient prouver la prééminence du récit, d'autres au contraire montrent celle de la moralité : elle paraît, par sa place même dans la fable, constituer le but ultime du récit ; la leçon finale est la seule à pouvoir prendre en charge la dimension didactique de l'apologue alors que le récit assurait sa fonction argumentative. Comment, dès lors, dépasser cette apparente contradiction dans la définition générique de la fable ? À moins que ce ne soit précisément cette dualité qui fasse la spécificité du genre ?

III. Le double statut générique de la fable

> **▶ Le secret de fabrication**
> Cette partie cherche à dépasser l'opposition des deux premières. Conclure à la primauté du récit ou de la moralité, c'est méconnaître le genre même de la fable, qui repose précisément sur l'articulation entre les deux.

1. L'articulation argumentative

• Récit et réflexion sont complémentaires dans l'apologue, d'abord parce que si la leçon est la thèse du texte, le récit en est à la fois l'exemple et l'argument.

• Par exemple, dans « Le Pouvoir des fables » (VIII, 4), La Fontaine exprime la nécessité de divertir les hommes par des contes plaisants. Cette thèse est exprimée par la moralité finale, affirmant qu'il faut « amuser encor [le monde] comme un enfant », c'est-à-dire satisfaire la part d'enfance présente en chaque lecteur. Et elle est illustrée par le récit qui précède, où l'on voit le peuple athénien plus captivé par l'apologue de l'orateur que par sa harangue sur la patrie en danger.

• Le récit est donc bien à la fois l'illustration et l'argument de la thèse de la fable. Ce qui importe alors, ce n'est pas le récit ou la moralité, mais la façon dont s'articulent l'un et l'autre.

2. L'articulation rhétorique

• Toutefois, cette articulation n'est pas seulement argumentative, elle est aussi rhétorique. En effet, l'apologue, conformément à la doctrine héritée d'Horace et reprise explicitement par La Fontaine dans « Le Pâtre et le Lion » (VI, 1), se doit d'« instruire et de plaire » (*docere et placere*) ; ce qui fonde la particularité du genre apologétique, c'est justement cette double ambition qui le distingue des autres genres de la littérature d'idées.

• Cependant, on n'instruit pas toujours un lecteur avec les armes qu'on utilise pour lui plaire : la dualité rhétorique de la fable rencontre alors sa dualité générique. Généralement, la morale, explicite ou implicite, instruit et fait réfléchir, tandis que le récit séduit le lecteur.

- Abandonner l'une ou l'autre de ces deux dimensions, c'est donc oublier ce qui fait l'originalité du genre : la fable instruit en plaisant et plaît en instruisant ; plus encore, c'est parce que le récit flatte l'imagination qu'il pousse à la réflexion, et c'est parce qu'il donne à penser qu'il plaît.

Conclusion

[Synthèse] Il n'y a donc pas de primauté d'un récit, souvent développé, au détriment d'une morale esquissée, voire parfois implicite. Si des arguments jouent tantôt en faveur de l'une ou de l'autre des composantes de la fable c'est bien qu'il faut garder à l'esprit la dualité fondatrice du genre.

[Ouverture] Ni simple récit, ni pure morale, la fable est à l'image de l'homme, « corps et âme », à quoi La Fontaine ajoute encore une dimension poétique en proposant des apologues versifiés.

CONSEIL
L'ouverture peut être l'occasion d'élargir la perspective, en rappelant par exemple que les fables relèvent aussi du genre lyrique.

Voltaire, *L'Ingénu*, « Les deux captifs étaient fort d'accord... »

4 heures
20 points

INTÉRÊT DU SUJET • Dans le style plaisant qui caractérise les contes philosophiques de Voltaire, cet extrait de *L'Ingénu* délivre en peu de lignes les principaux messages philosophiques du conte.

▶ Commentez ce texte de Voltaire, extrait de *L'Ingénu*.

DOCUMENT

Voltaire met en scène un Huron, fraîchement arrivé dans la France du XVIIe siècle et découvrant de son regard neuf les usages du pays. Débarqué en Bretagne, le héros s'est rendu à Versailles pour y obtenir la récompense de services militaires qu'il a rendus et l'autorisation d'épouser celle qu'il aime. À la suite d'une discussion au sujet de l'Église et du roi, il se retrouve emprisonné à la Bastille avec Gordon, un prêtre janséniste.

Les deux captifs étaient fort d'accord sur l'injustice de leur captivité. « Je suis cent fois plus à plaindre que vous, disait l'Ingénu ; je suis né libre comme l'air ; j'avais deux vies, la liberté et l'objet de mon amour : on me les ôte. Nous voici tous deux dans les fers, sans en savoir la raison et sans pouvoir la demander. J'ai vécu Huron vingt ans ; on dit que ce sont des barbares, parce qu'ils se vengent de leurs ennemis ; mais ils n'ont jamais opprimé leurs amis. À peine ai-je mis le pied en France, que j'ai versé mon sang pour elle ; j'ai peut-être sauvé une province, et pour récompense, je suis englouti dans ce tombeau des vivants, où je serais mort de rage sans vous. Il n'y a donc point de lois dans ce pays ? On condamne les hommes sans les entendre ! Il n'en est pas ainsi en Angleterre. Ah ! ce n'était pas contre les Anglais que je devais me battre. » Ainsi sa philosophie naissante ne pouvait dompter la nature outragée dans le premier de ses droits, et laissait libre cours à sa juste colère.

Son compagnon ne le contredit point. L'absence augmente toujours l'amour qui n'est pas satisfait, et la philosophie ne le diminue pas. Il parlait aussi souvent de sa chère Sainte-Yves que de morale et de métaphysique. Plus ses sentiments s'épuraient, et plus il aimait. Il lut quelques romans nouveaux ; il en trouva peu qui lui peignissent la situation de son âme. Il sentait que son cœur allait toujours au-delà de ce qu'il lisait. « Ah ! disait-il, presque tous ces auteurs-là n'ont que de l'esprit et de l'art. » Enfin le bon prêtre janséniste devenait insensiblement le confident de sa tendresse. Il ne connaissait l'amour auparavant que comme un péché dont on s'accuse en confession. Il apprit à le connaître comme un sentiment aussi noble que tendre, qui peut élever l'âme autant que l'amollir, et produire même quelquefois des vertus. Enfin, pour dernier prodige, un Huron convertissait un janséniste.

Voltaire, *L'Ingénu*, chapitre XIV, 1767.

LES CLÉS DU SUJET

Définir le texte

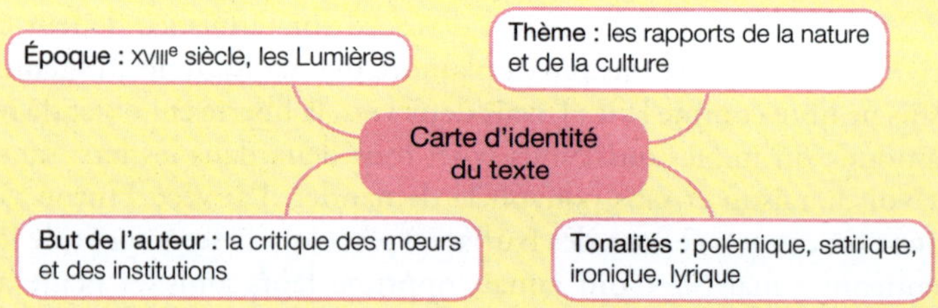

Construire le plan

❶ La prison : un lieu paradoxal	• Intéressez-vous à la relation de l'Ingénu et Gordon : qu'est-ce qui réunit les deux compagnons d'infortune ? • Étudiez le traitement du thème de la liberté. Comment le héros prend-il conscience qu'il est un être libre ?
❷ L'éducation sentimentale de l'Ingénu	• Analysez l'évolution du sentiment amoureux chez le héros : peut-on encore parler de passion ? comment l'émotion a-t-elle cédé la place à la réflexion ? • Qualifiez la sensibilité de l'Ingénu : qu'est-ce qui, dans sa conception de l'amour, annonce le romantisme ?
❸ Une conversion « prodige »	• Montrez que, plus qu'à une inversion des rôles, le passage propose une pédagogie mutuelle. Comment la raison triomphe-t-elle finalement des préjugés ? • Portez votre attention sur la phrase de chute : que traduit-elle de la pensée de l'auteur ?

15 CORRIGÉ FLASH

Les titres en couleur ou entre crochets ne doivent pas figurer sur la copie.

Introduction

[Présentation de l'œuvre et de l'extrait] Paru en 1767, *L'Ingénu* de Voltaire situe son intrigue dans la France de Louis XIV et retrace les aventures d'un « Sauvage » devenu « philosophe intrépide », modèle des Lumières. Au chapitre XIV, l'auteur rapproche malicieusement dans l'univers confiné d'une prison son héros et un homme de religion : alors que tout semble les opposer, Gordon va apporter au Huron la culture qui lui fait défaut ; en retour, l'Ingénu va transmettre au janséniste l'esprit de tolérance qui lui manquait. Le chapitre XIV offre donc un exemple de pédagogie singulier où la culture vient perfectionner la nature et le bon sens naturel se dresser contre les désordres de la civilisation.

[Problématique] Comment dès lors comprendre cet éloge paradoxal sous la plume de Voltaire ?

[Annonce du plan] Il s'agira d'envisager d'abord la prison comme un lieu paradoxal où le héros éprouve sa liberté [I], puis d'étudier l'éducation sentimentale du captif [II], pour, enfin, s'interroger sur la conversion du religieux [III].

I. La prison : un lieu paradoxal

1. Gordon et l'Ingénu : deux frères dans l'adversité

Lieu d'enfermement, la cellule va paradoxalement permettre le rapprochement des deux personnages que tout oppose.

• La connivence qui s'établit entre les deux prisonniers procède de leur infortune commune liée à l'arbitraire du pouvoir : « Les deux captifs étaient fort d'accord sur l'injustice de leur captivité ». L'injustice scelle une fraternité matérialisée par l'emploi du pronom personnel de la première personne du pluriel : « Nous voici tous les deux dans les fers sans en savoir la raison, et sans pouvoir la demander ».

• Le regard éloigné du Huron lui permet d'exercer, mieux que Gordon, un regard critique sur la civilisation : « je suis cent fois plus à plaindre que vous ; je suis né libre comme l'air ». L'arbitraire de la condamnation qui le frappe est rendu sensible par l'utilisation du pronom indéfini : « on me les ôte », « on condamne les hommes sans les entendre ! », où la modalité exclamative souligne l'indignation du héros.

À NOTER
Le Huron ne prend pas seulement son pays natal comme point de comparaison, mais également l'Angleterre (l. 12). Voltaire fait ici une référence indirecte à l'*Habeas corpus Act* (1679) qui protégeait la liberté individuelle contre les arrestations et les détentions arbitraires.

2. La liberté redéfinie en captivité

Parce qu'elle est menacée et mise à mal par la société, la liberté devient à la Bastille un « droit » pour lequel se battre.

• C'est au nom de la liberté redécouverte en captivité que parle l'Ingénu, comme en témoigne le champ lexical correspondant : « captifs », « captivité », « libre » « liberté » « fers », « dompter »... Inconsciente chez le sauvage et liée à sa condition même d'homme naturel, la liberté devient primordiale dans la mesure où la civilisation peut décider à tout moment de la suspendre.

• L'oxymore, « ce tombeau des vivants » rend compte de la dialectique que découvre l'Ingénu emprisonné : la liberté se définit par rapport et par contraste avec la captivité. Ainsi le héros naît à la philosophie, comme l'indique l'expression « sa philosophie naissante », dans l'espace d'une cellule où l'enfermement aiguise l'esprit.

[Transition] Victime de l'arbitraire du pouvoir aux côtés de Gordon, l'Ingénu la civilisation au nom de la liberté reconnue comme un droit : le héros accède ainsi à un degré supérieur d'éducation et de conscience. Ces progrès intellectuels s'accompagnent d'une évolution sentimentale.

II. L'éducation sentimentale de l'Ingénu

1. L'épuration de la passion amoureuse

L'amour de l'Ingénu pour sa bien-aimée Saint-Yves a gagné en spiritualité.

- Si « l'objet de [son] amour » demeure bien présent à l'esprit du héros, la passion s'est « épuré » : « Il parlait aussi souvent de sa chère Saint-Yves que de morale et de métaphysique ».
- L'Ingénu n'aime pas moins, au contraire : « Plus ses sentiments s'épuraient, et plus il l'aimait » : le comparatif en emploi corrélatif indique un rapport de proportionnalité, plus qualitatif que quantitatif.

2. La réflexion sur le sentiment

À ce stade de l'évolution sentimentale du personnage éponyme, l'amour est devenu une émotion plus qu'une ardeur.

- L'amour devient l'objet d'une réflexion mûrie et générale. La maxime enchâssée dans la narration, « L'absence augmente toujours l'amour qui n'est pas satisfait et la philosophie ne le diminue pas », entérine le changement qui s'est opéré dans le héros : le sentiment s'est enrichi d'une dimension spirituelle.
- L'émotion amoureuse peut être soumise à la confrontation esthétique avec les représentations des « romans nouveaux » ; mais ses lectures déçoivent le jeune homme : « Il en trouva peu qui lui peignissent la situation de son âme ».

3. Un héros pré-romantique

Éloigné de celle qu'il aime, l'Ingénu fait l'épreuve de l'absence et nourrit une sensibilité largement développée au siècle suivant par les Romantiques.

- Les lectures du héros le ramènent insensiblement à l'être cher et nourrissent une sorte de vague à l'âme pré-romantique.
- Le héros fait l'épreuve de l'indicible de la passion : la combinaison de « l'esprit » et de « l'art » de « ces auteurs-là » ne peut rivaliser avec l'amour vécu, comme le déplore le héros.

DES POINTS EN +
Les affres de l'Ingénu pourraient être résumés par ce vers du poète romantique Lamartine : « Un seul être vous manque et tout est dépeuplé » (« L'isolement », 1820)

[Transition] La fréquentation des belles lettres, autrement dit des productions de la culture, provoque la métamorphose de l'Ingénu. Cette évolution frappe aussi son compagnon de manière spectaculaire.

LITTÉRATURE D'IDÉES

III. Une conversion « prodige »

1. La victoire de la raison sur les préjugés religieux

Le changement intervenu chez le héros trouve à s'opérer également chez son compagnon par un effet de « contamination ».

- Le « bon prêtre janséniste » est devenu « le confident de [l]a tendresse » de son compagnon. Il se met alors à tourner le dos à ses certitudes d'ordre religieux et métaphysique appelées « faussetés obscures ».
- L'Ingénu impose finalement au janséniste sa philosophie naturelle et le relie aux sentiments dont il s'était coupé : « Il apprit à connaître [l'amour] comme un sentiment aussi noble que tendre, qui peut élever l'âme autant que l'amollir, et produire même quelquefois des vertus ».

2. Le triomphe de la religion naturelle

La conclusion aussi concise que séduisante du chapitre plaide en faveur d'une religion, celle du Huron, débarrassée de ses préjugés et croyances obscures.

Voltaire offre en guise de chute une pointe saisissante : « Enfin, pour dernier prodige, un Huron convertissait un janséniste ». La syllepse sur le mot « prodige » renvoie simultanément au surnaturel religieux et à l'univers merveilleux du conte ; l'imparfait à valeur durative pérennise la transformation ; l'oxymore interpelle le lecteur. Aussi cette brillante conclusion rejoint bien la double ambition du conte philosophique qui veut instruire de manière plaisante.

MOT CLÉ
Une syllepse est une figure qui consiste à jouer sur le double sens d'un mot.

Conclusion

[Synthèse] L'Ingénu découvre la culture en prison par le commerce des livres et de son compagnon d'infortune ; c'est aussi dans sa cellule qu'il éprouve les limites de la civilisation et d'un pouvoir plus préoccupé d'ordre que de justice. Si la culture enrichit la nature sur le plan de la raison et du cœur, la religion et les préjugés l'abiment.

[Ouverture] Pour autant, on ne trouve pas chez Voltaire de nostalgie des origines comme chez Rousseau : l'éloge de la raison l'invite à célébrer les vertus de la culture, du dialogue et de la philosophie.

Les vertus du regard éloigné

4 heures
20 points

INTÉRÊT DU SUJET • À partir de l'exemple des *Lettres persanes*, il s'agit de s'interroger sur l'efficacité du procédé du « regard persan » pour faire voir avec un œil neuf et dénoncer ce qu'on ne voit plus.

Les *Lettres persanes* donnent à lire la correspondance fictive entre des Persans séjournant à Paris et leurs amis restés en Perse. Pourquoi adopter ce procédé dit du regard éloigné ? En quoi celui-ci peut-il servir à défendre des idées ?

Vous répondrez à cette question dans un développement argumenté, en vous appuyant sur votre lecture du roman *Lettres persanes* de Montesquieu et sur les autres textes étudiés dans le cadre du parcours « le regard éloigné ».

LES CLÉS DU SUJET

Analyser le sujet

Pourquoi, En quoi : les questions appellent un plan thématique qui présente les différents enjeux du sujet.

regard éloigné : regard qui prend des distances (dans le temps, dans l'espace et au plan culturel).

Les *Lettres persanes* donnent à lire la correspondance fictive entre des Persans séjournant à Paris et leurs amis restés en Perse. **Pourquoi** Montesquieu a-t-il adopté ce procédé dit du **regard éloigné** ? **En quoi** celui-ci peut-il servir à **défendre des idées** ?

défendre des idées : présenter une thèse critique particulière et donner des arguments pour la soutenir.

Formuler la problématique

Pourquoi peut-il être judicieux, dans une œuvre argumentative, d'adopter le principe du regard éloigné ?

Construire le plan

❶ Un regard neuf	• Réfléchissez aux caractéristiques du regard éloigné : qu'est-ce qui peut retenir son attention ? • Envisagez les différents types de regard éloigné et leurs effets de décalage, souvent comiques. • EXEMPLES : Montesquieu (*Lettres persanes*) bien sûr, mais aussi Voltaire (*L'Ingénu*), Montaigne (*Essais*), Érasme (*Éloge de la folie*), Swift (*Les Voyages de Gulliver*).
❷ Un dispositif critique et une invitation à penser autrement	• Adopter un regard éloigné n'assure-t-il pas à un auteur une plus grande liberté de propos ? • En quoi ce procédé permet-il d'aborder certains sujets sous un angle plus percutant ? • EXEMPLES : Cyrano de Bergerac (*États et Empires de la Lune et du Soleil*), Diderot (*Supplément au Voyage de Bougainville*), Voltaire (*Candide* et *Micromégas*).

16 CORRIGÉ GUIDÉ

Les titres en couleur ou entre crochets ne doivent pas figurer sur la copie.

Introduction

[Accroche] Au XVIIIe siècle, la fascination pour les pays d'Orient amène les auteurs français à y faire référence dans leurs œuvres : ce sont les débuts de l'orientalisme.

[Explicitation du sujet] Les *Lettres persanes,* roman épistolaire du siècle des Lumières, ont fait date ; le principe du regard étranger qu'adopte Montesquieu s'y révèle ingénieux. Même si, dans sa préface, l'auteur affirme proposer au lecteur la traduction d'une correspondance persane authentique, celle-ci est pure invention. Quel est, pour lui, l'intérêt d'adopter le point de vue de Persans pour rapporter un voyage dans la France de la Régence ? En quoi, de manière plus générale, ce procédé du regard éloigné peut-il servir à défendre un point de vue ?

[Annonce du plan] Après avoir montré comment ce procédé permet de présenter une réalité sous un jour nouveau [I], nous nous attacherons à souligner sa portée argumentative [II].

I. Un regard neuf

▶ Le secret de fabrication

On montre ici qu'adopter le principe du regard éloigné est une source de plaisirs mais aussi une manière pour l'écrivain de se protéger.

1. L'étonnement du regard

Le regard persan permet de regarder de l'extérieur une société que le voyageur découvre pour la première fois. Ce regard va à l'essentiel : il se concentre sur ce qui le frappe d'emblée.

• Ainsi Rica, dans les *Lettres persanes*, s'étonne-t-il du rythme de vie effréné des Parisiens ou de leurs maisons qui semblent conçues pour des « astrologues ». À travers un tel regard, le lecteur du XVIIIe siècle redécouvre ce qu'il n'apercevait plus.

• Dans *L'Ingénu* (1767), le Huron, qui s'exprime avec franchise et spontanéité, formule son incompréhension devant des pratiques galantes dont il souligne ainsi l'étrangeté ou l'incohérence.

• Montaigne utilise également ce procédé en évoquant dans « Des cannibales » (*Essais*) des Amérindiens du Brésil, rencontrés à Rouen en 1562, qui s'étonnent d'une société où « tant de grands hommes, portant barbes, forts et armés, [obéissent] à un enfant ».

2. Un regard moqueur

Le regard porté sur la réalité observée est souvent moqueur et suscite le rire.

• Rica relate ainsi avec humour son propre étonnement devant l'étonnement des Parisiens, dont il attire fort l'attention : « Ah ah ! Monsieur est Persan ? C'est une chose bien extraordinaire ! Comment peut-on être Persan ? ». Sur un ton badin, il s'amuse des « caprices de la mode » en soulignant leur instabilité bouffonne.

• Érasme, dans son *Éloge de la Folie* (1509), donne comiquement la parole à celle-ci ; elle fait son propre éloge et pointe une folie généralisée, chez les théologiens, les politiques, les grands, les poètes… L'éloge devient satire mordante d'un monde qui dysfonctionne.

3. Une extériorité qui innocente

On remarquera également que le regard éloigné place l'auteur qui l'adopte dans une posture qui l'innocente et assure son impunité.

• Dans *L'Ingénu* (1767), Voltaire utilise ce même procédé pour se mettre à l'abri de la censure : le regard de ce Huron, plein de fougue et d'inexpérience, débarqué du Canada en 1689, permet de manière détournée, de formuler une critique religieuse et politique féroce contre les jésuites et le roi.

• Montesquieu se présente ainsi dans *Lettres persanes* comme non pas l'auteur mais un simple collecteur et traducteur de lettres authentiques. Le recours au regard du (faux) naïf protège l'écrivain.

CONSEIL
Le XVIIIe siècle apprécie particulièrement le regard éloigné du naïf, qui fait rire et constitue, pour l'auteur, un paravent derrière lequel formuler des critiques.

II. Un dispositif critique, une invitation à penser autrement

▶ Le secret de fabrication
Le regard « neuf » est non seulement une invitation à prendre du recul sur ce qui nous entoure, mais, de façon plus offensive, un dispositif critique efficace pour dénoncer des pratiques ou des opinions et inciter à y renoncer.

1. Un regard qui confronte de manière dérangeante

Le regard éloigné met en évidence des passerelles troublantes entre les cultures ou les sociétés.

• Dans les *Lettres persanes,* les mêmes menaces semblent peser sur l'Orient et l'Occident : le despotisme oriental offre une image à peine déformée des abus de pouvoir de la monarchie française.

• Dans *Les États et Empires de la Lune* (1657), Cyrano de Bergerac crée un monde inversé, qui prend le contre-pied des valeurs et des mœurs traditionnelles, illustrant ainsi le relativisme des comportements humains et invitant à la tolérance.

• Dans *Micromégas* (1752), Voltaire reprend la tradition du voyage interplanétaire pour relativiser la place de l'homme dans l'univers : la Terre n'est qu'une « petite fourmilière » peuplée de « mites » humaines qui « ne considèrent rien au-delà de [leurs] usages ». Prendre conscience de notre petitesse permettrait peut-être d'éviter les fanatismes et les guerres dérisoires et destructrices.

2. Un regard qui interroge nos pratiques, parfois inacceptables

Le regard éloigné provoque des questionnements sur la légitimité de certaines pratiques.

• Le portrait des Français qu'esquissent les Persans n'est guère flatteur : ils sont légers, superficiels, agités, futiles, orgueilleux. La puissance du roi, « grand magicien », et les pratiques de l'Église sont raillées comme artificielles et arbitraires.

• Dans le conte philosophique *Candide* (1759), le héros découvre les maux universels. La rencontre d'un esclave noir permet de dénoncer le commerce triangulaire, en cherchant ainsi à dessiller le regard du lecteur : « C'est à ce prix que vous mangez du sucre en Europe ».

• Montesquieu feint, dans *L'Esprit des lois*, d'adopter le point de vue d'un esclavagiste qui justifierait cette pratique d'un autre âge. D'une ironie mordante, ce procédé invite à saisir l'absurdité et l'ignominie de l'esclavage : le discours s'effondre de lui-même.

• Dans le *Supplément au voyage de Bougainville* (1773), Diderot imagine le discours d'adieu qu'un vieux Tahitien aurait tenu au navigateur : il s'agit d'un blâme violent du colonialisme, révélant toutes les contradictions des Européens.

3. Un regard qui invite à adopter une vision plus juste

En définitive, le procédé du regard éloigné invite à adopter une vision plus juste sur la société contemporaine du lecteur, et à retrouver l'esprit critique caractéristique de la philosophie des Lumières.

• Cet esprit critique est sollicité par le jeu des points de vue que permet la forme épistolaire des *Lettres persanes* : le lecteur y sonde les contradictions des personnages. Peu à peu, des valeurs universelles émergent : la raison, la justice, la modération, la vérité et la tolérance.

> **CONSEIL**
> Appuyez-vous sur des textes de genres variés (roman épistolaire, dialogue, conte philosophique, pamphlet…) pour enrichir l'argumentaire, en insistant sur leurs forces respectives.

• Diderot joue de cette même confrontation des regards dans *Le Neveu de Rameau* (1805, posth.) en créant un dialogue satirique entre « Lui », original, bohème excentrique et amoral, qui vit en parasite, et « Moi », son opposé. « Lui » pose un regard amusé et acéré sur les mœurs en général ; la pensée s'enrichit de la vision très singulière d'un personnage marginal, campant sur des positions où les frontières entre sagesse et folie sont floues.

Conclusion

[Synthèse] Ainsi, le regard éloigné présente des vertus vivifiantes pour le lecteur, sommé de s'étonner de ce qu'il n'interroge plus tant est puissante la force de l'habitude, d'en sourire parfois, et d'opérer un retour critique sur lui-même, sa société, sa culture. Le regard de l'autre, singulier, décalé, incisif, renvoie à soi avec une acuité particulière, ouvrant des questionnements multiples. La littérature devient l'école d'un regard qu'elle tâche d'ajuster.

[Ouverture] Sans doute n'est-ce pas là l'une des moindres vertus de la littérature ; le scientifique Descartes déclare ainsi dans son *Discours de la méthode* (1637) que « la lecture de tous les bons livres est comme une conversation avec les plus honnêtes gens des siècles passés [qui] ne nous livrent que les meilleures de leurs pensées. »

17 Sujet d'écrit • Commentaire

Mme de Lafayette, *La Princesse de Montpensier*

4 heures
20 points

INTÉRÊT DU SUJET • La princesse de Montpensier, « femme fatale » du XVIe siècle, est entourée de prétendants subjugués par sa beauté. Voici donc les tourments d'une femme tiraillée entre sa vertu et la passion amoureuse.

Commentez ce texte de Madame de Lafayette, extrait de *La Princesse de Montpensier*.

DOCUMENT

Deuxième moitié du XVIe siècle. Mlle de Mézières, amoureuse dans sa jeunesse du duc de Guise, a dû se résoudre à épouser le prince de Montpensier. Quelques années plus tard, le duc de Guise la rencontre par hasard : ses sentiments renaissent. Le duc d'Anjou tombe aussi sous le charme de la princesse. Tous se retrouvent alors à la cour royale, à Paris.

La beauté de la princesse de Montpensier effaça toutes celles qu'on avait admirées jusques alors ; elle attira les yeux de tout le monde par les charmes de son esprit et de sa personne. Le duc d'Anjou ne changea pas en la revoyant les sentiments qu'il avait conçus pour elle à Champigny[1], et prit un soin extrême de les lui faire connaître par toutes sortes de soins et de galanteries, se ménageant[2] toutefois à ne lui en donner des témoignages trop éclatants, de peur de donner de la jalousie au prince son mari. Le duc de Guise acheva d'en[3] devenir violemment amoureux et, voulant par plusieurs raisons tenir sa passion cachée, il se résolut de la déclarer d'abord[4] à la princesse de Montpensier, pour s'épargner tous ces commencements qui font toujours naître le bruit et l'éclat[5]. Étant un jour chez la reine à une heure où il y avait très peu de monde, et la reine étant retirée dans son cabinet pour parler au cardinal de Lorraine, la princesse arriva.

Le duc se résolut de prendre ce moment pour lui parler, et, s'approchant d'elle : « Je vais vous surprendre, madame, lui dit-il, et vous déplaire en vous apprenant que j'ai toujours conservé cette passion qui vous a été connue autrefois, et qu'elle est si fort augmentée, en vous revoyant, que votre sévérité, la haine de M. le prince de Montpensier et la concurrence du premier prince du royaume[6] ne sauraient lui ôter un moment de sa violence[7]. Il aurait été plus respectueux de vous la faire connaître par mes actions que par mes paroles, mais, madame, mes actions l'auraient apprise à d'autres aussi bien qu'à vous, et je veux que vous sachiez seule que je suis assez hardi pour vous adorer. » La princesse fut d'abord si surprise et si troublée de ce discours qu'elle ne songea pas à l'interrompre, mais ensuite, étant revenue à elle, et commençant à lui répondre, le prince de Montpensier entra. Le trouble et l'agitation étaient peints sur le visage de la princesse sa femme. La vue de son mari acheva de l'embarrasser, de sorte qu'elle lui en laissa plus entendre que le duc de Guise n'en venait de dire.

La reine sortit de son cabinet, et le duc se retira pour guérir la jalousie de ce prince. La princesse de Montpensier trouva le soir dans l'esprit de son mari tout le chagrin à quoi elle s'était attendue. Il s'emporta avec des violences épouvantables, et lui défendit de parler jamais au duc de Guise. Elle se retira bien triste dans son appartement, et bien occupée[8] des aventures qui lui étaient arrivées ce jour-là.

Madame de Lafayette, *La Princesse de Montpensier*, 1662.

---

1. Champigny : endroit où le duc d'Anjou est tombé sous le charme de la princesse.
2. Se ménageant : faisant attention.
3. Acheva d'en : finit par.
4. D'abord : immédiatement.
5. Le bruit et l'éclat : le duc de Guise semble vouloir éviter tout ce qui, au début d'une relation amoureuse, est trop visible et fait naître des rumeurs.
6. Il s'agit du duc d'Anjou, frère du roi Charles IX.
7. Guise affirme que malgré tous les obstacles (l'indifférence affichée de la princesse, le mari, le rival), son amour pour la princesse est extrêmement fort.
8. Occupée : préoccupée par.

ROMAN

LES CLÉS DU SUJET

Définir le texte

Carte d'identité du texte

- **Contexte** : XVIIe siècle, le classicisme
- **Thème** : les tourments de l'amour
- **But de l'auteur** : montrer la force et le danger des passions amoureuses
- **Tonalités** : lyrique, pathétique

Construire le plan

La problématique est la suivante : comment cette scène de déclaration d'amour montre-t-elle la force des passions, mais aussi leurs dangers ?

1 Des individus face à leurs passions	• Montrez ce qui fait de l'héroïne un personnage idéalisé. • Intéressez-vous à la manière dont naît ou renaît l'amour chez les prétendants de la princesse. • Comment cette passion s'exprime-t-elle ?
2 Des passions dangereuses	• Montrez comment les personnages cherchent à dissimuler leur amour. • Comment perçoit-on le poids des apparences dans la société de l'époque ? • Intéressez-vous au danger de la jalousie engendrée par la passion.

17 CORRIGÉ GUIDÉ

Les titres en couleur ou entre crochets ne doivent pas figurer sur la copie.

Introduction

[Présentation du contexte] Au XVIIe siècle, le goût littéraire désire davantage de brièveté et de mesure.

[Présentation du texte] Madame de Lafayette s'empare du genre de la nouvelle en écrivant *La Princesse de Montpensier* (1662), qui met en scène plusieurs personnages historiques du siècle précédent. La princesse est au centre d'une rivalité amoureuse : mariée à un prince jaloux, elle est courtisée par le duc d'Anjou, frère du roi, et par le duc de Guise, son amour de jeunesse.

[Problématique] Comment cette scène de déclaration d'amour montre-t-elle la force des passions, mais aussi leurs dangers ?

[Annonce du plan] Nous étudierons dans un premier temps les personnages comme objets de passions intenses [I] avant de montrer, dans un second temps, que ces passions sont associées à de multiples périls [II].

I. Des êtres objets de passions

> **▶ Le secret de fabrication**
> Il s'agit dans cette partie d'étudier en quoi cette scène montre l'omniprésence de passions fortes et incontrôlables, qui amènent les personnages – notamment le duc de Guise – à déclarer leur amour à la princesse de Montpensier, personnage d'une beauté hyperbolique.

1. Un personnage féminin idéalisé

• La beauté de l'héroïne est décrite de manière superlative : elle « effaça toutes celles qu'on avait admirées jusques alors ». Madame de Lafayette idéalise la jeune femme et en fait un être d'exception.

• L'héroïne allie beauté physique et vertu morale : « les charmes de son esprit et de sa personne ». Ses tourments en seront d'autant plus forts.

• La beauté hyperbolique de la princesse a des effets merveilleux, à la manière des contes de fées : « elle attira les yeux de tout le monde ». L'expression globalisante souligne l'aspect magnétique et enchanteur du personnage, qui semble être au centre des préoccupations de la cour dès qu'elle arrive à Paris.

ROMAN

2. Des sentiments intenses et durables

• Ce personnage d'exception provoque logiquement des sentiments d'exception. C'est ce que l'on retrouve dans l'adverbe qui qualifie l'amour très intense du duc de Guise : « [Il] acheva d'en devenir violemment amoureux ». Plus loin, la même violence caractérise le discours du duc.

• La résurgence du passé dans le discours lyrique du duc montre la force des passions, qui ne peuvent jamais s'estomper : « j'ai toujours conservé cette passion qui vous a été connue autrefois ». Ces passions rejaillissent avec puissance, comme le montre l'intensif : « elle est *si fort* augmentée, en vous revoyant ».

• Le duc de Guise n'est pas seul à tomber sous le charme de la princesse. Le duc d'Anjou « ne changea pas en la revoyant les sentiments qu'il avait conçus pour elle à Champigny » : la négation et le plus-que-parfait montrent la constance des sentiments chez les prétendants de la princesse.

> **CONSEIL**
> Pensez à observer les procédés syntaxiques et non uniquement les figures de style !

3. Des démonstrations d'amour

• Au XVIe siècle, l'amant doit faire preuve d'actions galantes vis-à-vis de la femme aimée. Ainsi le duc d'Anjou « prit un soin extrême de les lui faire connaître par toutes sortes de soins et de galanteries ». Le duc de Guise souligne l'importance de ce geste, même si c'est pour s'en dédire : « Il aurait été plus respectueux de vous la faire connaître par mes actions que par mes paroles ».

• Le duc de Guise choisit de déclarer son amour par la parole. La passion rend capable de braver tous les obstacles, comme le montre l'énumération des périls qu'il ose enjamber : « votre sévérité, la haine de M. le prince de Montpensier et la concurrence du premier prince du royaume ».

• L'aveu amoureux est une manière d'exprimer une certaine forme de bravoure : « je suis assez hardi pour vous adorer ». Madame de Lafayette ici s'inscrit dans la tradition d'une certaine courtoisie médiévale.

[Transition] Ces passions amoureuses omniprésentes, qui semblent correspondre à un idéal, ont pourtant un aspect plus sombre.

II. Des passions dangereuses

> **▶ Le secret de fabrication**
> Dans cette partie, il faut montrer le côté sombre des passions amoureuses, qui sont irrémédiablement liées à la dissimulation, aux dangers de la jalousie et du mensonge, corollaires des normes morales de l'époque.

1. Le sceau du secret

• L'amour est marqué par la nécessité de la discrétion, comme le sait le duc d'Anjou : « se ménageant toutefois à ne lui en donner des témoignages trop éclatants ». L'adverbe « trop » montre l'exigence d'une démonstration d'amour aussi mesurée que possible, afin de ne pas attirer les regards d'autrui.

• Le duc de Guise maîtrise, lui aussi, l'art de la dissimulation, comme le montre la subordonnée finale : « voulant par plusieurs raisons tenir sa passion cachée [...] pour s'épargner tous ces commencements qui font toujours naître le bruit et l'éclat ». L'entreprise de séduction est semée d'embûches, à commencer par la peur de la rumeur qui pourrait la mettre à mal.

• Les circonstances des rencontres du duc de Guise avec la princesse sont donc savamment étudiées : « à une heure où il y avait très peu de monde, et la reine étant retirée dans son cabinet ». Les propositions circonstancielles montrent la volonté du duc de se soustraire aux regards : « Le duc se résolut de prendre ce moment pour lui parler ».

2. Le poids des apparences

• La société aristocratique de l'époque est en effet marquée par l'importance des apparences. C'est ce qu'indique le système hypothétique du discours du duc de Guise : « mes actions l'auraient apprise à d'autres aussi bien qu'à vous ». Il faut dissimuler aux autres les passions que l'on éprouve, ainsi que le montre l'adjectif : « je veux que vous sachiez seule ».

• Or le champ lexical du bouleversement sentimental montre la difficulté pour la princesse de maîtriser et de cacher ses émotions : « La princesse fut d'abord si surprise […] Le trouble et l'agitation étaient peints sur le visage de la princesse sa femme ».

• La physionomie trahit les sentiments. La parole a moins de force que les apparences : « La vue de son mari acheva de l'embarrasser, de sorte qu'elle lui en laissa plus entendre que le duc de Guise n'en venait de dire. »

3. La violence de la jalousie

• En préparant l'aveu du duc de Guise (« Je vais vous surprendre, madame, lui dit-il, et vous déplaire »), Madame de Lafayette souligne ici qu'il agresse la vertu.

• Les personnages masculins sont conscients du danger de la jalousie que peut créer leur amour : le duc d'Anjou reste discret « de peur de donner de la jalousie au prince son mari » ; après l'entretien « le duc [de Guise] se retira pour guérir la jalousie de ce prince ». La princesse s'attend aussi au « chagrin » (mot très fort dans la langue classique) de son mari jaloux.

> **À NOTER**
> Dans l'Ancien Régime, le mariage aristocratique n'a quasiment jamais de lien avec l'amour : il s'agit souvent d'une union politique ou patrimoniale.

• L'extrait se clôt sur une démonstration de violence de la part du mari jaloux contre son épouse. Le simple fait d'avoir reçu le discours du duc de Guise constitue pour lui une transgression inadmissible des normes morales de la société : « Il s'emporta avec des violences épouvantables, et lui défendit de parler jamais au duc de Guise. Elle se retira bien triste dans son appartement, et bien occupée des aventures qui lui étaient arrivées ce jour-là. » La princesse est présentée comme un personnage pathétique, victime d'une société oppressante.

ROMAN

Conclusion

[Synthèse] Cette scène présente ainsi des personnages traversés par des passions intenses et secrètes, qui mènent irrémédiablement au malheur à cause de leur inadéquation avec les normes sociales de l'époque.

[Ouverture] Cette tension entre passion et vertu rappelle le dilemme que vit la princesse de Clèves face à son amour pour le duc de Nemours dans une autre nouvelle de Madame de Lafayette.

18 Sujet d'écrit • Dissertation

Le personnage de roman, un modèle de vertu ?

4 heures
20 points

INTÉRÊT DU SUJET • Que faire quand nos aspirations entrent en conflit avec les valeurs de la société ? En s'appuyant sur des personnages de fiction, la littérature présente des réponses très variées à ce questionnement éthique.

La Princesse de Clèves **s'achève ainsi : « Sa vie, qui fut assez courte, laissa des exemples de vertu inimitables. » Un personnage de roman doit-il forcément être un modèle de vertu ?**

Vous répondrez à cette question dans un développement argumenté, en vous appuyant sur votre lecture du roman *La Princesse de Clèves* de Mme de Lafayette et sur les autres textes étudiés dans le cadre du parcours « Individu, morale et société ».

LES CLÉS DU SUJET

Analyser le sujet

personnage : être fictif dont on suit le parcours, il peut incarner des valeurs et des questionnements.

doit-il forcément : induit une démarche dialectique, avec arguments et contre-arguments.

La Princesse de Clèves s'achève ainsi : « Sa vie, qui fut assez courte, laissa des exemples de vertu inimitables. » Un **personnage** de roman **doit-il forcément** être un **modèle de vertu** ?

modèle de vertu : personne qui incite les autres à agir dans le sens du bien, suivant l'idéal moral qu'elle incarne.

Formuler la problématique

Un personnage de roman doit-il s'imposer comme un idéal ? En quoi et comment le romancier donne-t-il à réfléchir sur des questions éthiques, en s'appuyant sur des personnages plus ou moins droits ?

Construire le plan

1 La tradition du héros exemplaire	• La tradition romanesque comprend de nombreux héros exemplaires. Quelles sont leurs caractéristiques ? Quels avantages présente ce choix ? • EXEMPLES : *La Princesse de Clèves* bien sûr, *La Princesse de Montpensier*, les romans du Moyen Âge, *Les Misérables* de Hugo, *La Condition humaine* de Malraux…
2 L'intérêt des personnages non vertueux	• Pourquoi des personnages plus sombres, voire immoraux, nous fascinent-ils ? De quoi sont-ils révélateurs ? • EXEMPLES : *Les Liaisons dangereuses* de Laclos, *Bel-Ami* de Maupassant…
3 Le choix de personnages complexes	• Les personnages qui ne sont pas tout d'une pièce et qui sont confrontés à des problèmes éthiques sont peut-être les plus intéressants. • EXEMPLES : *Madame Bovary* de Flaubert, *L'Étranger* de Camus…

ROMAN

18 CORRIGÉ GUIDÉ

Les titres en couleur ou entre crochets ne doivent pas figurer sur la copie.

Introduction

[Accroche] Certaines époques ont affirmé qu'elles croyaient dans les pouvoirs de la littérature, notamment dans sa capacité d'influencer les mœurs. C'est vrai du XVIIe siècle : les écrivains du classicisme cherchent à plaire et à instruire à travers leurs personnages et leurs récits.

[Explicitation du sujet] Dans cette perspective, la fin de *La Princesse de Clèves* est éloquente : « Sa vie, qui fut assez courte, laissa des exemples de vertu inimitables. » Un personnage de roman doit-il forcément être un modèle de vertu ? Doit-il être considéré comme l'incarnation d'un idéal ou d'une certaine morale que l'écrivain propose à son lecteur ?

[Annonce du plan] Nous verrons d'abord que certains personnages sont construits autour de la notion d'exemplarité morale [I], avant de montrer que les personnages à la moralité plus discutable présentent également un intérêt pour le lecteur [II]. Ce sont cependant les personnages complexes, tourmentés, qui s'avèrent probablement les plus attachants [III].

I. La tradition du héros exemplaire

> **▶ Le secret de fabrication**
> Il s'agit ici d'examiner comment et pourquoi certains personnages apparaissent effectivement comme des modèles. Selon les époques et les esthétiques, les partis pris varient sensiblement.

1. Des héros aux qualités exceptionnelles

Certains héros de roman, personnages extraordinaires, sont érigés en modèles de conduite.

- La princesse de Clèves est louée à de multiples reprises pour ses qualités hors du commun, physiques et morales, à grand renfort de superlatifs. Ses actions et sentiments sont présentés comme singuliers ; elle évite jusqu'au bout de céder à sa passion, ce qui en fait un modèle de maîtrise de soi.
- Au Moyen Âge, les romans de chevalerie abondent en personnages que leurs multiples qualités (générosité, fidélité, courage, don de soi…) distinguent. Elles suscitent l'admiration du lecteur et lui donne l'envie de les imiter. Citons par exemple *Yvain ou le chevalier au lion* de Chrétien de Troyes.
- Dans *La Condition humaine* de Malraux, Katow, arrêté, doit être jeté vivant dans le foyer d'une locomotive ; du cyanure pourrait lui épargner cette mort atroce, mais il l'offre par solidarité à ses deux jeunes compagnons, qui doivent subir le même sort, et se sacrifie avec altruisme et générosité.

2. Des récits à visée édifiante, qui condamnent les comportements déviants

> **À NOTER**
> Le personnage « modèle » est aujourd'hui plus rare qu'aux débuts de l'histoire du roman : la littérature s'emploie de plus en plus à faire apparaître des failles.

Dans les récits à visée édifiante, tels ceux de Mme de Lafayette, certains personnages permettent de dénoncer des comportements qui s'écartent des codes moraux ou sociaux.

- L'histoire du vidame de Chartres attire l'attention sur les dangers de la duplicité et de l'infidélité. Le vidame s'est engagé auprès de plusieurs femmes, auxquelles il ment effrontément. Son secret est éventé après la perte malencontreuse d'une lettre, qui met fin à sa liaison en partie intéressée avec la reine Catherine de Médicis.
- Dans *La Princesse de Montpensier*, Madame de Lafayette jette un regard critique sur son héroïne, qui meurt d'avoir suivi sa passion : en cédant au duc

de Guise, elle perd l'estime de son mari trahi, tandis que son amant l'abandonne bien vite pour une autre. Ainsi s'achève le récit : « [Elle] aurait été la plus heureuse si la vertu et la prudence eussent conduit toutes ses actions ».

II. L'intérêt des personnages non vertueux

▶ Le secret de fabrication

Sans contredire ce qui a été exposé dans la partie précédente, il convient ici de nuancer la réflexion en soulignant l'intérêt des personnages qui s'écartent des idéaux, en expliquant comment et pourquoi ils le font, et quel attrait le lecteur peut y trouver.

1. Des personnages qui évoluent au contact de la société

Certains personnages se forgent en se frottant à la société, ce qui provoque leur chute ou leur triomphe.

- La princesse de Montpensier est d'abord présentée comme un modèle féminin ; mais sa vertu est menacée par sa passion pour le duc de Guise. Elle finit par lui céder, la cour (lieu de tentation) les ayant rapprochés.
- Georges Duroy, dans *Bel-Ami* de Maupassant, est un anti-héros aigri par sa pauvreté qui profite de diverses rencontres pour faire sa place dans le milieu journalistique. De plus en plus sournois et calculateur, il connaît une ascension fulgurante dans une société corruptrice et corrompue dont il a bien saisi le fonctionnement.

2. Des personnages immoraux qui fascinent

La fascination exercée par des personnages franchement immoraux n'est pas à négliger. André Gide, écrivain du XXe siècle, déclare non sans malice qu'« on ne fait pas de bonne littérature avec de bons sentiments » !

- Dans *La Princesse de Clèves*, la cour du roi est le lieu par excellence des intrigues. Sans le jeu des passions et le divertissement qu'elles procurent, la vie y serait morne et peu romanesque. Les récits enchâssés (le vicomte de Chartres, madame de Tournon…) foisonnent en tromperies. Nemours transgresse les codes sociaux en volant le portrait de la Princesse et en s'introduisant de nuit dans son jardin ; ces infractions excitent l'intérêt du lecteur.
- *Les Liaisons dangereuses* de Laclos, roman épistolaire, donnent à voir les manipulations de deux libertins, évoluant dans une société décadente et hypocrite ; ils se jouent de leurs victimes naïves par goût du défi et par volonté de pouvoir.

III. Le choix de personnages complexes

▶ **Le secret de fabrication**

On peut pousser le raisonnement plus loin, en montrant que les personnages les plus fascinants sont dotés d'une certaine complexité, qui suscite des questionnements éthiques.

1. Des personnages confrontés à des choix délicats

Le personnage peut être placé dans une situation difficile et être tenté de faire le « mauvais choix ». Le lecteur est invité à partager ses doutes.

- M. de Clèves est confronté à une situation inédite, après l'aveu de sa femme, qui en aime un autre ; se pose la question de l'attitude à adopter. Passionnément épris, il cède à la jalousie, outrepasse son rôle de mari et meurt de désespoir, n'ayant su rester mesuré.
- La princesse de Clèves est, elle aussi, soumise à un choix terrible dès lors qu'elle est exposée au milieu dangereux de la cour : Mme de Chartres, mourante, alerte sa fille : « Vous êtes sur le bord du précipice : il faut de grands efforts et de grandes violences pour vous retenir. »
- Dans *Les Misérables* de Hugo, Jean Valjean, ancien bagnard, s'est refait une vie sous un autre nom. Dans le chapitre « Tempête sous un crâne », il est placé face à un dramatique cas de conscience : il s'agit de faire condamner un innocent à sa place et de tirer définitivement un trait sur son passé, ou de se livrer à la justice.

2. Des personnages qui présentent la complexité du vivant

Le personnage de roman dépasse souvent le manichéisme pour devenir un être complexe, ni totalement bon, ni complètement mauvais.

- Les choix de la princesse de Clèves peuvent interroger. L'aveu de sa passion à son mari, présenté comme une démarche très singulière, est-il une preuve de vertu ? une simple faute qui entraîne la jalousie et la mort de M. de Clèves ? Le choix final de la princesse, retranchée derrière son « devoir » et son « repos », laisse songeur : elle s'invente des codes moraux, en marge d'une société qui aurait pu accepter son union avec Nemours.
- Dans *Madame Bovary*, Flaubert imagine une femme fascinée par ses lectures romantiques et ses rêves romanesques, qui contrastent de manière saisissante avec sa vie de petite-bourgeoise provinciale auprès d'un mari médiocre. La tentation de l'adultère puis la chute qui lui succède éveillent des sentiments très mêlés chez le lecteur, qui comprend la frustration d'Emma Bovary, tout en en saisissant le ridicule.

• Meursault, dans *L'Étranger* de Camus, tue un Arabe sans mesurer la portée de son geste ; incompris et rejeté, il semble agir en dehors des critères du bien et du mal, en marge des codes sociaux, ce qui rend le personnage profondément troublant. Les valeurs deviennent flottantes et instables.

Conclusion

[Synthèse] Nombre de personnages fonctionnent comme des modèles ou des contre-modèles sur le plan moral, invitant le lecteur à des questionnements éthiques : le roman n'est pas prescriptif, mais permet une réflexion plus profonde sur l'individu et ses rapports plus ou moins tendus avec la société.

[Ouverture] Le théâtre a pu lui aussi renvoyer le spectateur à une interrogation sur les valeurs et les mœurs : le théâtre classique de Molière est à cet égard exemplaire.

19 Sujet d'écrit • Commentaire

Balzac, *La Duchesse de Langeais*

4 heures
20 points

INTÉRÊT DU SUJET • Balzac dispose d'une riche palette pour donner vie à ses personnages ; il compose ici un dialogue palpitant et dramatisé à travers lequel prennent corps, dans notre imagination de lecteur, deux puissantes figures d'aristocrates.

Commentez ce texte d'Honoré de Balzac, extrait de *La Duchesse de Langeais*.

DOCUMENT

Pour satisfaire son orgueil, Antoinette de Langeais a séduit Armand de Montriveau, héroïque général de l'armée napoléonienne. Mais parce qu'elle veut « posséder sans être possédée », elle refuse de se donner à lui. Un soir, le général se rend chez elle, décidé à la faire céder à son désir.

– Si tu disais vrai hier, sois à moi, ma chère Antoinette, s'écria-t-il, je veux…

– D'abord, dit-elle en le repoussant avec force et calme, lorsqu'elle le vit s'avancer, ne me compromettez pas. Ma femme de chambre pourrait vous entendre. Respectez-moi, je vous prie. Votre familiarité est très bonne, le soir, dans mon boudoir[1] ; mais ici[2], point. Puis, que signifie votre je veux ? Je veux ! Personne ne m'a dit encore ce mot. Il me semble très ridicule, parfaitement ridicule.

– Vous ne me céderiez rien sur ce point ? dit-il.

– Ah ! vous nommez un point, la libre disposition de nous-mêmes : un point très capital, en effet ; et vous me permettrez d'être, en ce point, tout à fait la maîtresse.

– Et si, me fiant en vos promesses, je l'exigeais ?

– Ah ! vous me prouveriez que j'aurais eu le plus grand tort de vous faire la plus légère promesse, je ne serais pas assez sotte pour la tenir, et je vous prierais de me laisser tranquille.

Montriveau pâlit, voulut s'élancer ; la duchesse sonna, sa femme de chambre parut, et cette femme lui dit en souriant avec une grâce moqueuse :

– Ayez la bonté de revenir quand je serai visible[3].

Armand de Montriveau sentit alors la dureté de cette femme froide et tranchante autant que l'acier, elle était écrasante de mépris. En un moment, elle avait brisé des liens qui n'étaient forts que pour son amant. La duchesse avait lu sur le front d'Armand les exigences secrètes de cette visite et avait jugé que l'instant était venu de faire sentir à ce soldat impérial que les duchesses pouvaient bien se prêter à l'amour, mais ne s'y donnaient pas et que leur conquête était plus difficile à faire que ne l'avait été celle de l'Europe.

– Madame, dit Armand, je n'ai pas le temps d'attendre. Je suis, vous l'avez dit vous-même, un enfant gâté. Quand je voudrai sérieusement ce dont nous parlions tout à l'heure, je l'aurai.

– Vous l'aurez ? dit-elle d'un air de hauteur auquel se mêla quelque surprise.

– Je l'aurai.

– Ah ! vous me feriez bien plaisir de le vouloir. Pour la curiosité du fait, je serais charmée de savoir comment vous vous y prendriez…

– Je suis enchanté, répondit Montriveau en riant de façon à effrayer la duchesse, de mettre un intérêt dans votre existence. Me permettrez-vous de venir vous chercher pour aller au bal ce soir ?

– Je vous rends mille grâces, monsieur de Marsay vous a prévenu[4], j'ai promis.

Montriveau salua gravement et se retira.

– Ronquerolles[5] a donc raison, pensa-t-il, nous allons jouer maintenant une partie d'échecs.

Honoré de Balzac, *La Duchesse de Langeais*, chapitre II, 1834.

---

1. Boudoir : petit salon de dame.
2. Montriveau a fait irruption, sans se faire annoncer, dans la chambre à coucher de la duchesse.
3. Quand je serai visible : quand je vous y autoriserai.
4. M'a prévenu : m'a déjà proposé de venir me chercher.
5. Le marquis de Ronquerolles est un « galant », un homme à femmes. C'est lui qui a encouragé Montriveau à se montrer plus exigeant vis-à-vis de la duchesse de Langeais.

LES CLÉS DU SUJET

Définir le texte

Carte d'identité du texte

- **Époque** : 1re moitié du XIXe siècle
- **Mouvement** : réalisme

- **Genre** : roman
- **Type de texte** : narratif, argumentatif

But : créer le suspense, peindre les personnages et le désir amoureux

Thèmes : relation amoureuse entre un couple d'aristocrates, affrontement verbal

- **Tonalité** : polémique
- **Autres adjectifs** : tendu, théâtralisé, dramatisé, agressif

Construire le plan

1 Un affrontement verbal dramatisé	• En quoi cet affrontement est-il théâtralisé ? Quelles caractéristiques permettraient de le mettre en scène ou de l'adapter au cinéma ? • Analysez la progression du dialogue. Comment la tension est-elle maintenue ?
2 Deux « figures saillantes d'une époque »	• Quelle personnalité les personnages révèlent-ils dans ce dialogue ? Se ressemblent-ils ? • Comment s'expriment-ils ? Quelles sont leurs relations ? • Analysez la portée de ce moment : quelle vision de l'amour et du monde donne-t-il ?

19 CORRIGÉ GUIDÉ

Les titres en couleur ou entre crochets ne doivent pas figurer sur la copie.

Introduction

[Présentation du contexte] Dans *La Duchesse de Langeais*, inscrit dans la vaste fresque qu'est *La Comédie humaine*, Balzac peint la décadence des milieux aristocratiques, mais s'intéresse aussi à l'âme humaine. Une duchesse, coquette

À NOTER
La Comédie humaine est un ensemble de 137 œuvres (95 romans ; entre 4 000 et 6 000 personnages) écrites pour créer une « histoire naturelle de la société » qui fasse « concurrence à l'état civil ».

et mondaine, mène ses soupirants au gré de ses caprices : après avoir rendu fou d'amour le général d'Empire Armand de Montriveau, elle refuse, par désir d'indépendance, de lui céder.

[Présentation du texte] Un jour, le général lui rend visite avec la ferme intention de la soumettre.

[Annonce du plan] L'homme et la femme s'affrontent alors dans un dialogue très dramatisé [I], qui révèle leurs fortes personnalités et, au-delà, une vision cruelle de l'amour et du monde [II].

I. Un affrontement verbal dramatisé

> **▶ Le secret de fabrication**
> Il s'agit de rendre compte de la première impression que produit cet affrontement et d'analyser par quels procédés d'écriture Balzac le théâtralise pour capter l'attention du lecteur.

Adapter ce passage au théâtre nécessiterait peu de transformations, tant Balzac l'a dramatisé, dans la forme du discours et dans sa progression.

1. Un dialogue avec des temps forts et du suspense

• L'essentiel de l'extrait se compose de répliques qui transcrivent au style direct la conversation entre la duchesse et Montriveau, comme au théâtre.

• La progression de l'entrevue, savamment composée, maintient l'intérêt du lecteur, avec une alternance de moments de détente et de temps forts : au début la conversation semble assez sereine (la duchesse « repouss[e] » le général « avec calme ») ; puis les répliques se font plus acerbes et la tension s'exacerbe quand Montriveau veut « s'élancer » et que « la duchesse sonn[e] ». L'arrivée de la servante désamorce la tension ; l'intervention du narrateur qui analyse les pensées des personnages ménage une pause.

• Puis les répliques, brèves, accélèrent le rythme. Le défi que lance la duchesse (« je serais charmée de savoir… ») la met à nouveau en danger et l'on s'inquiète du rire de Montriveau, destiné à l'« effrayer ».

2. Gestes, attitudes et intonations

Les rares interventions du narrateur jouent le rôle de didascalies et visent, elles aussi, à dramatiser l'entrevue.

• Le ton des répliques est suggéré par des verbes introducteurs de la parole (Montriveau « s'écria ») ou par des expressions comme « en riant », « en souriant avec une grâce moqueuse » ou « d'un air de hauteur auquel se mêla quelque surprise ».

ROMAN

• Les verbes (« en le repoussant », « s'avancer », « s'élancer », « salua [...] et se retira ») nous peignent une scène animée de mouvements, de gestes souvent brusques. Un adverbe précise une attitude (« salua *gravement*... »), un verbe (« pâlit ») signale la colère et le trouble sur un visage. Toutes ces précisions dramatisent la confrontation.

3. Courtoisie et agressivité

• Les deux interlocuteurs respectent les convenances de la vie mondaine, usent de formules de politesse (« je vous prie », « vous me permettrez », « je vous prierais », « vous me feriez bien plaisir de... », « je vous rends mille grâces »...). Certes Montriveau, à son arrivée, tutoie un peu lestement la duchesse, mais, très vite, la bienséance reprend le dessus et on repasse au vouvoiement, qui maintient les distances.

• Mais la politesse se charge d'ironie dans la bouche de rivaux qui se livrent en réalité à un affrontement tendu, polémique, substitut d'une violence physique contenue. La plupart des phrases sont exclamatives ou interrogatives : les interrogations sont parfois rhétoriques (« Puis, que signifie votre je veux ? »), parfois menaçantes (« Et si [...] je l'exigeais ? ») ; parfois elles marquent le défi (« Vous l'aurez ? »). L'exclamation de la duchesse fait écho au « je veux » du général, traduisant par là son indignation outrée. Les impératifs (« respectez-moi »...) marquent un rapport de force et les formules injonctives polies n'atténuent pas la brutalité de l'échange (« je vous prierais de me laisser tranquille »). L'interdiction de la duchesse est elliptique, courte et incisive : « mais ici, point ».

> **MOT CLÉ**
> Un texte est polémique quand il prend un ton passionné et agressif à l'égard de l'« adversaire » ; le débat prend la tournure d'un combat verbal et oppose deux thèses contraires.

• On en vient presque aux insultes. La duchesse qualifie l'attitude de Montriveau de « très ridicule, *parfaitement* ridicule » : la répétition de l'injure la rend plus offensante.

II. Deux « figures saillantes d'une époque », révélatrices d'une vision de l'amour et du monde

> **▶ Le secret de fabrication**
> Cette partie analyse en quoi les deux personnages répondent à la volonté balzacienne de peindre des « types » sociaux, souvent soumis aux effets d'une passion.

1. Deux tempéraments forts

• Les deux personnages s'affrontent parce qu'ils sont animés d'une forte volonté de domination. Le champ lexical de la volonté jalonne le dialogue (« je veux », « j'exigeais » « exigences »). La duchesse joue sur le mot « maîtresse » pris non pas au sens galant d'*amante*, mais comme féminin du mot *maître*.

- Les apartés ou les brefs monologues intérieurs qui dévoilent les pensées soulignent cette détermination : « la duchesse avait lu sur le front d'Armand les *exigences* secrètes de cette visite » et, en retour, elle « avait jugé que l'instant était venu *de faire sentir* à ce soldat impérial » son opiniâtreté.

Cependant, si une même détermination les anime, les deux personnages représentent des types sociaux et humains différents.

2. La duchesse : une aristocrate intrépide et froide

Balzac considérait la duchesse comme sa créature la plus aboutie : « c'est, en fait de femme, ce que j'aurai fait jusqu'à présent de plus grand » (à Mme Hanska, 1834). Elle a en effet un relief et une originalité que cet extrait révèle.

- Type de l'aristocrate du faubourg Saint-Germain, elle tient de son rang : elle dispose d'un « boudoir », d'une « femme de chambre », d'« amants » qui l'invitent au bal, comme « monsieur de Marsay ». Elle a un parler distingué, le sens du respect qu'on lui doit (« Respectez-moi ») et surtout une arrogance « écrasante de mépris », un « air de hauteur » face à Montriveau qu'elle considère comme un simple « soldat impérial ».
- En amour, comme une dame courtoise dont le chevalier doit faire la conquête, elle dresse des obstacles à ses amants et entend bien garder sa liberté : elle « se prête », mais ne se « donne » pas. Elle joue volontiers à la coquette un peu précieuse, « avec [sa] grâce moqueuse ».
- C'est aussi une guerrière qui aime le danger : alors qu'elle est dans une situation périlleuse, elle lance un défi à Montriveau « pour la curiosité du fait » et le nargue : « Je vous rends mille grâces... ». Son air mondain cache sa personnalité profonde, que révèle la comparaison empruntée au domaine des armes : c'est une « femme froide et tranchante autant que l'acier ». Elle est à la fois psychologue (elle lit « sur le front d'Armand ») et sait prendre les décisions au bon moment, lorsqu'elle « jug[e] que l'instant [est] venu ».

3. Le général de Montriveau : « un tigre sûr de sa proie »

Face à cette « froide » stratège mondaine, se dresse le « soldat impérial », « un tigre sûr de sa proie ».

- Montriveau représente la force impulsive : impatient, il n'a pas « le temps ni l'envie d'attendre ». Il oublie le vouvoiement d'usage. Son vocabulaire, sa façon de parler sont ceux d'un militaire : il « veut » faire « céder » la duchesse, il affirme sa foi en sa victoire par un futur de certitude tranchant : « Quand je voudrai sérieusement ce dont nous parlions tout à l'heure, *je l'aurai*. ».

ROMAN

• Ses manœuvres diverses sont toujours agressives : il passe de la violence physique (« il voulut s'élancer ») à la menace (« je l'aurai »), puis à une ironie (« je suis enchanté […] de mettre un intérêt dans votre existence ») et à un rire qui visent à « effrayer » la duchesse.

• Enfin, son goût de la stratégie s'exprime à travers la métaphore finale désignant le combat amoureux qu'il va livrer : « une partie d'échecs ». Et même s'il vient de perdre la première manche, on sent que la vengeance de cet homme orgueilleux et blessé sera terrible : le suspense est relancé.

4. Un tableau cruel de l'amour et du monde

Cette confrontation dépasse l'affrontement entre deux héros. Elle est révélatrice du regard de Balzac sur l'amour et sur le monde.

• La coquetterie égoïste de l'une, la brutalité contenue de l'autre brossent un tableau impitoyable de la noblesse française : y règnent l'artifice, les rapports de force, la volonté de domination. D'amour véritable, il n'est nullement question. Tout n'est qu'un jeu cruel, dans lequel chacun veut rester libre et dominer ; il n'est question que de « maître[sse] » et de « conquête ».

• Les conséquences de ce jeu s'annoncent violentes, ce que suggère la métaphore « elle avait *brisé* des liens ». Le lecteur sent qu'à l'issue du combat, il y aura des vainqueurs et des victimes. La vision est pessimiste, les perspectives sont dramatiques mais comblent le lecteur, curieux de connaître le destin des deux héros.

Conclusion

[Synthèse] La joute amoureuse entre deux personnages hors du commun, temps fort et moment clé du roman, laisse présager de terribles péripéties : en effet, un général d'Empire ne peut laisser impuni un tel affront et la « partie d'échecs » ne fait que commencer.

[Ouverture] Les cinéastes ont compris tout le parti que l'on pouvait tirer de telles scènes et de tels personnages. Ce roman de Balzac a été adapté plusieurs fois à l'écran : on peut citer, entre autres, le film de J. de Baroncelli en 1942, le téléfilm de Jean-Daniel Verhaeghe en 1995, et en 2007 le film de J. Rivette, *Ne touchez pas la hache*.

20 Sujet d'écrit • Commentaire

Flaubert, *Madame Bovary*

4 heures
20 points

INTÉRÊT DU SUJET • Loin d'être un ornement inutile du roman, la description des lieux contribue à la construction du personnage romanesque et ouvre l'accès à la connaissance du cœur humain.

Commentez ce texte de Gustave Flaubert, extrait de *Madame Bovary*.

DOCUMENT

Emma Bovary, épouse d'un médecin de campagne, retrouve tous les jeudis son amant Léon à Rouen.

Léon, sur le trottoir, continuait à marcher. Elle le suivait jusqu'à l'hôtel ; il montait, il ouvrait la porte, il entrait… Quelle étreinte !

Puis les paroles, après les baisers, se précipitaient. On se racontait les chagrins de la semaine, les pressentiments, les inquiétudes pour les lettres ; mais à présent tout s'oubliait, et ils se regardaient face à face, avec des rires de volupté et des appellations de tendresse.

Le lit était un grand lit d'acajou en forme de nacelle[1]. Les rideaux de levantine[2] rouge, qui descendaient du plafond, se cintraient trop bas vers le chevet évasé ; – et rien au monde n'était beau comme sa tête brune et sa peau blanche se détachant sur cette couleur pourpre, quand, par un geste de pudeur, elle fermait ses deux bras nus, en se cachant la figure dans les mains.

Le tiède appartement, avec son tapis discret, ses ornements folâtres et sa lumière tranquille, semblait tout commode pour les intimités de la passion. Les bâtons se terminant en flèche, les patères[3] de cuivre et les grosses boules de chenets[4] reluisaient tout à coup, si le soleil entrait. Il y avait sur la cheminée, entre les candélabres[5], deux de ces grandes coquilles roses où l'on entend le bruit de la mer quand on les applique à son oreille.

ROMAN

Comme ils aimaient cette bonne chambre pleine de gaieté, malgré sa splendeur un peu fanée ! Ils retrouvaient toujours les meubles à leur place, et parfois des épingles à cheveux qu'elle avait oubliées, l'autre jeudi, sous le socle de la pendule. Ils déjeunaient au coin du feu, sur un petit guéridon incrusté de palissandre[6]. Emma découpait, lui mettait les morceaux dans son assiette en débitant toutes sortes de chatteries ; et elle riait d'un rire sonore et libertin quand la mousse du vin de Champagne débordait du verre léger sur les bagues de ses doigts. Ils étaient si complètement perdus en la possession d'eux-mêmes, qu'ils se croyaient là dans leur maison particulière, et devant y vivre jusqu'à la mort, comme deux éternels jeunes époux. Ils disaient notre chambre, notre tapis, nos fauteuils, même elle disait mes pantoufles, un cadeau de Léon, une fantaisie qu'elle avait eue. C'étaient des pantoufles en satin rose, bordées de cygne. Quand elle s'asseyait sur ses genoux, sa jambe, alors trop courte, pendait en l'air ; et la mignarde chaussure, qui n'avait pas de quartier[7], tenait seulement par les orteils à son pied nu.

Gustave Flaubert, *Madame Bovary*, troisième partie, chapitre 5, 1857.

---

1. En forme de nacelle : en forme de barque.
2. Levantine : étoffe de soie.
3. Patères : crochets muraux.
4. Chenets : supports métalliques pour surélever les bûches dans le foyer d'une cheminée.
5. Candélabres : grands chandeliers.
6. Guéridon incrusté de palissandre : petite table en bois exotique.
7. Quartier : partie de la chaussure qui couvre le talon.

LES CLÉS DU SUJET

Définir le texte

Carte d'identité du texte

- **Époque** : 2e moitié du XIXe siècle
- **Mouvement** : réalisme

- **Genre** : roman
- **Type de texte** : narratif, descriptif

Buts : décrire indirectement les personnages, donner une vision de l'humanité

Thèmes : une chambre, un adultère

- **Tonalités** : lyrique, ironique
- **Autres adjectifs** : réaliste, intense, ambigu

Construire le plan

❶ Une description réaliste	• Analysez la description des lieux, sa construction et sa progression. • Est-elle strictement réaliste et objective ?
❷ Un couple d'amants	• Appréciez l'érotisme de la scène. • Comment sont décrits les personnages et leurs gestes ?
❸ Le regard ironique et ambigu du narrateur	• Quel regard Flaubert porte-t-il sur les personnages ? • Quelle vision de l'homme et du monde traduit cette scène ?

20 CORRIGÉ GUIDÉ

Les titres en couleur ou entre crochets ne doivent pas figurer sur la copie.

Introduction

[Présentation du contexte] Déchiré entre la tentation réaliste et la tentation romantique, Flaubert sentait en lui, selon ses termes, « deux bonshommes distincts : un épris de lyrisme [...] ; un autre qui fouille et creuse le vrai tant qu'il peut ». De l'héroïne de son roman *Madame Bovary*, il aurait dit « Madame Bovary, c'est moi », reflétant sa propre dualité à travers l'histoire d'une jeune femme, fille d'un riche paysan, à l'imagination nourrie par des romans sentimentaux et qui, mariée à un médecin de campagne peu séduisant, cherche à oublier la médiocrité de la vie provinciale dans les bras d'amants conformes à ses rêves.

[Présentation du texte] Dans cet extrait, le récit s'attarde sur la liaison d'Emma avec Léon, un jeune homme qu'elle rencontre régulièrement dans un hôtel de Rouen. [Annonce du plan] Flaubert décrit précisément la chambre qui sert de cadre régulier à la rencontre amoureuse [I]. Tout en rendant sensible l'ardeur passionnée des amants [II], Flaubert jette un regard ironique et lucide sur les illusions dont ils se bercent et, d'une façon plus générale, sur la comédie humaine que se jouent hommes et femmes [III].

I. La description réaliste d'une chambre d'hôtel

▶ Le secret de fabrication

Cette partie analyse la technique de description – choix des éléments décrits et progression – ; on y étudie le mélange d'objectivité réaliste et de transformation du lieu en harmonie avec ce moment de passion amoureuse.

Flaubert décrit avec précision la chambre d'hôtel où se retrouvent Emma et Léon, mais la description reflète aussi la perception qu'ils ont du lieu.

1. Des précisions objectives

- La description de la chambre vient après l'étreinte passionnée des amants, comme si Flaubert suivait la retombée de l'élan des amants : une fois leurs sens apaisés, les amants prêtent attention à ce qui les entoure.
- Flaubert se concentre d'abord en gros plan sur le lit, dont il précise le matériau (« acajou ») et la forme de « nacelle », sur le tissu et la couleur des rideaux « pourpre » qui met en valeur la blancheur de la peau d'Emma et le brun de sa chevelure. Il élargit ensuite la description à l'ensemble de l'appartement, avec son « tapis », sa « pendule », ses « fauteuils », son « guéridon » en « palissandre ».
- Il s'attarde sur les accessoires en cuivre dont il précise le nom technique (« bâtons, patères, chenets ») et le dessin (« en flèche », « grosses boules »), il se sert de leur matériau pour souligner les reflets et les effets de lumière qu'ils produisent, à la manière des tableaux d'intérieur de la peinture hollandaise.

2. Une personnification amicale

- Mais la chambre est plus que le simple cadre utile à une liaison adultère : elle est comme personnifiée par l'expression « pleine de gaieté » (qui devrait se rapporter aux deux amants), et vue comme une « bonne » complice amicale, un témoin « discret ».
- Elle semble à l'unisson des « chatteries » exprimées par Emma, mais aussi en harmonie avec les moments d'intimité apaisée, par l'atmosphère « tiède » qu'elle offre, sa « lumière tranquille ». Aucun bruit ne vient du monde extérieur : on profite de la seule évasion sonore et exotique du « bruit de la mer » que procurent les coquillages roses sur la cheminée.

II. Un couple d'amants

▶ Le secret de fabrication

On étudie ici la manière dont Flaubert rend compte de la progression de l'intensité et de la sensualité de cette scène et comment il traduit indirectement les émotions des deux amants.

La scène d'adultère est chargée d'érotisme mais Flaubert en varie l'intensité, à la fois pour ne pas effaroucher la censure (qui trouva cependant de quoi faire au roman un procès en immoralité) mais aussi parce que l'érotisme consiste à suggérer, non à dévoiler crûment.

1. Un érotisme esthétisé

- Le début de l'extrait décrit un rituel de rencontre bien rodé : accès discret à l'hôtel, Emma suivant Léon à distance comme s'ils n'étaient pas ensemble.
- Les phrases à l'imparfait d'habitude s'accélèrent sur un rythme crescendo, pour culminer sur une succession de trois verbes de mouvement (« il montait, il ouvrait la porte, il entrait ») qui traduit l'impatience physique. Enfin réunis, les amants s'isolent par l'ellipse suggestive des points de suspension et par la phrase nominale exclamative (« Quelle étreinte ! ») qui suggère et résume (peut-être un peu ironiquement) la fusion des corps.
- D'autres notations érotiques colorent légèrement la scène : la périphrase « les intimités de la passion », « les baisers » échangés, les « rires de volupté » ou le « rire libertin » d'Emma.
- Flaubert fait aussi le portrait pudique d'Emma allongée sur le lit après l'étreinte : on la voit à travers le regard admiratif de son amant, tel un amateur de peinture qui apprécie la beauté d'un nu et se délecte des oppositions de couleurs, entre la « pourpre » des rideaux de lit et la blancheur du corps féminin, et de la grâce des mouvements « quand, par un geste de pudeur, [Emma] fermait ses deux bras nus, en se cachant la figure dans les mains ».

2. Un tableau libertin

- L'extrait se termine sur un autre tableau libertin, à la manière des peintres du XVIIIe siècle – Boucher, Fragonard – qui ont souvent représenté des couples d'amants dans l'intimité voluptueuse d'une chambre.
- C'est d'abord un plan rapproché sur les mains d'Emma ; sa tenue légère pendant qu'ils déjeunent laisse entrevoir « sa jambe », ses « pantoufles » et surtout ses « orteils » et « son pied nu ». Le lecteur du XXIe siècle ne doit pas sous-estimer la pouvoir érotique de ce gros plan pour un lecteur du XIXe siècle.

ROMAN

3. Des amants hors du monde

• Pour les amants, le temps est comme suspendu, aboli : « tout s'oubliait » dans cette chambre. La « pendule » ne marque pas d'heure, effaçant le monde extérieur terne qu'Emma – le mari, le village campagnard – retrouvera au sortir de la chambre.

• Les amants se voient comme « deux éternels jeunes époux » dans une sorte d'euphorie, marquée par des exclamations, des tournures hyperboliques (« y vivre jusqu'à la mort », « rien au monde »), des mots de « tendresse », des « chatteries ».

• Ils sont **réunis** le plus souvent par un « on » ou un « ils », sujet de verbes d'action. Dans la dernière partie du texte, Emma est davantage mise en avant, plus individualisée, dans ses paroles et ses attitudes amoureuses.

III. Le regard ironique et ambigu du narrateur

> **▶ Le secret de fabrication**
>
> Plus subtilement, l'intérêt de cet extrait réside dans le rapport entre l'auteur et ses personnages : il faut donc étudier ce que le ton de cette description et la technique de narration traduisent du regard de Flaubert sur ses personnages et sur le monde.

Flaubert entretient une relation ambiguë avec les lieux et les personnages. Lorsque l'univers réaliste qu'il crée prend trop d'importance, il cherche alors à s'en détacher. Il utilise pour cela quelques outils littéraires et jette ainsi un regard ironique sur la comédie humaine qu'il met en scène.

1. Proximité et distance

• Dans les premières lignes, Flaubert semble suivre les amants sur le trottoir jusqu'à leur chambre, témoin extérieur de leur rencontre. Puis, le raccourci suggestif des points de suspension et de l'exclamation « Quelle étreinte ! » abolit cette distance par l'ambiguïté du style indirect libre ; le narrateur entre désormais dans l'intimité des personnages ; narrateur et personnage se confondent.

• Dans le deuxième paragraphe, le lecteur entend, grâce au procédé du discours narrativisé, comme une synthèse des discussions entre les amants après leur « étreinte » : l'absence de paroles au style direct crée une atmosphère étrange, une sorte de halo intemporel puisque l'imparfait cohabite paradoxalement avec « mais à présent » !

• Puis Flaubert rapporte des bribes de paroles (« ils disaient *notre chambre, notre tapis, nos fauteuils* »), comme si ces citations constituaient des éléments de preuve dans son analyse de leur passion, décrite presque cliniquement.

2. Une distance ironique

• Flaubert souligne avec lucidité et ironie les illusions dont se bercent les amants qui « se croyaient » éternellement jeunes, s'appropriaient cette « bonne » chambre comme une demeure permanente et protectrice.

• C'est en fait un décor dans lequel chacun joue un rôle qui n'a pas plus de réalité que « le bruit de la mer » dans les coquillages posés sur la cheminée. Flaubert **se** moque d'Emma, nourrie des clichés de médiocres romans sentimentaux, en évoquant ses « pantoufles de satin rose », cette « mignarde » chaussure, ses « chatteries ».

Conclusion

[Synthèse] Derrière le réalisme d'une scène érotique d'adultère, le lecteur perçoit dans cet extrait l'« ironie dramatique » dans son sens anglo-saxon, lorsque l'auteur (ou le spectateur) en sait plus sur les personnages, sur ce qui les attend et les menace que les personnages eux-mêmes, mais aussi une ironie directe, une façon pour Flaubert de ne pas se laisser attendrir par ses créatures, de les tenir à distance pour ne pas souffrir lui-même des malheurs qu'il leur prépare…

[Ouverture] Emma est seulement au début d'une déchéance qui la mènera au suicide. Pour Flaubert, cette scène intimiste pleine d'illusions confirme sa vision grinçante de l'homme et du monde.

Le personnage de roman, porteur d'une réflexion sur le monde ?

4 heures
20 points

INTÉRÊT DU SUJET • Ce sujet permet de s'interroger sur le rôle majeur joué par le personnage, dans un récit, pour questionner le lecteur sur le monde qui l'entoure.

Comment le roman, à travers ses personnages, donne-t-il à réfléchir sur le monde ?

Vous répondrez à cette question dans un développement argumenté, en vous appuyant sur votre lecture du roman *Le Rouge et le Noir* de Stendhal et sur les autres textes étudiés dans le cadre du parcours « Le personnage de roman, esthétiques et valeurs ».

LES CLÉS DU SUJET

Analyser le sujet

roman : genre protéiforme, qui se décline en multiples sous-genres ; il crée un univers fictif, même s'il peut s'inspirer de la réalité ; il fait intervenir un narrateur, plus ou moins neutre, et donne à voir un ensemble de personnages.

personnages : plus ou moins nombreux ou étoffés ; il faut examiner leur construction, leurs valeurs, leur manière d'être, leurs liens.

Comment le **roman**, à travers ses **personnages**, donne-t-il à **réfléchir sur le monde** ?

réfléchir sur le monde : le monde est un terme au sens très large ; par là, il faut entendre, l'existence en général, autrui, la société.

Formuler la problématique

En quoi le personnage de roman permet-il d'engager une réflexion sur le monde ?

Construire le plan

1 Des personnages aux profils variés	• Les personnages sont plus ou moins faciles à cerner : certains apparaissent comme des personnages types. • D'autres, plus complexes, conduisent le lecteur à se questionner. • En quoi les interactions entre les personnages nourrissent-elles une réflexion sur le monde ? • EXEMPLES : Julien Sorel (*Le Rouge et le Noir*), Emma Bovary (*Madame Bovary*), Mme de Chartres et sa fille (*La Princesse de Clèves*), Jacques Lantier (*La Bête humaine*), Quasimodo, Frollo et Phébus (*Notre-Dame de Paris*)…
2 Des personnages aux prises avec la société et le monde	• Certains types de roman initient personnage et lecteur, qui se forgent progressivement un regard sur le monde. • En quoi le personnage peut-il être le reflet d'une époque ? • En quoi peut-il aussi incarner la vision du monde et de l'existence de l'auteur ? • EXEMPLES : Georges Duroy (*Bel-Ami*), Suzanne (*La Religieuse*), Mme de Rênal (*Le Rouge et le Noir*), Meursault (*L'Étranger*), Gervaise Lantier (*L'Assommoir*)…

ROMAN

21 CORRIGÉ FLASH

Les titres en couleur ou entre crochets ne doivent pas figurer sur la copie.

Introduction

[Accroche] Genre protéiforme, le roman plonge le lecteur dans un monde fictif à la fois captivant et capable, au-delà du plaisir de l'intrigue, de donner à penser. Cet imaginaire, souvent inspiré du réel, ne cesse de se référer à notre monde et de l'éclairer.

[Sujet] Comment le roman, à travers ses personnages, donne-t-il à réfléchir sur le monde ?

[Problématique] Il s'agit ici d'examiner en quoi le personnage, pivot du dispositif romanesque, permet d'engager une réflexion riche sur le monde, l'existence, autrui, soi-même ; c'est notamment le cas dans *Le Rouge et le Noir*, qui restera au centre de notre réflexion.

[Annonce du plan] Nous nous pencherons d'abord sur la pluralité des profils de personnages créés par les auteurs [I]. Nous nous intéresserons ensuite à la manière dont le personnage interagit avec son environnement [II].

I. Des personnages aux profils variés

1. Des personnages types, intemporels

Les personnages peuvent fonctionner comme des types intemporels, incarner un défaut ou une manière d'être emblématiques.

• Stendhal, *Le Rouge et le Noir* (1830) : Julien Sorel, jeune paysan, incarne le type même de l'ambitieux calculateur, toujours en quête de ce qui lui manque. Valenod incarne le triomphe inquiétant des hommes politiques véreux.

• Flaubert, *Madame Bovary* (1857) : Emma Bovary, qui a lu des romans toute sa jeunesse, rêve de passions et d'aventures romantiques. Cette quête entraînera sa perte ; le « bovarysme » désigne désormais cet état d'insatisfaction rêveuse.

• Mme de La Fayette, *La Princesse de Clèves* (1678) : Mme de Chartres et sa fille, la princesse de Clèves, incarnent la vertu, le triomphe de la volonté et du devoir sur l'aveuglement dangereux des passions.

2. Des personnages parfois plus complexes et troublants

La présence de personnages ambigus, plus délicats à appréhender, permet de prendre la mesure de la complexité de l'humain et du monde.

• Stendhal, *Le Rouge et le Noir* (1830) : le narrateur ne ménage pas Julien Sorel, critiqué pour son hypocrisie ; il nous montre cependant aussi une certaine naïveté, ses combats intérieurs, sa soif d'un monde plus juste.

> **DES POINTS EN +**
> Le narrateur peut rester neutre ou orienter la perception du personnage. Dans ses romans, Stendhal multiplie les commentaires ironiques.

• Laclos, *Les Liaisons dangereuses* (1782) : ce roman épistolaire dévoile la duplicité de deux libertins sans scrupule, la marquise de Merteuil et le vicomte de Valmont, et le trouble qu'ils sèment chez leurs proies naïves et bientôt brisées.

• Zola, *La Bête humaine* (1890) : Jacques Lantier subit des pulsions meurtrières : il est poussé, malgré lui, à tuer les femmes qui l'attirent. Le roman montre l'étendue de sa souffrance en humanisant ce personnage.

3. Des réseaux de personnages significatifs

Les personnages fonctionnent en interaction : leurs relations permettent d'approfondir notre réflexion sur le monde.

• Stendhal, *Le Rouge et le Noir* (1830) : Julien, par sa « noire ambition », s'oppose à son ami Fouqué, qui lui promet une carrière et une fortune faites avec loyauté.

• Victor Hugo, *Notre-Dame de Paris* (1831). Quasimodo, Frollo et Phébus sont épris de la belle Esméralda. Le roman montre plusieurs visions de l'amour, du plus pur au plus tourmenté.

DES POINTS EN +
Ne vous concentrez pas seulement sur le personnage principal : montrez votre connaissance de l'œuvre en vous appuyant aussi sur les personnages secondaires.

[Transition] Au-delà de ce qui les définit, les personnages nourrissent des réflexions sur le monde parce qu'ils sont particulièrement révélateurs de leur environnement.

II. Le personnage aux prises avec la société et son environnement

1. Des récits d'initiation

Le roman peut plonger le personnage dans un monde dont il ignore tout : le lecteur se forge sa vision du monde en même temps que le personnage.

• Stendhal, *Le Rouge et le Noir* (1830) : Julien Sorel, parti de rien, obtient des postes de plus en plus prestigieux ; son sens aigu de l'observation lui permet de tirer profit de la société de 1830.

• Madame de La Fayette, *La Princesse de Clèves* (1678) : la jeune princesse, novice, découvre les dangers de l'amour et lutte pour se préserver d'une cour corrompue.

• Maupassant, *Bel-Ami* (1885) : Georges Duroy profite de son succès auprès des femmes pour se faire une place dans le monde de la presse, alors en pleine expansion : libre de tout scrupule, il finit par triompher.

2. Des personnages reflets d'une époque

Les personnages peuvent souligner les dysfonctionnements d'une époque : le lecteur est ainsi invité à exercer un regard critique.

• Stendhal, *Le Rouge et le Noir* (1830) : cette « Chronique de 1830 » met en évidence une corruption généralisée, le règne de l'argent et des alliances.

• Zola, *Germinal* (1885) : Étienne Lantier découvre les conditions de vie infâmes des mineurs ; il tente d'organiser la lutte pour améliorer leur sort.

• Diderot, *La Religieuse* (1796) : le témoignage de Suzanne, cloîtrée malgré elle, est le cri poignant d'une femme opprimée par une institution religieuse retorse.

3. Des personnages qui incarnent une vision du monde

Les personnages peuvent être révélateurs d'une vision singulière de l'humain, voire interroger notre rapport au monde de manière générale.

- Stendhal, *Le Rouge et le Noir* (1830) : Julien, emprisonné après une tentative de meurtre, change radicalement et découvre les vraies valeurs : seul l'amour de Mme de Rênal compte, son ambition était un leurre.
- Camus, *L'Étranger* (1942) : Meursault semble traverser un monde absurde, qui l'indiffère, et qui en retour ne peut pas non plus le comprendre : il reste, jusqu'à sa mort sous la guillotine, un « étranger ».
- Zola, les *Rougon-Macquart* (1871-1893) : les personnages sont soumis à un double déterminisme, celui de leur milieu et celui de leurs « tares héréditaires ». Se pose la question de la liberté de l'humain, à travers des personnages comme Gervaise Lantier, qui sombre inexorablement dans l'alcoolisme.

À NOTER
Certains personnages servent de porte-parole au romancier, de relais pour porter sa vision du monde et ses valeurs : Rieux dans *La Peste* de Camus (1947), ou Roquentin dans *La Nausée* de Sartre (1938).

Conclusion

[Synthèse] Ainsi, le personnage de roman constitue à bien des égards un levier stimulant pour enrichir la réflexion du lecteur sur le monde et l'existence. En effet, la variété prodigieuse de profils, plus ou moins stéréotypés ou complexes, reflète la diversité du vivant, des valeurs, des attitudes face à l'existence. L'immersion du personnage dans une société et dans un monde avec lequel il peut être en décalage ou en conflit aide également à prendre du recul sur notre environnement et sur notre manière d'être.

[Ouverture] On peut retrouver cette réflexion sur la diversité des hommes et du monde dans d'autres genres, comme chez le dramaturge anglais Shakespeare, qui fait souvent usage de la métaphore du *theatrum mundi* : le monde entier est un « théâtre ».

22 Sujet d'écrit • Commentaire

Patrick Chamoiseau, *L'Empreinte à Crusoé*

4 heures
20 points

INTÉRÊT DU SUJET • Qui suis-je ? Comment (re)trouver mon identité dans une île déserte où je suis seul ? En revisitant le mythe de Robinson, Chamoiseau nous aide à répondre à ces interrogations existentielles.

Commentez ce texte de Patrick Chamoiseau, extrait de *L'Empreinte à Crusoé*.

DOCUMENT

Le personnage du romancier martiniquais Patrick Chamoiseau ignore tout de son identité et de ses origines (il n'est pas sûr de s'appeler Robinson Crusoé). Au début du roman, alors qu'il est déjà dans l'île depuis vingt ans, il revient sur le rivage où il a repris conscience après le naufrage et se remémore les premiers temps de sa vie solitaire.

[...] les objets rapportés de l'épave alimentèrent mes imaginations d'une dimension occidentale, j'étais prince, castillan[1], chevalier, dignitaire de grande table, officier de légions ; j'allais entre des châteaux, des jardins de manoirs, traversais d'immenses salles habillées de velours ; déambulais sur des pavés crasseux, dans des ruelles jaunies par des lanternes huileuses ; longeais des champs de blé qui ondoyaient sans fin au pied de hauts remparts... ; mais des images étranges surgissaient des trous de ma mémoire : vracs de forêts sombres dégoulinantes de mousses, des villes de terre auréolées de cendres et de jasmin, dunes de sable avalant l'infini, falaises recouvertes d'oiseaux noirs battant des ailes cendreuses ; ou bien des cris de femmes qui mélangeaient l'émotion de la mort à des chants d'allégresse... ; à cela s'ajoutait un lot d'étrangetés qui semblaient remonter de ma substance intime – ... l'arrivée d'un chacal qui embarrasse des dieux... des lézards noirs et blancs qui tissent des étoffes... des

ROMAN

jumeaux dans une calebasse de mil… bracelets de prêtres cliquetant autour d'un masque à cornes… –, mais elles étaient tellement incompatibles avec l'ensemble de mes évocations que je les mis au compte d'un résidu de souvenirs appartenant à quelque marin vantard que j'aurais rencontré ; de fait, reliées ensemble, mon imagination à partir des objets et ma mémoire obscure ne faisaient que chaos : toute possibilité de mettre au clair mon origine réelle disparaissait alors ;

*

quoi qu'il en soit, ces chimères ne durent pas être probantes ; à mesure que j'affrontais la puissance ennemie qu'étaient cette île et son entour, il m'arriva de défaillir au point d'admettre cette absence d'origine personnelle ; abandonnant toute consistance, je m'imaginais crabe, poulpe dans un trou de poulpe, petit de poulpes dans une engeance de poulpes ; je me retrouvais à faire le crapautard[2] dans les bulles d'une vase ; mais le pire surgissait lorsque j'atteignais le point fixe d'une absence à moi-même : mon regard alors ne se posait sur rien, il captait juste l'auréole photogène[3] des choses qui se trouvaient autour de moi ; je me mettais à renifler, à grogner et à tendre l'oreille vers ce qui m'entourait ; dans ces moments-là, je cheminais avec la bouche ouverte dégoulinante de bave, et je me sentais mieux quand mes mains s'associaient à mes pieds dans de longues galopades ; puis je m'en sortais (allez savoir comment !) et, pour sauvegarder un reste d'humanité, je revenais à ces fièvres narratives qui allaient posséder mon esprit durant de longues années ; je n'avais rien trouvé de mieux que de m'inventer ma propre histoire, de m'ensourcer dans une légende ; je me l'écrivais sur les pages délavées de quelques épais registres sauvés de la frégate, avec le sentiment de la serrer en moi, à portée d'un vouloir ; sans doute jaillissait-elle d'un ou de deux grands livres restés enfouis dans mon esprit ; des livres déjà écrits par d'autres mais que je n'avais qu'à réécrire, à désécrire, dont je n'avais qu'à élargir l'espace entre les phrases, entre les mots et leurs réalités, pour les remplir de ce que je devenais sans vraiment le savoir, et que j'aspirais à devenir sans être pour autant capable de l'énoncer ; […]

Patrick Chamoiseau, *L'Empreinte à Crusoé*, 2012 © Éditions Gallimard.

---

1. Castillan : habitant de la Castille, en Espagne (le nom de cette région vient du mot *castillo*, « petit château »).
2. Crapautard : mot inventé combinant « crapaud » et « têtard ».
3. Photogène : qui génère de la lumière, luminescent.

LES CLÉS DU SUJET

Définir le texte

Carte d'identité du texte

- **Époque** : XXIe siècle
- • **Genre** : roman autobiographique ? policier ? conte philosophique ?
  • **Type de texte** : narratif, descriptif (autoportrait), argumentatif
- **Buts** : retrouver une identité, mettre en valeur les fonctions de l'écriture
- **Thèmes** : la vie sur une île, le souvenir, l'identité, l'origine, l'écriture
- • **Tonalité** : lyrique
  • **Autres adjectifs** : poétique, étrange

Construire le plan

① Un récit inclassable	• Analysez successivement ce qui apparente ce texte aux différents genres repérés dans sa « carte d'identité » : autobiographie, roman policier, enquête, conte (oral)/apologue, poésie… • Analysez ce qui donne à ce récit-enquête sa cohérence mais aussi son caractère « éclaté ».
② Buts et pouvoirs de l'écriture	• Analysez quelles fonctions Chamoiseau attribue à l'écriture. • Analysez le rôle de la réécriture pour Chamoiseau.

22 CORRIGÉ GUIDÉ

Les titres en couleur ou entre crochets ne doivent pas figurer sur la copie.

Introduction

[Présentation du contexte] Patrick Chamoiseau est fasciné depuis son enfance par le *Robinson Crusoé* de Defoe et, dès le début de sa carrière d'écrivain, il s'est promis d'enrichir les avatars d'un personnage de roman devenu un mythe littéraire, célébré par Saint-John Perse, Valéry, Michel Tournier et bien d'autres encore.

[Présentation du texte] Dans *L'Empreinte à Crusoé*, Chamoiseau propose sa propre « variation » sur le mythe de Robinson. Son Robinson se remémore les premiers temps de sa vie solitaire et ses efforts pour « mettre au clair son origine réelle », puisqu'il est devenu amnésique après son naufrage. Fou de solitude, il est hanté par l'angoisse d'avoir perdu son humanité avec la parole et les mots.

[Annonce du plan] Chamoiseau propose ici un récit inclassable, à la fois fragment autobiographique, enquête mystérieuse, conte philosophique et poétique [I]. Robinson, double de Chamoiseau, y mène une réflexion passionnante sur les pouvoirs de la littérature pour élucider le mystère de la condition humaine [II].

I. Un récit inclassable

> **▶ Le secret de fabrication**
> Cette partie montre l'étrangeté de ce texte hybride, inclassable, à la croisée entre plusieurs genres, à la recherche d'une identité (littéraire) comme le personnage-narrateur (et l'auteur ?) l'est de la sienne.

Chamoiseau joue de plusieurs genres à la fois.

1. Un récit autobiographique

- Le texte, exclusivement à la première personne (« je, me mon, mes… ») et au passé (passé simple et imparfait), se lit comme un fragment d'autobiographie, remplie de « souvenirs ». Il porte les marques de l'intériorité. Robinson décrit sa vie intime, ses efforts pour reconstituer sa « substance intime » à partir de ses impressions, de son « imagination », des résidus de sa « mémoire ».

- Robinson ou Chamoiseau ? Le récit de Robinson renvoie à la dualité de l'écrivain martiniquais, marqué par une double identité, celle imposée par la colonisation « occidentale » et ses racines africaines : il évoque d'une part la société médiévale ou renaissante dans leur composante aristocratique, les villes européennes avec leurs « ruelles jaunies » et les campagnes avec leurs « champs de blé » ; et d'autre part les paysages de « forêts sombres », les « villes de terre », les « dunes de sable », les animaux, les usages, les objets, les croyances et les rites des communautés africaines.

2. « Mettre au clair » le « chaos » des souvenirs : une [en]quête impossible

Dans son effort pour « mettre au clair » le « chaos » de ses souvenirs, Robinson se comporte comme un enquêteur qui s'efforce de résoudre un mystère.

- Son récit-enquête est organisé chronologiquement. À partir d'objets retrouvés dans l'épave et de bribes de souvenirs, Robinson tente de reconstituer son passé (l. 1 à 17), puis rappelle l'échec de cette quête et la perte d'humanité qui s'ensuit (l. 17 à 37) ; il explique enfin comment l'écriture lui a permis de s'inventer une identité et de retrouver son « humanité ».

• Robinson énumère un bric-à-brac d'hypothèses : il s'imagine noble (« chevalier » ou « prince » dans un « château »), dans une ville aux « pavés crasseux » ou dans une nature exotique aux animaux étranges.

• Mais ces indices « incompatibles », « étranges » sont trop nombreux, trop ténus pour composer une identité cohérente. Ils conduisent à des reconstitutions trop fragiles : « chimères », « imaginations », « évocations ». La mémoire est lacunaire (Robinson parle des « trous de [s]a mémoire »), il ne lui reste qu'un « résidu de souvenirs » au point qu'il se sent « défaillir ». La fracture en lui est symbolisée par la mise en page qui, par un astérisque, « fracture » le texte en plein milieu d'une phrase.

3. L'oralité d'un conte philosophique et poétique

• Robinson poursuit un monologue intérieur au sein d'une très longue phrase, comme un courant de conscience exprimé par la parole libre d'un de ces conteurs que Chamoiseau écoutait dans son enfance antillaise et qui pouvait apostropher l'auditeur comme Robinson le fait quand il s'exclame : « allez savoir comment ! ».

• Cette coulée fluide de phrases sans points ni majuscules – instrument adapté pour retranscrire le flux de conscience – trahit l'instabilité mentale d'un homme aux certitudes soudain ébranlées.

MOT CLÉ
Le procédé du monologue intérieur consiste à transcrire « le flux ininterrompu des pensées qui traversent l'âme du personnage au fur et à mesure qu'elles naissent sans en expliquer l'enchaînement logique » (E. Dujardin, 1887)

• Il invente une prose poétique, insère des bribes de phrases en italique pour distinguer les réminiscences africaines, crée des personnifications saisissantes : l'île devient une « puissance ennemie », des « dunes de sable » [avalent] « l'infini ». Il invente des mots (« crapautard », « photogène », « ensourcer ») ; il martèle un mot comme s'il jouait d'une percussion (« poulpe dans un trou de poulpe... »), joue sur le propre et le figuré (« des images surgissaient des trous de ma mémoire »).

• Cette prose devient hallucinée quand Robinson-Chamoiseau nous fait comprendre qu'avec son animalisation le langage lui échappe. Il ne lui reste que des sensations. Dans ses « fièvres narratives », il est traversé par des impressions sensorielles inquiétantes, voire répugnantes (il chemine « la bouche ouverte, dégoulinante de bave »).

ROMAN

[Transition] La façon dont il retrouve son humanité en réécrivant sa « légende » sur des registres où le texte était effacé, sert de métaphore allégorique à sa conception des buts et des pouvoirs de la littérature.

À NOTER
Une transition est composée de deux « parties » : l'une rappelle très succinctement ce qui a été prouvé, la 2e annonce l'axe suivant en établissant un rapport entre les deux axes.

II. Buts et pouvoirs de l'écriture

▶ Le secret de fabrication
Cette partie vise à montrer que, au-delà du récit au premier degré, il faut lire le texte comme une métaphore de l'écriture, de ses sources, de ses buts et de ses pouvoirs.

Aujourd'hui, pour Chamoiseau, l'objet de la littérature n'est plus de raconter des histoires, d'organiser le monde par un récit ou une narration avec un début, un milieu, une fin, mais d'essayer d'opérer des saisies de perceptions, des explorations de situations existentielles, qui nous confrontent à l'indicible, à l'incertain, à l'obscur.

1. Pourquoi écrire ?

- Dans une mise en abyme vertigineuse, Robinson se souvient de lui faisant des efforts pour se souvenir de lui-même : au moment où l'écriture lui serait inutile pour sa vie pratique et concrète sur l'île, ce jeu de miroir qui passe par l'écriture retrouvée lui assure une survie d'un autre ordre : existentielle.

- Robinson écrit pour « sauvegarder un reste d'humanité », pour retrouver son identité. Menacé de perdre son humanité car il n'est pas d'humanité sans le regard d'autrui, il adopte un comportement animal, se met à « renifler », « grogner », il marche à quatre pattes, devient « crapautard », « poulpe »... Fou à force de solitude, Robinson cherche un miroir pour retrouver une image de l'humain (« j'habitais un étranger ») et ce miroir, c'est l'écriture.

2. La littérature, un palimpseste

- Symboliquement, Robinson écrit sur « les pages délavées de quelques épais registres sauvés de la frégate ». Il n'écrit pas à partir de rien mais sur un support qui conserve une mémoire, même si elle n'est pas déchiffrable. Il « réécrit ».

- Robinson lui-même est une sorte de palimpseste vivant, il est conscient qu'il ne part pas de rien quand il est saisi de ses « fièvres narratives ». À travers lui parlent « un ou deux grands livres », un de ces livres fondateurs qui donnent un sens au monde, qui

MOT CLÉ
Un palimpseste est un parchemin manuscrit dont on a effacé la première écriture pour pouvoir écrire un nouveau texte.

parlent des préoccupations les plus anciennes de l'homme – le mystère de la mort, celui des origines, du sens de la vie.

3. Écrire dans les « interstices » laissés par les grands auteurs

- Chamoiseau explique qu'il s'est glissé dans les « interstices » que lui offre *Robinson Crusoé*, et Robinson lui-même – nouvelle mise en abyme –, pour dire ce qu'il « devenait » ou/et ce qu'il « aspirait à devenir » en recourant à d'autres auteurs. Il s'intercale dans leur écriture dont il faut « élargir les espaces entre les lignes ».
- C'est un espace où sont compatibles des termes apparemment contradictoires : « réécrire », « désécrire », c'est-à-dire se libérer d'un langage aliénant, d'une mémoire étrangère, comme celle par exemple imposée par le colonisateur européen à la culture antillaise. Écrire permet alors d'accoucher de sa vérité, de retrouver son identité originelle.
- Écrire, c'est aussi dialoguer. C'est dans l'altérité qu'on construit et qu'on choisit son identité. Écrire, pour Robinson, s'inscrit dans un mouvement rétrospectif et prospectif : il dit « s'inventer sa propre histoire », à la fois sa biographie et sa « légende », dans un dialogue avec lui-même, avec le lecteur potentiel et évidemment avec les autres auteurs : tout est bon pour abolir la solitude.
- Robinson est ici le porte-parole de Chamoiseau pour qui, aujourd'hui, l'aventure est intérieure, dans la conscience humaine, dans l'affranchissement du « je » par rapport à des normes communautaires : les individus doivent se recomposer pour exprimer toutes les possibilités de leur « moi ».

ROMAN

Conclusion

[Synthèse] *L'Empreinte à Crusoé* est un titre surprenant. On aurait attendu « l'empreinte *de* Crusoé » mais cela n'invite-t-il pas à entendre « empr*un*te à Crusoé » ? Il est aussi tentant de rapprocher « empreinte » et « imprimé » qui partagent la même étymologie. Robinson s'efforce de préserver l'empreinte qu'il a découverte sur la plage, la sienne ou celle d'un autre, dans tous les cas signe d'humanité.

[Ouverture] Les mots des livres ont eux aussi le pouvoir de fixer la trace des émotions, de l'insaisissable, de l'indicible : Rimbaud essayait de « fixer des vertiges ». Robinson a compris qu'il ne suffit pas d'organiser le monde pour exister. La leçon de cette fable poétique, c'est qu'il faut d'abord maîtriser son « chaos » intérieur, se connaître soi-même pour découvrir son identité.

23 Sujet d'écrit • Dissertation

Dire « je » pour un autre

4 heures
20 points

INTÉRÊT DU SUJET • Quelles sont les particularités d'une fiction romanesque où l'auteur choisit de faire assurer la narration par un personnage qui s'exprime à la première personne ?

Marguerite Yourcenar écrit dans son carnet de notes : « Si j'ai choisi d'écrire ces *Mémoires d'Hadrien* à la première personne, c'est pour me passer le plus possible de tout intermédiaire, fût-ce de moi-même. » En quoi consiste ce dispositif romanesque et qu'est-ce qui en fait l'intérêt ?

Vous répondrez à cette question, dans un développement argumenté, en vous appuyant sur votre lecture de l'œuvre et les autres textes étudiés dans le cadre du parcours « Soi-même comme un autre ».

LES CLÉS DU SUJET

Analyser le sujet

« Si **j'ai choisi d'écrire** ces *Mémoires d'Hadrien* **à la première personne**, c'est pour me passer le plus possible de tout intermédiaire, fût-ce de **moi-même**. » **En quoi consiste ce dispositif romanesque** et **qu'est-ce qui en fait l'intérêt** ?

j'ai choisi d'écrire ; ce dispositif romanesque : affirmation d'un choix esthétique dans l'écriture.

à la première personne : un « je » raconte (fiction romanesque) ou se raconte (autobiographie).

me passer le plus possible de tout intermédiaire : volonté de supprimer la distance entre narrateur et personnage principal, afin de créer un effet d'authenticité.

En quoi consiste (...) et qu'est-ce qui en fait l'intérêt : étudier à la fois le fonctionnement et la portée de l'instance narrative à la première personne.

moi-même : posture de l'autrice, censée s'effacer complètement derrière la reconstitution historique.

Formuler la problématique

Qu'est-ce qui fait la force de la narration à la première personne dans les romans et récits non autobiographiques ?

Construire le plan

1 Une plongée dans l'intimité d'un personnage	• En quoi la narration à la première personne permet-elle au lecteur de plonger dans l'intimité d'un personnage ? • En quoi favorise-t-elle la construction de personnages complexes ? • EXEMPLES : *Manon Lescaut* de Prévost ; *La Religieuse* de Diderot ; *L'Étranger* de Camus, *La mort est mon métier* de R. Merle…
2 Un regard singulier sur le monde	• Une narration à la première personne permet également d'étudier, à travers les yeux d'un personnage, les rapports d'un individu avec la société ou un moment de l'Histoire. Cherchez des illustrations. • EXEMPLES : *Voyage au bout de la nuit* de Céline ; *Je, François Villon* de J. Teulé…

23 CORRIGÉ GUIDÉ

ROMAN

Les titres en couleur ou entre crochets ne doivent pas figurer sur la copie.

Introduction

[Accroche] Dans un roman, qui raconte ? Le choix que l'auteur fait d'une voix narrative, quelle qu'elle soit, est essentiel pour la construction du récit romanesque et pour la réception qu'en a le lecteur.

[Explicitation du sujet] Marguerite Yourcenar écrit dans son carnet de notes : « Si j'ai choisi d'écrire ces *Mémoires d'Hadrien* à la première personne, c'est pour me passer le plus possible de tout intermédiaire, fût-ce de moi-même. »

L'auteur juge souhaitable et nécessaire de donner à son roman historique la forme de mémoires fictifs en se mettant dans la peau d'Hadrien. Comment expliquer ce choix d'écriture ? Qu'est-ce qui fait la force de la narration à la première personne dans les romans et récits non autobiographiques ?

[Annonce du plan] Nous verrons d'abord que la narration à la première personne permet au lecteur de pénétrer l'intimité du personnage [I]. Nous montrerons ensuite en quoi elle fait voir le monde à travers une perspective singulière [II].

I. Une plongée dans l'intimité d'un personnage

▶ Le secret de fabrication

Dans cette partie, on analyse comment une narration non autobiographique à la première personne permet à l'auteur d'entrer véritablement à l'intérieur des pensées et des sentiments d'un personnage.

1. Le « je » dans la fiction romanesque

Dans une narration à la première personne, il arrive souvent que le « je » ne fasse pas référence à l'auteur mais à un personnage-narrateur. Ce type de fiction à la première personne peut prendre des formes très variées.

• Celle de mémoires fictifs dans *Mémoires d'Hadrien* (1951). Dans les notes écrites au cours de sa rédaction, Marguerite Yourcenar refuse explicitement qu'on la recherche derrière le « je » utilisé par l'empereur Hadrien pour raconter sa vie : elle revendique une perspective purement historique.

• La forme pseudo-autobiographique entraîne parfois un dédoublement étonnant de l'auteur. Dans *La Religieuse* (1760-1781, éd. posthume 1796), Diderot se met dans la peau de sœur Suzanne Simonin, qui raconte les persécutions subies dans son couvent et la souffrance qu'elle ressent.

• Dans *Les Liaisons dangereuses* (1782), le procédé épistolaire permet la multiplication des « je » qui se confient et se racontent : l'on passe du cynisme des libertins roués, Merteuil et Valmont, à l'ingénuité de Cécile sortant du couvent, en passant par le lyrisme pathétique de la vertueuse présidente de Tourvel. Laclos affirme l'authenticité de ces lettres pourtant fictives, se défendant d'écrire un véritable roman.

2. Une plongée dans les mouvements d'une l'âme

Ce dispositif romanesque si singulier permet d'entrer au cœur des pensées d'un personnage, afin d'étudier les oscillations de ses sentiments ; l'emploi de la première personne invite le lecteur à s'identifier au personnage principal.

• Dans *Mémoires d'Hadrien*, Yourcenar tente de restituer les mouvements intimes de l'empereur passionnément épris d'Antinoüs, puis son désespoir après la mort du jeune homme. Le chapitre « *Sæculum aureum* » (« Âge d'or ») est presque entièrement consacré à l'analyse rétrospective de cette passion.

• Dans *Adolphe* (1806, publié en 1816), Benjamin Constant retranscrit les tourments de l'histoire d'amour mouvementée que vit le personnage éponyme avec la femme dont il est épris. La narration à la première personne, aux accents en partie autobiographiques, permet d'étudier une subjectivité passionnée.

• Avec *L'Étranger* (1942), également rédigé à la première personne, Albert Camus imagine un personnage « étranger » à soi et au monde qui l'entoure, Meursault, touché par l'ennui, dénué de sentiments face à la mort de sa mère et à la demande en mariage de sa fiancée. Le « je » nous fait plonger de manière troublante dans l'esprit et la sensibilité de cet homme.

3. L'analyse de la construction morale de l'individu

Le récit à la première personne est aussi souvent l'occasion d'une sorte d'auto-analyse. Le personnage-narrateur tente de comprendre comment il s'est construit, quelles valeurs le fondent.

• Hadrien, chez Yourcenar, raconte sa découverte de la civilisation hellénistique à Athènes, sa passion pour les lettres et les arts, et comment il s'est efforcé de transmettre ces valeurs à son futur successeur Marc Aurèle, alors adolescent.

• Dans l'*Histoire du chevalier des Grieux et de Manon Lescaut* (1731), de l'abbé Prévost, le chevalier, narrateur à la première personne du récit enchâssé, constate l'aveuglement dont il a fait preuve dans sa jeunesse, et son incapacité à lutter contre son amour pour Manon. Son récit est l'occasion de comprendre l'enchaînement des événements de sa vie.

• Robert Merle utilise, comme M. Yourcenar, le genre des mémoires fictifs pour mettre en scène, dans *La mort est mon métier* (1953), le commandant nazi d'un camp d'extermination pendant la Seconde Guerre mondiale. À la fois acteur de l'histoire et spectateur de soi-même, ce personnage singulier analyse comment l'obéissance naturelle dont il a toujours fait preuve l'a mené à accepter l'inacceptable et à accomplir les pires crimes.

> **MOT CLÉ**
> Les mémoires, qu'ils soient fictifs ou non, racontent la vie d'un individu en insistant sur son inscription dans l'Histoire.

II. Un regard singulier sur le monde

> **▶ Le secret de fabrication**
> Il s'agit dans cette partie de montrer que le personnage s'exprimant à la première personne livre un regard singulier sur la société où il vit et sur le monde qui l'entoure.

1. Le récit d'un parcours de vie

À travers le « je », le lecteur se met à la place du personnage-narrateur et suit son parcours au sein de la société dans laquelle il vit.

• Dans *Mémoires d'Hadrien*, on suit ainsi le parcours d'Hadrien au sein du *cursus honorum* des gentilshommes romains de l'époque, jusqu'aux plus hautes fonctions de l'empire. Parvenu au crépuscule de sa vie, il doit finalement trouver un successeur. Le dernier chapitre est ainsi consacré à l'apprentissage de la patience par l'empereur vieillissant.

• *Voyage au bout de la nuit* (1932) évoque un autre type de destin. Céline y donne la parole à Bardamu, qui parcourt le monde et se confronte à l'impitoyable réalité des temps modernes, notamment à l'absurdité de la guerre, aux violences coloniales et à la déshumanisation du travail à la chaîne.

2. La restitution d'un moment de l'Histoire

L'auteur peut également utiliser son personnage-narrateur comme intermédiaire pour décrire plus largement l'époque historique dans laquelle il s'inscrit.

• Dans *Mémoires d'Hadrien*, la perspective de Yourcenar est résolument historique ; s'inspirant d'une citation de Flaubert (« Les dieux n'étant plus, et le Christ n'étant pas encore, il y a eu, de Cicéron à Marc Aurèle, un moment unique où l'homme seul a été. »), elle s'emploie à décrire le IIe siècle de notre ère.

À NOTER
La période en question est celle de la *pax romana* (« paix romaine »), pendant laquelle l'Empire, à son apogée, était plus ou moins pacifié au sein de ses frontières.

• Dans *Je, François Villon* (2006), Jean Teulé se met à la place du fameux poète de la fin du Moyen Âge, au parcours rocambolesque rythmé par les truanderies et les séjours en prison, avec pour objectif de reconstituer le monde du XVe siècle. Il comble par la fiction les blancs laissés dans ce que l'on a pu reconstituer de la véritable vie de Villon.

3. Le témoignage d'un personnage extraordinaire

La narration à la première personne permet enfin de transmettre au lecteur des témoignages de personnages hors du commun.

• Yourcenar choisit de donner la parole à Hadrien, empereur tout-puissant : il s'agit là du destin d'un personnage historique exceptionnel, qui a eu une influence sur la marche du monde.

• Dans *Je suis un chat* (1905-1906), l'écrivain japonais Natsume Sōseki utilise la narration à la première personne pour donner la parole à un chat domestique anonyme, adopté par un professeur de littérature mélancolique et désabusé. Son regard singulier permet à l'auteur de présenter, à hauteur de chat, une galerie de personnages tous plus caricaturaux les uns que les autres, et de mettre en scène les bouleversements de la société japonaise de l'ère Meiji, forcée de s'ouvrir aux Occidentaux.

Conclusion

[Synthèse] Fondée sur une stratégie de dédoublement de l'auteur, la fiction à la première personne donne vie à un personnage-narrateur qui relate son expérience, en soulignant ses états d'âme et le regard qu'il porte sur le monde qui l'entoure. Quand un « je » raconte, son témoignage – même s'il est fictif puisque nous sommes dans le cadre d'un roman – gagne en authenticité, en force et en pouvoir de séduction sur le lecteur.

[Ouverture] On retrouve ce procédé de narration non autobiographique à la première personne dans des œuvres plus proches de la littérature d'idées : Victor Hugo fait ainsi s'exprimer un condamné à mort dans *Le Dernier Jour d'un condamné* (1829) afin de dénoncer la peine de mort.

Les comédies : à voir absolument !

4 heures
20 points

INTÉRÊT DU SUJET • Le théâtre porte bien son nom : il dérive d'un mot grec signifiant « regarder ». Mais pour quelles raisons les comédies demanderaient-elles tout particulièrement à être vues ?

Molière écrit dans l'« Avertissement au lecteur » de *L'Amour médecin* (1665) : « On sait bien que les comédies ne sont faites que pour être jouées, et je ne conseille de lire celles-ci qu'aux personnes qui ont des yeux pour découvrir dans la lecture tout le jeu du théâtre. »

Vous commenterez cette citation de Molière dans un développement structuré. Votre travail prendra appui sur *Le Malade imaginaire* de Molière, sur les textes et documents que vous avez étudiés en classe dans le cadre du parcours « Spectacle et comédie », et sur votre culture personnelle.

LES CLÉS DU SUJET

Analyser le sujet

Comédies : la comédie est un genre théâtral qui vise à divertir et susciter le rire.

Le sujet consiste à commenter cette citation de Molière : « On sait bien que les **comédies** ne sont faites que pour être **jouées**, et je ne conseille de **lire** celles-ci qu'aux personnes qui ont des yeux pour découvrir dans la lecture tout le **jeu du théâtre**. »

Jeu du théâtre : l'expression fait référence au jeu des acteurs sur scène et, d'une manière générale, à tout ce que la représentation d'une pièce ajoute au texte de théâtre.

Jouées/lire : ces deux mots revoient à deux modes d'appréhension du théâtre, le premier -le jeu- étant présenté par Molière comme un aboutissement.

■ Formuler la problématique

En quoi peut-on considérer qu'il est essentiel d'assister à une comédie ? Quels éléments la représentation ajoute-t-elle au texte théâtral ? Que perd la comédie à être seulement lue ?

■ Construire le plan

I. Comme tout autre texte théâtral, la comédie est destinée à être représentée	• En vous appuyant sur des exemples de comédies, commencez par revenir sur les spécificités du texte théâtral : en quoi appelle-t-il une représentation ? • EXEMPLES : *Le Malade imaginaire* et toutes les comédies que vous pouvez connaître, de Molière à Ionesco.
II. La comédie possède des spécificités qui appellent la représentation	• La comédie repose sur des procédés spécifiques : lesquels, selon vous, prennent tout leur sens lors du passage à la scène ? • EXEMPLES : même type d'exemples que dans la partie I.
III. Une comédie peut être conçue avant tout comme un spectacle	• Cherchez des exemples de comédies particulièrement spectaculaires. Montrez que la comédie peut accueillir d'autres arts et devenir un spectacle total. • EXEMPLES : les comédies-ballets et pièces « à machines » (*Dom Juan, Amphitryon*…) de l'époque classique, les comédies musicales modernes…

24 CORRIGÉ GUIDÉ

Les titres en couleur ou entre crochets ne doivent pas figurer sur la copie.

Introduction

[Accroche] Molière était un homme de théâtre complet : dramaturge, il jouait et mettait en scène ses propres pièces. Dans l'« Avertissement au lecteur » de *L'Amour médecin* (1665), il déclare : « On sait bien que les comédies ne sont faites que pour être jouées, et je ne conseille de lire celles-ci qu'aux personnes qui ont des yeux pour découvrir dans la lecture tout le jeu du théâtre. »

[Explicitation du sujet] Comme toute pièce de théâtre, une comédie est destinée à être représentée, mais ce passage du texte au spectacle n'est-il pas encore plus nécessaire pour la comédie que pour les autres genres théâtraux ?

[Annonce du plan] Nous verrons tout d'abord que toute pièce de théâtre appelle la représentation. Puis nous analyserons les spécificités de la comédie qui rendent particulièrement nécessaire son passage à la scène. Enfin nous montrerons que la comédie peut être conçue avant tout comme un spectacle.

I. Comme tout autre genre théâtral, la comédie est destinée à être représentée

> **▶ Le secret de fabrication**
> Dans cette partie, il s'agit de mettre en évidence tout ce qu'apporte la représentation au texte de théâtre : la mise en voix des textes, l'incarnation des personnages par les acteurs, le travail d'interprétation du metteur en scène.

1. Un texte conçu pour être dit

Comme tout autre texte théâtral, celui d'une comédie est porté par le travail des acteurs qui le mettent en voix.

- Prenons le début du *Malade imaginaire.* Au lever du rideau, seul, Argan s'affaire, manipule force factures et jetons, et imite, à mesure qu'il fait ses comptes, les voix de M. Fleurant et de M. Purgon : le monologue ne produit tout son effet qu'une fois mis en scène.

- Certaines comédies comportent de véritables morceaux de bravoure, conçus pour être déclamés face à un public. Ainsi en est-il de la tirade de Dom Juan dans la scène 2 de l'acte V (*Dom Juan* de Molière, 1665) : après avoir joué la comédie du repentir devant son père, le libertin justifie son attitude auprès de Sganarelle sur un mode parfaitement cynique : « Il n'y a plus de honte maintenant à cela ; l'hypocrisie est un vice à la mode, et tous les vices à la mode passent pour vertus. »

> **MOT CLÉ**
> Passage particulièrement délicat et brillant destiné à attirer l'attention et à susciter l'admiration du public envers l'acteur qui le déclame.

2. Des personnages destinés à être incarnés

Par ailleurs, les personnages d'une comédie ne prennent leur vraie dimension qu'incarnés par des acteurs.

- Le ridicule de Thomas Diafoirus, piètre prétendant, apparaît clairement quand le public l'entend déclamer à sa prétendue belle-famille des compliments dictés par son père : dans la mise en scène de G. Werler (2008), il récite son laïus d'un ton monocorde en reprenant à peine sa respiration !

- Dans son vaudeville *Un fil à la patte* (1894), Feydeau multiplie les personnages pittoresques : ainsi du maladroit Bouzin, compositeur raté au jeu farcesque incarné à merveille par Christian Hecq dans la mise en scène de J. Deschamps (2013).

3. L'apport du travail du metteur en scène

La mise en voix des textes, la manière d'incarner un personnage s'inscrivent dans le travail d'interprétation du metteur en scène à partir du texte – un travail qui enrichit notre compréhension de la pièce et justifie pleinement sa représentation.

• De nombreux metteurs en scène ont ainsi exploré l'ambiguïté des figures fortes des comédies de Molière. Harpagon, dans *L'Avare* (1668), amusant dans la mise en scène de J. Mauclair, prend un visage inquiétant et monstrueux dans celle de J. Vilar.

• En s'emparant d'une comédie, le metteur en scène peut la moderniser et en infléchir le sens : ainsi Ariane Mnouchkine, réinterprétant *Tartuffe* (1669), fait de l'hypocrite dévot, qui instrumentalise la foi catholique pour renforcer son pouvoir, un intégriste musulman.

[Transition] La comédie, par sa nature théâtrale, appelle donc la représentation ; il semble, cependant, que plus encore que la tragédie ou le drame, elle soit faite pour être jouée.

II. La comédie possède des spécificités qui appellent la représentation

> ▶ **Le secret de fabrication**
>
> Dans cette partie, on s'efforce d'isoler des caractéristiques de la comédie permettant de mieux comprendre pourquoi elle fonctionne mieux quand elle est jouée.

1. La comédie : une intrigue concrète

On peut remarquer en premier lieu que l'intrigue d'une comédie s'appuie souvent sur des situations concrètes, qui nécessitent divers éléments matériels ou accessoires.

• Cela est particulièrement vrai des comédies qui s'inspirent de l'univers de la farce, comme *Les Fourberies de Scapin* de Molière (1671). On peut citer la scène 2 de l'acte III où, sous couvert de protéger un maître traqué, le facétieux Scapin enferme Géronte dans un sac puis le roue de coups de bâton en contrefaisant l'accent de poursuivants imaginaires. Assurément, cette scène-là n'est faite que pour être jouée !

• Souvent les personnages recourent au travestissement pour faire aboutir leur projet. Dans *Le Malade imaginaire*, Toinette s'étant déguisée en médecin de pacotille, assène à Argan un diagnostic burlesque, dont celui-ci ne sait que penser. Cette comédie dans la comédie ne fonctionne pleinement que sur scène.

THÉÂTRE

2. L'importance du jeu des acteurs pour créer le comique

On peut ajouter que le comique repose beaucoup sur les expressions et la gestuelle des acteurs.

- Cela est particulièrement vrai pour la comédie classique qui, de Molière à Marivaux, s'inscrit dans l'héritage de la *commedia dell'arte* italienne, fondée sur l'improvisation comique à partir de simples canevas.

- Cette veine est perceptible dans *Le Malade imaginaire*. Ainsi, quand l'irrévérencieuse Toinette s'oppose fermement à ce qu'Angélique épouse Thomas Diafoirus, le spectateur assiste à une course-poursuite entre la servante et son maître, que les acteurs peuvent interpréter à leur guise.

3. Comédie et interaction avec le public

Notons enfin que la présence du public décuple la force comique de la pièce : celle-ci est d'autant plus drôle que les spectateurs peuvent interagir avec les personnages et communier dans un même rire.

- Cette interaction est mise en scène, de manière emblématique, dans *L'Avare* : Harpagon, qui tient à son argent plus qu'à sa famille, exprime son désespoir après la perte de sa « cassette » ; dans un monologue fameux, il s'en prend au public qui semble rire de ses déboires.

- De fait, le spectateur d'une comédie est bien le complice des ruses et stratagèmes mis en œuvre par les personnages d'une comédie. Dans *Le Malade imaginaire*, Cléante et Angélique parviennent à communiquer leurs sentiments, en simulant une leçon de chant, au nez et à la barbe d'Argan, sous le regard amusé du spectateur.

[Transition] La comédie, plus que tout autre genre théâtral, demande donc à être jouée ; et ce d'autant plus qu'elle a été conçue d'emblée comme un spectacle destiné à divertir et éblouir le public.

III. Une comédie peut être conçue avant tout comme un spectacle

> **▶ Le secret de fabrication**
> Cette partie permet d'évoquer des exemples de comédies qui jouent sur la dimension spectaculaire du théâtre, en annexant parfois d'autres arts.

1. Des mises en scène spectaculaires

Cette envie d'éblouir le public, de le surprendre par une mise en scène spectaculaire peut faire partie du projet d'origine de la comédie ou de celui du metteur en scène.

- Parce qu'il voulait que *Le Malade imaginaire* puisse « délasser [le Roi] de ses nobles travaux », Molière enrichit la pièce d'un prologue et de trois intermèdes qui font intervenir une grande diversité de personnages et supposent des changements de décor rapides.

• C'est une scène particulièrement spectaculaire qui clôt *Dom Juan* : emporté par la statue animée du Commandeur, véritable *deus ex machina*, le libertin disparaît au milieu des flammes, sous un ciel déchaîné.

MOT-CLÉ
L'expression latine *deus ex machina* désigne un personnage ou un événement qui intervient de manière inattendue pour dénouer une situation sans issue.

• Mettant en scène *Cyrano de Bergerac* (Rostand, 1897), D. Podalydès revisite les fameuses scènes du balcon de l'acte III : Roxane, enivrée par des vers amoureux qui semblent venir du beau Christian mais qui sont en réalité prononcés par Cyrano, s'envole littéralement dans les airs grâce à une machinerie ingénieuse.

2. Un spectacle qui s'ouvre à d'autres arts

Il arrive enfin que la comédie devienne un spectacle complet qui, s'associant à d'autres arts – musique, danse, cirque –, sollicite ouvertement tous les sens.

• C'est le cas avec la comédie-ballet qui, sous l'impulsion de Molière, connaît un grand succès au XVIIe siècle : les temps forts du spectacle y mêlent musique et danse, comme lors de la cérémonie turque burlesque du *Bourgeois gentilhomme* (1670), où Monsieur Jourdain est promu « *mamamouchi* ».

• Héritage de la comédie-ballet et de l'opéra-comique, les comédies musicales modernes enchaînent les tableaux musicaux servis par des décors éblouissants ; citons ainsi *Notre-Dame de Paris* de R. Cocciante et L. Plamondon (1998), adaptation libre du chef-d'œuvre de Victor Hugo.

• Pour finir, on peut citer un exemple contemporain : *Désobéir,* basé sur des témoignages de jeunes filles issues de l'immigration, a été mis en scène, avec beaucoup de succès, par J. Berès (2017) sous la forme d'un spectacle hybride mêlant le théâtre et la danse.

Conclusion

[Synthèse] Ainsi le point de vue de Molière se trouve-t-il justifié : la comédie trouve à bien des égards sa pleine mesure dans la représentation. Bien plus, la comédie peut se faire spectaculaire au sens le plus fort du terme, rendant la mise en scène indispensable.

[Ouverture] Certains dramaturges interrogent pourtant les spécificités du texte théâtral, en jouant avec ses limites : Musset a ainsi pu proposer un théâtre à lire, un « spectacle dans un fauteuil », avec des pièces comme *Les Caprices de Marianne* (1833) ou *Lorenzaccio* (1834).

25 Sujet d'écrit • Dissertation

La comédie, un simple divertissement ?

4 heures
20 points

INTÉRÊT DU SUJET • Assister à la représentation d'une comédie de Molière, c'est l'assurance d'un vrai divertissement grâce à l'intrigue rythmée, la drôlerie du jeu des acteurs. Mais le spectacle comique n'offre-t-il pas d'autres plaisirs que celui du rire et du divertissement ?

▶ Le spectacle comique a-t-il pour fonction essentielle de divertir ?

Vous répondrez à cette question dans un développement structuré. Votre travail prendra appui sur *Le Malade imaginaire* de Molière, sur les textes et documents que vous avez étudiés en classe dans le cadre du parcours « Spectacle et comédie », et sur votre culture personnelle.

LES CLÉS DU SUJET

Analyser les termes du sujet

Le spectacle comique : le sujet s'intéresse à la comédie et à sa représentation.

Fonction essentielle : le sujet sous-entend que la comédie a d'autres fonctions.

Le **spectacle comique** a-t-il pour **fonction essentielle** de **divertir** ?

Divertir : divertir quelqu'un, c'est lui procurer un passe-temps agréable, lui faire oublier une réalité quotidienne moins agréable.

Formuler la problématique

Une comédie est définie couramment comme une pièce de théâtre ayant pour but de divertir. En quoi consiste ce divertissement ? Est-ce la seule fonction d'une comédie ?

Construire le plan de la dissertation

1. La comédie nous divertit en nous faisant rire	• Montrez que la comédie plaît par ses intrigues dynamiques. • Passez en revue les différentes sources de comique : comique de situation, comique de caractère, comique de mots, comique de gestes, sans oublier l'héritage de la farce.
2. La comédie suscite un vrai plaisir théâtral	• Le spectateur prend du plaisir à assister à une comédie qui mobilise d'autres arts : cherchez des exemples. • Intéressez-vous au plaisir de se laisser prendre par l'illusion théâtrale.
3. La comédie peut aussi faire réfléchir	• Montrez que le spectacle comique peut véhiculer une critique morale. • Analysez les réflexions sociales que les comédies peuvent faire naître chez le spectateur.

25 CORRIGÉ **FLASH**

Les titres en couleur ou entre crochets ne doivent pas figurer sur la copie.

Introduction

[Amorce] Dès l'Antiquité, un des buts de la comédie est de divertir le spectateur en lui offrant notamment le miroir grossissant de ses propres travers.

[Reformulation du sujet] N'a-t-elle cependant pas d'autre visée que d'offrir un passe-temps agréable ? [Problématique] En quoi consiste donc le divertissement apporté par le spectacle comique ? Quelles en sont les autres fonctions ?

[Annonce du plan] Nous verrons d'abord que la comédie constitue bel et bien un spectacle divertissant, qui suscite le rire. Nous étudierons ensuite le plaisir théâtral qui peut naître du spectacle comique. Enfin, nous montrerons que la comédie peut aussi faire réfléchir le spectateur.

I. La comédie nous divertit en nous faisant rire

1. Des intrigues dynamiques

Le caractère divertissant de la comédie tient en premier lieu à ses intrigues menées tambour battant, qui tiennent le spectateur en haleine.

• Le spectateur est entraîné dans une combinaison irrésistible de péripéties et de coups de théâtre, comme le suggère le titre original du *Mariage de Figaro* de Beaumarchais (1784) : *La Folle Journée*.

• Dans *L'Avare* (1668), les ruses s'enchaînent pour empêcher Harpagon d'épouser Marianne, qui aime et est aimée par le fils du vieillard.

• Dans *L'Hôtel du Libre-Échange* (1894) de Feydeau, de nombreux rebondissements comiques troublent le rendez-vous adultère de Pinglet : pris en flagrant délit, il ne doit son salut qu'à son visage couvert de suie.

La comédie emporte ainsi le spectateur dans un tourbillon réjouissant.

2. Différents procédés comiques

Pour susciter le rire, les dramaturges mobilisent différentes sources de comique.

• Quand, dans *Le Malade imaginaire* (1673), Thomas Diafoirus fait son compliment de futur gendre sous le regard de son père et qu'il se trompe de belle-mère (il s'adresse à Angélique au lieu de Béline, la femme d'Argan), c'est au comique de situation que Molière recourt.

• La force comique de la comédie est aussi portée par le verbe : vivacité des dialogues, jeux de mots, imitation des jargons professionnels, des patois, etc. Quand Toinette, déguisée en médecin, fait le diagnostic du mal imaginaire dont souffre Argan, la répétition de la formule « le poumon » repose sur ce comique de mot et de langage, de même que l'utilisation d'un charabia franco-latin lors de la « cérémonie burlesque » qui clôt *Le Malade imaginaire.*

• Les comédies de Molière sont souvent centrées sur des personnages extravagants : Argan veut toujours avoir un médecin à proximité, son fauteuil de malade trônant au milieu de la scène, symbole de sa monomanie ridicule. Dans *Ubu roi* (1896) de Jarry, le père Ubu est un tyran grotesque avide de pouvoir et d'argent, qui n'hésite pas sacrifier tous les nobles de Pologne pour redresser ses « phynances ». La convocation de ce type de figures risibles ou grotesques relève du comique de caractère.

3. L'héritage de la farce

• Les comédies puisent parfois – souvent chez Molière – dans l'héritage de la farce. Celle-ci cherche le rire pour le rire en sollicitant le goût des spectateurs pour le comique « bas » : coups de bâton (comme ceux que Scapin inflige au vieux Géronte dans *Les Fourberies de Scapin*, 1671), grossièretés, grivoiseries, parfois allusions scatologiques. Une part du *Malade imaginaire* s'inscrit dans cette tradition, en particulier toutes les références au corps « malade » d'Argan et aux traitements que lui administrent des médecins ridiculisés (lavements, clystères).

• La comédie mobilise aussi souvent cet autre héritage de la farce (et de la *commedia dell'arte* italienne) qu'est le jeu physique de personnages acrobates ou, à l'inverse, lourdauds. La course-poursuite entre Argan et Toinette autour du fauteuil met à profit ce type de jeu, pour partie improvisé.

[Transition] La comédie a donc pour première fonction de provoquer le rire. Cependant, d'autres aspects du spectacle comique peuvent susciter le plaisir du spectateur.

II. La comédie suscite un vrai plaisir théâtral

1. Un spectacle qui mobilise différents arts

La comédie peut mobiliser d'autres arts, tels la musique et la danse, et créer ainsi, outre des occasions de rire, la joie, la surprise ou encore l'émerveillement.

- La comédie-ballet, genre nouveau au XVIIe siècle, mélange ainsi les arts pour former un spectacle complet propre à charmer tous les sens du spectateur. Dans *Le Malade imaginaire*, c'est une « églogue en musique et en danse » ainsi que des ballets champêtres qui ouvrent la pièce. Les actes traditionnels sont ponctués par des intermèdes chorégraphiques comme les « danses entremêlées de chansons » des Mores, censés faire sauter des singes sur scène !

- Un siècle plus tard, Beaumarchais rythme *Le Mariage de Figaro* de chants, telle la romance de Chérubin à l'acte II ou le vaudeville final, dont chaque personnage entonne un couplet.

2. La magie de l'illusion théâtrale

Au théâtre, tout est illusion : le lieu, le temps, l'action ; le plaisir du spectateur repose sur cette illusion. Quand les personnages d'une comédie jouent eux-mêmes la comédie sur scène, l'artifice est à son comble, et le public jubile.

- Dans *Le Malade imaginaire*, Toinette se déguise en médecin, se dédoublant aux yeux du spectateur, dans de rapides allers-retours sur scène ; Argan, quant à lui, feint d'être mort pour piéger sa femme.

- Le déguisement est au centre du *Jeu de l'amour et du hasard* (1730) de Marivaux : maîtres et valets intervertissent leurs noms et leurs vêtements afin de mettre l'amour à l'épreuve dans de savoureuses joutes verbales. Le spectateur assiste avec délectation à ces échanges étourdissants.

- *L'Illusion comique* (1636) de Corneille est une pièce à la gloire de cette illusion théâtrale : désespéré par la mort de son fils, Pridamant a la surprise de le voir ressuscité par la magie du théâtre – le jeune homme est simplement devenu un talentueux comédien.

[Transition] Le spectateur peut donc apprécier une comédie pour sa richesse théâtrale. Il peut également y trouver matière à réflexion.

À NOTER
L'Illusion comique se clôt sur un éloge du théâtre : pour le magicien Alcandre, tout le monde peut trouver du plaisir « dans les douceurs d'un spectacle si beau ».

THÉÂTRE

III. La comédie peut aussi faire réfléchir

1. Une critique morale

• La comédie classique est censée plaire mais aussi instruire le spectateur : elle « corrige les mœurs par le rire ». La folie maladive d'Argan est un travers moral à éviter, de même que l'avarice d'Harpagon (*L'Avare*) ou la misanthropie d'Alceste (*Le Misanthrope*, 1666).

> **INFO**
> Le comique de caractère se fonde sur un personnage caricatural dont un travers moral est exacerbé : l'avarice, l'hypocrisie, la jalousie…

• Ces personnages sortent des normes qui codifient la société du XVIIe siècle, fondées sur la raison et la mesure. Le discours d'Arnolphe à propos du mariage dans *L'École des femmes* (1662) met ainsi en lumière le paternalisme à la fois risible et inquiétant du personnage face à Agnès.

• Certains personnages de servantes demeurent cependant les garants du bon sens domestique : citons Toinette tentant de faire entendre raison à Argan, mais aussi Dorine s'opposant à l'hypocrisie de Tartuffe (*Le Tartuffe*, 1669).

2. Une critique sociale

La comédie – notamment dans le théâtre contemporain – peut avoir également une portée sociale.

• *Le Malade imaginaire* propose une satire acerbe de la médecine : tous les médecins y sont présentés comme des charlatans, à commencer par ce « grand benêt » de Thomas Diafoirus. Le travestissement de Toinette, ainsi que la « cérémonie burlesque d'un homme qu'on fait médecin en récit, chant et danse » qui clôt la pièce, achèvent de dénoncer l'imposture médicale.

• J. Romains file la thématique de la médecine dans *Knock* (1923) : le protagoniste, un escroc rusé, parvient à persuader peu à peu tous ses patients bien portants qu'ils sont malades, pour mieux les imprégner de la « Lumière Médicale ». Au-delà de la mystification, c'est la manipulation des esprits dans tous les domaines, notamment à travers l'utilisation de la publicité, qui est vivement critiquée à travers la pièce.

• Plus généralement, la comédie interroge souvent l'authenticité des rapports entre les individus. A. Jaoui et J.-P. Bacri utilisent la cuisine d'un appartement parisien pour critiquer la servilité petite-bourgeoise dans *Cuisine et dépendances* (1991), et un café de province pour mettre en scène la brutalité des liens familiaux dans *Un air de famille* (1994).

Conclusion

[Synthèse] Le spectacle comique présente donc plusieurs fonctions : il divertit le spectateur, l'éblouit par sa richesse théâtrale, lui offre une réflexion morale et sociale. C'est cette diversité de perspectives qui en fait la valeur.

[Ouverture] Au-delà du divertissement, il offre un regard précieux sur les individus, comme l'écrit Victor Hugo : « [Le théâtre] est le pays du vrai : il y a des cœurs humains sur la scène, des cœurs humains dans les coulisses, des cœurs humains dans la salle. »

Beaumarchais, *Le Barbier de Séville*, acte III, scène 5

4 heures
20 points

INTÉRÊT DU SUJET • Confronté à la jalousie arrogante du vieux docteur Bartholo, le barbier Figaro ne manque ni de ressources ni de repartie, comme vous allez le découvrir…

▶ Commentez ce texte de Beaumarchais, extrait du *Barbier de Séville*.

DOCUMENT

Le comte Almaviva est amoureux de Rosine, que son vieux tuteur Bartholo séquestre chez lui afin de l'épouser. Le comte, déguisé en bachelier, est entré chez Bartholo : il souhaite faire sortir le vieillard pour s'entretenir librement avec Rosine. Figaro, adjuvant du comte, fait son apparition.

BARTHOLO. – Et dites-moi un peu comment la petite Figaro a trouvé les bonbons que vous lui avez portés[1] ?

FIGARO. – Quels bonbons ? Que voulez-vous dire ?

BARTHOLO. – Oui, ces bonbons, dans ce cornet fait avec cette feuille de papier à lettre… ce matin.

FIGARO. – Diable emporte si…

ROSINE, *l'interrompant.* – Avez-vous eu soin au moins de les lui donner de ma part, monsieur Figaro ? Je vous l'avais recommandé.

FIGARO. – Ah ! ah ! les bonbons de ce matin ? Que je suis bête, moi ! j'avais perdu tout cela de vue… Oh ! excellents, madame, admirables !

BARTHOLO. – Excellents, admirables ! Oui, sans doute, monsieur le barbier, revenez sur vos pas ! Vous faites là un joli métier, monsieur !

FIGARO. – Qu'est-ce qu'il a donc, monsieur ?

BARTHOLO. – Et qui vous fera une belle réputation, monsieur !

FIGARO. – Je la soutiendrai, monsieur.

BARTHOLO. – Dites que vous la supporterez, monsieur.

FIGARO. – Comme il vous plaira, monsieur.

BARTHOLO. – Vous le prenez bien haut[2], monsieur ! Sachez que, quand je dispute avec un fat[3], je ne lui cède jamais.

FIGARO *lui tourne le dos.* – Nous différons en cela, monsieur : moi, je lui cède toujours.

BARTHOLO. – Hein ? qu'est-ce qu'il dit donc, bachelier ?

FIGARO. – C'est que vous croyez avoir affaire à quelque barbier de village, et qui ne sait manier que le rasoir ? Apprenez, monsieur, que j'ai travaillé de la plume à Madrid, et que sans les envieux…

BARTHOLO. – Eh ! que n'y restiez-vous ? sans venir ici changer de profession ?

FIGARO. – On fait comme on peut ; mettez-vous à ma place.

BARTHOLO. – Me mettre à votre place ! Ah ! parbleu, je dirais de belles sottises !

FIGARO. – Monsieur, vous ne commencez pas trop mal ; je m'en rapporte à votre confrère, qui est là rêvassant…

LE COMTE *revenant à lui.* – Je… je ne suis pas le confrère de monsieur.

FIGARO. – Non ? Vous voyant ici à consulter, j'ai pensé que vous poursuiviez le même objet.

BARTHOLO *en colère.* – Enfin, quel sujet vous amène ? Y a-t-il quelque lettre à remettre encore ce soir à madame ? Parlez, faut-il que je me retire ?

FIGARO. – Comme vous rudoyez[4] le pauvre monde ! Eh ! parbleu, monsieur, je viens vous raser, voilà tout : n'est-ce pas aujourd'hui votre jour ?

BARTHOLO. – Vous reviendrez tantôt.

FIGARO. – Ah ! oui, revenir ! toute la garnison prend médecine[5] demain matin ; j'en ai obtenu l'entreprise par mes protections. Jugez donc comme j'ai du temps à perdre ! Monsieur passe-t-il chez lui ?

BARTHOLO. – Non, monsieur ne passe point chez lui. Et mais… qui m'empêche qu'on me rase ici ?

ROSINE *avec dédain.* – Vous êtes honnête. Et pourquoi pas dans mon appartement ?

BARTHOLO. – Tu te fâches ? Pardon, mon enfant, tu vas achever de prendre ta leçon ; c'est pour ne pas perdre un instant le plaisir de t'entendre.

FIGARO *bas au comte.* – On ne le tirera pas d'ici ! (*Haut.*) Allons, L'Éveillé ? La Jeunesse[6] ? le bassin, l'eau, tout ce qu'il faut à Monsieur.

BARTHOLO. – Sans doute, appelez-les ! Fatigués, harassés, moulus de votre façon[7], n'a-t-il pas fallu les faire coucher !

FIGARO. – Eh bien ! j'irai tout chercher : n'est-ce pas dans votre chambre ? (*Bas au comte.*) Je vais l'attirer dehors.

BARTHOLO *détache son trousseau de clefs et dit par réflexion* : – Non, non, j'y vais moi-même. (*Bas au comte, en s'en allant.*) Ayez les yeux sur eux, je vous prie.

Beaumarchais, *Le Barbier de Séville*, acte III, scène 5, 1775.

---

1. Plus tôt dans la pièce, Rosine a menti à Bartholo à propos d'une feuille de papier à lettre, dont elle aurait soi-disant fait un cornet à bonbons confié à Figaro, mais qu'elle a en fait utilisée pour écrire au comte. Figaro n'est pas au fait du mensonge de Rosine.
2. Vous le prenez bien haut : avec arrogance.
3. Un fat : sot prétentieux.
4. Rudoyer : traiter sans ménagement, en parlant avec brutalité.
5. Prendre médecine : se purger.
6. L'Éveillé et La Jeunesse sont deux valets de Bartholo.
7. De votre façon : à cause de vous. Figaro a drogué L'Éveillé et la Jeunesse avec des médicaments.

LES CLÉS DU SUJET

Définir le texte

Carte d'identité du texte

- **Contexte** : fin du XVIIIe siècle, les Lumières
- **Thème** : la lutte entre un valet astucieux et un vieillard jaloux
- **Buts de l'auteur** : divertir le spectateur par l'invention de Figaro, se moquer d'un personnage excessif
- **Tonalités** : comique, ironique

Construire le plan

La problématique est la suivante : comment cette confrontation permet-elle à Beaumarchais de mettre en valeur l'inventivité comique d'un personnage rusé ?

❶ Une scène de confrontation	• Montrez que cette confrontation est dynamique en étudiant l'enchaînement des répliques. • Analysez la finesse de la repartie de Figaro face aux attaques de Bartholo. • Comment les abus d'autorité de Bartholo sont-ils dénoncés ?
❷ Une scène de ruse comique	• Montrez que Figaro intervient au beau milieu d'un quiproquo comique. • Observez les ressources du langage mobilisées par Figaro pour se jouer de Bartholo. • Comment la ruse se met-elle concrètement en œuvre ?

26 CORRIGÉ GUIDÉ

Les titres en couleur ou entre crochets ne doivent pas figurer sur la copie.

Introduction

[Présentation du contexte] À la fin du XVIIIe siècle, le théâtre renouvelle le personnage du valet, typique de la comédie.

[Présentation du texte] Beaumarchais, dans *Le Barbier de Séville* (1775), imagine le personnage de Figaro, valet devenu barbier, qui mobilise sa ruse afin d'aider son ancien maître à enlever Rosine au vieux médecin Bartholo.

[Problématique] Comment cette confrontation permet-elle à Beaumarchais de mettre en valeur l'inventivité comique d'un personnage rusé ?

[Annonce du plan] Nous étudierons d'abord la construction d'une confrontation entre deux personnages que tout oppose [I]. Puis nous verrons comment Beaumarchais met en valeur la ruse astucieuse de Figaro [II].

I. Une scène de confrontation

> **▶ Le secret de fabrication**
> Il s'agit de montrer que l'on est face à une scène dynamique, qui se construit sur une forte opposition au vieux docteur Bartholo, présenté comme l'antagoniste des jeunes amoureux.

1. Une confrontation expressive et dynamique

• La confrontation naît d'une accusation ironique de Bartholo contre Figaro, qui n'est pas dupe de l'imposture du barbier : « Vous faites là un joli métier,

THÉÂTRE

monsieur ! » Les agressions vont en s'amplifiant, jusqu'au désir que Figaro ne vînt jamais de Madrid à Séville : « Eh ! que n'y restiez-vous ? »

• La stichomythie, renforcée par la répétition de l'apostrophe « monsieur », construit un duel verbal entre Figaro et Bartholo, à base d'attaques et de contre-attaques : « Je la soutiendrai, monsieur. – Dites que vous la supporterez, monsieur. – Comme il vous plaira, monsieur. […] »

MOT CLÉ
La stichomythie consiste en un enchaînement rapide de brèves répliques, qui donne au dialogue beaucoup de vivacité.

• Cette confrontation s'établit sur un rythme enlevé : les répliques, souvent courtes, sont ponctuées d'une multiplicité de points d'exclamation et d'interrogation, ce qui renforce le dynamisme et l'expressivité.

2. Une repartie savoureuse

• Figaro joint le geste (la didascalie « *lui tourne le dos* ») à la parole pour retourner ironiquement l'accusation de Bartholo contre lui-même (l. 22-24).

• Le comique est renforcé par le fait que Bartholo ne comprend pas qu'il est en train d'être ridiculisé : son manque de finesse est souligné par ses questions au comte : « Hein ? qu'est-ce qu'il dit donc, bachelier ? »

• De même, Figaro se sert de son autodérision afin d'en faire une arme pour renverser la force de son adversaire : « Me mettre à votre place ! […] Je dirais de belles sottises ! – Monsieur, vous ne commencez pas trop mal. » La litote ironique achève de faire de Figaro le vainqueur de cette joute oratoire.

3. La dénonciation d'un barbon tyrannique

• Figaro dénonce l'abus d'autorité du vieillard : Bartholo, comme Arnolphe dans *L'École des femmes* de Molière, s'inscrit dans la tradition comique du barbon.

• La jalousie tyrannique du docteur est montrée par sa « *colère* » et l'interrogation sarcastique : « Y a-t-il quelque lettre à remettre encore ce soir à madame ? Parlez, faut-il que je me retire ? »

MOT CLÉ
Le barbon est un emploi comique traditionnel : il s'agit d'un vieillard ridicule qui cherche souvent à épouser une femme beaucoup plus jeune que lui.

• Figaro ose tenir tête à Bartholo, à travers l'accusation exclamative qui souligne sa violence cruelle : « Comme vous rudoyez le pauvre monde ! »

[Transition] Cette confrontation comique et dynamique entre Figaro et Bartholo laisse voir l'inventivité astucieuse de Figaro, à travers une scène de ruse particulièrement bien ficelée.

II. Une scène de ruse comique

▶ Le secret de fabrication

Il s'agit d'étudier comment Figaro met en œuvre toutes ses ressources comiques de ruse et d'intrigue afin de tromper Bartholo et d'aider Rosine et le comte à s'en débarrasser.

1. Le quiproquo à la source du comique

• Le comique de situation est créé par le quiproquo à propos du « cornet » de bonbons : le spectateur sait que ce n'est qu'un mensonge né de l'imagination de Rosine, et que Bartholo doute fortement de son existence. L'incompréhension de Figaro, qui n'est pas au fait du stratagème, est comique : « Quels bonbons ? Que voulez-vous dire ? », « Diable m'emporte si… »

• L'irruption soudaine de Rosine renforce le comique de la scène. Elle fait preuve de duplicité vis-à-vis de son tuteur et instaure une connivence avec Figaro : « Avez-vous eu soin au moins de les lui donner de ma part, monsieur Figaro ? » L'utilisation des pronoms personnels permet de renforcer cette complicité : « Je vous l'avais recommandé. »

• Les interjections exclamatives de Figaro (« Ah ! ah ! ») ainsi que les adjectifs très mélioratifs « excellents, […] admirables » montrent que le barbier se saisit du mensonge afin d'en devenir complice. Le comte, déguisé sur les conseils de Figaro, est aussi de la partie. Les personnages s'allient contre Bartholo.

2. Un barbier plein de ressources

• Figaro se met en scène en insistant sur son propre passé. Son interrogation oratoire réfute le stéréotype du « barbier de village […] qui ne sait manier que le rasoir ». Beaumarchais lui donne un autre statut social à travers l'expression métonymique « j'ai travaillé de la plume » : Figaro a été journaliste ou écrivain.

À NOTER

Figaro, ancien dramaturge, serait-il en partie un porte-parole de Beaumarchais lui-même ? C'est en tout cas un personnage fantasque qui surprend sans cesse le spectateur.

• Figaro est maître de la parole et du sous-entendu. Il joue sur la polysémie du mot « objet » pour se moquer de Bartholo en s'adressant au comte : « Vous voyant ici à consulter, j'ai pensé que vous poursuiviez le même objet. » Le terme peut signifier à la fois la matière d'étude d'un docteur en médecine, mais aussi et surtout la femme aimée, dans le lexique galant.

• Figaro improvise ses mensonges, tel un comédien de la *commedia dell'arte*, pour manipuler le docteur : « Je viens vous raser, voilà tout […] Toute la garnison prend médecine demain matin […] ». L'impératif ironique « Jugez donc comme j'ai du temps à perdre ! » doit achever de convaincre Bartholo de se faire raser.

THÉÂTRE

3. Les « fourberies » de Figaro

• L'enjeu de la scène est de faire sortir Bartholo, ce à quoi s'emploie le rusé Figaro. Il tente une interrogation qui se veut oratoire : « Monsieur passe-t-il chez lui ? » mais qui échoue immédiatement, dans la reprise mot pour mot de Bartholo : « Non, monsieur ne passe point chez lui. »

• La ruse de Figaro semble déteindre sur l'ingénue Rosine, qui tente aussi de se débarrasser de son tuteur : « Et pourquoi pas dans mon appartement ? » Ces tentatives répétées renforcent le comique de situation.

• Les dialogues secrets entre Figaro et le comte permettent de présenter les stratagèmes du barbier au public, qui est complice de la ruse : « On ne le tirera pas d'ici [...] Je vais l'attirer dehors. » La mise en scène devient alors fondamentale.

> **CONSEIL**
> Lorsque vous étudiez un texte théâtral, envisagez toujours les possibilités de mise en scène.

• C'est une dernière interrogation oratoire qui déclenche le succès de l'entreprise : « J'irai tout chercher : n'est-ce pas dans votre chambre ? » Bartholo, méfiant, fait enfin l'erreur de quitter la scène. Cette réussite est renforcée par la méprise finale du vieillard, qui croit s'adresser à un allié en la personne du comte déguisé en bachelier : « Ayez les yeux sur eux, je vous prie. »

Conclusion

[Synthèse] Cette scène permet donc à Beaumarchais de mettre en œuvre toute l'inventivité de Figaro, personnage plein de ressources qui sait s'adapter aux situations les plus inextricables.

[Ouverture] On retrouve une situation similaire dans *Le Mariage de Figaro*, où l'adversaire de Figaro n'est plus Bartholo mais le comte lui-même, désormais marié : à plusieurs reprises, Figaro déploie sa maîtrise du langage pour faire croire au comte tout et son contraire.

Pièges en scène

4 heures
20 points

INTÉRÊT DU SUJET • « Un noir complot prospère à l'air des catacombes, » ironise le roi don Carlos, menacé d'assassinat, dans *Hernani* (Victor Hugo, 1830). Qu'est-ce qui rend ce type d'intrigues si fascinant au théâtre ?

Au théâtre, en quoi le recours au stratagème peut-il éveiller l'intérêt du spectateur ?

Vous répondrez à cette question dans un développement structuré. Votre travail prendra appui sur *Les Fausses Confidences* de Marivaux, sur les textes et documents que vous avez étudiés en classe dans le cadre du parcours « Théâtre et stratagème » et sur votre culture personnelle.

LES CLÉS DU SUJET

■ Analyser le sujet

Au théâtre : le sujet est bien entendu centré sur le genre théâtral : il convient de citer uniquement des exemples qui en sont issus.

L'intérêt du spectateur : l'attention du spectateur, sa curiosité.

Au théâtre, en quoi le recours au **stratagème** peut-il éveiller **l'intérêt du spectateur** ?

Stratagème : étymologiquement, « ruse de guerre » ; au théâtre, et notamment dans la comédie, le mot désigne une ruse efficace, permettant à un personnage de parvenir à ses fins.

■ Formuler la problématique

Pourquoi et comment les stratagèmes sur lesquels sont construites certaines intrigues retiennent-ils l'attention du spectateur ?

■ Construire le plan

1. Stratagème et tension dramatique	• Expliquez comment certaines intrigues de comédies sont bâties sur un stratagème, intéressez-vous à sa visée (différente chez Molière et chez Marivaux, par exemple). • Montrez que le spectateur souhaite connaître l'issue du stratagème.
2. Meneurs de jeu et victimes du stratagème	• Qu'est-ce qui rend les personnages stratèges particulièrement intéressants ? • Montrez que leurs victimes peuvent faire rire ou bien émouvoir le spectateur.
3. Stratagème et plaisir théâtral	• Analysez la situation du spectateur, véritable complice du stratagème. • Comment le stratagème peut-il renforcer l'illusion théâtrale ?

27 CORRIGÉ GUIDÉ

Les titres en couleur ou entre crochets ne doivent pas figurer sur la copie.

Introduction

[Amorce] L'intrigue d'une comédie est souvent construite autour d'un stratagème : grâce à sa ruse et ses manœuvres habiles, un personnage parvient à retourner une situation : ce motif figure déjà dans la comédie latine, par exemple dans *La Marmite* de Plaute (dont s'inspira Molière pour composer *L'Avare*), ou dans des farces médiévales, telle *La Farce de maître Pathelin*.

[Reformulation du sujet] Le stratagème apparaît ainsi comme un moteur dramaturgique puissant, qui provoque la curiosité du spectateur.

[Problématique] Pourquoi et comment les stratagèmes sur lesquels sont construites certaines intrigues retiennent-ils notre attention ?

[Annonce du plan] Nous verrons d'abord que le stratagème crée de la tension dramatique. Nous montrerons ensuite qu'il permet de mettre en scène des personnages ridicules ou attachants. Nous étudierons enfin la manière dont il renforce le plaisir théâtral.

I. Stratagème et tension dramatique

▶ **Le secret de fabrication**

On étudie, dans cette partie, comment le stratagème impulse l'intrigue dramatique et crée du *suspense*.

1. Le stratagème, moteur dramaturgique

• La comédie traditionnelle est presque toujours bâtie sur le même schéma : un stratagème mis en œuvre par un valet rusé va permettre à des jeunes gens amoureux de triompher d'un père tyrannique qui s'opposait à leur mariage. Dans *L'Avare* (1668) de Molière, Cléante et Élise s'allient secrètement afin d'épouser ceux qu'ils aiment ; un coup de théâtre final permet la double union, tandis que leur père, le vieil Harpagon, se retrouve seul avec sa « chère cassette » remplie d'or. De même, dans *Les Fourberies de Scapin* (1671), les valets Scapin et Silvestre enchaînent mystifications, mensonges et déguisements pour duper Argante et Géronte, leur extorquer de l'argent et les amener à accepter les souhaits de mariage de leurs enfants.

• Chez Marivaux, le stratagème prend une dimension plus subtile, en permettant aux jeunes gens de s'avouer leurs sentiments réciproques. Dans *Le Jeu de l'amour et du hasard* (1730), c'est Silvia qui invente une ruse en inversant les rôles avec sa servante pour observer son prétendant, mais ce dernier a la même idée, avec son valet. Par chance, l'amour se révèle à l'épreuve du double travestissement : tandis que Silvia tombe amoureuse de Dorante en le prenant pour un valet, celui-ci se déclare prêt à épouser la servante de sa promise.

2. Le stratagème, source de *suspense*

La réussite du stratagème n'est pas assurée ; le spectateur attend avec impatience d'en connaître l'issue. Dans *Le Mariage de Figaro* de Beaumarchais (1784), il est ainsi soulagé de voir le triomphe final de Figaro, parvenu à déjouer les assauts libertins du comte envers sa fiancée. Dans *Ruy Blas* (Hugo, 1838), il peut être surpris par le coup de théâtre qui renverse la situation *in extremis* : don Salluste, qui avait fait passer son valet pour un noble afin de séduire et déshonorer la reine d'Espagne, est finalement assassiné par lui.

[Transition] Le stratagème est donc un élément essentiel par la tension dramatique qu'il engendre : va-t-il fonctionner ou va-t-il échouer ? Il permet également de camper des personnages hauts en couleur.

II. Meneurs du jeu et victimes du stratagème

> **▶ Le secret de fabrication**
> Dans cette partie, on étudie les personnages auteurs des stratagèmes et ceux qui en font les frais, et on met en évidence l'intérêt qu'ils suscitent.

1. Des stratèges fascinants

• Qui dit stratagème, dit stratège conduisant la ruse en virtuose. Dubois, meneur de jeu cynique des *Fausses Confidences*, en offre un bel exemple :

THÉÂTRE

c'est lui qui tire toutes les ficelles pour persuader Araminte d'épouser Dorante : « Plus de raisonnement : laissez-vous conduire. »

• Chez Beaumarchais, Figaro est désigné ironiquement par le comte comme « l'homme aux expédients » : son intelligence et sa débrouillardise lui font trouver les moyens les plus ingénieux pour sortir de situations délicates.

2. Des victimes risibles ou émouvantes

• Dans les comédies de Molière, ces personnages stratèges – valets ou servantes pleins de bon sens et d'habileté – contrastent avec les personnages de pères autoritaires, victimes des stratagèmes, et dont les travers excitent le rire. Ainsi, dans *Le Malade imaginaire* (1673), on rit de l'hypocondriaque Argan, qui se laisse berner si facilement par sa servante Toinette déguisée en médecin.

• Dans le théâtre de Marivaux, les victimes du stratagème suscitent plutôt l'émotion. Le spectateur des *Fausses Confidences* est sensible à la souffrance d'Araminte : « Je suis si lasse d'avoir des gens qui me trompent. » La jeune veuve se sent manipulée de toute part ; même la confiance qu'elle mettait en Dubois se trouve trahie : « Je vous avais dit de ne plus vous en mêler ; vous m'avez jetée dans tous les désagréments que je voulais éviter. »

> INFO
> Vous pouvez citer également **d'inquiétants manipulateurs** appartenant à l'univers du drame, tel Iago dans *Othello* de Shakespeare (1604), dont les fourberies conduisent le jaloux Othello à douter de la fidélité de son épouse.

[Transition] Le recours au stratagème permet donc de mettre en scène des personnages attachants, suscitant le rire ou l'émotion. Plus largement, on peut dire que le stratagème démultiplie le plaisir théâtral.

III. Stratagème et plaisir théâtral

> ▶ **Le secret de fabrication**
> On étudie comment le stratagème crée de la complicité avec le spectateur et participe à l'illusion théâtrale.

1. Le spectateur complice du stratagème

• Le spectateur prend plaisir à suivre les fausses confidences de Dubois : celui-ci invente une rivale à Araminte pour exciter sa jalousie, puis incite Marton à voler une lettre qu'il a lui-même dictée à son ancien maître… Le spectateur, par sa position singulière, jouit d'une connaissance dont ne disposent pas les personnages de la pièce, et peut ainsi apprécier la virtuosité tactique du valet pour venir à bout de ses adversaires.

• Dans *Ruy Blas*, le spectateur, à l'instar du sombre Gudiel, est mis dans la confidence du plan démoniaque de don Salluste dès la première scène :

« Oh ! mais je vais construire, et sans en avoir l'air, / Une sape profonde, obscure et souterraine ! »

2. Le stratagème, levier de l'illusion théâtrale

- Mais revenons au personnage de Dubois : celui-ci apparaît comme un chef d'artillerie : « Allons faire jouer toutes nos batteries », annonce-t-il au public, seul en scène, à la fin de l'acte I des *Fausses Confidences*. Véritable metteur en scène, il agit comme un double du dramaturge à l'intérieur même de la pièce.

- Dans *Hamlet* (vers 1600) de Shakespeare, la mise en abyme résulte du stratagème imaginé par le prince danois : ce dernier demande à une troupe de comédiens de reconstituer l'assassinat de son père sous les yeux de son oncle meurtrier, afin de l'amener à se trahir.

À NOTER
La **mise en abyme** (ou « théâtre dans le théâtre ») permet souvent de convoquer le *theatrum mundi*, l'idée que les spectateurs ne soient eux-mêmes que les acteurs du « grand théâtre du monde ».

Conclusion

[Synthèse] Le stratagème est un motif central dans la tradition comique : on lui doit des intrigues riches en rebondissements, des personnages fascinants ou touchants, un plaisir théâtral accru.

[Ouverture] Le genre romanesque fait lui aussi la part belle au stratagème, qui peut devenir un enjeu narratif de première importance. Le plaisir trouble du lecteur naît par exemple des plans machiavéliques des libertins Valmont et Merteuil dans *Les Liaisons dangereuses* de Laclos (1782).

28 Sujet d'écrit • Commentaire

Mouawad, *Assoiffés*

4 heures
20 points

INTÉRÊT DU SUJET • À peine le rideau se lève-t-il que le spectateur est saisi par la parole insistante d'un adolescent tombé du lit : il clame sa révolte contre une famille et un monde dans lesquels il ne se reconnaît plus.

Commentez ce texte de Wajdi Mouawad, extrait d'*Assoiffés* (2007).

DOCUMENT

1. Murdoch

Mercredi 6 février 1991.
Jour de la Saint-Gaston.
7 h 30.
Murdoch se réveille en parlant.

MURDOCH. — Je ne sais pas ce qui se passe, ni depuis quand, ni pourquoi, ni pour quelle raison, mais je rêve tout le temps à des affaires bizarres, pas disables, pas racontables, pas même imaginables. Je me sens envahi par un besoin d'espace et de grand air ! Je mangerais de la glace juste pour calmer la chaleur de mon écœurite la plus aiguë ! Le monde est tout croche[1] et on nous parle jamais du monde comme du monde ! Chaque fois que je rencontre un ami de mon père ou de ma mère, il me demande : « Comment va l'école ? » Fuck ! Y a pas que l'école ! Y a-tu quelqu'un en quelque part qui pourrait bien avoir l'amabilité de m'expliquer les raisons profondes qui poussent les amis de mes parents à être si inquiets à propos de l'école ! J'ai comme l'intime conviction que comme ils ne savent pas quoi dire à quelqu'un de jeune et parce qu'ils croient qu'il serait bon d'engager la conversation avec, ils ne trouvent rien de mieux qu'à s'accrocher sur le thème ô combien original de l'esti[2] d'école ! « Puis, comment va l'école ? » Je leur demande-tu, moi, comment ça va leur névrose[3], fuck ! Je veux dire que c'est pas parce que tsé que crisse !

Non je ne me tairai pas, c'est mon droit de parler, de m'exprimer, de dire des affaires, de les articuler et de les dire ! Mon droit ! Je m'appelle Sylvain Murdoch et parler relève de mon droit ! L'adjectif possessif mon n'est pas là innocemment, sacrament ! Je suis écœuré ! Comme si l'avenir était ma tombe ! Non je ne me tairai pas, j'ai encore des choses à dire et à exprimer ! Vous la regardez, vous autres, la télévision quand vous voulez, autant que vous voulez ! Personne n'est là pour vous dire : « Arrête de regarder la télé ! » Jamais la télé vous lui dites : « Tais-toi ! » Pourquoi moi ? Non je ne m'habillerai pas, je vais rester en bobettes[4], esti ! Je veux dire, il est sept heures du matin, crisse, la télé elle joue déjà, fuck ! Je veux dire que fuck ! Moi, là, je crois que vous êtes complètement intoxiqués par une sorte d'animatrice culturelle qui vit dans votre salon de bungalow[5] d'esti de fuck ! Je le dis comme je le pense, "bungalow d'esti de fuck !" et la reine de ce bungalow d'esti de fuck est une animatrice qui vous dit quand pleurer quand pas pleurer quand rire quand sacrer[6], tout ça pour qu'elle puisse vous dire quoi acheter ! C'est pour ça qu'elle est là, l'animatrice ! Je pense même que son prénom c'est Annie et son nom c'est Matrice ! La Matrice, esti ! C'est ça ! Vous êtes pognés[7] à vie dans votre Annie Matrice et elle vous esclavagise, elle vous consommatise, vous ikéatise, vous pharmaprise, vous carrefourise[8] toute la gang[9], esti ! Vous êtes Wal-Martyrisés au coton calisse ! McDonalisés jusqu'à la moelle de bœuf 100 % mort, calisse de crisse !

Wajdi Mouawad, *Assoiffés*, 2007.

1. Croche (québécois) : tordu.
2. Esti, et plus loin, sacrament, crisse, calisse : jurons québécois.
3. Névrose : maladie mentale caractérisée par des troubles affectifs et émotionnels.
4. Bobettes (québécois) : sous-vêtements.
5. Bungalow (québécois) : maisonnette.
6. Sacrer (québécois) : jurer.
7. Pogner (québécois) : prendre, attraper.
8. Murdoch fait référence à de multiples noms de chaînes de grande distribution : Ikéa (ameublement), Pharmaprix (pharmacies), Carrefour et Walmart (supermarchés), McDonald's (restauration rapide).
9. La gang (québécois) : bande.

THÉÂTRE

LES CLÉS DU SUJET

Définir le texte

Définition du texte

- **Auteur :** Wajdi Mouawad, dramaturge et romancier d'origine libanaise réfugié au Québec, d'expression francophone
- **Tonalités :** polémique, comique, satirique
- **Contexte :** XXIe siècle, théâtre contemporain
- **Buts :** exprimer le mal-être d'un adolescent et sa révolte contre sa famille et le monde qui l'entoure
- **Thème :** la révolte de l'adolescence ; les dysfonctionnements de la famille et de la société

Dégager la problématique

En quoi cette scène d'exposition donne-t-elle à entendre les questionnements et le malaise d'un adolescent en quête de sens, dans une famille et un monde opaques ?

Construire le plan

1. Une parole débordante	• Analysez la forme théâtrale de la scène. • Montrez que Murdoch s'exprime d'une manière particulière.
2. Un adolescent hors de lui	• À qui s'oppose le personnage ? • Pourquoi, dans sa colère, fait-il sourire ?
3. L'expression d'un véritable malaise	• Quel regard critique pose-t-il sur son environnement ? • Quelle image de l'existence se dégage de cette scène d'exposition ?

28 CORRIGÉ GUIDÉ

Les titres en couleur ou entre crochets ne doivent pas figurer sur la copie.

Introduction

[Présentation du contexte] Le théâtre met volontiers en scène la complexité des relations familiales, entre les individus, les sexes ou les générations.

[Présentation de l'œuvre et de l'extrait] Dans *Assoiffés* (2007), Wajdi Mouawad, dramaturge et metteur en scène contemporain, retrace le parcours d'adolescents en quête de sens. Au début de la pièce, Sylvain Murdoch, à peine réveillé, crie sa colère et son désarroi.

[Problématique] Comment cette scène d'exposition donne-t-elle à entendre son malaise et sa rage contre le monde environnant, notamment sa famille ?

[Annonce du plan] Nous analyserons tout d'abord la parole débordante du personnage ; puis, nous étudierons comment s'exprime sa révolte d'adolescent. Nous verrons pour finir qu'elle traduit un certain mal-être face au monde et à l'existence.

I. Une parole débordante

> ▶ **Le secret de fabrication**
> Il s'agit dans cette partie de rendre compte de la caractéristique la plus frappante de cette scène d'exposition : un torrent verbal, d'autant plus frappant que le langage de l'adolescent est très singulier.

1. Une parole nécessaire

• La didascalie initiale « *Murdoch se réveille en parlant* » révèle l'étrange urgence d'une parole qui se fait impérieuse et qui se répand en un monologue torrentiel.

• Le personnage occupe verbalement tout l'espace scénique, neutralisant les interventions d'un entourage qui, même s'il est muet et invisible, semble pourtant chercher à le faire taire : la phrase « Non, je ne me tairai pas » revient comme un leitmotiv.

> **MOTS CLÉS**
> Ne confondez pas le **monologue** (discours d'un personnage seul sur scène qui se parle à lui-même et au public) et la **tirade** (longue réplique prononcée en présence d'autres personnages).

• Les nombreux verbes de parole, associés au lexique du droit, traduisent un besoin extrême de s'épancher : « c'est mon droit de parler, de m'exprimer, de dire des affaires, de les articuler et de les dire ! Mon droit ». À grand renfort de déterminants possessifs accentués (« *mon* droit ») qu'il commente comiquement lui-même, Murdoch défend l'idée qu'il est autant, voire plus légitime, que quiconque dans sa prise de parole.

2. Une manière de s'exprimer singulière

• Très présente, la ponctuation exclamative reflète l'emportement d'un adolescent qui, par sa manière de parler, cherche à se démarquer des adultes.

• L'inventivité verbale de Murdoch est réelle : il crée des mots comme « écœurite », forgé à partir du verbe « écœurer » sur le modèle des noms de maladies et qui manifeste un souci de créer des termes personnels, correspondant aux sensations intimes de l'adolescent ; la fin du monologue est un feu d'artifice de néologismes (*consommatiser*, *ikéatiser*…).

MOT CLÉ
Un **néologisme** est un mot inventé, créé de toutes pièces ou formé à partir d'autres termes existant déjà dans la langue.

• Murdoch se distingue par la familiarité d'un propos aux accents provocateurs. Les insultes et jurons anglais et québécois fusent, ponctuant bien des phrases : « fuck », « calisse de crisse », « esti ». Les grossièretés se répètent, s'accumulent, se combinent : « bungalow d'esti de fuck », comme si l'essentiel était de cracher des mots révélateurs d'une colère débordante.

II. Un adolescent hors de lui

▶ Le secret de fabrication

Dans cette partie, on s'attache à analyser comment, dans sa révolte adolescente, le personnage cherche à s'affirmer en s'opposant, parfois de manière un peu caricaturale.

1. Soi contre tous

• L'anaphore de la négation « Non » signale un désir d'opposition systématique. Murdoch ne cesse de s'opposer violemment, dans ses propos et dans son attitude, à tous ceux qui l'entourent. Scandé, le pronom « moi » se heurte au « vous » qui renvoie à des parents décevants et rejetés.

• L'adolescent déplore la pauvreté de ses relations avec les adultes : superficiels et conventionnels, leurs échanges frôlent le ridicule. Ainsi, les discussions sont réduites à un unique centre d'intérêt qui exaspère l'adolescent : il ironise sur le « thème ô combien original de l'esti d'école ».

• Les questions de Murdoch semblent tomber dans le vide : « Y a-tu quelqu'un en quelque part qui pourrait bien avoir l'amabilité de m'expliquer […] ? » C'est comme si l'adolescent criait dans le silence ou dans un désert : on le sent de plus en plus isolé.

2. Une révolte aux accents comiques

• Emporté par sa colère, Murdoch peine parfois à trouver les mots ; le discours piétine alors, saturé par des grossièretés qui le dévalorisent : « crisse, la télé elle joue déjà, fuck ! Je veux dire que fuck ». La multiplication de termes québécois peut également faire sourire un lecteur (ou un spectateur) français.

• Une question rhétorique provocatrice montre la vision caricaturale que Murdoch a des adultes de son entourage, considérés uniquement comme des personnes psychologiquement fragiles : « je leur demande tu comment va leur névrose, fuck ! »

• Animé par le désir de s'opposer, Murdoch refuse comiquement de se plier aux codes les plus élémentaires de la vie sociale, préférant rester en sous-vêtements : « non je ne m'habillerai, je vais rester en bobettes ». Cette affirmation d'indépendance et de liberté a quelque chose de dérisoire.

DES POINTS EN +
Lorsque le texte à commenter mobilise le **registre comique,** pensez à analyser plus finement le procédé utilisé : comique de mots, comique de gestes, comique de situation ?

III. Un jeune mal à l'aise dans le monde

▶ Le secret de fabrication
Cette dernière partie montre que le personnage livre un regard singulier, à la fois critique et inquiet, sur le monde qui l'entoure.

1. Une société aliénante

• Dénonçant l'invasion de la télévision dans le quotidien, Murdoch remet en cause le mode de vie de ses parents et fait la satire d'individus formatés. L'écran, assimilé à du poison (métaphore « intoxiqués »), prend vie. Il s'impose comme un membre de la famille. « Annie Matrice » devient « reine » de la maison et dirige l'esprit de spectateurs abrutis et d'une passivité d'extrême : « [elle vous dit] quand pleurer quand pas pleurer quand rire quand sacrer ». Obnubilés par l'écran, les parents délaissent leur propre fils qui, lui, doit se taire.

• Au-delà des médias, Murdoch s'en prend de manière polémique à la société de consommation, qui aliène les êtres : « elle vous esclavagise, elle vous consommatise, vous ikéatise, vous pharmaprise, vous carrefourise toute la gang ». Il multiplie les néologismes comiques, créés à partir de noms de chaînes commerciales, qui fustigent la toute-puissance de la consommation à outrance : « vous êtes Wal-martyrisés », « McDonalisés ».

2. Des doutes existentiels poignants

• Si Murdoch fait sourire à certains égards, il est également touchant dans sa révolte. Il souligne lui-même un malaise qu'il peine à cerner : « Je ne sais pas ce qui se passe, ni depuis quand, ni pourquoi, ni pour quelle raison, mais je rêve tout le temps à des affaires bizarres, pas disables, pas racontables, pas même imaginables ». Les tournures négatives associées à des énumérations de termes parfois maladroits montrent sa perplexité : il a du mal à exprimer exactement ce qu'il ressent et à le faire partager. Le fait d'être « quelqu'un de jeune » l'empêche d'être pris au sérieux par des adultes qui ne le comprennent pas.

• Une phrase au présent de vérité générale révèle un certain mal-être dans l'existence : « Le monde est tout croche et on ne nous parle jamais du monde comme du monde. »

• Diverses expressions inquiétantes révèlent combien Murdoch étouffe dans son existence : il évoque son « écœurite », un « besoin d'espace et de grand air » et s'appuie sur une comparaison exclamative sinistre, qui sonne comme un cri de détresse : « Comme si l'avenir était ma tombe ! »

DES POINTS EN +
Pensez à commenter des **procédés grammaticaux** ; mettez ainsi à profit les connaissances acquises grâce au programme de grammaire, pour nourrir vos explications de textes.

Conclusion

[Synthèse] Au seuil de la pièce, le spectateur est saisi par cette parole torrentielle qui, malgré des aspects parfois comiques, laisse à l'évidence percer l'intensité du désarroi et de la révolte d'un adolescent aussi critique que perdu. Cette scène d'exposition pousse à s'interroger sur les relations familiales et sur la sensation d'absurdité qui peut découler de certaines pratiques sociales.

[Ouverture] D'autres pièces s'intéressent à des personnages jeunes, qui cherchent à se définir face à des familles qui ne les comprennent pas : on peut citer les deux jeunes amants de *Roméo et Juliette* de Shakespeare (1597), ou encore Antigone dans la réécriture du mythe antique proposée par Anouilh (1944).

29 Sujet d'écrit • Commentaire

Ionesco, *Rhinocéros*, acte II, second tableau

4 heures
20 points

INTÉRÊT DU SUJET • Des personnages qui se transforment sur scène en rhinocéros : la pièce de Ionesco a de quoi surprendre ! D'où vient cette épidémie de « rhinocérite » ?

Commentez ce texte de Ionesco, extrait de *Rhinocéros*.

DOCUMENT

Dans une ville de province, un mal étrange sévit : des habitants se transforment en rhinocéros ! Bérenger rend visite à son ami Jean, qui présente des signes inquiétants ; un dialogue s'engage.

BÉRENGER. – Si je comprends, vous voulez remplacer la loi morale par la loi de la jungle !

JEAN. – J'y vivrai, j'y vivrai.

BÉRENGER. – Cela se dit. Mais dans le fond, personne…

JEAN, *l'interrompant, et allant et venant.* – Il faut reconstituer les fondements de notre vie. Il faut retourner à l'intégrité primordiale.

BÉRENGER. – Je ne suis pas du tout d'accord avec vous.

JEAN, *soufflant bruyamment.* – Je veux respirer.

BÉRENGER. – Réfléchissez, voyons, vous vous rendez bien compte que nous avons une philosophie que ces animaux n'ont pas, un système de valeurs irremplaçable. Des siècles de civilisation humaine l'ont bâti !…

JEAN, *toujours dans la salle de bains.* – Démolissons tout cela, on s'en portera mieux.

BÉRENGER. – Je ne vous prends pas au sérieux. Vous plaisantez, vous faîtes de la poésie.

JEAN. – Brrr… (*Il barrit presque.*)

BÉRENGER. – Je ne savais pas que vous étiez poète.

THÉÂTRE

JEAN, *il sort de la salle de bains.* – Brrr… (*Il barrit de nouveau.*)

BÉRENGER. – Je vous connais trop bien pour croire que c'est là votre pensée profonde. Car, vous le savez aussi bien que moi, l'homme…

JEAN, *l'interrompant.* – L'homme… Ne prononcez plus ce mot !

BÉRENGER. – Je veux dire l'être humain, l'humanisme…

JEAN. – L'humanisme est périmé ! Vous êtes un vieux sentimental ridicule. *(Il entre dans la salle de bains.)*

BÉRENGER. – Enfin, tout de même, l'esprit…

JEAN, *dans la salle de bains.* – Des clichés ! Vous me racontez des bêtises.

BÉRENGER. – Des bêtises !

JEAN, *de la salle de bains, d'une voix très rauque, difficilement compréhensible.* – Absolument.

BÉRENGER. – Je suis étonné de vous entendre dire cela, mon cher Jean ! Perdez-vous la tête ? Enfin, aimeriez-vous être rhinocéros ?

JEAN. – Pourquoi pas ? Je n'ai pas vos préjugés.

BÉRENGER. – Parlez plus distinctement. Je ne vous comprends pas. Vous articulez mal.

JEAN, *toujours de la salle de bains.* – Ouvrez vos oreilles !

BÉRENGER. – Comment ?

JEAN. – Ouvrez vos oreilles. J'ai dit : pourquoi pas ? Ne pas être rhinocéros ? J'aime les changements.

BÉRENGER. – De telles affirmations venant de votre part… (*Bérenger s'interrompt, car Jean fait une apparition effrayante. En effet, Jean est devenu tout à fait vert. La bosse de son front est presque devenue une corne de rhinocéros.*) Oh ! Vous semblez vraiment perdre la tête ! (*Jean se précipite vers son lit, jette les couvertures par terre, prononce des paroles furieuses et incompréhensibles, fait entendre des sons inouïs.*) Mais ne soyez pas si furieux, calmez-vous ! Je ne vous reconnais plus.

Eugène Ionesco, *Rhinocéros,* acte II, second tableau, 1959

LES CLÉS DU SUJET

Définir le texte

Carte d'identité du texte

- **Époque** : XXe siècle, après la Seconde Guerre mondiale
- **Mouvement** : théâtre de l'absurde
- **Genre** : théâtre
- **But** : proposer une réflexion originale sur la condition humaine
- **Thèmes** : une transformation d'homme en animal ; un débat sur les valeurs
- **Tonalités** : fantastique, polémique, comique

Construire le plan

❶ Une scène de métamorphose : le fantastique à l'œuvre

- Comment se manifeste la transformation de Jean ?
- Analysez la déchéance progressive de Jean.

❷ Un dialogue sous tension

- Que pensez-vous du rythme et du ton du dialogue ?
- Montrez que Jean et Bérenger ont du mal à communiquer.

❸ Une interrogation sur l'homme

- Quel regard porte Jean sur l'être humain ?
- Montrez comment Bérenger tente de se positionner face à Jean : au nom de quelles valeurs le fait-il ?

29 CORRIGÉ FLASH

Les titres en couleur ou entre crochets ne doivent pas figurer sur la copie.

Introduction

[Présentation du contexte] Au lendemain de la Seconde Guerre mondiale, les dramaturges du théâtre de l'absurde expriment leur doute sur l'homme et ses faiblesses dans des pièces souvent loufoques, jouant sur des symboles forts.

[Présentation du texte] Dans *Rhinocéros* Ionesco imagine que les hommes sont frappés d'une maladie, la rhinocérite, symbole de l'emprise d'idéologies qui déshumanisent. Ce passage fait voir la transformation de Jean, sur fond de dialogue avec un Bérenger qui tente en vain de le raisonner.

[Problématique] Comment Ionesco, dans cette scène de métamorphose surprenante, donne-t-il à réfléchir sur la condition humaine ?

[Annonce du plan] Après avoir examiné le fantastique à l'œuvre dans l'extrait [I], nous étudierons les tensions qui minent le dialogue [II] pour nous pencher enfin sur la réflexion morale sur l'homme qui sous-tend la scène [III].

I. Une scène de métamorphose : le fantastique à l'œuvre

1. Une transformation physique progressive

• La transformation de Jean, très progressive, transparaît dans les didascalies externes (« voix [...] rauque » ; « devenu tout à fait vert » ; « corne de rhinocéros ») selon une logique de crescendo (« soufflant bruyamment », « il barrit presque », « sons inouïs »). Voix, gestes et apparence sont affectés.

• Le corps de Jean ne lui obéit bientôt plus : il s'agite en tous sens. La scène est ponctuée d'allers-retours dans la salle de bains, où s'opère, à l'abri des regards, la métamorphose.

> **DES POINTS EN +**
> Lorsque vous étudiez un texte théâtral, n'oubliez jamais de commenter les didascalies (indications scéniques), s'il y en a ! Elles font partie intégrante du langage théâtral.

2. Une dégradation de l'humain

• La voix et le langage sont affectés par la transformation, signe inquiétant car le langage est une caractéristique essentielle de l'homme.

• La parole cède la place à des barrissements, à des manifestations corporelles désordonnées, que signalent onomatopées (« Brrr ») et didascalies (« Jean [...] jette les couvertures par terre, prononce des paroles furieuses et incompréhensibles »).

• La perplexité de Bérenger face à l'inquiétante transformation fait sourire : « Perdez-vous la tête ? » ; « Oh ! Vous semblez vraiment perdre la tête ! » (jeu sur les sens propre et figuré de *tête*) ; « Je ne vous reconnais plus. »

II. Un dialogue sous tension

1. Un échange très vif

• Bérenger et Jean sont amis mais la scène frappe par les tensions qui minent l'échange. Ton péremptoire de Jean (« Je ne suis pas du tout d'accord avec vous » ; « Des clichés ! » ; « Ouvrez vos oreilles ! ») Les répliques, souvent brèves et exclamatives, donnent du dynamisme au dialogue.

• Jean coupe fréquemment la parole à Bérenger (« Dans le fond, personne… ! Jean, l'interrompant […] : Il faut reconstituer les fondements de notre vie ») ; l'agacement est palpable. Jean reprend souvent les termes même de Bérenger pour les nier : « L'humanisme est périmé ! ».

2. Un dialogue de sourds

• Tentatives multiples, de la part de Bérenger, plus retenu et conciliant, de comprendre son interlocuteur : « Si je comprends » ; « Cela se dit ». À l'inverse, Jean moque, voire méprise Bérenger : « Vous êtes un vieux sentimental ridicule ».

• Les raisonnements sont incomplets, les personnages ne s'écoutent pas. Interrogations qui reflètent l'incompréhension (« Comment ? », « Pourquoi pas ? »). Déconstruction du discours (propos de Jean proches du cri ; reprises de termes réplique à réplique pour montrer la perplexité ! « Vous me racontez des bêtises. – Des bêtises ! »)

• Les personnages s'enfoncent dans l'incompréhension réciproque à mesure que s'opère la transformation. L'agressivité l'emporte : « Ouvrez vos oreilles ! ». Impératifs vains : « Calmez-vous ! ».

III. Une interrogation sur l'homme

Deux visions de l'humanité se heurtent ici.

1. Jean ou l'apologie du nihilisme

• Jean nie les acquis de la civilisation au nom d'un retour aux sources, aux « fondements de notre vie », à « l'intégrité primordiale ». Lexique de la destruction : « Démolissons tout cela » ; « L'humanisme est périmé ».

• Jean n'est plus capable de penser par lui-même : énoncés impersonnels (« Il faut reconstituer » ; « il faut retourner ») ; série de slogans non motivés ; aucun argumentaire, répétition de mots sans pensée construite (« J'y vivrai, j'y vivrai »).

THÉÂTRE

• Se transformer en rhinocéros, c'est renoncer à son humanité. Animal choisi pour sa force brutale. Permet de tenir un discours sur l'homme. À travers le personnage de Jean, dénonciation de la pensée totalitaire.

2. Bérenger ou la (faible) défense de l'humain

• Bérenger tente de raisonner Jean, en vain. Face à Jean qui estime que l'homme n'a plus sa place, il esquisse un éloge de l'humanité. Distinction entre l'homme et l'animal : « nous avons une philosophie que ces animaux n'ont pas, un système de valeurs irremplaçable. »

• Lexique de l'intellect : « penser », « comprendre », « réfléchir », « juger » ; appel à une communauté d'esprit. Tentative pour ramener à la raison. Bérenger cependant ne s'impose pas et peine à argumenter en profondeur : résistance instinctive, difficulté de lutter contre une telle idéologie.

DES POINTS EN +
Soyez sensible à la portée argumentative et symbolique du texte : un débat s'installe entre les personnages et doit être mis en perspective avec le contexte d'écriture de la pièce.

Conclusion

[Synthèse] Ainsi, à travers une scène de métamorphose surprenante, Ionesco parvient à frapper l'imagination du spectateur. L'échange de plus en plus difficile entre les amis engage une réflexion sur l'humain et ses valeurs, en butte à des idéologies destructrices difficiles à combattre : cette scène, véritable dialogue de sourds, l'illustre.

[Ouverture] D'autres auteurs du théâtre de l'absurde ont imaginé des situations fortes et symboliques, dans une dramaturgie rénovée, pour infléchir notre regard sur la condition humaine ; c'est le cas de Beckett dans *Oh les beaux jours*, à travers le personnage enlisé de Winnie.

30 Sujet d'écrit • Dissertation

Des familles compliquées

4 heures
20 points

INTÉRÊT DU SUJET • « Familles, je vous hais ! » écrivait André Gide ; nombre de dramaturges semblent reprendre ce mot à leur compte…

Comment le théâtre explore-t-il la complexité des liens unissant l'individu à sa famille ?

Vous répondrez à cette question en vous appuyant sur votre lecture de *Juste la fin du monde*, sur les textes étudiés dans le cadre du parcours « Crise personnelle, crise familiale », et sur votre culture personnelle.

LES CLÉS DU SUJET

Analyser le sujet

Comment le **théâtre** explore-t-il la **complexité des liens** unissant l'**individu** à sa **famille** ?

Comment : selon quels procédés ; cette question peut conduire à se demander aussi « Pourquoi ? ».

Théâtre : genre qui se déploie à travers différents sous-genres : comédie, tragédie, drame…

Individu, famille : le personnage théâtral est à appréhender en interaction avec ses proches

Complexité des liens : liens difficiles à saisir, source de conflictualités (le sens négatif est implicite).

Formuler la problématique

Comment et pourquoi le théâtre s'intéresse-t-il à l'individu, replacé dans son cadre familial ?

■ Construire le plan

I. Le poids de la famille sur les destins individuels	• Réfléchissez aux pièces qui montrent comment la famille contrarie un personnage, infléchit son destin. • EXEMPLES : *Juste la fin du monde*, *Roméo et Juliette* de Shakespeare, *Antigone* d'Anouilh, *Le Cid* de Corneille…
II. La famille, lieu de discorde et de violences	• Le théâtre met en lumière ce qui menace l'harmonie familiale. • EXEMPLES : *Juste la fin du monde*, *Britannicus* et *Phèdre* de Racine, *Tartuffe* de Molière, *Médée* de Corneille…
III. Le personnage seul parmi les siens	• Montrez qu'en définitive, pris dans un cadre familial brouillé, le personnage se retrouve seul face à lui-même. • EXEMPLES : *Juste la fin du monde*, *Assoiffés* de Mouawad, *Le Retour au désert* de Koltès, *Une maison de poupée* d'Ibsen…

30 CORRIGÉ GUIDÉ

Les titres en couleur ou entre crochets ne doivent pas figurer sur la copie.

Introduction

[Accroche] « Toutes les familles heureuses se ressemblent, mais chaque famille malheureuse l'est à sa façon. » Cette citation du romancier russe Tolstoï attire notre attention sur une veine souvent explorée au théâtre, aussi bien dans les comédies que les tragédies : les histoires de famille tourmentées.

[Explicitation du sujet] Comment et pourquoi le théâtre s'intéresse-t-il à l'individu, replacé dans son cadre familial ?

[Annonce du plan] Nous verrons tout d'abord que la famille pèse sur les destins individuels ; puis, nous montrerons comment elle est un terrain de discordes et de violences. Enfin, nous analyserons comment le théâtre donne à voir la solitude de l'individu face aux siens.

I. Le poids de la famille sur les destins individuels

▶ Le secret de fabrication

Au théâtre, nombre d'intrigues mettent en scène des familles problématiques, qui contrarient les élans des personnages jeunes et les placent dans des dilemmes éprouvants.

1. La famille comme force contraire

Loin d'être un cocon favorable, la famille est souvent présentée au théâtre comme un obstacle à l'épanouissement du personnage.

• Ainsi, Roméo et Juliette, dans la célèbre pièce de Shakespeare (1597), incarnent le tragique d'une passion empêchée par des rivalités familiales. Les familles respectives des deux jeunes gens se vouent une haine inextinguible qui rend impossible leur histoire d'amour.

• Dans *La Reine Morte* de Montherlant (1942), Pedro, le fils de Ferrante, roi de Portugal, a épousé en secret Inès de Castro, incarnation de la pureté et de sentiments authentiques. Mais, parce que cet amour compromet une union politique, Ferrante finit par faire assassiner la jeune fille.

• L'hostilité de la famille relève parfois surtout d'une perception intime. Dans *Juste la fin du monde*, Louis se sent très tôt incompris voire rejeté par les siens ; seul de la fratrie à s'être éloigné de la maison familiale, il exprime dans ses monologues le sentiment de n'avoir jamais été aimé.

2. La famille, à l'origine de conflits de valeurs

Des conflits de valeurs peuvent apparaître au sein d'une famille, avec des conséquences sur les personnages qui la composent.

• Dans *Le Cid* de Corneille (1637), l'amour de Rodrigue et Chimène est contrarié par une altercation entre leurs pères : le jeune homme se doit de défendre l'honneur de sa lignée et tue celui qui devait devenir son beau-père. Le souci de la gloire et la fidélité aux siens l'emportent sur les sentiments amoureux.

• Antigone se trouve elle aussi face à un dilemme terrible : accepter que le cadavre de son frère Polynice reste sans sépulture, ou honorer sa dépouille en risquant sa propre vie puisqu'elle s'oppose aux ordres de son oncle, devenu roi. Par fidélité à son frère et à certaines valeurs, elle accepte son châtiment.

• *Juste la fin du monde* met aux prises les membres d'une famille aux chemins de vie si différents qu'ils ne peuvent plus se comprendre. Louis est, ainsi, devenu aux yeux d'Antoine le symbole d'une élite culturelle et intellectuelle hautaine dans laquelle il ne se reconnaît pas : « Tu dois être devenu ce genre d'hommes qui lisent les journaux, des journaux que je ne lis jamais. »

[Transition] Ces tensions peuvent déboucher sur des violences et conduire à l'éclatement de la cellule familiale.

CITATION
Dans sa *Poétique*, Aristote recommandait déjà de représenter des familles « dans lesquelles il s'est passé ou fait des choses terribles. »

THÉÂTRE

II. La famille, lieu de discorde et de violences

▶ Le secret de fabrication

Nous montrons, dans cette partie, comment le théâtre représente des familles travaillées par des forces qui les ébranlent en profondeur et créent un divorce irrémédiable entre les personnages et elles.

1. L'individu menacé par les siens

Parfois, le personnage se retrouve rejeté, menacé, voire sacrifié par sa propre famille.

- Dans sa tragédie *Britannicus* (1669), Racine met en scène une famille impériale romaine déchirée par les luttes d'influence. Sans défense, le prince Britannicus est confronté à la violence de l'empereur Néron, son demi-frère monstrueux qui veut le faire exécuter pour asseoir son pouvoir.
- Chez Lagarce, Louis, qui est venu annoncer sa mort prochaine, se retrouve bientôt contraint au silence par l'ironie d'un frère sur la défensive et la parole logorrhéique des siens. L'empressement de tous à le voir partir le trouble.

MOT CLÉ
Du grec « logos » signifiant « parole », la **logorrhée** est un flot de paroles révélatrices d'un besoin irrésistible de s'exprimer.

2. L'individu déclencheur de l'éclatement familial

Dans d'autres pièces, le personnage est celui qui, par sa présence ou par les passions qui l'habitent, provoque la destruction de l'espace familial.

- Dans *Juste la fin du monde*, les personnages font entendre leurs frustrations, leurs rancœurs liées au départ, des années plus tôt, de Louis : en marge, incompris dans ses choix, Louis a mis en péril l'équilibre familial ; il est devenu un étranger.
- Dans *Phèdre* (1677) de Racine, la passion incestueuse de l'héroïne pour son beau-fils Hippolyte déclenche la catastrophe tragique : calomnié, le jeune homme meurt, injustement maudit par son père Thésée. Le désir monstrueux a détruit la famille.
- Dans la tragédie de Corneille *Médée* (1635), Jason répudie la célèbre magicienne par lâcheté. Minée par cette insupportable trahison conjugale, cette dernière ourdit une vengeance terrible : elle sacrifie leurs propres enfants, provoquant par là même le suicide de l'inconstant. La famille est annihilée.

CITATION
« Il y a trop de temps passé (toute l'histoire vient de là) », déclare la Mère à Louis. Avec les années s'est creusé un véritable fossé entre le personnage et les siens.

[Transition] Cependant, dans le théâtre contemporain, cette violence des passions au sein de la famille est remplacée par une violence plus sourde, liée à l'impossibilité d'établir une communication authentique avec les siens.

III. Le personnage seul parmi les siens

> ▶ **Le secret de fabrication**
> Dans cette dernière partie, nous montrons avec quelle puissance le théâtre peut mettre en lumière la solitude d'un personnage, au sein même de sa famille.

1. Une communication entravée

La famille contemporaine semble vouée à des échanges superficiels : les dialogues révèlent les impasses de la communication.

• Dans *Juste la fin du monde*, les personnages se perdent en banalités, en maladresses, en mensonges, si bien que l'essentiel reste tu : Louis repart à la fin de la journée sans avoir révélé sa tragique vérité.

• La comédie douce-amère *Un air de famille*, de Jaoui et Bacri (1994), se concentre sur une réunion familiale rituelle, à l'occasion d'un anniversaire. Les susceptibilités, les conventions du savoir-vivre et les préjugés interdisent tout échange authentique.

• Autre exemple : la pièce *Assoiffés* de Mouawad (2007) s'ouvre sur le cri de révolte et de désespoir d'un adolescent, Murdoch, incapable de nouer de véritables échanges avec sa famille.

> **DES POINTS EN +**
> Au théâtre, les **modalités de prise de parole** sont d'une importance capitale ; elles révèlent la nature des liens qui unissent les personnages, et éclairent leurs rapports de force.

2. Une solitude irréductible

Confronté aux siens, le personnage peut paradoxalement se retrouver très seul.

• Dans *Juste la fin du monde*, les dialogues, désaccordés, ne permettent pas la communion familiale espérée. Les monologues de Louis exhibent la solitude d'un personnage irrémédiablement coupé des siens, contraint au silence. Seul le spectateur recueille son secret et constate l'échec tragique des retrouvailles.

• Dans *Une maison de poupée* d'Ibsen (1879), la jeune Nora étouffe dans une famille bourgeoise oppressante. Méprisée dans son amour, infantilisée, profondément seule, cette « poupée » quitte le domicile conjugal, abandonnant mari et enfants.

• Koltès, dans *Le Retour au désert* (1988), met en scène une famille qui se déchire pour un héritage. Les longues tirades du frère et de la sœur tournent au bras de fer stérile ; chacun s'enferme dans sa solitude.

Conclusion

[Synthèse] Le théâtre trouve ainsi dans les rapports entre l'individu et sa propre famille un riche réservoir de situations dramatiques intenses et touchantes : souvent vécue sur le mode du conflit, violent ou larvé, la famille renvoie l'individu à sa propre solitude.

[Ouverture] La famille et ses tourments s'imposent ainsi, depuis l'Antiquité, comme un terreau fécond pour les dramaturges : on songe aux grandes familles maudites de la mythologie – les Atrides ou encore les Labdacides… encore évoquées dans le théâtre contemporain.

Préparer l'épreuve orale

24 explications de texte

Hugo, *Les Contemplations*, « Réponse à un acte d'accusation »

20 minutes
20 points

1. Lisez le texte à voix haute. Puis expliquez-le.

DOCUMENT

Les mots, bien ou mal nés, vivaient parqués en castes ;
Les uns, nobles, hantant les Phèdres, les Jocastes,
Les Méropes[1], ayant le décorum pour loi,
Et montant à Versaille[2] aux carrosses du roi ;
Les autres, tas de gueux, drôles patibulaires[3],
Habitant les patois ; quelques-uns aux galères
Dans l'argot ; dévoués à tous les genres bas,
Déchirés en haillons dans les halles ; sans bas,
Sans perruque ; créés pour la prose et la farce ;
Populace du style au fond de l'ombre éparse ;
Vilains, rustres, croquants, que Vaugelas[4] leur chef
Dans le bagne Lexique avait marqués d'une F ;
N'exprimant que la vie abjecte et familière,
Vils, dégradés, flétris, bourgeois, bons pour Molière.
Racine regardait ces marauds de travers ;
Si Corneille en trouvait un blotti dans son vers,
Il le gardait, trop grand pour dire : Qu'il s'en aille ;
Et Voltaire criait : Corneille s'encanaille !
Le bonhomme Corneille, humble, se tenait coi.
Alors, brigand, je vins ; je m'écriai : Pourquoi
Ceux-ci toujours devant, ceux-là toujours derrière ?
Et sur l'Académie, aïeule et douairière[5],
Cachant sous ses jupons les tropes[6] effarés,
Et sur les bataillons d'alexandrins carrés,
Je fis souffler un vent révolutionnaire.

Je mis un bonnet rouge au vieux dictionnaire.
Plus de mot sénateur ! plus de mot roturier !
Je fis une tempête au fond de l'encrier,
Et je mêlai, parmi les ombres débordées,
Au peuple noir des mots l'essaim blanc des idées ;
Et je dis : Pas de mot où l'idée au vol pur
Ne puisse se poser, toute humide d'azur !
Discours affreux ! – Syllepse, hypallage, litote[6],
Frémirent ; je montai sur la borne Aristote[7],
Et déclarai les mots égaux, libres, majeurs.
Tous les envahisseurs et tous les ravageurs,
Tous ces tigres, les Huns, les Scythes et les Daces[8],
N'étaient que des toutous auprès de mes audaces ;
Je bondis hors du cercle et brisai le compas.
Je nommai le cochon par son nom ; pourquoi pas ?

Victor Hugo, « Réponse à un acte d'accusation »
(extrait), *Les Contemplations*, I, VII, 1856.

1. Méropes : personnages de tragédies.
2. Versaille : l'absence du s est volontaire.
3. Patibulaires : inquiétants.
4. Vaugelas : auteur des *Remarques sur la langue française* (1647). Il y codifie la langue selon l'usage de l'élite.
5. L'Académie française, garante des règles ; douairière : vieille femme.
6. Figures de style.
7. Aristote : philosophe grec, qui avait codifié les genres et les styles.
8. Daces : peuples considérés ici comme barbares.

2. QUESTION DE GRAMMAIRE. Quelles particularités syntaxiques présente le vers 27 ? Quelle impression veut créer Hugo par cet effet ?

CONSEILS

1. Le texte

Faire une lecture expressive

Prenez un **ton enthousiaste**, surtout à partir du v. 20 : appuyez-vous sur les exclamations ou interrogations, les phrases elliptiques, le rythme des vers (respectez les coupes) et les paroles rapportées (v. 17-18, 20-21, 31-32). Donnez un **souffle épique** en marquant les enjambements, énumérations, accumulations.

■ Situer le texte, en dégager l'enjeu

• Indiquez le contexte de parution, la teneur des *Contemplations* et la partie où se situe le poème. Faites le lien entre titre et contenu : à quelle « accusation » Hugo répond-il ? Rappelez ce qui précède l'extrait proposé.

• Indiquez la structure ; montrez le côté épique et humoristique de ce manifeste poétique ; dégagez-en la teneur : cibles ? reproches de Hugo à la littérature… d'avant 1789 ? nouvelle conception de la poésie ?

2. La question de grammaire

• Quelle nature grammaticale de mot constitue habituellement le noyau d'une phrase ? Trouvez-vous cette nature de mots dans le v. 27 ?

• Comparez la modalité et la structure des deux phrases dans le v. 27.

• Quel effet ces particularités produisent-elles ? Quel ton donnent-elles au v. 27 ?

31 PRÉSENTATION

1. L'EXPLICATION DE TEXTE

Introduction

[Présenter le contexte] En 1830, année de la bataille d'*Hernani*, Hugo propose un nouveau théâtre, le drame romantique, qui s'oppose aux « classiques ». Vingt-cinq ans après, exilé, il écrit les *Contemplations*, « mémoires d'une âme », dont les trois premiers livres (« Autrefois (1830-1843) ») évoquent ses souvenirs de jeunesse et ses premiers engagements littéraires.

[Situer le texte] Dans « Réponse à un acte d'accusation » (livre I, « Aurore »), il se souvient de son combat d'autrefois contre le classicisme et répond à l'accusation de « dévastateur du vieil ABCD » que lui ont lancée les tenants de la tradition. Après un tableau de la poésie avant le romantisme, il raconte comment il a révolutionné cet art.

[En dégager l'enjeu] Dans ce manifeste poétique, très théâtralisé les mots deviennent les personnages d'un récit épique : c'est ce qui donne verve, dynamisme et efficacité à ce réquisitoire contre l'héritage classique, auquel succède un plaidoyer enthousiaste pour les nouvelles formes littéraires et les valeurs du Romantisme.

Explication au fil du texte

Les mots sous l'Ancien Régime (v. 1-19)

• Hugo met en place le décor, la situation : c'est le monde d'avant Hugo, du classicisme figé (imparfait de durée). Hugo consacre trois vers aux mots « nobles », mais quinze aux mots « mal nés », aux lieux qu'ils fréquentent et à leurs relations avec les auteurs classiques. Il ressuscite l'époque de Louis XIV où les « castes » (« nobles/roturiers ») ne se mélangent pas (parallélisme « les uns... les autres... »), cite lieux (« Versailles, bagne, halle ») et objets symboliques du XVIIe siècle (« Carrosse, perruques, bas, haillons »).

• Les mots personnifiés vivent une véritable vie d'hommes : « bien » nés (nobles) ou « mal » nés dans la « populace » ou parmi les « vilains », parfois marqués du « F » des « galér[ien]s » (qui est aussi, dans un dictionnaire, le F de « familier »). Les accumulations les décrivent avec leur caractère, tels les personnages. Ils habitent dans un « lexique » ou « au fond d'un encrier » et les références littéraires sont en accord avec leur nature : ils appartiennent à des groupes lexicaux (sociaux ?) (« patois, argot ») et fréquentent différents « genre[s] » de la littérature (« farce, prose, vers »).

• Au milieu de ces mots, les auteurs classiques sont ressuscités et s'intègrent aux deux camps que dépeint Hugo dans son tableau de l'Ancien régime linguistique : Corneille le généreux, Molière l'indulgent (du côté des mots roturiers), Racine le hautain et Vaugelas le tyrannique, Voltaire qui fait le délicat (du côté des mots nobles).

• Dans cette scène pleine de verve polémique, Hugo rejette en bloc le classicisme, décerne éloge et blâme, en se limitant au théâtre. Corneille, « trop grand », est admiré pour sa personnalité qui ne fait aucune concession aux puissants, mais aussi pour la générosité de ses héros. Partial, Hugo ne distingue pas le génie de Racine des théoriciens comme « Vaugelas ». En mettant au pluriel les héroïnes tragiques, il les dévalorise et feint de croire que les « Phèdres », les « Méropes » et « Jocastes » se ressemblent toutes.

• Pour plus d'efficacité, il argumente par l'exemple. Il joue avec les sonorités de « quelque mot éclatant », fait sonner, comme une trompette, « populace », « patibulaires », « s'encanaille » et leur donne à la rime des échos inattendus. L'humour des rimes et les rapprochements cocasses manifestent sa verve créative : « Jocastes » rime avec « castes » et un simple « F » avec « chef » !

ÉPREUVE ORALE

Le manifeste romantique d'un révolutionnaire (v. 20-40)

Le second moment du poème est frappant comme un coup de théâtre : le claironnant « alors, brigand, je vins », écho du « Enfin, Malherbe vint » (Boileau, *Art poétique*) marque le début d'une révolution, de discours endiablés et d'actions au passé simple.

À NOTER
Citation de Boileau qui se réjouit que Malherbe, référence de la poésie classique et opposé au baroque, érige des règles strictes pour la création littéraire au XVIIe siècle.

- Hugo anime tout le texte et justifie sa devise, « Moi, Hugo », en multipliant les interventions à la 1re personne, les apostrophes, les exclamations éclatantes (« je m'écriai, déclarai »), comme un Danton révolutionnaire (ses « audaces » font écho au discours « De l'audace… toujours de l'audace »). Chef militaire héroïque, il fait trembler de son souffle épique les « bataillons d'alexandrins », déchaîne des « tempête(s) ».
- Sa parole de poète est action. Ses mouvements vifs en font une espèce de Robin des Bois, bondissant sur « la borne Aristote », s'évadant « hors du cercle » dont on le croyait prisonnier. Partout à la fois, il se dédouble, il rapporte et commente ironiquement les réactions horrifiées de ses accusateurs qui lui reprochent ses « discours affreux ». Il devient un « brigand » à la manière de tous les brigands et hors-la-loi célébrés par le romantisme, c'est-à-dire plein de générosité pour les opprimés, les marginaux, compagnon d'Hernani, frère des « gueux » et des « drôles ».
- Hugo provoque un bouleversement du monde littéraire, personnifié. Le « vieux dictionnaire » devient un sans-culotte au « bonnet rouge », les idées butinent les mots comme un « essaim » d'abeilles ; les figures rhétoriques (« syllepse, hypallage, litote ») « frémirent », et plus largement toutes les « tropes » (dont elles sont des exemples) sont « effarées », les institutions sont bousculées, telle l'« Académie », vieille aristocrate « douairière ». Inversement, les hommes deviennent des choses : Aristote, le philosophe, qui sert de point de référence pour les questions esthétiques depuis l'Antiquité jusqu'au classicisme, sert de « borne », à partir de laquelle Hugo fait sa proclamation.
- Ce moment du poème est un manifeste du romantisme.

– Pour le vocabulaire, Hugo revendique le droit d'utiliser tous les mots, selon ses besoins, sans distinction de rang social (« sénateur/roturier »), d'appeler un chien un « toutou » et un cochon… un « cochon » ! S'il garde l'alexandrin, il démontre de façon éblouissante l'efficacité de sa « dislocation », enchaînant rejets, contre-rejets, enjambements, énumérations et accumulations.

– Le texte mélange le « sublime » et le « grotesque », prôné par la « Préface » de *Cromwell*. Hugo s'y décrit en héros épique, mais fait aussi preuve de lyrisme délicat quand il évoque la naissance d'une idée, oiseau léger et Vénus sortie de l'onde, « tout[e] humide d'azur ».

– Il recourt à l'humour pour renforcer la satire : il caricature l'Académie qui abrite sous ses « jupons » une marmaille de « tropes » apeurés. L'humour des rimes manifeste son inventivité : « dictionnaire » rime avec « révolutionnaire », « litote » avec « Aristote »…

– Il s'inscrit ici dans un débat ancien : d'un côté le goût de la profusion, de l'émotion, le rejet des règles ; de l'autre, la recherche de la sobriété et de la perfection formelle. Il choisit l'exubérance, le désordre et l'expressivité contre l'harmonie, la mesure, l'équilibre.

• L'engagement littéraire (révolution des mots) se double ici d'un engagement politique et social (révolution des idées). En 1856, exilé, il se considère comme le gardien de la liberté républicaine confisquée par Napoléon III. C'est ici une véritable « Déclaration des droits » des mots (« Je déclarai les mots égaux… »), inspirée par l'idéal républicain « Liberté, égalité, fraternité », qu'il oppose à la langue classique, celle d'une « caste », de l'ancien régime de « Versaille[s] ».

Conclusion

[Faire le bilan de l'explication] Ce texte-manifeste n'a rien perdu de son intensité. Hugo fait de ses engagements romantiques une œuvre poétique à part entière.

[Mettre l'extrait en perspective] Quinze ans après Hugo, le jeune Rimbaud publiera dans ses *Lettres du voyant* un réquisitoire véhément contre les gloires poétiques du XIXe siècle et un manifeste enflammé pour un nouveau langage poétique.

2. LA QUESTION DE GRAMMAIRE

• Les phrases du v. 27 sont elliptiques du verbe, exclamatives et construites sur la même structure (négation + un groupe nominal) dont le noyau est « mot » suivi d'un terme qui désigne fonction ou rang social (« sénateur »/« roturier »). Cela donne au vers l'allure d'un slogan. L'exclamation indique la forte émotion de Hugo, sa détermination.

• Le parallélisme crée un rythme binaire entraînant et souligne l'antithèse « sénateur/roturier » pour mieux la nier. L'absence de verbe permet deux interprétations : soit il s'agit d'un souhait (« *Qu'il n'y ait dorénavant* plus de... »), soit d'une affirmation : « [Dans mon nouveau dictionnaire] il n'y a plus de... »).

DES QUESTIONS POUR L'ENTRETIEN

Lors de l'entretien, vous devrez présenter une autre œuvre lue au cours de l'année. L'examinateur introduira l'échange et peut vous poser des questions sous forme de relances. Les questions ci-dessous ont été conçues à titre d'exemples.

1. Sur votre dossier est mentionnée la lecture cursive des *Lettres du Voyant* (1871) de Rimbaud. Présentez-les brièvement.
2. Quelles critiques Rimbaud adresse-t-il à ses prédécesseurs ? Quels sont les principes majeurs de sa nouvelle poétique ?
3. Quels rapprochements pouvez-vous faire avec *Les Contemplations* ?

32 Sujet d'oral • Explication & entretien

Hugo, *Les Contemplations*, « Crépuscule »

20 minutes
20 points

1. Lisez le texte à voix haute.
Puis proposez-en une explication.

DOCUMENT

L'étang mystérieux, suaire[1] aux blanches moires[2],
Frissonne ; au fond du bois la clairière apparaît ;
Les arbres sont profonds et les branches sont noires ;
Avez-vous vu Vénus[3] à travers la forêt ?

Avez-vous vu Vénus au sommet des collines ?
Vous qui passez dans l'ombre, êtes-vous des amants ?
Les sentiers bruns sont pleins de blanches mousselines[4] ;
L'herbe s'éveille et parle aux sépulcres[5] dormants.

Que dit-il, le brin d'herbe ? et que répond la tombe ?
Aimez, vous qui vivez ! on a froid sous les ifs[6].
Lèvre, cherche la bouche ! aimez-vous ! la nuit tombe ;
Soyez heureux pendant que nous sommes pensifs.

Dieu veut qu'on ait aimé. Vivez ! faites envie,
Ô couples qui passez sous le vert coudrier[7].
Tout ce que dans la tombe, en sortant de la vie,
On emporta d'amour, on l'emploie à prier.

Les mortes d'aujourd'hui furent jadis les belles.
Le ver luisant dans l'ombre erre avec son flambeau.
Le vent fait tressaillir, au milieu des javelles[8],
Le brin d'herbe, et Dieu fait tressaillir le tombeau.

La forme d'un toit noir dessine une chaumière ;
On entend dans les prés le pas lourd du faucheur ;
L'étoile aux cieux, ainsi qu'une fleur de lumière,
Ouvre et fait rayonner sa splendide fraîcheur.

Aimez-vous ! c'est le mois où les fraises sont mûres.
L'ange du soir rêveur, qui flotte dans les vents,
Mêle, en les emportant sur ses ailes obscures,
Les prières des morts aux baisers des vivants.

Victor Hugo, *Les Contemplations*, « Crépuscule », II, XXVI, 1856.

---

1. Suaire : linceul, c'est-à-dire drap blanc qui enveloppe les défunts.
2. Moires : les reflets changeants, mats ou brillants, de certains tissus.
3. Vénus : peut désigner la planète qui se lève (appelée aussi l'étoile du soir ou l'étoile du berger), mais aussi la déesse de l'amour.
4. Mousselines : étoffes de coton blanches portées par les promeneuses.
5. Sépulcres : tombeaux.
6. Ifs : conifères souvent plantés dans les cimetières.
7. Coudrier : variété de noisetier.
8. Javelle : brassée de céréales, destinée à être liée pour former une gerbe.

2. QUESTION DE GRAMMAIRE.

Vers 4 à 9 : analysez le type des phrases dans ce passage. Quel est le type dominant ?

CONSEILS

1. Le texte

Faire une lecture expressive

• Le poème est écrit en alexandrins (12 syllabes). Faites attention à éviter les « vers faux » :
– prononcez bien les « e » muets qui se trouvent devant des consonnes (par exemple, celui de « l'herbe », v. 8) ; à l'inverse, ne prononcez pas ceux qui se trouvent devant des voyelles ou en fin de vers ;
– respectez les diérèses (« mystéri/eux », « su/aire », v. 1, etc.) et les synérèses (« sentiers », v. 7 ; « nuit », v. 11 ; « coudrier », v. 14, etc.) ;
– lors de la préparation, soulignez au crayon les « e » à prononcer et marquez les diérèses par un « / ».

• Lisez le poème avec ferveur, en observant une progression. Pensez à « mettre le ton » selon l'énonciateur dans les paroles rapportées directement ou indirectement (v. 4-7 ; v. 10-12 ; v. 13 ; v. 25).

Situer le texte, en dégager l'enjeu

• Rappelez-vous les circonstances de composition des *Contemplations*. Comment Hugo définit-il son recueil ?

• Vous devez montrer comment ce poème incite à l'amour face au temps qui passe et à la mort.

2. La question de grammaire

On distingue quatre types de phrases, qui se définissent selon l'intention du locuteur : déclarative (énonce un fait), interrogative (pose une question), impérative (donne un ordre), exclamative (exprime une émotion).

32 PRÉSENTATION

1. L'EXPLICATION DE TEXTE

Introduction

[Situer l'extrait dans l'œuvre] Hugo compose *Les Contemplations* à la mémoire de sa fille disparue : il définit son recueil comme « les mémoires d'une âme », et dit dans la préface : « Ce livre doit être lu comme le livre d'un mort ».

[Dégager l'enjeu du texte] Dans « Crépuscule », il fait entendre, dans une atmosphère étrange – presque fantastique –, l'adresse des disparus aux vivants pour les inciter à aimer.

Explication au fil du texte

Une atmosphère étrange (v. 1-8)

• Les premiers vers dépeignent un paysage à la tombée de la nuit ; sont évoqués des éléments familiers – un « étang », un « bois », une « forêt », des « collines » – mais aussi d'inquiétants tombeaux (« aux sépulcres dormants », vers 8).

• L'ensemble baigne dans une luminosité faible qui fait ressortir les contrastes entre le clair et l'obscur : reflets argentés de l'étang « aux blanches moires » (vers 1), branches « noires » (vers 3), « sentiers bruns » (vers 7), « blanches mousselines » (vers 8).

• Sous l'effet du « vent », le tableau s'anime progressivement : l'étang, comparé à un « suaire », « frissonne » (vers 2), « l'herbe s'éveille et parle » (vers 8). Des personnages, parfois allégoriques, se croisent : « Vénus », à la fois étoile et déesse de l'amour, de simples « passants » – des femmes peut-être, couvertes de « blanches mousselines », qui font une tache lumineuse (vers 8) ; un peu plus loin dans le poème, un « faucheur » au pas lourd.

• Avec le crépuscule, c'est une atmosphère presque fantastique qui s'installe : la nature perd progressivement son aspect familier. « L'étang » devient « mystéri/eux », la diérèse ajoutant encore à cette impression d'étrangeté.

Des voix mystérieuses (v. 9-16)

• Toute cette scène se met à bruire d'injonctions de plus en plus intenses, sans que l'on puisse identifier la provenance de ces appels.

• Le vers 9 « Que dit-il, le brin d'herbe ? et que répond la tombe ? » résonne comme un aparté, qui pourrait être celui du poète témoin. Du vers 10 au vers 17, ce sont des voix d'outre-tombe qui s'imposent et qui interpellent les vivants. Au vers 25, c'est, semble-t-il, la voix du poète qui tire la conclusion de cet échange mystérieux : « Aimez-vous ! » et invite à l'amour sensuel (il est question de « lèvre », de « bouche », de « baisers »…).

Une invitation à l'amour, un hymne à la vie (v. 17-28)

• Doit-on interpréter ce poème comme une invitation au « Carpe diem » épicurien : la vie est brève et il faut profiter de l'instant présent et des plaisirs de l'amour ? Hugo s'inscrirait alors dans l'esprit des poètes latins comme Horace, de ceux de la Renaissance comme Ronsard avec le célèbre « Mignonne allons voir si la rose… ».

• Le poète est plutôt l'interprète d'une religion syncrétique de l'amour, qui associe le paganisme du culte de Vénus à des références chrétiennes à Dieu, depuis le « cimetière » d'un village.

• Cependant, dans « Crépuscule », l'amour évoqué n'est pas celui, charitable ou fraternel, des Évangiles mais celui des « couples d'amants », et les « prières » des morts seront d'autant plus fécondes qu'elles auront été précédées d'une intense vie amoureuse.

MOT CLÉ
Le syncrétisme est la fusion de différentes doctrines philosophiques ou religieuses, cultes ou visions du monde (christianisme, paganisme, animisme…).

• Cet hymne à l'amour s'inscrit dans la conception du monde de Hugo, marquée à la fois par une dualité, que symbolise le crépuscule, entre nuit et lumière, et par une unité profonde. Car, pour Hugo, « tout vit, tout est plein d'âme ». Entre la mort et la vie, il n'y a donc pas antagonisme mais continuité, échange d'énergie. C'est cette circulation d'un principe vital qui permet à la nature de donner avec générosité ses différents fruits, parmi lesquels des fraises mûres (vers 25).

• Les trois derniers vers, avec leurs enjambements successifs, donnent au propos une grandeur mystique qui chante l'harmonie du monde. L'amour réconcilie les « vivants » et « les morts » dans l'équilibre parfait de l'alexandrin, construit sur un parallélisme où les termes se répondent.

Conclusion

[Faire le bilan de l'explication] Avec l'intensité que peut donner l'expérience du deuil, Hugo compose dans ce poème un hymne à la vie et à l'amour, étrange et pénétrant.

[Mettre l'extrait en perspective] Reprenant un thème que proposait déjà le poète romain Horace – celui du « Carpe diem » (« Cueille le jour ») –, il le colore de son expérience personnelle et de sa vision du monde.

2. LA QUESTION DE GRAMMAIRE

- Les vers 4, 5 et 6 comportent à trois phrases interrogatives.
- Les vers 7 et 8 comportent une phrase déclarative.
- Dans le vers 9, on relève deux propositions interrogatives, liées dans une même phrase (pas de majuscule au début de la seconde proposition).

C'est donc le type interrogatif qui domine dans ce passage. Notons que seules les questions du vers 9 reçoivent une réponse dans le vers qui suit.

DES QUESTIONS POUR L'ENTRETIEN

Lors de l'entretien, vous devrez présenter une autre œuvre que vous avez lue au cours de l'année. L'examinateur introduira l'échange et peut vous poser des questions sous forme de relances. Les questions ci-dessous ont été conçues à titre d'exemples.

1 Sur votre dossier est mentionnée la lecture cursive d'un autre recueil de poèmes : *À la lumière d'hiver* de Philippe Jaccottet (1977). Pouvez-vous le présenter brièvement ?

2 Quel(s) poème(s) avez-vous préféré(s) ? Pourquoi ?

3 Quels thèmes lyriques, également présents dans *Les Contemplations,* ce recueil aborde-t-il ? Hugo et Jaccottet proposent-ils le même « remède » à la perte d'un être cher ?

33 Sujet d'oral • Explication & entretien

Baudelaire, *Les Fleurs du mal*, « Recueillement »

20 minutes
20 points

1. Lisez le texte à voix haute. Puis expliquez-le.

DOCUMENT

Sois sage, ô ma Douleur, et tiens-toi plus tranquille.
Tu réclamais le Soir ; il descend ; le voici :
Une atmosphère obscure enveloppe la ville,
Aux uns portant la paix, aux autres le souci.

Pendant que des mortels la multitude vile[1],
Sous le fouet du Plaisir, ce bourreau sans merci,
Va cueillir des remords dans la fête servile,
Ma Douleur, donne-moi la main ; viens par ici,

Loin d'eux. Vois se pencher les défuntes Années,
Sur les balcons du ciel, en robes surannées[2] ;
Surgir du fond des eaux le Regret souriant ;

Le Soleil moribond[3] s'endormir sous une arche,
Et, comme un long linceul traînant à l'Orient,
Entends, ma chère, entends la douce Nuit qui marche.

Baudelaire, « Recueillement », *Les Fleurs du mal*, 1857.

1. Vile : vulgaire.
2. Surannées : démodées.
3. Moribond : mourant, à l'agonie.

2. QUESTION DE GRAMMAIRE. Quelles sont les marques grammaticales du dialogue (énonciation) dans le premier vers ? Quel est l'effet produit par ces marques ?

CONSEILS

1. Le texte

Faire une lecture expressive

• Trouvez le **ton de la confidence intime à mi-voix** (cf. le titre), comme si Baudelaire parlait à une amie qui le console de ses maux ; ne lisez **pas trop vite**, prenez le temps, celui de la durée d'un « soir qui descend » progressivement : aidez-vous des enjambements qui prolongent les vers, des coupes (= silences), des répétitions.

• **Ralentissez et susurrez presque** (allitérations en « s ») pour la dernière strophe, notamment pour le dernier vers pour rendre compte de l'atmosphère feutrée de la « douce Nuit qui marche ».

Situer le texte, en dégager l'enjeu

• Les dernières années de la vie de Baudelaire, torturé physiquement et moralement, sont comme une longue agonie dont *Les Fleurs du mal* portent la trace. « Recueillement », bien qu'écrit durant cette douloureuse période, marque un répit, un apaisement.

• Analysez l'atmosphère créée. Montrez comment l'étrangeté de ce dialogue et du tableau que peint le poète est en harmonie avec son paysage intérieur et comment la poésie transfigure son angoisse en apaisement.

2. La question de grammaire

• Un dialogue suppose au moins deux interlocuteurs et des paroles rapportées directement.

• Identifiez le mode des verbes, leur personne ; analysez les pronoms personnels et indiquez ce qui permet d'identifier le/la destinataire des paroles.

33 PRÉSENTATION

1. L'EXPLICATION DE TEXTE

Introduction

[Présenter le contexte] Dans les *Fleurs du mal*, Baudelaire, tiraillé entre le Spleen et l'Idéal, tente d'exorciser et de sublimer son mal-être.

[Situer le texte] La situation d'énonciation dans le sonnet est singulière : le crépuscule approche et le poète dialogue à mi-voix avec sa propre Douleur. Un tableau étrange se dessine, où se fondent le monde intérieur du poète et le monde extérieur.

[En dégager l'enjeu] À travers lui, Baudelaire exprime sa vision pessimiste de la condition humaine. Cependant la nuit et la mort qui approchent, transfigurées par la poésie, apportent une forme d'apaisement.

Explication au fil du texte

La contemplation à deux d'un crépuscule urbain (v. 1-4)

- Dès le premier vers, la Douleur est présentée comme un personnage familier que le poète tutoie. Cependant l'allégorie est chargée de mystère. Est-ce un enfant turbulent rappelé à l'ordre (« Sois sage », « tiens-toi plus tranquille ») par sa mère ? Mais le féminin et l'exclamation lyrique « ô » laissent penser qu'il s'agit plutôt d'une femme, mais sans âge, mère ou amante. Les apostrophes lyriques « ma Douleur » (répétée v. 8) ou « ma chère » (avec l'adjectif possessif affectif) révèlent un mélange de familiarité affectueuse et de proximité respectueuse entre le poète et sa Douleur.
- L'invitation à contempler le « Soir » (« le voici » suggère un geste) est suivie de la peinture d'un tableau urbain (« la ville ») enveloppé dans une « atmosphère obscure », avec un jeu de lumière en demi-teinte suggéré par le « Soir [qui] descend » progressivement.

L'animation violente de la ville, génératrice de « spleen » (v. 5-8)

- Ce monde crépusculaire se peuple peu à peu : la « multitude vile » côtoie des personnages allégoriques signalés par des majuscules (« le Soir », le « Plaisir »). Le vers ici se fait ample, oratoire. Malgré l'absence de notation auditive explicite, une atmosphère sonore violente est suggérée par les claquements de fouet du « bourreau sans merci », nourrie par des sonorités fortes (« Plaisir », « bourreau » « remords »…). Le poète éprouve du mépris pour cette foule indistincte, d'où les termes dévalorisants « vile », « servile », mis en évidence à la rime.
- Mais « Recueillement » est aussi un tableau intérieur, un dialogue avec soi-même. Baudelaire peint ici l'homme en proie au spleen qui résulte de sa double postulation, partagé qu'il est entre « la paix » et le « souci ». Dans la ville, lieu du

> **MOT CLÉ**
> Le spleen, thème récurrent de Baudelaire, désigne le mal-être et la mélancolie désespérée de l'homme tiraillé entre « deux postulations, l'une vers Dieu, l'autre vers Satan ».

« mal », du vice, l'homme devient esclave (« servile ») du « Plaisir » : l'étrange expression « cueillir des remords » (comme s'il s'agissait de fruits) trahit la perversion d'une invitation à la jouissance immédiate.

• La figure du poète isolé est spectaculairement mise en évidence par l'enjambement entre quatrain et tercet (« loin d'*eux* »). C'est pour conjurer cette solitude que le poète exhorte à nouveau sa Douleur (« viens ici ») et évoque le joli geste symbolique de « donne[r] la main ».

« Loin d'eux », l'apaisement du recueillement (v. 9-14)

• Le décor change. Les lignes y sont indécises : paysage imaginaire, idéalisé, unissant le ciel (« balcons ») et l'eau (« arche » d'un pont, « eaux »), paysage frère de celui évoqué dans *L'Invitation au voyage* par exemple. Les verbes de mouvements à l'infinitif y dessinent de lents déplacements du haut vers le bas (« se pencher », « s'endormir »), puis du bas vers le haut (« surgir »).

• Le paysage sonore progresse en decrescendo… Le dialogue intime avec la Douleur se fait dans une atmosphère d'endormissement (« le soleil s'endormir »), prélude à un nocturne en tonalité mineure avec des sonorités graves, souvent nasales, des liquides (« s<u>on</u> /<u>ong</u> /<u>in</u>ceu/ traîn<u>ant</u> à /'Ori<u>en</u>t »), un élargissement rythmique harmonieux, accentué par des diérèses (« Ori/ent ») dans les deux derniers vers, qui soulignent la lente et dansante majesté de la Nuit.

• Les personnages allégoriques (majuscules) affluent comme autant de figures proches, voire amicales, incarnations du temps (les « Années », « la Nuit »), d'un sentiment (le « Regret ») ou d'un élément naturel (le « Soleil »). La plupart sont précisés par des adjectifs positifs (« souriant », « douce ») ou funèbres (« moribond », « défuntes »). Les « Années » passées, fantomatiques silhouettes féminines avec leurs robes aux couleurs « surannées », ont le charme « des voix chères qui se sont tues », comme l'écrira plus tard Verlaine (« Mon rêve familier »). Le rappel du passé n'a rien de douloureux, il suscite non pas des « remords » mais le regret « souriant ».

• Dans cette atmosphère onirique, où le monde extérieur et le monde intérieur du poète sont en miroir, le Soleil lui-même peut enfin « s'endormir ». La Nuit apporte sommeil ou « recueillement » (se recueillir, c'est rentrer en soi, par opposition à la foule vulgaire qui, pour se fuir, cherche le divertissement).

• Cette « douce Nuit » qui s'approche paisiblement, avec son « linceul », ne répond-elle pas à l'attente d'une délivrance par la mort, ici transfigurée en présence féminine consolatrice ? Magie de la poésie : par le charme de ces évocations, la musicalité des rythmes et des sonorités, le poète enchante son propre mal, l'apaise, et cette alchimie mystérieuse a sur le lecteur le même effet.

Conclusion

[Faire le bilan de l'explication] Ce poème de fin de vie reprend les thèmes de la poésie baudelairienne – la ville et les vices qu'elle entraîne, la double aspiration de l'homme au mal et à la pureté. Mais on sent ici l'expression d'un apaisement : l'urgence du temps qui passe s'adoucit et les souvenirs du passé se font amicaux ; même la « Douleur » devient une compagne compréhensive de sa solitude.

[Mettre l'extrait en perspective] Ce poème est aussi une illustration de la puissance évocatrice de la poésie, « longue hésitation entre le son et le sens » (Valéry), qui transforme la « boue » en « or » (Baudelaire).

2. LA QUESTION DE GRAMMAIRE

• Dans le v. 1, la situation d'énonciation – un dialogue direct entre le poète et sa Douleur – se marque par trois caractéristiques grammaticales : les verbes à l'impératif (« sois », « tiens »), la 2e personne du singulier (« toi ») et l'apostrophe lyrique « ô ma Douleur ».

• Ces caractéristiques instaurent entre eux une intimité affectueuse et donnent au poème un ton d'invitation insistante.

DES QUESTIONS POUR L'ENTRETIEN

Lors de l'entretien, vous devrez présenter une autre œuvre que vous avez lue au cours de l'année. L'examinateur introduira l'échange et peut vous poser des questions sous forme de relances. Les questions ci-dessous ont été conçues à titre d'exemples.

1 Sur votre dossier est mentionnée la lecture cursive d'un recueil de proses poétiques : *La première gorgée de bière et autres plaisirs minuscules* (2011), de Philippe Delerm. Pouvez-vous le présenter brièvement ?

2 Quel(s) texte(s) y avez-vous préféré(s) ? Pourquoi ?

3 Par quels moyens poétiques Philippe Delerm transfigure-t-il la réalité la plus quotidienne ?

34 Sujet d'oral • Explication & entretien

Baudelaire, *Les Fleurs du mal*, « L'Ennemi »

20 minutes
20 points

1. Lisez le poème à voix haute.
Puis expliquez-le.

DOCUMENT

Ma jeunesse ne fut qu'un ténébreux orage,
Traversé çà et là par de brillants soleils ;
Le tonnerre et la pluie ont fait un tel ravage,
Qu'il reste en mon jardin bien peu de fruits vermeils.

Voilà que j'ai touché l'automne des idées,
Et qu'il faut employer la pelle et les râteaux
Pour rassembler à neuf les terres inondées,
Où l'eau creuse des trous grands comme des tombeaux.

Et qui sait si les fleurs nouvelles que je rêve
Trouveront dans ce sol lavé comme une grève
Le mystique aliment qui ferait leur vigueur ?

– Ô douleur ! ô douleur ! Le Temps mange la vie,
Et l'obscur Ennemi qui nous ronge le cœur
Du sang que nous perdons croît et se fortifie !

Baudelaire, *Les Fleurs du mal*, « L'Ennemi », 1857.

2. QUESTION DE GRAMMAIRE.
Analysez les temps verbaux employés dans ce sonnet.

ÉPREUVE ORALE

CONSEILS

1. Le texte

Faire une lecture expressive

• Veillez à prononcer les « e » muets qui se trouvent devant des consonnes (par exemple, celui de « jeunesse »), de manière à bien faire entendre les douze syllabes de chaque alexandrin.
• Faites sentir la rupture de ton dans la dernière strophe.

Situer le texte, en dégager l'enjeu

• Après avoir rappelé le contexte de parution des *Fleurs du mal*, indiquez dans quelle section du recueil se situe le poème.
• Le poème a pour thème principal la fuite du temps : vous allez montrer comment Baudelaire donne à ce thème traditionnel une expression très personnelle.
• Dès l'introduction, faites le lien avec le titre du poème : le temps qui passe est présenté comme l'Ennemi parce qu'il crée une angoisse destructrice et menace l'inspiration du poète.

2. La question de grammaire

• Vous devez identifier au moins quatre temps : passé simple, passé composé, présent et futur.
• Pourquoi Baudelaire a-t-il employé le passé simple plutôt que le passé composé dans le premier vers ?
• Veillez à bien distinguer deux valeurs pour le présent.

34 PRÉSENTATION

1. L'EXPLICATION DE TEXTE

Introduction

[Présenter le contexte] Le XIXe siècle est marqué par un renouveau poétique, initié d'abord par la révolution romantique et poursuivi par les auteurs symbolistes, dont Baudelaire est une des figures centrales.

[Situer le texte] Ainsi, en 1857, la publication des *Fleurs du mal* marque l'histoire littéraire autant par le scandale que suscitent certains poèmes que par la modernité des thématiques présentées dans le recueil. Le titre annonce la tension entre le « spleen » et l'« idéal » qui structure l'œuvre. La fuite du temps et l'angoisse existentielle qui l'accompagne sont des motifs récurrents.

[En dégager l'enjeu] Dans le sonnet, le temps qui passe est présenté comme « l'Ennemi », car il crée une angoisse destructrice et menace l'inspiration du poète.

Explication au fil du texte

Premier quatrain

• Dans le premier quatrain, Baudelaire introduit le thème de la fuite du temps en présentant sa jeunesse comme derrière lui (voir l'emploi du passé simple « fut »). Cette jeunesse est associée à un paysage d'été, avec une alternance d'« orage » (v. 1) et de « soleils » (v. 2).

• L'orage dévaste le « jardin » (v. 4) qu'on peut interpréter comme une métaphore de l'esprit du poète. À l'image traditionnelle du temps comme une eau qui coule sans que l'on puisse la retenir, Baudelaire substitue la métaphore d'une eau qui détruit.

Second quatrain

• Cette métaphore est filée dans la deuxième strophe. Celle-ci associe explicitement la période actuelle de la vie du poète à l'automne dans l'expression « l'automne des idées » (v. 5).

• Le lexique de la perte et de la destruction y est très présent, notamment dans les vers 7 et 8 : « les terres inondées/ où l'eau creuse des trous grands comme des tombeaux ».

Premier tercet

• L'emploi du futur et la mention des « fleurs » (v. 9) suggèrent le printemps. La mention des « fleurs nouvelles » (v. 9) peut se comprendre comme une métaphore des poèmes à venir. Ces poèmes seraient nouveaux au sens où le poète aurait retrouvé l'inspiration mais aussi par leur modernité.

• Au vers 10, la perte de l'inspiration apparaît à travers l'évocation d'un « sol lavé comme une grève », dont on ignore s'il restera stérile. Le « mystique aliment » (v. 11) dont devraient se nourrir les « fleurs » (v. 11) à venir s'entend ainsi comme la nourriture spirituelle qui doit rendre au poète son inspiration.

Second tercet

• La dernière strophe marque une rupture franche dans la tonalité à travers notamment la répétition de l'apostrophe pathétique « ô douleur ! » au vers 12. Les nombreux monosyllabes, en particulier dans les deux derniers vers, relèvent d'un registre élégiaque. Le désespoir semble prendre le dessus.

• La métaphore filée de l'orage disparaît au profit d'une allégorie du temps, que l'emploi des majuscules permet de repérer. Le « Temps » (v. 12) est personnifié comme un « obscur Ennemi » (v. 13), formulation qui rappelle la désignation traditionnelle du diable. Les verbes employés renvoient toujours à la destruction, mais cette fois-ci sous la forme d'une dévoration, comme si le temps était un parasite, un vampire qui « se fortifie » (v. 14) grâce au « sang » (v. 14) des humains.

MOT CLÉ
L'allégorie est une figure de style qui consiste à représenter concrètement une idée abstraite. Par exemple, la Faucheuse est une allégorie de la mort.

Conclusion

[Faire le bilan de l'explication] Pour conclure, ce poème associe deux angoisses récurrentes dans le recueil *Les Fleurs du mal* : la perspective de la mort et la perte de la capacité à écrire. Le texte est structuré par une opposition permanente entre force créatrice et destruction. En dépit de l'affirmation pessimiste de la toute-puissance du Temps et de la mort, le poème semble un démenti, et figure comme une de ces « fleurs nouvelles » (v. 9) dont le poète dit rêver, comme si le poète écrivait malgré le spleen, ou bien grâce à lui.

C'est une des interprétations du titre *Les Fleurs du mal* : les poèmes sont les fleurs nées de la souffrance, de la « douleur » (v. 12) du poète.

[Mettre le texte en perspective] Baudelaire reprend ici un thème et une forme traditionnels, mais les renouvelle en les intégrant à sa poétique construite sur l'opposition entre spleen et idéal.

2. LA QUESTION DE GRAMMAIRE

• Au passé simple (« fut »), qui renvoie à un passé complètement révolu, succède le passé composé (« ont fait », « ai touché »), qui évoque des faits passés en lien avec le présent.

• Les verbes qui suivent (« reste », « creuse », etc.) sont au présent d'énonciation. Ils renvoient à des faits contemporains du moment de l'écriture.

• Dans le premier tercet, on relève un verbe au futur (« trouveront ») et un autre au conditionnel (« ferait »). Le futur exprime l'espoir de retrouver l'inspiration, mais le conditionnel dit le doute.

• Dans la dernière strophe, on retrouve le présent, avec une valeur de vérité générale (« mange », « ronge », « perdons ») : l'histoire particulière rejoint la condition de tous.

DES QUESTIONS POUR L'ENTRETIEN

Lors de l'entretien, vous devrez présenter une autre œuvre que vous avez lue au cours de l'année. L'examinateur introduira l'échange et peut vous poser des questions sous forme de relances. Les questions ci-dessous ont été conçues à titre d'exemples.

1. Sur votre dossier est mentionnée la lecture cursive d'un autre recueil poétique : *Le Parti pris des choses* de Francis Ponge. Pouvez-vous le présenter brièvement ?

2. Que pensez-vous de la manière dont Ponge transforme les objets du quotidien dans ses textes ?

3. Avez-vous apprécié cette lecture ? Que vous a-t-elle apporté en complément de celle des *Fleurs du mal* ?

4. Avez-vous aimé lire de la poésie en prose ? Finalement comment définiriez-vous la poésie si ce n'est pas la versification qui la caractérise ?

35 Sujet d'oral • Explication & entretien

Apollinaire, *Alcools*, « À la Santé »

20 minutes
20 points

1. Lisez le texte à voix haute. Puis expliquez-le.

DOCUMENT

I

Avant d'entrer dans ma cellule
Il a fallu me mettre nu
Et quelle voix sinistre ulule
Guillaume qu'es-tu devenu

Le Lazare[1] entrant dans la tombe
Au lieu d'en sortir comme il fit
Adieu adieu chantante ronde
Ô mes années ô jeunes filles

II

Non je ne me sens plus là
Moi-même
Je suis le quinze de la
Onzième

Le soleil filtre à travers
Les vitres
Ses rayons font sur mes vers
Les pitres
Et dansent sur le papier
J'écoute
Quelqu'un qui frappe du pied
La voûte

III

Dans une fosse comme un ours
Chaque matin je me promène
Tournons tournons tournons
[toujours
Le ciel est bleu comme une
[chaîne
Dans une fosse comme un ours
Chaque matin je me promène

Dans la cellule d'à côté
On y fait couler la fontaine
Avec les clefs qu'il fait tinter
Que le geôlier aille et revienne
Dans la cellule d'à côté
On y fait couler la fontaine

IV

Que je m'ennuie entre ces murs
[tout nus
Et peints de couleurs pâles
Une mouche sur le papier à pas
[menus
Parcourt mes lignes inégales

Que deviendrai-je ô Dieu qui
[connais ma douleur
Toi qui me l'as donnée

Prends en pitié mes yeux sans [larmes ma pâleur
Le bruit de ma chaise [enchaînée
Et tous ces pauvres cœurs [battant dans la prison
L'Amour qui m'accompagne
Prends en pitié surtout ma [débile raison
Et ce désespoir qui la gagne

V

Que lentement passent les [heures
Comme passe un enterrement
Tu pleureras l'heure où tu [pleures
Qui passera trop vitement
Comme passent toutes les [heures

VI

J'écoute les bruits de la ville
Et prisonnier sans horizon
Je ne vois rien qu'un ciel [hostile
Et les murs nus de ma prison

Le jour s'en va voici que brûle
Une lampe dans la prison
Nous sommes seuls dans ma [cellule
Belle clarté Chère raison

Septembre 1911

Guillaume Apollinaire, « À la Santé », *Alcools*, 1913.

1. Les Évangiles racontent la résurrection par Jésus de son ami Lazare.

2. QUESTION DE GRAMMAIRE.

Quelle est la modalité des phrases dans les v. 3-4 et 7-8 ? Restituez la ponctuation dans ces vers.

CONSEILS

1. Le texte

Faire une lecture expressive

- Le poème ne comporte pas de ponctuation : entraînez-vous à lire comme s'il y avait une ponctuation ; au besoin, le jour de l'examen, restituez-la sur votre texte.
- Respectez les enjambements (ne marquez pas de pause à la fin des vers) pour donner l'impression de fluidité. Marquez un signe qui matérialise ces enjambements.

■ Situer le texte, en dégager l'enjeu

• Présentez *Alcools* (propos et ton) et rappelez les circonstances personnelles qui ont amené Apollinaire en prison (soupçon de vol).

• À partir de la structure du poème, montrez comment la modernité de l'écriture poétique de cette chronique de vie carcérale transfigure la prison, rend compte des états d'âme du poète et soulage sa « douleur ».

2. La question de grammaire

• Délimitez les phrases. D'après leur syntaxe, identifiez leur modalité (déclarative, interrogative, exclamative ?), puis restituez-en la ponctuation.

• Repérez les paroles rapportées des v. 3-4 : sont-elles au style direct ou indirect ? Identifiez la situation d'énonciation (qui parle à qui ?). Rétablissez alors la ponctuation et les marques du dialogue.

35 PRÉSENTATION

1. L'EXPLICATION DE TEXTE

Introduction

[Présenter le contexte] Apollinaire, dans *Alcools*, compose, à la manière cubiste, une sorte d'autobiographie éclatée qui retrace ses amours, voyages et expériences.

[Situer le texte] Ainsi, mis en cause dans un vol de statuettes au Louvre, il a été emprisonné quelques jours à la Santé, à Paris, en 1911. Dans son poème, composé de 6 sections (ou « chants » ?), il rend compte des souvenirs de son incarcération.

[En dégager l'enjeu] Ce poème étrange sans ponctuation, à la métrique variée, où alternent distiques, quatrains, sizains, mais aussi octosyllabes, décasyllabes, alexandrins, heptasyllabes, peut d'abord être lu comme la chronique d'un séjour en prison qui rend compte des états d'âme du poète. Mais, au-delà de cette expérience douloureuse, il dévoile le moi profond du poète et sa conception de la poésie.

Explication au fil du texte

L'entrée en prison : une perte d'identité (I-II)

• Le poème dès le premier vers se présente comme la chronique d'un séjour en prison avec le rappel de l'arrivée et de la fouille, l'évocation du décor (« cellule », « vitres », « voûte ») et des usages (se « mettre nu », un matricule : « le quinze de la / Onzième »).

• L'incarcération, épreuve humiliante, s'accompagne d'une angoissante perte d'identité matérialisée par la question que lui adresse une « voix sinistre » (v. 4) et inconnue (celle d'un oiseau nocturne qui « ulule » ?) et par la négation totale « je *ne* me sens *plus*… » (v. 9). La répétition de « Adieu » suggère l'effacement de tout passé. La référence à Lazare évoque implicitement la mort.

• Cependant, grâce à l'écriture poétique, le poète semble vouloir continuer à affirmer son identité : la voix s'adresse à lui à la 2e personne, en l'appelant par son prénom, et le fait ainsi exister (c'est peut-être sa propre voix ?), tout comme le pronom réfléchi tonique (« Moi-même ») qui occupe tout un vers (v. 10).

• Pour lutter contre le sentiment de solitude dans sa « cellule », il s'invente des interlocuteurs : il interpelle ses « années » passées, personnifiées en « jeunes filles » ; les rayons du soleil « dansent », compagnons qui apportent vie et mouvement. Il « écoute » les bruits d'une présence humaine (« quelqu'un… du pied »).

• Il s'efforce de garder un peu de gaieté grâce à des vers légers (II) et à l'humour d'images cocasses (il est un « Lazare » à l'envers ; les rayons du soleil sont des « pitres » de cirque !) ou gracieuses (la « charmante ronde » protectrice des « années »). Ainsi il dédramatise sa souffrance.

Vie monotone et prière à Dieu (III-IV)

• La chronique carcérale se poursuit mais l'espace se réduit (« fosse », – « cellule », « *entre* ces murs nus », « chaise enchaînée »). Les sons ténus (« clefs », « tinter », « couler la fontaine »), la présence humaine (« geôlier ») sont exclusivement liés à réalité de la prison. Cette réduction de l'espace s'accompagne de variations d'état d'âme : isolement (III), ennui et angoisse (IV).

• Dans ces deux sizains massifs d'octosyllabes qui traduisent la pesanteur du temps, la monotonie est rendue par le présent d'habitude, les répétitions-refrains (« t*ou*rnons… t*ou*jours » : assonance en « ou ») et la régularité des vers sans coupes et les enjambements (v. 21-32).

• Pour lutter contre l'isolement, Apollinaire effectue une sorte de dédoublement marqué par le passage du « je » au « nous » (v. 19, 23) et se compare cocassement et ironiquement à un ours, gros et lourd animal de zoo. Mais la

ÉPREUVE ORALE

comparaison surréaliste « Le ciel est bleu comme une chaîne » (v. 24) préfigure l'angoisse poignante créée par l'« ennui » (v. 33).

• La compagnie d'une « mouche », seul élément de vie, est illusoire : le désarroi croissant est rendu par une question (v. 37-38), par le vocabulaire affectif péjoratif (« douleur », « désespoir ») et les mots de la négation (« pâles » [sans couleurs], « sans [larmes] », « [murs] nus »).

• La tentation religieuse resurgit alors, constante chez Apollinaire (voir « Zone ») : il adresse à « Dieu » une question existentielle pathétique (« désespoir ») sur le ton de la prière, avec l'interjection « ô », l'expression répétée « prends pitié » (reprise de la prière universelle), la communion avec les prisonniers (« pauvres cœurs battant… ») et la mention de l'Amour. En vain…

Du désespoir à l'apaisement (V-VI)

• En effet, le « chant » V rappelle les accents du « Spleen » de Baudelaire (« passe un enterrement » / « pleures ») et le lyrisme du refrain du « Pont Mirabeau » (« Que lentement passent… »). L'angoisse du temps qui s'étire et passe inexorablement est traduite par le vocabulaire, les exclamations, les sonorités féminines, les rimes intérieures et les liquides (« Que je *m'enn*uie », « Que l*en*tem*ent* pass[ent] les heur[es] »). « Tu pleureras l'heure où tu pleures » signifie : « tu regretteras ces moments difficiles » et suggère que tout est mieux que le passage du temps.

• Le « chant » VI semble clore le journal d'une journée commencée au début du poème, depuis le lever du jour (« le soleil filtre », v. 13), suivie de la promenade du « matin » (III), de l'ennui de la journée (IV, V) : c'est le soir (« le jour s'en va »), puis la nuit suggérée par « une lampe ».

• Malgré l'angoisse que trahissent les expressions « sans horizon » et « ciel hostile », malgré l'exclusion d'une vie sociale libre (« les bruits de la ville ») et l'absence de sensations (« je ne vois rien »), les derniers vers marquent l'apaisement : la « lampe » qui « brûle » (image du foyer), la « raison », personnifiée et qualifiée par des mots positifs (« belle », « Chère »), font de la cellule un espace préservé. Apollinaire semble avoir retrouvé une compagne (« nous ») rassurante (amante ? mère ?) qu'il fait exister par le style direct et à qui il peut se confier.

Conclusion

[Bilan de l'explication] Le portrait qu'Apollinaire fait de lui-même est celui que traduisent ses autres poèmes : tristesse, angoisse, consolation par l'écriture… On y retrouve aussi ses choix poétiques : goût pour la fantaisie et la modernité, et, en même temps, hommage à d'illustres poètes qui l'ont précédé et ont, comme lui, vécu et « raconté » leur incarcération : Musset (« Le mie prigioni ») ou Verlaine (« Le ciel est, par-dessus le toit », *Sagesse*).

[Mettre l'extrait en perspective] Au-delà, le poème marque la vertu apaisante de la poésie qui « chante » les « ennuis » pour les « enchante[r] » (Du Bellay). Il semble que, contre la prison, le seul remède soit la poésie… ou l'art.

2. LA QUESTION DE GRAMMAIRE

- **v. 3 :** modalité interrogative (adjectif interrogatif « quelle ») → « Et *quelle* voix sinistre ulule ? »
- **v. 4 :** modalité interrogative (sujet inversé), la voix parle au poète directement (apostrophe, 2e pers du sing) → « Guillaume, qu'es-tu devenu ? »
- **v. 7-8 :** modalité exclamative (interjection *ô*), le poète parle directement aux années (apostrophe) → « Adieu ! Adieu, chantante ronde, / Ô mes années, ô jeunes filles ! »

DES POINTS EN +
Vous pouvez signaler que ces modalités et le style direct marquent la solitude et l'émotion du poète et que l'absence de ponctuation invite le lecteur à participer au sens du poème.

DES QUESTIONS POUR L'ENTRETIEN

Lors de l'entretien, vous devrez présenter une autre œuvre que vous avez lue au cours de l'année. L'examinateur introduira l'échange et peut vous poser des questions sous forme de relances. Les questions ci-dessous ont été conçues à titre d'exemples.

1. Sur votre dossier est mentionnée la lecture cursive d'un autre recueil de poèmes : *Illuminations* de Rimbaud. Pouvez-vous le présenter brièvement ?
2. Quelles marques de modernité et de tradition trouvez-vous dans ce recueil ?
3. Quel recueil vous séduit le plus : *Illuminations* ou *Alcools* ? Pourquoi ?

36 Sujet d'oral • Explication & entretien

Apollinaire, *Alcools*, « Zone »

20 minutes
20 points

**1. Lisez le texte à voix haute.
Puis expliquez-le.**

DOCUMENT

À la fin tu es las de ce monde ancien

Bergère ô tour Eiffel le troupeau des ponts bêle ce matin

Tu en as assez de vivre dans l'antiquité grecque et romaine

Ici même les automobiles ont l'air d'être anciennes
La religion seule est restée toute neuve la religion
Est restée simple comme les hangars de Port-Aviation

Seul en Europe tu n'es pas antique ô Christianisme
L'Européen le plus moderne c'est vous Pape Pie X
Et toi que les fenêtres observent la honte te retient
D'entrer dans une église et de t'y confesser ce matin
Tu lis les prospectus les catalogues les affiches qui chantent tout haut
Voilà la poésie ce matin et pour la prose il y a les journaux
Il y a les livraisons à vingt-cinq centimes pleines d'aventures policières
Portraits des grands hommes et mille titres divers

J'ai vu ce matin une jolie rue dont j'ai oublié le nom
Neuve et propre du soleil elle était le clairon
Les directeurs les ouvriers et les belles sténodactylographes
Du lundi matin au samedi soir quatre fois par jour y passent
Le matin par trois fois la sirène y gémit
Une cloche rageuse y aboie vers midi
Les inscriptions des enseignes et des murailles
Les plaques les avis à la façon des perroquets criaillent
J'aime la grâce de cette rue industrielle
Située à Paris entre la rue Aumont-Thiéville et l'avenue des Ternes

Guillaume Apollinaire, « Zone » (v. 1-24), *Alcools*, 1913.

2. QUESTION DE GRAMMAIRE.
Relevez les pronoms sujets dans les vers 1, 3, 7, 8. À quelles personnes sont-ils ? Qui chacun d'eux représente-t-il ?

CONSEILS

1. Le texte

Faire une lecture expressive

- Le poème, simple dans son écriture, tourne autour de la poésie du quotidien. **Évitez la grandiloquence** dans cette confidence un peu désabusée et ce tableau d'une réalité quotidienne, surgi d'une expérience autobiographique simple.
- Marquez les blancs entre les vers (ils rythment le texte) par une pause de la voix.
- Restituez la ponctuation (ici absente) pour ne pas faire d'erreur dans les groupes syntaxiques.

Situer le texte, en dégager l'enjeu

- Précisez la **place du poème** dans le recueil (« Zone » occupe la première place). En quoi ce texte liminaire peut-il être interprété comme un art poétique ?
- Montrez qu'il s'agit d'une **poésie novatrice** marquée par la modernité ? Rompt-elle totalement avec la **tradition** ? Quel but Apollinaire assigne-t-il à sa poésie ?

2. La question de grammaire

- Pour trouver le pronom sujet, posez la question : « Qui est-ce qui ?... » + le verbe (à la 3e personne du singulier).
- Indiquez la personne et le nombre (singulier/pluriel) des pronoms trouvés.
- Un pronom remplace un nom, en général exprimé. Cherchez quel nom remplace chaque pronom. S'il n'est pas exprimé, faites des hypothèses sur la personne, la chose ou la réalité abstraite remplacée.

36 PRÉSENTATION

1. L'EXPLICATION DE TEXTE

Introduction

[Présenter le contexte] *Alcools,* qu'Apollinaire écrit entre 1898 et 1912, période où il fréquente les milieux artistiques d'avant-garde, notamment les cubistes, peut se lire comme un parcours autobiographique et poétique.

[Situer le texte] « Zone », d'abord intitulé « Cri », est le dernier poème écrit par Apollinaire avant la publication *d'Alcools* en 1913 ; mais le poète décide de le mettre en tête du recueil, en en faisant ainsi un vrai manifeste poétique.

[En dégager l'enjeu] Dans les premiers vers, sa réflexion désabusée sur lui-même et le tableau de la réalité urbaine quotidienne qui l'entoure rendent compte d'une esthétique poétique nouvelle : le poète y affiche son désir de modernité sans toutefois rompre avec la tradition et y révèle les fonctions qu'il assigne à sa poésie.

Explication au fil du texte

Le titre et les 3 premiers vers : l'esquisse d'un art poétique

Le titre et les trois premiers vers mettent en place la confrontation entre tradition et modernité, que la suite (poème et recueil) va développer.

- Le titre déconcerte : il présente plusieurs niveaux de signification ; l'étymologie (= *ceinture*, en grec) et son sens moderne (bande de terrains vagues qui entourait Paris) renvoient à l'urbanisme moderne, comme le poème renvoie à une poésie de la modernité ; il suggère aussi un lieu de marginalité sociale, comme ce poème est en marge du recueil.
- Le poème s'ouvre sur une double interpellation (v. 1 et 3) du poète, qui exprime sur un ton presque accablé (« à la fin ») la satiété (« las/assez ») face à une époque révolue (« monde ancien/antiquité », référence au monde classique). Il s'adresse directement à un interlocuteur à l'identité à ambiguë : est-ce le lecteur ? lui-même ? On comprend plus tard qu'il s'agit d'un dialogue du poète avec lui-même à partir de son vécu quotidien (v. 9-11, 15 : « je »). Le refus de la tradition (« tu es las », « tu en as assez… ») est d'autant plus ferme qu'il est répété sous deux formes, l'une « classique » (avec un alexandrin dont la noble antiquité est soulignée par une diérèse : « anci/en »), l'autre plus moderne et familière dans un vers qui s'allonge démesurément (17 syllabes).

• Le vers 2, par un fort contraste, exalte la modernité à travers l'évocation symbolique du « matin » (célébration du renouveau du jour) et l'apostrophe plaisante – soulignée par l'assonance en [è] – à la « Tour Eiffel » personnifiée en « bergère », symbole de modernité, sorte de nouvelle muse. L'animalisation des « ponts » en moutons (notation auditive : « bêle ») est pleine d'humour. Les images, la superposition du bucolique et de l'urbain, la tension entre tradition et modernité, créent un monde insolite.

• Ces trois vers installent une irrégularité formelle que la suite va confirmer : pas de forme fixe, mais un effet de crescendo/decrescendo. Aux trois vers isolés par des blancs, exprimant le rejet du passé dans un contexte urbain, vont succéder un tercet et une strophe de 8 vers évoquant la religion et la modernité ; puis une strophe de 10 vers peint une rue de Paris au matin. Les vers libres frappent par leur variété. La liberté des rimes, souvent associées en distiques, surprend. L'absence de ponctuation ôte au poème sa logique formelle ou syntaxique et favorise le libre jeu des associations.

Religion et modernité (v. 4-14)

Le mélange de modernité et de tradition se poursuit dans les vers suivants.

• Le tercet introduit un nouveau thème traditionnel de la poésie lyrique, développé dans la strophe suivante : la religion (« religion, Christianisme, pape, église, confesser ») identifiée au v. 7 comme le « Christianisme ». Il correspond à une préoccupation constante d'Apollinaire : la recherche religieuse.

• Mais Apollinaire renouvelle le thème. Il propose un paradoxe surprenant qui se poursuit aux vers 6-7 : c'est la technique moderne (« automobiles, hangars ») qui a « l'air ancienne » (dégradation rapide de la modernité) et la religion, pourtant millénaire, qui est « toute neuve » (« pas antique, simple, moderne ») ; le poète suggère sans doute par là que tout ce qui a trait au sacré et à la spiritualité s'inscrit dans l'éternité. La comparaison de la « religion » (mot répété en début et fin du vers 5) avec les « hangars de Port-Aviation » (l'aviateur, qui monte au ciel, serait le Christ de la modernité) et l'écho entre « ô Tour Eiffel » et « ô Christianisme » sont déroutants, ainsi que les variations inattendues dans la situation d'énonciation : Apollinaire s'adresse de façon assez familière (« tu ») au « Christianisme », puis avec plus de respect (« vous ») au Pape.

• Le poète s'adresse à nouveau à lui-même (v. 9) ; il se positionne non plus en observateur mais en objet d'« observ[ation] » du regard d'autrui (à travers la métonymie des « fenêtres » personnifiées) et reprend un des thèmes du lyrisme traditionnel, celui de la conscience introspective : il reconnaît son désir de spiritualité (« entrer dans une église, se confesser »), mais aussi, avec une fausse humilité plaisante, sa peur du qu'en-dira-t-on (« honte »).

> **À NOTER**
> La modernité – notamment des sujets comme la Tour Eiffel ou les supports comme les journaux, affiches... – ont souvent été intégrés à la peinture des artistes modernes, contemporains d'Apollinaire (tableaux des Delaunay, collages de Braque et Picasso, affiches de Toulouse Lautrec...)

• Apollinaire passe sans transition de la spiritualité à la description d'activités banales. Les vers qui s'allongent et rebondissent sur des accumulations hyperboliques (« mille, plein de ») restituent l'animation de la ville. La personnification des « affiches », la notation auditive « qui chantent » et les termes du registre littéraire (« poésie, prose, aventures policières ») transfigurent les supports du langage quotidien (« prospectus, catalogues, affiches, journaux, livraisons à 25 centimes »), leur donnent un statut littéraire : la poésie s'ouvre à la « prose » du quotidien qui prend une dimension magique.

Description d'une rue parisienne symbolique (v. 15-24)

• Un changement soudain de temps (du présent au passé) et le verbe « voir » signalent que le poète rapporte une anecdote autobiographique réaliste et reprend le statut d'observateur d'une rue parisienne au « matin ». D'abord décrite de façon simple (« jolie rue », « soleil »), la rue rejoint la modernité déjà évoquée (reprise de d'adjectif « neuve »), perd de son réalisme (elle n'est pas nommée : « dont j'ai oublié le nom ») et prend une valeur symbolique de la vie urbaine agitée (soulignée par les accumulations v. 17 et la juxtaposition des phrases).

• Certes la description présente une certaine continuité avec la tradition poétique lyrique avec la mention du « soleil », du « matin », de la « cloche » ; l'image de la « sirène qui gémit » se rattache aussi aux légendes antiques ; mais la polysémie de « sirène » (être fabuleux qui ensorcelle par son chant/ puissante sonnerie sonore) et sa personnification (« gémit ») permettent le glissement du mythe à la modernité, marquée par les termes techniques du monde « industriel » et professionnel (« directeurs, ouvriers, sténodactylographes »).

• La transfiguration de la réalité quotidienne s'opère par les images qui transforment l'inanimé en animé et la ville en élément vivant doté de sentiments et sonorisé : le « soleil » est un « clairon » (correspondance entre la vue et l'ouïe) ; la sirène, personnifiée, « gémit » ; la cloche, animalisée, « rageuse aboie » ; les « avis » ressemblent à « des perroquets ».

• La réaction du poète face à cette rue est ambiguë. Il souligne l'aspect inhumain de cette modernité caractérisée par des bruits assourdissants (« gémit, aboie, criaillent »), par le mot « murailles » (qui suggère l'enfermement) et par la violence des « avis ». Peut-être aussi les expressions « du lundi au samedi, quatre fois, trois fois » trahissent-elles sa lassitude devant la répétition ? Mais, par ailleurs, les associations de mots paradoxales, proches de l'oxymore avec leurs termes mélioratifs (« *belles* sténodactylographes » ; « *grâce* de cette rue industrielle »), le verbe « j'aime » (v. 23), la désignation de la rue qui prend l'allure plaisante d'une devinette (« entre… et… »), trahissent l'attirance pour cette rue familière qui reprend sa réalité mais réconcilie désormais, dans le présent, le passé et le futur.

Conclusion

[Faire le bilan de l'explication] « Zone » se présente comme un art poétique novateur (le poète fait jaillir la poésie enfouie dans le quotidien de la modernité), mais la nouveauté ne l'empêche pas de s'inscrire dans la tradition du lyrisme autobiographique qu'il associe, avec humour, à la modernité.

[Mettre l'extrait en perspective] Apollinaire, dans *Alcools,* met en pratique cette esthétique poétique nouvelle, proche du cubisme et annonciatrice du surréalisme.

2. LA QUESTION DE GRAMMAIRE

- v. 1 et 3 : le pronom sujet est « tu » (2e personne du singulier, marque d'intimité). Le nom qu'il remplace n'est pas précisé. Le lecteur est réduit à faire des hypothèses sur son identité, mais il est évident qu'il s'agit du poète qui se dédouble.
- v. 7 : le pronom sujet est « tu » (2e personne du singulier, marque d'intimité). Il remplace le nom « Christianisme », religion ici personnifiée.
- v. 8 : le pronom sujet est « vous » (2e personne du pluriel, marque de respect). Il remplace le nom « Pape Pie X ».

DES POINTS EN +
La succession de ces pronoms indique des variations soudaines dans la situation d'énonciation (changement d'interlocuteur du poète), signe de liberté poétique.

DES QUESTIONS POUR L'ENTRETIEN

Lors de l'entretien, vous devrez présenter une autre œuvre lue au cours de l'année. L'examinateur introduira l'échange et vous posera des questions. Celles ci-dessous ont été conçues à titre d'exemples.

1. Sur votre dossier est mentionnée la lecture cursive de *La Prose du Transsibérien* (1913) de Cendrars. Présentez brièvement ce long poème.
2. Quelles fonctions cette œuvre de Cendrars assigne-t-elle à la poésie ?
3. Quelles ressemblances voyez-vous entre cette œuvre et *Alcools* ?

Montaigne, *Essais*, « Des Cannibales »

20 minutes
20 points

1. Lisez le texte à voix haute. Puis expliquez-le.

DOCUMENT

Trois d'entre eux, ignorant combien coûtera un jour à leur repos et à leur bonheur la connaissance des corruptions de deçà[1], et que de ce commerce naîtra leur ruine, comme je présuppose[2] qu'elle soit déjà avancée, bien misérables de s'être laissés piper[3] au désir de la nouvelleté, et avoir quitté la douceur de leur ciel pour venir voir le nôtre, furent à Rouen, du temps que le feu roi Charles neuvième y était[4]. Le roi parla à eux longtemps ; on leur fit voir notre façon[5], notre pompe, la forme d'une belle ville. Après cela, quelqu'un en[6] demanda leur avis, et voulut savoir d'eux ce qu'ils y avaient trouvé de plus admirable ; ils répondirent trois choses, d'où[7] j'ai perdu[8] la troisième, et en suis bien marri[9], mais j'en ai encore deux en mémoire. Ils dirent qu'ils trouvaient en premier lieu fort étrange que tant de grands hommes, portant barbe, forts et armés, qui étaient autour du roi (il est vraisemblable qu'ils parlaient des Suisses de sa garde), se soumissent à obéir à un enfant[10], et qu'on ne choisissait plutôt quelqu'un[11] d'entre eux pour commander ; secondement (ils ont une façon de leur langage telle, qu'ils nomment les hommes moitié les uns des autres) qu'ils avaient aperçu[12] qu'il y avait parmi nous des hommes pleins et gorgés de toutes sortes de commodités[13], et que leurs moitiés étaient mendiants à leur portes, décharnés de faim et de pauvreté ; et trouvaient étrange comme ces moitiés ici nécessiteuses pouvaient souffrir[14] une telle injustice, qu'ils ne prissent les autres à la gorge, ou missent[15] le feu à leurs maisons.

Montaigne, *Essais*, livre I, chapitre 31 « Des cannibales », 1580.

1. De deçà : de ce côté-ci de l'océan.
2. Je présuppose : je présume.
3. Piper : tromper.
4. La rencontre se déroule en 1562.
5. Notre façon : notre style, nos pratiques.
6. En : sur ce sujet.
7. D'où : dont.
8. Perdu : oublié.
9. Marri : désolé, agacé.
10. Le roi Charles IX a alors douze ans ; il mourra en 1574.
11. Quelqu'un : l'un.
12. Aperçu : observé, remarqué.
13. Commodités : avantages.
14. Souffrir : supporter, accepter.
15. Qu'ils ne prissent […] ou missent : sans prendre ou mettre.

2. QUESTION DE GRAMMAIRE.

Dans l'extrait « tant de grands hommes, portant barbe, forts et armés, qui étaient autour du roi » : analysez la nature et la fonction de toutes les expansions du nom.

CONSEILS

1. Le texte

Faire une lecture expressive

- La syntaxe de Montaigne ne correspond pas forcément à ce dont on a l'habitude avec le français moderne.
- Les phrases se déploient souvent dans de très longues sentences sur plusieurs lignes : ne perdez pas votre souffle, et faites bien saisir la construction progressive de la pensée de Montaigne.
- Faites sentir dans votre ton à la fois l'étonnement sincère des Amérindiens face à un monde qui leur paraît étrange, et l'ironie de Montaigne sur la société de son temps.

Situer le texte, en dégager l'enjeu

- Montrez comment Montaigne prophétise déjà le futur tragique des peuples amérindiens au contact des Européens.

• Observez comment Montaigne reconstitue avec précision la rencontre entre Français et Amérindiens à Rouen, et le sujet de l'échange.
• Étudiez la manière dont le discours ingénu des Amérindiens remet en question les mœurs européennes.

2. La question de grammaire

• Identifiez d'abord un adjectif épithète du nom « hommes ».
• Retrouvez ensuite les expansions apposées au groupe nominal, et étudiez leurs différentes natures, en insistant sur leur diversité.

37 PRÉSENTATION

1. L'EXPLICATION DE TEXTE

Introduction

[Présenter le contexte] Dans « Des Cannibales », chapitre publié lors de la première édition (1580) de ses *Essais*, Montaigne s'intéresse aux mœurs du peuple Tupinamba, alors présent au Brésil, qui a la particularité de pratiquer le cannibalisme.

[Situer le texte] À la fin du chapitre, après avoir pris longuement leur défense et vanté leur mode de vie, Montaigne raconte sa rencontre avec quelques-uns de ces Amérindiens lors d'un voyage à Rouen en 1562.

[En dégager l'enjeu] Cet étonnant échange amène Montaigne à décentrer son regard, afin d'opérer une mise à distance critique.

Explication au fil du texte

La prophétie d'une chute (l. 1-6)

• Montaigne prophétise immédiatement la chute des peuples autochtones d'Amérique à travers l'usage du futur dans une proposition subordonnée interrogative indirecte : « ignorant combien coûtera un jour à leur repos et à leur bonheur […] et que […] naîtra leur ruine ».

• L'essayiste souligne l'aveuglement des Amérindiens, en créant un contraste antithétique entre leur peuple et les sociétés européennes. Le peuple amérindien est implicitement associé à Adam chassé du paradis terrestre à cause du fruit de la connaissance : « la connaissance des corruptions de deçà ».

• Le texte dénonce les faux-semblants que peut faire miroiter la société européenne : « bien misérables de s'être laissés piper au désir de la nouvelleté ». Montaigne met en valeur l'innocence et la naïveté des Amérindiens face à ce qu'il présente comme une volonté des Occidentaux de tromper et de duper.

• L'éloignement spatial, c'est-à-dire la traversée de l'Atlantique, semble déjà correspondre à la perte d'un idéal : « avoir quitté la douceur de leur ciel pour venir voir le nôtre ». Les deux mondes sont clairement opposés.

À NOTER
Montaigne s'inspire d'un récit de voyage de Jean de Léry, qui a lui-même voyagé au Brésil à la fin des années 1550 ; les Indiens Tupinambas y sont présentés, de manière idéale.

Un autre monde rencontre le nôtre (l. 6-11)

• Montaigne se place comme un observateur attentif d'un fait exceptionnel, en précisant les circonstances historiques de l'événement : « Trois d'entre eux […] furent à Rouen, du temps que le feu roi Charles neuvième y était. »

• Vient la découverte par les Indiens eux-mêmes de « l'Ancien Monde », traduite par le rythme ternaire : « notre façon, notre pompe, la forme d'une belle ville ». Il y a là de quoi impressionner ces hôtes hors du commun.

• La rencontre est l'occasion d'établir un dialogue entre les deux civilisations : « quelqu'un en demanda leur avis ». Mais l'échange n'est pas ouvert, il est biaisé dès le départ : les courtisans du roi partent du principe que les observations des Amérindiens vont forcément être positives ; on le voit dans l'utilisation du superlatif : « de plus admirable ».

• Montaigne tient à reconstituer cet échange dans toute sa vérité. Il montre ainsi ses oublis (« j'ai perdu la troisième, et en suis bien marri »), essaie de détailler certaines pensées *a posteriori* (« il est vraisemblable qu'ils parlaient des Suisses de sa garde »), commente son propre souvenir en y ajoutant des remarques ethnolinguistiques (« ils ont une façon de leur langage telle […] »).

À NOTER
La recherche de la vérité est un principe essentiel pour Montaigne qui, dans l'adresse « Au lecteur » de ses *Essais*, explique vouloir se présenter de manière « simple, naturelle et ordinaire, sans contention et artifice ».

Une ingénuité critique (l. 12 à fin)

• Montaigne retranscrit avec précision les deux remarques des Amérindiens dont il se souvient. Il utilise pour cela le discours indirect (« Ils dirent qu'ils trouvaient en premier lieu […] secondement qu'ils avaient aperçu […] »).

• Contrairement à ce que l'on attendrait, les Tupinambas ne soulignent pas ce qui est « admirable », mais plutôt ce qui est « fort étrange ». Leur incompréhension devant le système monarchique traduit leur ingénuité, à travers une observation burlesque qui oppose les « grands hommes, portant barbe, forts et armés » à l'« enfant », le jeune roi Charles IX alors âgé de douze ans.

• La deuxième observation est moins comique : il s'agit de critiquer les injustices sociales terribles qui gangrènent la société française. Encore une fois, c'est l'antithèse qui porte la dénonciation : d'un côté, les « hommes pleins et gorgés de toutes sortes de commodités » ; de l'autre, « les mendiants [...] décharnés de faim et de pauvreté ».

• Cette observation se double d'une réflexion plus sombre à propos de la violence qui pourrait naître de telles injustices, dans la subordonnée circonstancielle d'opposition « qu'ils ne prissent les autres à la gorge, ou missent le feu à leurs maisons ». L'ingénuité des Amérindiens permet à Montaigne d'interroger la société française sur sa cruelle capacité à tolérer de telles injustices sans jamais les remettre en question.

Conclusion

[Faire le bilan de l'explication] Cette rencontre inattendue avec les Cannibales du Brésil, qui subissent déjà l'influence néfaste des sociétés européennes, est un réquisitoire précis contre les aberrations de la monarchie et les injustices de la société française. Ici le regard se décentre afin d'exercer sa puissance critique.

[Mettre l'extrait en perspective] Cette remise en cause de la prétendue supériorité de l'Europe face aux peuples du Nouveau Monde trouve un écho dans *L'Ingénu* de Voltaire (1767), qui met en scène un Huron du Canada découvrant les mœurs de la société française de la fin du XVIIe siècle.

2. LA QUESTION DE GRAMMAIRE

« tant de grands hommes, portant barbe, forts et armés, qui étaient autour du roi »

• Le nom « hommes » est modifié par l'adjectif épithète « grands », qui lui est accolé.

• Le groupe nominal « tant de grands hommes » est lui-même modifié par de multiples expansions apposées, séparées de lui par une virgule :
– le participe présent « portant » et son COD « barbe » ;
– les adjectifs coordonnés « forts et armés » ;
– la proposition subordonnée relative explicative « qui étaient autour du roi ».

DES POINTS EN +
Toutes ces expansions du nom insistent sur la stature imposante et virile des gardes suisses, qui contraste avec la fragilité de l'enfant-roi.

DES QUESTIONS POUR L'ENTRETIEN

Lors de l'entretien, vous devrez présenter une autre œuvre que vous avez lue au cours de l'année. L'examinateur introduira l'échange et peut vous poser des questions sous forme de relances. Les questions ci-dessous ont été conçues à titre d'exemples.

1 Sur votre dossier est mentionnée la lecture cursive d'une autre œuvre appartenant à la littérature d'idées : *Supplément au Voyage de Bougainville* de Diderot. Pouvez-vous expliquer brièvement le projet de l'auteur ?

2 Décrivez le contenu du discours du vieillard aux Européens. En quoi est-ce un réquisitoire ?

3 Plus globalement, comment Diderot parvient-il à décentrer le regard de son lecteur ? Comparez cela avec ce qu'entreprend Montaigne dans ses *Essais*.

38 Sujet d'oral • Explication & entretien

Montaigne, *Essais*, « Des Coches »

20 minutes
20 points

1. Lisez le texte à voix haute. Puis expliquez-le.

DOCUMENT

Quant à la hardiesse et courage, quant à la fermeté, constance, résolution contre les douleurs et la faim et la mort, je ne craindrais pas d'opposer les exemples que je trouverais parmi eux aux plus fameux exemples anciens que nous ayons aux mémoires de notre monde par-deçà[1]. Car, pour ceux qui les ont subjugués[2], qu'ils ôtent les ruses et batelages[3] de quoi ils se sont servis à les piper[4], et le juste étonnement qu'apportait à ces nations-là de voir arriver si inopinément des gens barbus, divers[5] en langage, religion, en forme et en contenance[6], d'un endroit du monde si éloigné et où ils n'avaient jamais imaginé qu'il y eût habitation quelconque, montés sur des grands monstres inconnus, contre ceux qui n'avaient non seulement jamais vu de cheval, mais bête quelconque duite[7] à porter et soutenir homme ni autre charge ; garnis d'une peau luisante et dure et d'une arme tranchante et resplendissante, contre ceux qui, pour le miracle de la lueur d'un miroir ou d'un couteau, allaient échangeant une grande richesse en or et en perles, et qui n'avaient ni science ni matière par où tout à loisir ils sussent[8] percer notre acier ; ajoutez-y les foudres et tonnerres de nos pièces[9] et arquebuses, capables de troubler César même, qui l'en eût[10] surpris autant inexpérimenté, et à cette heure, contre des peuples nus, si ce n'est où l'invention était arrivée de quelque tissu de coton, sans autres armes, pour le plus, que d'arcs, pierres, bâtons et boucliers de bois ; des peuples surpris, sous couleur d'amitié et de bonne foi, par la curiosité de voir des choses étrangères et inconnues : comptez, dis-je, aux conquérants cette disparité, vous leur ôtez toute l'occasion de tant de victoires.

Montaigne, *Essais*, livre III, chapitre 6, 1588.

1. Par-deçà : de ce côté-ci de l'océan.
2. Subjugués : assujettis par la force.
3. Batelages : tromperies, tours de passe-passe.
4. Piper : tromper, leurrer.
5. Divers : différents, contraires.
6. Contenance : comportement.
7. Duite : dressée, exercée.
8. Sussent : subjonctif imparfait du verbe « savoir ».
9. Pièces : canons.
10. Qui l'en eût : si quelqu'un l'avait.

2. QUESTION DE GRAMMAIRE. Dans l'extrait « un endroit du monde [...] où ils n'avaient jamais imaginé qu'il y eût habitation quelconque » : justifiez l'emploi du subjonctif et analysez sa valeur modale.

CONSEILS

1. Le texte

Faire une lecture expressive

- Attention aux spécificités syntaxiques du français du XVIe siècle.
- Les phrases se déploient souvent sur plusieurs lignes en de longues sentences, sur le modèle des grands orateurs de l'Antiquité : ne perdez pas votre souffle ! L'extrait proposé n'en comporte en tout et pour tout que deux.
- Faites sentir dans votre lecture l'accumulation massive et écrasante des « ruses et batelages » des Européens.

Situer le texte, en dégager l'enjeu

- Montrez tout d'abord que les peuples amérindiens sont présentés de manière élogieuse, face aux vices moraux des Européens.
- Observez comment est montrée la stupeur des indigènes face à ce qui leur était inconnu.
- Étudiez la manière dont Montaigne souligne la brutalité belliqueuse des colons européens.

ÉPREUVE ORALE

2. La question de grammaire

- Identifiez le verbe au subjonctif et montrez qu'il fait partie d'une proposition subordonnée.
- Montrez quel sentiment traduit l'utilisation de ce mode dans le cadre de cette phrase.

38 PRÉSENTATION

1. L'EXPLICATION DE TEXTE

Introduction

[Présenter le contexte] Dans « Des coches », chapitre publié dans l'édition des *Essais* de 1588, Montaigne aborde la question de la colonisation européenne du Nouveau Monde, et notamment les conquêtes sanglantes du Mexique et du Pérou par les conquistadores.

[Situer le texte] Dans l'extrait proposé, Montaigne explique comment deux civilisations entrent en contact et révèlent leurs différences.

[En dégager l'enjeu] Cette confrontation permet à Montaigne de dénoncer la fausse supériorité militaire des Européens, et de faire l'éloge de la vertu des Amérindiens.

Explication au fil du texte

L'éloge des Indiens d'Amérique face aux Européens (l. 1-6)

- Montaigne prend clairement parti pour les populations amérindiennes, en mettant en valeur leurs nombreuses vertus. Il utilise la locution prépositionnelle « quant à » afin de les énumérer : « hardiesse et courage, […] fermeté, constance, résolution contre les douleurs et la faim et la mort ». Ces principes font des Indiens de véritables philosophes stoïciens.

> **MOT-CLÉ**
> Le stoïcisme est une philosophie antique préconisant la fermeté morale et le détachement des passions pour accéder à la sagesse et au bonheur.

- Pour l'essayiste, les Indiens sont aussi dignes d'admiration que les plus grands auteurs de l'Antiquité, dont la redécouverte est essentielle à la culture humaniste de la Renaissance. Les « exemples que je trouverais parmi eux » sont mis sur le même plan que le superlatif des « plus fameux exemples anciens que nous ayons aux mémoires de notre monde ».

• Par contraste, la civilisation européenne apparaît très vite comme une puissance uniquement capable de force et de violence, sans aucune sagesse. C'est ce que montre la périphrase « ceux qui les ont subjugués », qui insiste sur la volonté de domination du territoire américain.

• La confrontation des peuples amérindiens avec la civilisation européenne, loin d'être un échange entre égaux, repose en réalité sur un leurre. Montaigne utilise le champ lexical de la tromperie : « ruses et batelages », « piper » ; plus loin dans le texte : « sous couleur d'amitié et de bonne foi ». À la vertu des Indiens, digne d'admiration, répond la fausseté malveillante des Européens.

Un peuple pétrifié de surprise (l. 6-13)

• Montaigne présente alors à son lecteur ce qui a permis aux Européens de soumettre les Amérindiens à leur pouvoir. L'un des principaux facteurs est celui de la surprise : l'auteur souligne le « juste étonnement » des autochtones, renforcé par l'adverbe « inopinément ».

• En outre, cette surprise tient au fait que les conquérants espagnols sont en tout point opposés aux Amérindiens, comme le montre l'énumération de différences : « gens barbus, divers en langage, religion, en forme et en contenance ». Le contraste est à la fois physique et moral.

• Les Amérindiens sont donc surpris par ces hommes si différents d'eux, au point que c'est leur conception du monde même qui s'en trouve bouleversée. C'est ce que souligne la proposition relative : « un endroit du monde [...] où ils n'avaient jamais imaginé qu'il y eût habitation quelconque ».

• Montaigne insiste sur la stupeur ressentie par ces peuples. L'expression « des grands monstres inconnus », qui désigne les chevaux des conquistadores, montre qu'il se met dans leur peau, comme s'il pouvait partager la même stupéfaction ; la négation « ceux qui n'avaient [...] jamais vu de cheval » renforce ce sentiment d'incompréhension.

À NOTER
Les chevaux avaient disparu du continent américain depuis des milliers d'années avant que les colons européens n'en rapportent avec eux au cours du XVIe siècle.

• Cette surprise est rappelée plus loin dans le texte, où Montaigne met en lumière la fascination des Indiens pour ce qu'ils ne connaissent pas : « la curiosité de voir des choses étrangères ou inconnues ». L'essayiste lui-même ne fait-il pas preuve de la même « curiosité » dans ses *Essais* ? L'on comprend pourquoi Montaigne se sent si proche de ces peuples lointains.

La violence belliqueuse des Européens (l. 13 à fin)

• Montaigne s'emploie alors à décrire la violence guerrière des Européens face aux Amérindiens, décrits comme pacifiques. L'auteur adopte le regard des indigènes pour décrire l'attirail militaire des conquérants : « une peau luisante et dure », c'est-à-dire l'armure ; « une arme tranchante et resplendissante », c'est-à-dire l'épée. Ces périphrases, qui insistent sur la dénaturation monstrueuse des guerriers espagnols, révèlent par contraste la pureté originelle des Indiens d'Amérique.

• L'essayiste souligne par ailleurs l'écart flagrant de puissance entre les deux nations : les Amérindiens ne sont pas aussi avancés scientifiquement et techniquement que les Européens. En témoigne la négation répétée : « qui n'avaient ni science ni matière par où [...] ils sussent percer notre acier ». De même, l'antithèse entre l'image violente des « foudres et tonnerres de nos pièces et arquebuses » d'une part, et les « arcs, pierres, bâtons et boucliers de bois » d'autre part, souligne la terrible inégalité des deux belligérants dans le maniement des armes.

• Les Européens sont montrés sous leur jour le plus belliqueux. La référence hyperbolique antique « capables de troubler César même » les rend supérieurs dans l'art militaire à l'un des plus grands conquérants de l'Antiquité.

• L'objectif de Montaigne est bien de démontrer que les Européens ne tiennent leur supériorité qu'à des avancées techniques, mais certainement pas à leurs qualités morales. C'est ce que traduit l'hypothèse débutée plus haut dans le texte au subjonctif (« qu'ils ôtent ») et poursuivie désormais à l'impératif (« comptez, dis-je, aux conquérants cette disparité »). L'issue en est sans appel, au présent de l'indicatif : « vous leur ôtez l'occasion de tant de victoires. »

Conclusion

[Faire le bilan de l'explication] Dans cet extrait, Montaigne cherche donc à prouver, à travers un rappel historique de la confrontation entre l'Ancien et le Nouveau Monde, la supériorité morale des peuples amérindiens sur la civilisation européenne, présentée comme belliqueuse, trompeuse et barbare.

[Mettre l'extrait en perspective] On retrouve une même dénonciation violente du comportement brutal des colons européens dans le roman philosophique de Marmontel intitulé *Les Incas* : l'écrivain du siècle des Lumières y met en scène les cruautés génocidaires des Espagnols lors de leur conquête du Pérou.

2. LA QUESTION DE GRAMMAIRE

« un endroit du monde [...] où ils n'avaient jamais imaginé qu'il y eût habitation quelconque »

- Le verbe en question est « eût », conjugué au subjonctif imparfait.
- L'emploi du subjonctif s'explique par le fait que le verbe se trouve dans une proposition subordonnée complétive conjonctive, COD du verbe « avaient imaginé », sous la forme négative, qui exprime un sentiment, une opinion.
- Comme le verbe principal « avaient imaginé » est conjugué au passé (plus-que-parfait de l'indicatif), la concordance des temps exige que l'on utilise l'imparfait du subjonctif « eût » pour exprimer une action simultanée.
- Le subjonctif traduit ici une valeur de doute voire d'impossibilité : pour les Amérindiens, le fait que des êtres humains aient pu habiter sur une autre terre que la leur est une chose qu'ils n'avaient pas même envisagée.

DES POINTS EN +
Le subjonctif imparfait n'appartient plus à la langue courante d'aujourd'hui ; en revanche, on le trouve constamment dans le français du XVIe siècle.

DES QUESTIONS POUR L'ENTRETIEN

Lors de l'entretien, vous devrez présenter une autre œuvre que vous avez lue au cours de l'année. L'examinateur introduira l'échange et peut vous poser des questions sous forme de relances. Les questions ci-dessous ont été conçues à titre d'exemples.

1. Sur votre dossier est mentionnée la lecture cursive d'une autre œuvre associée à la littérature d'idées : la version théâtrale de *La Controverse de Valladolid* de Jean-Claude Carrière. Pouvez-vous expliquer brièvement ce dont il s'agit ?
2. Quelles sont les différentes preuves apportées, qui sont les différents témoins convoqués au cours de cette controverse ? Quelle est leur portée ?
3. Quel verdict est annoncé à la fin de la pièce ? Quelle image de l'Église le dénouement propose-t-il ?

39 Sujet d'oral • Explication & entretien

La Fontaine, *Fables*, « Le Coche et la Mouche », VII, 8

20 minutes
20 points

1. Lisez le texte à voix haute. Puis expliquez-le.

DOCUMENT

Dans un chemin montant, sablonneux, malaisé,
Et de tous les côtés au soleil exposé,
Six forts chevaux tiraient un Coche[1].
Femmes, moine, vieillards, tout était descendu.
L'attelage suait, soufflait, était rendu[2].
Une Mouche[3] survient, et des chevaux s'approche,
Prétend les animer par son bourdonnement ;
Pique l'un, pique l'autre, et pense à tout moment
Qu'elle fait aller la machine,
S'assied sur le timon[4], sur le nez du cocher.
Aussitôt que le char chemine,
Et qu'elle voit les gens marcher,
Elle s'en attribue uniquement la gloire ;
Va, vient, fait l'empressée : il semble que ce soit
Un sergent de bataille allant en chaque endroit
Faire avancer ses gens, et hâter la victoire.
La Mouche en ce commun besoin
Se plaint qu'elle agit seule, et qu'elle a tout le soin ;
Qu'aucun n'aide aux chevaux à se tirer d'affaire.
Le moine disait son bréviaire[5] :
Il prenait bien son temps ! Une femme chantait :
C'était bien de chansons qu'alors il s'agissait !
Dame Mouche s'en va chanter à leurs oreilles,
Et fait cent sottises pareilles.
Après bien du travail, le Coche arrive au haut.

« Respirons maintenant, dit la Mouche aussitôt :
J'ai tant fait que nos gens sont enfin dans la plaine.
Çà, Messieurs les Chevaux, payez-moi de ma peine. »

Ainsi certaines gens, faisant les empressés,
S'introduisent dans les affaires.
Ils font partout les nécessaires,
Et, partout importuns, devraient être chassés.

Jean de La Fontaine, *Fables*, VII, 8, 1678.

1. Coche : chariot tiré par des chevaux qui sert au transport de voyageurs.
2. Rendu : épuisé.
3. Mouche : plutôt une sorte de taon.
4. Timon : pièce de bois à l'avant du coche, à laquelle sont attelés les chevaux.
5. Bréviaire : livre de prière.

2. QUESTION DE GRAMMAIRE. « Aussitôt que le char chemine,/ Et qu'elle voit les gens marcher » (v. 11-12) : délimitez les propositions, analysez la nature et la fonction de chacune.

CONSEILS

1. Le texte

Faire une lecture expressive

• Vous devez respecter le rythme des vers, en prenant soin de marquer la césure des alexandrins (coupe après la 6e syllabe) et en prononçant bien chaque syllabe, même les *e* d'ordinaire muets (par exemple « L'attelage suait » au vers 5 ou « qu'elle voit » au vers 12), sauf en fin de vers.

• Traduisez dans votre ton la difficulté initiale du Coche embourbé par un rythme assez lent ; puis, lorsque la Mouche fait son apparition, utilisez un ton plus vif et léger.

Situer le texte, en dégager l'enjeu

• Montrez la difficulté dans laquelle se trouve le Coche au début de la fable.

• Étudiez les effets que produit l'irruption soudaine de la Mouche, qui croit prendre les choses en main. Montrez comment cette illusion orgueilleuse s'amplifie.

• Intéressez-vous au dénouement de la fable et à sa moralité : comment La Fontaine critique-t-il le comportement de la Mouche ?

2. La question de grammaire

Prenez bien soin de séparer les différentes propositions, qui se construisent généralement autour d'un sujet et d'un groupe verbal.

39 PRÉSENTATION

1. L'EXPLICATION DE TEXTE

Introduction

[Présenter le contexte] Dans ses *Fables*, La Fontaine « se sert d'animaux pour instruire les hommes » à travers des apologues qui lient un récit plaisant à une moralité.

[Situer le texte] « Le Coche et la Mouche » est la huitième fable du livre VII. Une mouche importune croit aider un coche en difficulté à se tirer d'affaire.

[En dégager l'enjeu] Ce récit permet au fabuliste de dénoncer l'importance illusoire que certains se donnent auprès d'autrui.

Explication au fil du texte

Un Coche bien mal loti (v. 1-5)

• Dans les deux premiers vers, La Fontaine plante précisément le décor du récit de sa fable. La situation initiale est celle d'un grand embarras : le chemin est très difficile, comme le montre la gradation au rythme ternaire du vers 1 : « montant, sablonneux, malaisé ». L'expansion du nom « de tous les côtés au soleil exposé » insiste sur l'absence d'ombre et sur la chaleur qui règne à cet endroit.

• Au vers 3, le changement de mètre (un octosyllabe qui succède aux alexandrins) accompagne l'apparition du « Coche » à travers une hypotypose : le lecteur a l'impression de voir ces chevaux éreintés tirant péniblement le lourd véhicule.

MOT CLÉ
L'hypotypose est la recréation pittoresque d'une scène sous la forme d'un « tableau vivant ».

• La Fontaine montre l'épuisement des chevaux : on retrouve le rythme ternaire (comme aux vers 1 et 4) dans la gradation « suait, soufflait, était rendu ». Le Coche, vidé de ses voyageurs, peine à avancer : comme souvent chez La Fontaine, la fable se déploie à partir d'un dysfonctionnement.

Une drôle d'héroïne (v. 6-16)

• L'entrée en scène de la Mouche repose sur un effet comique : on attend l'arrivée d'un héros (bénéfique ou maléfique ; voir « Un Loup survint… » dans la fable « Le Loup et l'Agneau ») mais c'est une créature minuscule, un « chétif insecte » qui est là, contrastant avec la lourdeur du Coche.

• La Fontaine insiste fortement sur la vivacité de la Mouche, à l'aide d'une accumulation rapide de verbes, certains étant répétés : « Pique l'un, pique l'autre » (vers 8) ; « S'assied sur le timon, sur le nez du cocher » (vers 10) ; « Va, vient, fait l'empressée » (vers 14).

• Cette Mouche se caractérise par son orgueil démesuré. Les groupes verbaux « Prétend les animer » (vers 7), « pense […] / Qu'elle fait aller la machine » (vers 8), « s'en attribue uniquement la gloire » (vers 13) montrent qu'elle croit agir efficacement alors qu'elle ne fait que s'agiter en vain.

• La Mouche se donne pour mission de sauver le Coche. Elle se métamorphose, à travers le champ lexical de la guerre et la parodie du registre épique, en « sergent de bataille » (vers 15) à la tête de « ses gens » luttant pour la « victoire » (vers 16). La Fontaine fait de cette situation triviale une scène héroï-comique.

MOT CLÉ
On parle de ton héroï-comique lorsqu'un sujet prosaïque est traité dans le registre de l'épopée.

Les « bavardages » de la Mouche (v. 17-28)

• La Mouche, personnifiée en « Dame » (vers 23), prend la parole : aveuglée par sa suffisance, elle affirme qu'elle seule fait avancer les chevaux ! Le caractère outrancier de ses propos se traduit par une succession de subordonnées compléments du verbe « Se plaint » (vers 18) : « qu'elle agit seule, et qu'elle a tout le soin ; / Qu'aucun n'aide aux chevaux à se tirer d'affaire » ; à cela s'ajoute l'hyperbole « cent sottises » (vers 24).

• La Mouche s'en prend aux voyageurs dans des propos rapportés au discours indirect libre. La Fontaine emploie l'adverbe « bien » dans des propositions exclamatives ironiques (« Il prenait bien son temps ! » vers 21 ; « C'était bien de chansons qu'alors il s'agissait ! » vers 22) afin de faire entendre le ton de la récrimination à l'égard du « moine » et de la « femme », qui n'aident pas plus que la Mouche à tirer le Coche.

• La situation se résout au vers 25 : « le Coche arrive au haut ». C'est l'occasion pour la Mouche de se vanter au discours direct : « J'ai tant fait que nos gens sont enfin dans la plaine » (vers 27). L'emploi de la première personne du pluriel (le « nous » de majesté) retranscrit la fatuité de la Mouche, qui se prend pour un grand seigneur triomphant.

Une condamnation morale (v. 29-32)

• La moralité est séparée du récit par un blanc typographique : La Fontaine induit une leçon générale à partir de son récit. Le lien logique est explicite grâce à l'adverbe de liaison « Ainsi » (vers 29).

• La moralité consiste à condamner un certain comportement moral : celui des « empressés » (vers 29) qui en deviennent « importuns » (vers 32). Le lexique péjoratif traduit le jugement dépréciatif du fabuliste.

• La Fontaine donne à sa moralité une portée universelle, grâce à l'emploi du présent de vérité générale (« S'introduisent » ; « Font »). Le conditionnel « devraient être chassés » (vers 32) est un conseil final donné au lecteur.

Conclusion

[Faire le bilan de l'explication] Dans cette fable, La Fontaine met en scène une Mouche imbue d'elle-même face à un Coche en difficulté. L'illusion de la Mouche, qui croit être indispensable à la bonne marche du véhicule, amuse le lecteur et montre à quel point l'on peut se fourvoyer sur soi-même. La moralité finale permet d'inscrire cette histoire légère dans un registre plus grave.

[Mettre le texte en perspective] L'on retrouve souvent dans les *Fables* ce regard mi-critique, mi-amusé sur les illusions de grandeur qui caractérisent l'être humain, et qui parfois le mènent à sa perte. C'est le cas par exemple dans la fable « La Laitière et le Pot au lait ».

2. LA QUESTION DE GRAMMAIRE

« Aussitôt que le char <u>chemine</u>,

Et qu'elle <u>voit</u> les gens <u>marcher</u> »

• La locution conjonctive « Aussitôt que », reprise au vers suivant par « qu' », introduit deux propositions subordonnées conjonctives coordonnées par la conjonction « et », qui ont une fonction de compléments circonstanciels de temps.

• La deuxième proposition subordonnée conjonctive introduit elle-même une proposition subordonnée infinitive : « les gens marcher ».

DES QUESTIONS POUR L'ENTRETIEN

Lors de l'entretien, vous devrez présenter une autre œuvre que vous avez lue au cours de l'année. L'examinateur introduira l'échange et peut vous poser des questions sous forme de relances. Les questions ci-dessous ont été conçues à titre d'exemples.

1 Sur votre dossier est mentionnée la lecture cursive d'une autre œuvre appartenant à la littérature d'idées : *Candide* de Voltaire. Pouvez-vous brièvement présenter ce conte philosophique ?

2 Qu'est-ce qui crée le comique dans cette œuvre ? Est-ce le seul registre présent dans l'œuvre ?

3 Que pensez-vous de l'évolution morale de Candide tout au long du conte ? Qu'est-ce qui l'amène à changer progressivement de regard sur le monde ?

La Fontaine, *Fables*, « La Tortue et les deux Canards », X, 2

20 minutes
20 points

**1. Lisez le texte à voix haute.
Puis expliquez-le.**

DOCUMENT

La Tortue et les deux Canards

Une Tortue était, à la tête légère,
Qui, lasse de son trou, voulut voir le pays.
Volontiers on fait cas d'une terre étrangère ;
Volontiers gens boiteux haïssent le logis.
Deux Canards à qui la commère[1]
Communiqua ce beau dessein,
Lui dirent qu'ils avaient de quoi la satisfaire :
« Voyez-vous ce large chemin ?
Nous vous voiturerons par l'air en Amérique.
Vous verrez mainte république,
Maint royaume, maint peuple ; et vous profiterez
Des différentes mœurs que vous remarquerez.
Ulysse en fit autant. » On ne s'attendait guère
De voir Ulysse en cette affaire.
La Tortue écouta la proposition.
Marché fait, les Oiseaux forgent une machine
Pour transporter la pèlerine[2].
Dans la gueule en travers on lui passe un bâton.
« Serrez bien, dirent-ils ; gardez de lâcher prise. »
Puis chaque Canard prend ce bâton par un bout.
La Tortue enlevée, on s'étonne partout
De voir aller en cette guise[3]
L'animal lent et sa maison,
Justement au milieu de l'un et l'autre Oison.
« Miracle ! criait-on. Venez voir dans les nues

Passer la Reine des Tortues.
— La Reine ! vraiment oui ; je la suis en effet ;
Ne vous en moquez point. » Elle eût beaucoup mieux fait
De passer son chemin sans dire aucune chose ;
Car, lâchant le bâton en desserrant les dents,
Elle tombe, elle crève aux pieds des regardants.
Son indiscrétion[4] de sa perte fut cause.
Imprudence, babil[5], et sotte vanité,
Et vaine curiosité,
Ont ensemble étroit parentage[6].
Ce sont enfants tous d'un lignage[7].

La Fontaine, *Fables*, « La Tortue et les deux Canards », livre X, fable 2, 1678.

1. Commère : femme curieuse et bavarde.
2. Pèlerine : personne qui voyage pour visiter des lieux saints.
3. En cette guise : de cette façon.
4. Indiscrétion : manque de discernement.
5. Babil : propos futile.
6. Parentage : lien de parenté, appartenance à une même famille.
7. Lignage : groupe descendant d'un ancêtre commun.

2. QUESTION DE GRAMMAIRE.

Dans la phrase complexe des vers 1 à 4, relevez une subordonnée relative ; analysez sa fonction et celle du pronom relatif. Déterminez également sa valeur.

CONSEILS

1. Le texte

Faire une lecture expressive

• La fable convoque divers registres, de l'humour des premiers vers, en passant par l'envolée quasi lyrique de la proposition des canards, à la condamnation moqueuse des derniers vers.

• Le récit intègre des paroles rapportées et plusieurs voix se font entendre : celle de la tortue orgueilleuse, celle des canards, celle des passants étonnés, et celle du fabuliste qui raconte et qui juge. Votre ton doit faire sentir les différences de tempérament d'un personnage à l'autre.

• Soyez vigilant avec la métrique : en particulier, le -e à l'intérieur d'un mot se prononce (« vous profit<u>e</u>rez »), de même que le -e en fin de mot s'il est suivi d'une consonne (« lass<u>e</u> de son trou »)

Dégager l'enjeu du texte

• Examinez le ton particulier adopté par le fabuliste.

• Cherchez à voir ce qui suscite la moquerie.

• Montrez comment le récit s'articule avec la moralité ; observez comment elle en découle logiquement. Le récit est-il exempt de jugements ?

2. La question de grammaire

• Dans cette phrase complexe, identifiez le pronom relatif ; cherchez son antécédent.

• Cette relative est-elle explicative ou déterminative ?

40 PRÉSENTATION

1. L'EXPLICATION DE TEXTE

Introduction

[Présenter le contexte] Dans ses *Fables,* La Fontaine, puisant dans les textes anciens et les ressources d'une imagination féconde, multiplie les récits plaisants. Cependant, fidèle à l'esthétique classique qui assigne à l'écriture une mission d'édification, l'auteur entend également, à travers eux, « forme[r] et le jugement et les mœurs. »

[Situer le texte] Nous examinerons une fable animalière inspirée de l'Indien Pilpay, située au début du livre X, écrite en vers hétérométriques : « La Tortue et les deux Canards ».

[En dégager l'enjeu] En mettant en scène une tortue et ses désirs de voyage, le récit aboutit à la condamnation comique de l'orgueil humain.

Explication au fil du texte

Un rêve de voyage (v. 1-14)

• La fable s'ouvre sur la description succincte et suggestive, à l'imparfait, de l'animal qui occupe le premier plan du récit : la tortue. L'épithète homérique « à la tête légère » donne à voir la tête qui émerge de la carapace tout en laissant entendre d'emblée des capacités intellectuelles limitées. L'antithèse « trou »/ « pays » révèle son désir de voyage.

• Les vers 3 et 4 élargissent le propos grâce au pronom « on » et condamnent déjà le projet. La tortue, personnifiée, est représentative d'un ensemble plus vaste, dévalorisé par le narrateur : les « gens boiteux ». Vouloir quitter les lieux familiers : un projet bien déraisonnable pour ceux qui ne sont pas en capacité physique de le faire – c'est bien le cas de la tortue…

• Au vers 5, le bestiaire s'enrichit de deux protagonistes à plumes, en contraste avec la tortue, à nouveau moquée avec le terme « commère » et l'antiphrase « beau dessein ».

• Un dialogue s'enclenche au discours direct qui dynamise la scène en donnant à entendre ce que font miroiter les canards, au futur de certitude. Le « large chemin » fait sourire : il renvoie à l'univers céleste, d'où la tortue devrait être exclue. L'anaphore sur un rythme ternaire (« mainte république, / Maint royaume, maint peuple ») et les pluriels (« différentes mœurs ») sont autant de découvertes tentantes mais lointaines (un océan à traverser tout de même, au vers 9)

• La référence à Ulysse amuse, car convoquée à contre-emploi, comme le souligne le narrateur qui cherche un lecteur complice (« on ne s'attendait guère / De voir Ulysse en cette affaire… ») (vers 13 et 14)

DES POINTS EN +
Homère raconte dans *L'Odyssée* le voyage mouvementé d'Ulysse, héros de la mythologie grecque, qui met dix ans pour rentrer chez lui après la guerre de Troie.

Une envolée ridicule (v. 16-26)

• Le récit se poursuit, allant à l'essentiel au présent de narration. La « machine » (vers 16) mise au point s'avère des plus basiques : un simple « bâton » (vers 18). La tortue est personnifiée par l'expression « pèlerine » ; un contraste comique s'installe avec l'évocation de la « gueule » au vers suivant, qui rappelle que l'on a affaire à un animal.

• Le lecteur visualise aisément les conditions de transport, sources de comique de situation (vers 18 à 24). La subordonnée temporelle « La tortue enlevée » crée un effet d'accélération et donne à imaginer l'improbable décollage.

• À la rime du vers 22, « cette guise » renforce l'effet de surprise, associé au lexique de la sidération : « on s'étonne partout » (vers 21), « miracle » (vers 24). La périphrase « animal lent et sa maison » insiste sur la démesure de l'entreprise de la tortue, pas à sa place dans les airs !

• La rime « nues » / « tortues » souligne bien l'aspect incongru de la situation. Dans la bouche des témoins, une hyperbole grandit l'animal, taxé de « reine des tortues » (vers 26)

La chute du récit et la morale (v. 27-36)

• Ce vocabulaire ironiquement flatteur précipite la catastrophe : la tortue oublie les conseils avisés et insistants des canards (double impératif du vers 19 : « serrez bien », « gardez »). La tortue pèche par orgueil (« La Reine ! vraiment oui ; je la suis en effet »), oubliant sa condition.

DES POINTS EN +
La tortue fait preuve d'*hybris*, une démesure punissable : elle oublie sa condition et compte sur la technique pour en sortir. Son orgueil déplacé lui coûtera la vie.

• Sa chute violente, rapportée au présent, illustre ironiquement la chute du récit : « elle tombe, elle crève ». Reste à tirer la morale, particulièrement étoffée dans cette fable.

• La Fontaine y épingle les vices de la tortue dans un portrait au vitriol construit sur une polysyndète : « Imprudence, babil, et sotte vanité, / Et vaine curiosité ». La moralité, au-delà du cas particulier de la tortue, se donne une portée universelle, comme le montre l'emploi du présent de vérité générale, qui élargit le jugement du fabuliste.

MOT CLÉ
La polysyndète consiste en la répétition d'une conjonction de coordination au sein d'une phrase ou d'un ensemble de phrases ; elle donne du rythme et met l'accent sur des liens inévitables.

Conclusion

[Faire le bilan de l'explication] La Fontaine signe donc ici un récit particulièrement réjouissant, qui met en évidence la démesure d'un animal qui oublie sa véritable condition et qui en sera puni vertement. Description, paroles rapportées, jeux de la versification : tout est fait pour animer cette fable pleine d'humour, qui se clôt sur une condamnation sans appel.

[Mettre l'extrait en perspective] Les outrances de la tortue font écho aux excès de l'être humain, condamnés par la morale classique. Le modèle à suivre est celui de l'« honnête homme », idéal de raison et de modération, qui ne cherche pas sans cesse à devenir autre chose que ce qu'il est.

2. LA QUESTION DE GRAMMAIRE

« Une tortue était, à la tête légère,

[Qui, lasse de son trou, voulut voir le pays],

Volontiers on fait cas d'une terre étrangère ;

Volontiers gens boiteux haïssent le logis. »

- Dans cette phrase complexe, composée de quatre propositions, on relève, au vers 2, une proposition subordonnée relative, introduite par le pronom relatif « qui »
- Le pronom relatif a pour antécédent « Une tortue » : la subordonnée relative est donc complément de cet antécédent. Au sein de la relative, le pronom relatif est sujet du verbe « voulut voir ».
- La subordonnée relative peut être supprimée, elle a donc une valeur explicative.

DES QUESTIONS POUR L'ENTRETIEN

Lors de l'entretien, vous devrez présenter une autre œuvre que vous avez lue au cours de l'année. L'examinateur introduira l'échange et peut vous poser des questions sous forme de relances. Les questions ci-dessous ont été conçues à titre d'exemples.

1. Sur votre dossier est mentionnée la lecture cursive d'une autre œuvre argumentative : *Micromégas* de Voltaire. Pouvez-vous présenter brièvement ce conte philosophique ?
2. En quoi Voltaire s'appuie-t-il sur l'imagination pour donner à penser ? Sur quels thèmes ?
3. Avez-vous apprécié cette lecture ? Pensez-vous qu'elle puisse encore parler à un lecteur contemporain ? Pourquoi ?

41 Sujet d'oral • Explication & entretien

Montesquieu, *Lettres persanes*, lettre 74

20 minutes
20 points

1. Lisez le texte à voix haute. Puis proposez-en une explication.

DOCUMENT

Rica à Usbek
à *.**

Il y a quelques jours qu'un homme de ma connaissance me dit : Je vous ai promis de vous produire dans les bonnes maisons de Paris ; je vous mène à présent chez un grand seigneur qui est un des hommes du royaume qui représentent le mieux.

Que cela veut-il dire, monsieur ? est-ce qu'il est plus poli, plus affable qu'un autre ? Ce n'est pas cela, me dit-il. Ah ! J'entends ; il fait sentir à tous les instants la supériorité qu'il a sur tous ceux qui l'approchent ; si cela est, je n'ai faire d'y aller ; je prends déjà condamnation, et je la lui passe tout entière.

Il fallut pourtant marcher ; et je vis un petit homme si fier, il prit une prise de tabac avec tant de hauteur, il se moucha si impitoyablement, il cracha avec tant de flegme, il caressa ses chiens d'une manière si offensante pour les hommes, que je ne pouvais me laisser de l'admirer. Ah ! bon Dieu ! dis-je en moi-même, si lorsque j'étais à la cour de Perse, je représentais ainsi, je représentais un grand sot ! Il aurait fallu, Usbek, que nous eussions eu un bien mauvais naturel pour aller faire cent petites insultes à des gens qui venaient tous les jours chez nous nous témoigner leur bienveillance ; ils savaient bien que nous étions au-dessus d'eux ; et s'ils l'avaient ignoré, nos bienfaits le leur auraient appris chaque jour. N'ayant rien à faire pour nous faire respecter, nous faisions tout pour nous rendre aimables : nous nous communiquions aux plus petits ; au milieu des grandeurs, qui endurcissent toujours, ils nous trouvaient sensibles ; ils ne voyaient que notre cœur au-dessus d'eux ; nous descendions jusqu'à leurs besoins. Mais lorsqu'il fallait soutenir la majesté du prince dans les cérémonies publiques ; lorsqu'il fallait faire respecter la nation aux étrangers ; lorsque enfin, dans les occasions périlleuses, il fallait animer les soldats, nous remontions cent fois plus haut que nous n'étions descendus ; nous ramenions la fierté sur notre visage ; et l'on trouvait quelquefois que nous représentions assez bien.

De Paris, le 10 de la lune de Saphar, 1715.

Montesquieu, *Lettres persanes*, lettre 74, 1721.

2. QUESTION DE GRAMMAIRE.
Dans la phrase (« et je vis… admirer », l. 10 à 14) délimitez les propositions, puis analysez leur nature et fonction.

CONSEILS

1. Le texte

Faire une lecture expressive

Lisez de façon expressive le dialogue (l. 1 à 9) en différenciant les interlocuteurs, rendez compte de l'émotion du Persan lorsqu'il retranscrit ses pensées (l. 14-15) et de son exaltation dans l'envolée de la longue phrase qui clôt la lettre (l. 25-30).

Situer le texte, en dégager l'enjeu

• Présentez *Lettres Persanes* : genre, structure (échange épistolaire entre des Persans voyageant en Europe et des amis restés en Perse), registres, visée et cibles. Précisez l'identité et la situation des deux correspondants de cette lettre.

• Analysez la structure de la lettre, identifiez les cibles et les critiques de la satire et montrez comment, sur le mode plaisant, elle associe un blâme et un éloge.

2. La question de grammaire

• Comptez le nombre de verbes conjugués ; déduisez-en le nombre de propositions. Délimitez-les. Repérez la proposition subordonnée ; déduisez-en la principale.

• Repérez le(s) mot(s) subordonnant(s) et précisez le rapport logique qu'exprime(nt) la (ou les) subordonnée(s) et déduisez-en sa (leur) fonction précise.

41 PRÉSENTATION

1. L'EXPLICATION DE TEXTE

Introduction

[Présenter le contexte] Le siècle des Lumières est marqué par un mouvement de critique et de contestation. Pour mettre leurs idées à la portée d'un large public, les écrivains donnent un tour plaisant à leurs œuvres. Montesquieu, dans *Lettres persanes,* ouvrage constitué de lettres fictives échangées entre des Persans en voyage en Europe et des amis restés en Perse, sur un fond d'intrigue amoureuse, satisfait au goût de ses contemporains pour le roman épistolaire et pour l'exotisme.

[Situer le texte] Dans la lettre 74, Rica écrit à son ami Usbek qui se trouve dans un autre pays d'Europe pour lui faire part de ses impressions sur la société française, notamment sur un « grand seigneur » à qui on l'a présenté et dont il fait le portrait.

[En dégager l'enjeu] Rica, dans cette lettre menée comme une petite comédie, amuse le lecteur, mais, derrière cette fantaisie et à travers le procédé du regard étranger, Montesquieu fait une satire féroce des « grands », puis propose un idéal social qui porte les valeurs de son siècle.

Explication au fil du texte

Une « scène d'exposition » (l. 1-9)

• La construction de la lettre allie vivacité et rigueur pour « plaire et instruire » : elle est fondée sur le verbe « représenter » (« Mener un train de vie élevé, révélateur de son statut social, de sa position ou de l'idée que l'on veut en donner ») : il ouvre, ferme et la scande la lettre. Elle progresse selon trois mouvements : une introduction théâtralisée, suivie d'un double portrait en opposition.

• Dans les deux premiers paragraphes, Rica le Persan montre son enthousiasme et sa fantaisie. Il compose une vraie petite scène de théâtre : après une mise en place des circonstances temporelles, il rapporte au style direct son dialogue avec un interlocuteur non nommé (« un homme de ma connaissance »), mais on sait que c'est un « monsieur ». La conversation est enlevée (répliques courtes), dans le ton d'un caractère de La Bruyère.

• Cette « scène d'exposition » présente deux personnages secondaires : le « monsieur », un grand (il a accès aux « bonnes maisons »), sensible surtout aux apparences (« représente[r] le mieux » = faire de l'effet) qui se targue de servir d'initiateur à Rica (« je vous mène »). Le dialogue révèle un Rica curieux (nombreuses questions l. 5-6) et aux jugements entiers (« je prends déjà condamnation… tout entière »).

• Rica retarde l'apparition du personnage principal tout en donnant des indices : c'est « un grand seigneur » « qui représente le mieux ». Après avoir formulé une question (l. 5), puis une hypothèse naïve (pour lui, bien « représenter » signifie avoir des qualités morales : être « poli » et « affable »), après avoir été détrompé par son interlocuteur, Rica, sans le connaître encore, dessine un portrait en creux peu plaisant du « grand seigneur », ni « poli », ni « affable », hautain (« il fait sentir… [sa] supériorité » sur autrui)… Voilà qui justifie la dérobade de Rica (« Je n'ai que faire d'y aller », « je prends condamnation » ou « il fallut »). Le lecteur, intrigué par ce personnage bien considéré alors qu'il n'a aucune qualité, est impatient de le voir surgir.

Le portrait caricatural d'un aristocrate (l. 10-17)

• Dans la suite de la lettre, le jeune Rica raconte avec vivacité sa rencontre avec le « grand seigneur » dans une succession rapide de petites scènes : la précision des gestes et attitudes – parfois saisis en gros plan (« se moucha ») – compose par touches le portrait très visuel, sonorisé (« moucha, cracha »), caricatural d'un « type » de comédie.

• La caricature se construit à travers les adverbes intensifs « si » (3 fois), « tant » (qui créent l'hyperbole), les chiffres (« *cent*… insultes »), l'abondance de termes péjoratifs (« fier », « hauteur », « impitoyablement », « offensante »…) et le rythme des phrases juxtaposées en cascade (l. 10-13) qui crée un effet d'amplification.

• À travers ce portrait dressé par un témoin au regard apparemment objectif et (faussement) naïf, Montesquieu dévoile les travers de la haute société française qui passent inaperçus par la force de l'habitude. Les griefs sont nombreux : ses attitudes peu ragoûtantes marquent son ostentation, sa vulgarité et sa grossièreté (« prise de tabac, se moucha, cracha ») ; sa morgue et son mépris (« fier, hauteur, offensante » rappellent « il fait sentir sa supériorité », l. 7) sont soulignés par la malicieuse proximité des mots « chiens » et « hommes » : il traite les hommes comme des « chiens » (ou pire) ; il souligne son manque de reconnaissance (« insultes »). C'est un personnage paradoxal : il est « petit » et agit avec « hauteur » (jeu sur le propre et le figuré de « petit »). L'expression « mauvais naturel » résume tous ses travers.

• Montesquieu recourt à l'ironie : si ce seigneur mérite d'être qualifié de « grand », c'est par sa sottise (jeu sur la nature du mot « grand » dans « grand sot »). La subordonnée consécutive « que je ne pouvais me laisser de l'admirer » qui clôt le portrait, annoncée par les adverbes « si » et « tant », est à l'opposé de toute logique et de ce que le lecteur attendait, à moins que l'on donne à « admirer » son premier de « s'étonner de » et non de « s'enthousiasmer pour » !

La Perse, idéal qui doit servir de modèle (l. 18-30)

• Une réflexion intime rapportée avec vivacité au style direct (exclamation « Ah ! bon Dieu ! », apostrophe à « Usbek ») montre un Rica qui s'enfièvre. Cela assure la transition vers le deuxième volet du diptyque : après le blâme (« condamnation », l. 8) de cet anti-modèle qui sert de repoussoir, Rica dresse en contraste le portrait élogieux du « grand » dans son pays, se présentant, lui et son ami (« nous »), comme des modèles.

• Les échos entre les termes péjoratifs du portrait précédent (« grand sot, mauvais naturel ») et ceux, emphatiques, de l'aristocratie persane (« bienfaits, aimables, sensibles »…) soulignent la rigueur de la démonstration qui procède par comparaison et opposition, tout comme les structures internes des phrases : lien cause-conséquence (« N'ayant rien…, nous faisions… ») ou d'opposition (« au milieu des grandeurs. *Mais* lorsqu'il fallait… »).

• L'autoportrait sous forme de « leçon » indirecte fonctionne comme une utopie : elle porte les valeurs et les idées du siècle des Lumières. Ce sont les valeurs sociales (vocabulaire des rapports sociaux : « au-dessus d'eux » (2 fois), « aux plus petits », « grandeur », « descendions », « remontions… plus haut ») : le respect (« respecter »), valeur traditionnelle dans la société de l'époque (annoncé par « poli » et « affable », l. 5). Ce sont aussi des valeurs humaines : la générosité (« bienveillance », « bienfaits » pour « les plus petits »), l'amabilité sans morgue (« aimables »), la sensibilité (vocabulaire affectif : « sensibles, cœur »). Ce sont enfin des valeurs citoyennes et politiques : le respect du pouvoir (« la majesté du Prince ») et du pays (« respecter la nation ») et le dévouement courageux à la patrie en danger (« occasions périlleuses ») ; enfin une « fierté » bien placée qui renvoie au sens de l'honneur (à opposer à la fierté mal placée du début, « fier », l. 10). Ces vertus composent un idéal démocratique collectif (« nous ») de vertu et de raison.

> **MOT CLÉ**
> Une utopie est un récit qui présente les mœurs et l'organisation politique et sociale d'un monde imaginaire idéal et met en évidence les travers de nos sociétés.

• Mais Montesquieu agrémente cette leçon de pittoresque et de couleur locale : les noms exotiques (Rica, Usbek), la datation de la lettre (mi-persane « la lune de Saphar », mi-européenne « 1715 », clin d'œil au lecteur), la mention de la « cour de Perse », de la « majesté du Prince » et l'allusion à l'apparat des « cérémonies publiques » mettent l'imagination du lecteur à contribution. Le lecteur s'amuse du tempérament enthousiaste de Rica que traduit l'envolée lyrique de la « période » finale (« lorsque..., lorsque..., lorsqu' », groupe ternaire anaphorique et antithèse hyperbolique : « remontions cent fois plus haut » vs « n'étions descendus »).

Conclusion

[Faire le bilan de l'explication] Montesquieu se profile derrière Rica et, par le procédé de « l'œil neuf », allie fantaisie, dénonciation sévère d'un groupe social alors influent et peinture d'un monde idéal conforme aux valeurs des Lumières.

[Mettre l'extrait en perspective] Ce procédé connaîtra un grand succès (contes philosophiques de Voltaire, *Supplément au voyage de Bougainville* de Diderot).

2. LA QUESTION DE GRAMMAIRE

La phrase comporte 6 verbes conjugués, donc 6 propositions. L'une d'elles est une proposition subordonnée : *que je ne pouvais... admirer.* Les 5 autres propositions sont des principales ; la subordonnée, annoncée par les adverbes « si », « tant », exprime la conséquence. C'est une subordonnée circonstancielle, complément circonstanciel de conséquence des verbes « vis, prit, moucha, cracha, caressa ».

DES POINTS EN +
Interprétez cette syntaxe : l'auteur retarde la conséquence de ce comportement étrange, à l'opposé de ce que le lecteur attend (« que je le méprisais ») pour créer la surprise et l'ironie.

DES QUESTIONS POUR L'ENTRETIEN

Lors de l'entretien, vous devrez présenter une autre œuvre lue au cours de l'année. L'examinateur introduira l'échange et peut vous poser des questions sous forme de relances. Les questions ci-dessous ont été conçues à titre d'exemples.

1. Sur votre dossier est mentionnée la lecture cursive d'une autre œuvre qui relève de la littérature d'idées : *Candide* de Voltaire. Présentez-la brièvement.

2. Quels thèmes Voltaire aborde-t-il ? Quels passages vous paraissent les plus audacieux, les plus fantaisistes ?

3. Quel intérêt présente la forme du conte pour l'argumentation de Voltaire ?

42 Sujet d'oral • Explication & entretien

Montesquieu, *Lettres persanes*, lettre 99

20 minutes
20 points

1. Lisez le texte à voix haute. Puis proposez-en une explication.

DOCUMENT

Rica à Rhédi,
à Venise

Je trouve les caprices de la mode, chez les Français, étonnants. Ils ont oublié comment ils étaient habillés cet été ; ils ignorent encore plus comment ils le seront cet hiver. Mais, surtout, on ne saurait croire combien il en coûte à un mari pour mettre sa femme à la mode.

Que me servirait de te faire une description exacte de leur habillement et de leurs parures ? Une mode nouvelle viendrait détruire tout mon ouvrage, comme celui de leurs ouvriers, et, avant que tu eusses reçu ma lettre, tout serait changé.

Une femme qui quitte Paris pour aller passer six mois à la campagne en revient aussi antique que si elle s'y était oubliée trente ans. Le fils méconnaît le portrait de sa mère, tant l'habit avec lequel elle est peinte lui paraît étranger ; il s'imagine que c'est quelque Américaine qui y est représentée, ou que le peintre a voulu exprimer quelqu'une de ses fantaisies.

Quelquefois, les coiffures montent insensiblement, et une révolution les fait descendre tout à coup. Il a été un temps que leur hauteur immense mettait le visage d'une femme au milieu d'elle-même. Dans un autre, c'étaient les pieds qui occupaient cette place : les talons faisaient un piédestal qui les tenait en l'air. Qui pourrait le croire ? Les architectes ont été souvent obligés de hausser, de baisser et d'élargir leurs portes, selon que les parures des femmes exigeaient d'eux ce changement, et les règles de leur art ont été asservies[1] à ces caprices. On voit quelquefois sur un visage une quantité prodigieuse de mouches[2], et elles disparaissent toutes le lendemain. Autrefois, les femmes avaient de la taille et des dents ; aujourd'hui, il n'en est pas question. Dans cette changeante nation, quoi qu'en disent les mauvais plaisants, les filles se trouvent autrement faites que leurs mères.

Il en est des manières et de la façon de vivre comme des modes : les Français changent de mœurs selon l'âge de leur roi. Le monarque pourrait même parvenir à rendre la nation grave, s'il l'avait entrepris. Le Prince imprime le caractère de son esprit à la Cour ; la Cour, à la Ville[3] ; la Ville, aux provinces. L'âme du souverain est un moule[4] qui donne la forme à toutes les autres.

De Paris, le 8 de la lune de Saphar, 1717.

Montesquieu, *Lettres persanes*, lettre 99, 1721.

1. Asservies : soumises.
2. Mouches : rondelles de tissu noir collées sur le visage par coquetterie.
3. La Ville, c'est Paris (par opposition à la Cour – Versailles ou quelque autre résidence royale.)
4. Moule : modèle type.

2. QUESTION DE GRAMMAIRE.
Comparez la structure grammaticale des deux phrases l. 1-3 (« Ils ont oublié comment […] cet hiver »).

CONSEILS

1. Le texte

Faire une lecture expressive

Il s'agit d'une lettre entre amis : donnez-lui la vivacité d'une conversation (phrases courtes juxtaposées l. 1-3, 24-27, 30-33), questions rhétoriques (l. 6-7, 20-21). Faites sentir l'étonnement (l. 1, 4-5, 10-11, 16-20, 24-27), mais aussi le ton sérieux à la fin.

Situer le texte, en dégager l'enjeu

• Présentez les *Lettres Persanes* : genre, structure, registres, visée et cibles. Précisez l'identité et la situation des deux correspondants et le sujet de cette lettre.

• Analysez la progression de la lettre ; montrez comment, grâce au regard faussement naïf, Montesquieu passe d'une satire des mœurs divertissante à des critiques implicites plus graves et audacieuses.

2. La question de grammaire

• Délimitez les propositions dans ces phrases et indiquez-en la nature et la fonction. Analysez les groupes de mots dans chacune des propositions.

• Dégagez les similitudes de structure (générale et interne) entre les deux phrases.

42 PRÉSENTATION

1. L'EXPLICATION DE TEXTE

Introduction

[Présenter le contexte] Le roman épistolaire permet à Montesquieu, dans les *Lettres persanes,* d'une part de dépayser ses lecteurs, d'autre part de décrire le monde occidental à travers le regard critique de Persans venus visiter l'Europe.

[Situer l'extrait] Dans la lettre 99, Rica écrit de Paris à son ami Rhédi qui séjourne à Venise, pour lui peindre les étonnants « caprices de la mode » en France. Il fait une description fantaisiste et caricaturale des variations rapides et ridicules de la mode.

[En dégager l'enjeu] Cette fantaisie divertissante, à travers le regard de l'étranger, cache une satire, apparemment innocente mais en réalité très grave, des « mœurs des Français » et de leurs travers.

Explication au fil du texte

Les Français esclaves de la mode (l. 1-9)

• Dès les premières lignes, le sujet est vivement lancé (« la mode »), repris par le vocabulaire de l'habillement (« habillés, habillement, parures ») : face à lui, Rica exprime son étonnement par les expressions « étonnants » et « on ne saurait croire » (qui trouvent un écho l. 20 : « qui pourrait le croire ? »).

• Ce qui cause cet étonnement ? Rica insiste sur l'extrême rapidité des renouvellements vestimentaires, présentée comme une forme de folie (parallélisme de phrases juxtaposées « oublié/ignorent ») puis comme une entreprise frénétique de « constructions/destructions » (le paragraphe 2 repose sur l'opposition entre « détruire » et « ouvrage/ouvriers ») qui bouleverse le « paysage » (voir l'hyperbole pleine d'esprit : « avant que tu eusses reçu ma lettre, tout serait changé »). Rica note aussi le coût (« coûte ») de ces fantaisies.

• Ce début comporte déjà des reproches implicites aux « Français » : la propension à des dépenses futiles, la soumission des « mari[s] » aux « caprices » de leur « femme » !

Des exemples cocasses (l. 10-28)

• Dans les paragraphes suivants, Rica illustre cette folie de « changement » par des exemples : un portrait caricatural de « femme » et des gros plans sur des éléments d'habillement.

• Le texte fait sourire : les croquis caricaturaux (la femme « peinte », les dames tenues « en l'air » comme des oiseaux bizarres), les exagérations absurdes, la scène insolite que suscite le jeu possible sur « mouches » (éléments de maquillage et insectes) sont pleines d'humour. La surprise de Rica, déconcerté par ces bizarreries, ses mots impropres (« peintes, révolution, piédestal, tenait en l'air ») sont des éléments de fantaisie. Mais derrière ces croquis se cachent les critiques satiriques.

• La mode ôte aux gens leur identité, les rend méconnaissables (vocabulaire de l'étrange : « méconnaît, étranger, fantaisies »). En une durée relativement brève (« six mois »), elle propulse les êtres dans le temps, comme s'ils appartenaient à une époque ancienne (« antique »). Elle modifie nationalités et cultures : d'une Française policée, elle fait une « Américaine » (à prendre comme synonyme de « sauvage »). D'une femme vivante, elle fait un tableau (« peinte, peinture »). Elle détruit les liens les plus naturels : le « fils » ne reconnaît pas sa « mère ».

• Elle transforme aussi le corps. Montesquieu juxtapose de brefs croquis et joue sur les proportions et les précisions presque géométriques : « visage au milieu d'elle-même » (à cause de la « hauteur » des « coiffures »), pieds à la même « place » (à cause de la hauteur des « talons »), formes qui « montent » et « descend[ent] ». Plus de « taille », plus de « dents » (« il n'en est pas question »).

• La mode bouleverse cocassement l'environnement : l'écho entre « montent/descendent » (pour les coiffures) et « hausser/baisser/élargir » pour les « portes » souligne cette emprise sur l'architecture, « art » ancestral qui implique harmonie et stabilité. Les verbes, très forts, « ont été obligés/exigeaient » et la métaphore « ont été asservies » assimilent la mode à un despote dont les « caprices » régentent le monde et sa culture.

L'absolutisme en question (l. 29-34)

• Le dernier paragraphe repose sur la comparaison (l. 29) qui assimile les « mœurs » à la mode, soutenue par des échos entre le vocabulaire et la syntaxe du paragraphe et du reste de la lettre : l'idée de changement est rendue par les verbes « changent », « rendre [grave] », « imprime… à » et par la métaphore du « moule qui donne la forme », qui rappellent « tout serait changé » et « changement » ; Rica procède avec la même juxtaposition sans lien des phrases qui se succèdent en cascade.

• Il opère ainsi un élargissement des « cibles » : le lecteur peut appliquer ce que Rica a dit de la mode à tous les domaines, notamment politique et social, avec la mention des charges d'État (« roi, monarque, Prince, souverain »), le mot « nation » et l'élargissement spatial (« Cour, Ville, provinces »). La succession hiérarchique en decrescendo et le rebondissement d'un palier à l'autre par un jeu de répétition (« Cour/Cour ; Ville/Ville, provinces ») donnent l'impression d'un élan irrésistible.

• Le paragraphe, par sa structure, souligne la passivité des Français (soumis sans esprit critique au pouvoir) et la facilité du « roi » à s'imposer. La fin condamne sans appel le pouvoir exorbitant du « souverain » et le déséquilibre entre lui (désigné par sa charge) et « les autres », qu'un pluriel collectif renvoie dans l'anonymat.

Conclusion

[Faire le bilan de l'explication] Montesquieu, grâce au regard étranger faussement naïf, allie fantaisie, humour et dénonciation sévère : la satire dépasse le phénomène de la mode, s'applique aux domaines politique et social et critique le roi lui-même.

[Mettre l'extrait en perspective] Déjà pratiqué par Montaigne ou La Bruyère, ce procédé efficace d'argumentation indirecte trouve son écho moderne dans le film *Un Indien dans la ville* (1994) ou le documentaire *L'Exploration inversée* (2007).

DES POINTS EN +
Vous avez intérêt à mettre en relation le texte et les productions modernes qui présentent les mêmes enjeux. Cela suggérera à l'examinateur des questions intéressantes pour l'entretien (voir question 3).

2. LA QUESTION DE GRAMMAIRE

• Ces phrases ont la même structure : proposition principale (« ils ont oublié/Ils ignorent »)/subordonnée interrogative indirecte (« comment… été/hiver »).

• Leur structure interne est identique : [Sujet/verbe] [adverbe interrogatif/sujet/verbe/complément circonstanciel de temps]. On parle de parallélisme.

• Les phrases sont juxtaposées (asyndète) et les derniers mots sont antithétiques. Le parallélisme, la juxtaposition et l'antithèse soulignent la rapidité des variations de la mode.

DES QUESTIONS POUR L'ENTRETIEN

Lors de l'entretien, vous devrez présenter une autre œuvre lue au cours de l'année. L'examinateur introduira l'échange et peut vous poser des questions sous forme de relances. Les questions ci-dessous ont été conçues à titre d'exemples.

1. Sur votre dossier est mentionnée la lecture cursive d'une autre œuvre relevant de la littérature d'idées : *Micromégas*, de Voltaire. Présentez-la brièvement.
2. Quels en sont les thèmes essentiels ? Quel sens donner à la dernière page ?
3. Pensez-vous qu'il serait intéressant d'adapter aujourd'hui ce conte en film ? Justifiez votre réponse.

43 Sujet d'oral • Explication & entretien

Madame de Lafayette, *La Princesse de Clèves*, « Il parut alors une beauté... »

20 minutes
20 points

1. Lisez le texte à voix haute.
Puis expliquez-le.

DOCUMENT

Il parut alors une beauté à la cour, qui attira les yeux de tout le monde, et l'on doit croire que c'était une beauté parfaite, puisqu'elle donna de l'admiration dans un lieu où l'on était si accoutumé à voir de belles personnes. Elle était de la même maison que le vidame de Chartres, et une des plus grandes héritières de France. Son père était mort jeune, et l'avait laissée sous la conduite de madame de Chartres, sa femme, dont le bien, la vertu et le mérite étaient extraordinaires. Après avoir perdu son mari, elle avait passé plusieurs années sans revenir à la cour. Pendant cette absence, elle avait donné ses soins à l'éducation de sa fille ; mais elle ne travailla pas seulement à cultiver son esprit et sa beauté, elle songea aussi à lui donner de la vertu et à la lui rendre aimable. La plupart des mères s'imaginent qu'il suffit de ne parler jamais de galanterie devant les jeunes personnes pour les en éloigner : Madame de Chartres avait une opinion opposée ; elle faisait souvent à sa fille des peintures de l'amour ; elle lui montrait ce qu'il a d'agréable, pour la persuader plus aisément sur ce qu'elle lui en apprenait de dangereux ; elle lui contait le peu de sincérité des hommes, leurs tromperies et leur infidélité ; les malheurs domestiques où plongent les engagements ; et elle lui faisait voir, d'un autre côté, quelle tranquillité suivait la vie d'une honnête femme, et combien la vertu donnait d'éclat et d'élévation à une personne qui avait de la beauté et de la naissance ; mais elle lui faisait voir aussi combien il était difficile de conserver cette vertu, que par une extrême défiance de soi-même, et par un grand soin de s'attacher à ce qui seul peut faire le bonheur d'une femme, qui est d'aimer son mari et d'en être aimée.

Cette héritière était alors un des grands partis qu'il y eût en France ; et, quoiqu'elle fût dans une extrême jeunesse, l'on avait déjà proposé plusieurs mariages. Madame de Chartres, qui était extrêmement glorieuse, ne trouvait presque rien digne de sa fille. La voyant dans sa seizième année, elle voulut la mener à la cour. Lorsqu'elle arriva, le vidame alla au-devant d'elle ; il fut surpris de la grande beauté de mademoiselle de Chartres, et il en fut surpris avec raison : la blancheur de son teint et ses cheveux blonds lui donnaient un éclat que l'on n'a jamais vu qu'à elle ; tous ses traits étaient réguliers, et son visage et sa personne étaient pleins de grâce et de charmes.

Madame de Lafayette, *La Princesse de Clèves*, 1678.

2. QUESTION DE GRAMMAIRE.

Faites l'analyse syntaxique de la première phrase : délimitez les propositions, puis analysez la nature et la fonction de chacune.

CONSEILS

1. Le texte

Faire une lecture expressive

- Soyez attentif à la ponctuation : un point-virgule suppose une pause plus marquée qu'une virgule.
- Veillez à faire entendre les effets d'insistance et d'opposition qui parcourent le texte.

Situer le texte, en dégager l'enjeu

- Après avoir rappelé le contexte de parution de *La Princesse de Clèves*, rappelez que cet extrait se situe au début du roman.
- Soulignez l'importance de ce passage : il s'agit du premier portrait de l'héroïne à l'occasion de son entrée à la cour.

2. La question de grammaire

- Repérez les six verbes conjugués et délimitez les six propositions.
- Identifiez les liens entre ces propositions. Vous devez ici distinguer deux cas : la coordination et la subordination.

43 PRÉSENTATION

1. L'EXPLICATION DE TEXTE

Introduction

[Présenter le contexte] Le XVIIe siècle fait de la littérature l'espace privilégié d'une réflexion sur les valeurs et les comportements. Les œuvres littéraires se doivent d'édifier leurs lecteurs.

[Situer le texte] La publication de *La Princesse de Clèves* fait date dans l'histoire littéraire : cette œuvre est considérée comme le premier roman d'analyse psychologique. Au croisement de l'esthétique classique et du courant de la préciosité, le récit y met en scène une jeune femme vertueuse confrontée aux tourments de la passion amoureuse. À la présentation de la cour d'Henri II qui sert de décor au roman succèdent plusieurs portraits, dont celui de l'héroïne.

[En dégager l'enjeu] Dans l'extrait, le portrait physique et moral de Mademoiselle de Chartres est l'occasion pour l'autrice de mettre en place les principaux enjeux moraux de son roman.

Explication au fil du texte

Une apparition (l. 1-4)

• L'entrée à la cour, où la jeune fille doit être présentée, est une scène théâtralisée marquée par le jeu des regards qui convergent sur la nouvelle venue (elle « attir[e] les yeux de tout le monde ») : son entrée semble une apparition qui crée surprise et « admiration ».

• Le portrait est évasif : seule la « beauté » de la Princesse de Chartres (qui n'est même pas nommée) est mentionnée au début. L'emploi de la tournure impersonnelle « il parut » ainsi que des articles indéfinis (« *une* beauté parfaite ») accentuent ce caractère. La métonymie « une beauté » souligne la perfection physique de l'héroïne, qui semble surpasser les « belles personnes » qui fréquentent habituellement la cour.

> **MOT CLÉ**
> La métonymie est une figure de style par laquelle on désigne un objet ou un concept en utilisant un terme qui y est associé par un rapport logique (d'inclusion par exemple).

Loin de la cour (l. 4-9)

• Le portrait est vite suspendu au profit d'informations sur la « maison » de l'héroïne. À sa grande beauté s'ajoute son statut social : elle est « une des plus grandes héritières de France ». Le superlatif marque l'appartenance de la jeune femme à une haute noblesse.

- Après un bref portrait de Madame de Chartres, la mère de l'héroïne, caractérisée par ses qualités morales hors du commun, l'extrait s'attache ensuite à l'éducation qu'elle a prodiguée à sa fille. La mère de la Princesse s'est ainsi retirée de la cour « plusieurs années » pour éduquer elle-même sa fille au lieu de la confier à un couvent ou des précepteurs, à rebours des usages de son époque. Le soin apporté à cette éducation transparaît dans le lexique employé : « ses soins », « elle travailla », « elle songea aussi ». Les imparfaits à valeur d'habitude (« elle faisait », « elle lui montrait », etc.) montrent que cette éducation passe par de fréquents entretiens.

Une éducation hors du commun (l. 9-26)

- L'éducation reçue par la princesse vise à « cultiver son esprit et sa beauté », autrement dit à développer les qualités qui lui permettront de tenir son rang à la cour, mais « pas seulement », puisque sa mère s'efforce de « lui donner de la vertu ».
- L'éducation à la vertu de l'héroïne semble porter en premier lieu sur les dangers de la passion amoureuse. Madame de la Fayette s'inscrit dans une réflexion bien de son temps sur l'éducation des jeunes filles. Elle critique implicitement l'éducation que « la plupart des mères » donne généralement aux jeunes filles, qui les laisse ignorantes des dangers de la « galanterie » et de la séduction. L'emploi du présent de vérité générale (« où plongent », « ce qui seul peut faire ») signale l'adhésion de Madame de La Fayette au programme éducatif de son personnage.
- Ce passage introduit la réflexion morale sur l'amour qui est au centre du roman. L'amour apparaît comme incompatible avec la vertu, à moins de s'accomplir dans le mariage. « Les engagements », c'est-à-dire les relations amoureuses hors mariage sont associées aux « tromperies » des hommes et aux « malheurs domestiques » : les femmes ont tout à y perdre selon Madame de Chartres. L'amour est ainsi mis du côté du danger et du « malheur », tandis que la vertu est associée à la « tranquillité » et à « l'élévation ».

Une héroïne idéalisée (l. 27-36)

La fin de l'extrait se recentre sur Mademoiselle de Chartres.

- Il y est question des « mariages » qu'on lui a déjà proposés. L'exigence de sa mère, qualifiée d'« extrêmement glorieuse », vient renforcer le portrait flatteur de la jeune fille, « un des plus grands partis qu'il y eût en France ».
- C'est seulement à cet endroit que le lecteur apprend l'âge de la jeune fille (« dans sa seizième année »), et que le personnage est finalement nommé.
- L'arrivée de la jeune fille à la cour conduit à la rencontre avec le « vidame de Chartres », personnage haut placé, et déjà mentionné au début du texte. C'est à travers son regard que le portrait physique de la jeune femme est complété.

L'héroïne se distingue par une perfection que signalent les hyperboles (« un éclat que l'on n'a jamais vu qu'à elle ») et les pluriels (« tous ces traits », « charmes »). Le portrait reste abstrait : il insiste davantage sur la « grâce » de la jeune fille et la surprise que sa beauté suscite que sur le détail de ses « traits ». Cela permet au lecteur de se constituer une image idéalisée du personnage.

Conclusion

[Faire le bilan de l'explication] L'entrée en scène du personnage principal dans le roman coïncide avec son arrivée à la cour, qui sera le décor de ses mésaventures. Le lecteur découvre une héroïne idéale, dont l'éducation hors du commun sera cependant mise à l'épreuve par l'expérience de la passion amoureuse. Ce portrait initial de l'héroïne introduit les principaux enjeux du roman, tant au niveau de l'intrigue que de la réflexion morale. En outre, la future Princesse de Clèves est d'emblée présentée comme une femme sur laquelle pèsent le regard à la fois admiratif et envieux de la Cour royale et le souvenir d'une mère vertueuse. Les principaux obstacles à la passion amoureuse sont ainsi installés dès l'apparition du personnage.

[Mettre l'extrait en perspective] La vision de l'amour et de la vertu qui y transparaît situe le roman et son autrice dans une morale janséniste, caractérisée par la rigueur et le pessimisme.

2. LA QUESTION DE GRAMMAIRE

• La première phrase comprend six verbes conjugués : elle est donc composée de six propositions :

[Il parut alors une beauté à la cour], [qui attira les yeux de tout le monde], et [l'on doit croire] [que c'était une beauté parfaite], [puisqu'elle donna de l'admiration dans un lieu] [où l'on était si accoutumé à voir de belles personnes].

• On distingue ainsi :

– une proposition principale suivie d'une proposition subordonnée relative introduite par le pronom relatif *qui,* complétant le nom « beauté » ;

– une autre proposition principale coordonnée suivie d'une proposition subordonnée complétive introduite par la conjonction de subordination *que,* qui complète le verbe de la principale et qui contient une proposition subordonnée circonstancielle de cause introduite par la conjonction *puisque*, ayant la fonction de complément circonstanciel du verbe principal laquelle contient une proposition subordonnée relative introduite par le pronom relatif *où,* laquelle complète le nom « lieu ».

DES QUESTIONS POUR L'ENTRETIEN

Lors de l'entretien, vous devrez présenter une autre œuvre que vous avez lue au cours de l'année. L'examinateur introduira l'échange et peut vous poser des questions sous forme de relances. Les questions ci-dessous ont été conçues à titre d'exemples.

1 Sur votre dossier est mentionnée la lecture cursive d'un autre roman : *Le Ravissement de Lol V. Stein* de Marguerite Duras. Pouvez-vous le présenter brièvement ?

2 Que pensez-vous de l'héroïne du roman ?

3 Avez-vous apprécié cette lecture ? Que vous a-t-elle apporté en complément de celle de *La Princesse de Clèves* ?

4 Pouvez-vous comparer la vision de l'amour présente dans ces deux romans ?

Madame de Lafayette, *La Princesse de Clèves*, « Les palissades étaient fort hautes... »

20 minutes
20 points

1. Lisez le texte à voix haute. Puis expliquez-le.

DOCUMENT

Les palissades étaient fort hautes, et il y en avait encore derrière, pour empêcher qu'on ne pût entrer ; en sorte qu'il était assez difficile de se faire passage. Monsieur de Nemours en vint à bout néanmoins ; sitôt qu'il fut dans ce jardin, il n'eut pas de peine à démêler où était Madame de Clèves. Il vit beaucoup de lumières dans le cabinet, toutes les fenêtres en étaient ouvertes ; et, en se glissant le long des palissades, il s'en approcha avec un trouble et une émotion qu'il est aisé de se représenter. Il se rangea derrière une des fenêtres, qui servait de porte, pour voir ce que faisait Madame de Clèves. Il vit qu'elle était seule ; mais il la vit d'une si admirable beauté, qu'à peine fut-il maître du transport que lui donna cette vue. Il faisait chaud, et elle n'avait rien sur sa tête et sur sa gorge, que ses cheveux confusément rattachés.

Elle était sur un lit de repos, avec une table devant elle, où il y avait plusieurs corbeilles pleines de rubans ; elle en choisit quelques-uns, et Monsieur de Nemours remarqua que c'étaient des mêmes couleurs qu'il avait portées au tournoi. Il vit qu'elle en faisait des nœuds à une canne des Indes, fort extraordinaire, qu'il avait portée quelque temps, et qu'il avait donnée à sa sœur, à qui madame de Clèves l'avait prise sans faire semblant de la reconnaître pour avoir été à Monsieur de Nemours. Après qu'elle eut achevé son ouvrage avec une grâce et une douceur que répandaient sur son visage les sentiments qu'elle avait dans le cœur, elle prit un flambeau et s'en alla proche d'une grande table, vis-à-vis du tableau du siège de Metz, où était le portrait de Monsieur de Nemours ; elle s'assit, et se mit à regarder ce portrait avec une attention et une rêverie que la passion seule peut donner.

On ne peut exprimer ce que sentit Monsieur de Nemours dans ce moment. Voir au milieu de la nuit, dans le plus beau lieu du monde, une personne qu'il adorait ; la voir sans qu'elle sût qu'il la voyait, et la voir tout occupée de choses qui avaient du rapport à lui et à la passion qu'elle lui cachait, c'est ce qui n'a jamais été goûté ni imaginé par nul autre amant.

Madame de Lafayette, *La Princesse de Clèves*, 1678.

2. QUESTION DE GRAMMAIRE.
Identifiez les propositions subordonnées introduites par « que » dans le deuxième paragraphe.

CONSEILS

1. Le texte

Faire une lecture expressive

• Soyez attentif à la ponctuation : un point-virgule suppose une pause plus marquée qu'une virgule.
• Votre lecture doit donner à entendre l'émotion de Nemours et l'insistance sur le caractère hors du commun de cette scène.

Situer le texte, en dégager l'enjeu

• Après avoir rappelé le contexte de parution de *La Princesse de Clèves*, situez le passage dans l'œuvre.
• Soulignez l'importance de ce passage dans l'intrigue : il s'agit de la scène où monsieur de Nemours a confirmation que la Princesse partage son amour, ce qu'elle s'est efforcée de lui dissimuler.

2. La question de grammaire

• Relevez les propositions subordonnées introduites par « que » ou « qu' ».
• *Que* est soit pronom relatif soit conjonction de subordination.

44 PRÉSENTATION

1. L'EXPLICATION DE TEXTE

Introduction

[Présenter le contexte] Au XVIIe siècle, les passions sont au centre de la réflexion morale. La littérature se fait l'écho des débats philosophiques et religieux en peignant les excès auxquels ces passions conduisent les êtres. *La Princesse de Clèves*, considéré comme le premier roman psychologique, met ainsi en scène le conflit entre la vertu et la passion amoureuse.

[Situer le texte] Afin d'échapper à son amour adultère pour le duc de Nemours, Madame de Clèves, l'héroïne, quitte la cour royale et se retire à Coulommiers. Le duc, suivi à son insu par un espion de Monsieur de Clèves, s'introduit en pleine nuit dans la propriété afin de voir la femme qu'il aime.

[En dégager l'enjeu] Dans l'extrait, la mise en scène et le jeu des regards construisent une scène d'amour indirecte qui donne à voir l'intensité de la passion des personnages.

Explication au fil du texte

La quête amoureuse (l. 1-13)

• Le début de l'extrait présente Monsieur de Nemours comme un chevalier endurant des épreuves pour rejoindre sa bien-aimée : il franchit les « palissades » « fort hautes », placées pour « empêcher qu'on ne pût entrer », et ce parcours est qualifié de « difficile ». Le personnage s'inscrit dans la tradition de l'amour courtois ; ses qualités de courage et d'endurance, qui lui permettent de venir à bout des obstacles, se rattachent également à une conception traditionnelle de la virilité. En outre, la Princesse semble ainsi presque barricadée : la conquête que va entreprendre Nemours est érotisée puisqu'elle aboutit au dévoilement du corps presque dénudé de la femme qu'il aime.

> **MOT CLÉ**
> L'amour courtois (ou *fin'amor*) est un art de vivre et d'aimer qui se développe dans la littérature médiévale et qui y codifie la représentation des relations amoureuses. Les poèmes des troubadours et des trouvères, ainsi que les romans de chevalerie valorisent cet idéal où l'amour est une quête.

• Ces obstacles surmontés, accéder à Madame de Clèves devient facile : la « lumière » et les « fenêtres » « toutes » ouvertes semblent une invitation.

- La vue de Madame de Clèves et de son « admirable beauté » transforme le valeureux galant en un spectateur immobile, figé par la surprise et l'émotion. Cette première vision par Nemours de la Princesse, partiellement dénudée et sans apprêts, puisqu'elle n'a « rien sur sa tête et sur sa gorge », et que « ses cheveux » sont « confusément rattachés », dégage beaucoup de sensualité.
- La scène est une véritable mise en abyme : chacun est regardé sans savoir qu'il l'est, puisque Nemours observe la Princesse alors qu'il est lui-même espionné à son insu. Le lecteur se trouve en position surplombante dans ce jeu des regards.

On peut noter que, tout au long du texte, le lexique du regard est omniprésent. Le verbe « voir » apparaît à huit reprises.

L'intimité de la Princesse (l. 14-27)

- La mention du « lit » sur lequel repose la Princesse contribue à l'érotisme diffus qui parcourt toute la scène, et qui s'explique par le point de vue adopté, celui de Nemours.
- Dans ce petit théâtre de l'intimité où elle se croit à l'abri des regards, la Princesse se livre sans contrainte à ses rituels amoureux. Les nombreux objets qui apparaissent dans l'extrait, comme « la canne des Indes » et les rubans correspondant aux couleurs de Nemours, constituent des symboles ou des substituts de l'être aimé. Le tableau est un support à la rêverie amoureuse. Le désir amoureux s'exprime chez la Princesse à travers ces objets qu'elle manipule.
- C'est la première fois que Nemours voit la femme qu'il aime hors du cercle mondain auquel ils appartiennent : ce viol de l'intimité de la princesse constitue donc comme une tombée des masques. L'« ouvrage » auquel la Princesse se livre est, pour Nemours, une preuve qu'elle partage son amour. En outre, loin des regards, la Princesse peut laisser apparaître sur son visage la trace des « sentiments qu'elle [a] dans le cœur ».

Les excès de la passion (l. 28-33)

- Le caractère condamnable de cette scène transparaît dans l'excès d'émotions qui agite le personnage. On est bien loin de l'honnête homme gouverné par la modération et la sagesse. La formule « on ne peut exprimer » traduit l'intensité de cette passion et du plaisir que Nemours tire de la scène qui s'est déroulée sous ses yeux.
- Dans la dernière phrase, la structure accumulative, renforcée par la répétition de l'infinitif « voir », l'expression superlative « le plus beau lieu du monde » et le tour hyperbolique de la chute soulignent encore le caractère exceptionnel de cet amour.

Conclusion

[Faire le bilan de l'explication] Ainsi, cette scène muette révèle à la fois l'intensité de la passion amoureuse vécue par les personnages et l'impasse à laquelle elle est condamnée. Le jeu des regards propose au lecteur une sorte de petit théâtre des passions. L'extrait se distingue du reste du roman par la sensualité qui s'y déploie.

[Mettre l'extrait en perspective] Dans une intrigue où le désir ne peut s'exprimer qu'indirectement et qu'à l'insu de l'autre transparaît le pessimisme qui caractérise la vision de l'amour portée par Madame de Lafayette.

2. LA QUESTION DE GRAMMAIRE

Selon le cas, *que* est :

– un pronom relatif qui introduit une subordonnée relative, complément d'un nom, l'antécédent, que le pronom représente dans la subordonnée ;

– une conjonction de subordination qui introduit une subordonnée complétive, complément du verbe de la principale.

que pronom relatif	*que* conjonction de subordination
• « qu'il avait portées au tournoi » (antécédent : « des mêmes couleurs ») • « qu'il avait portée quelque temps » et « qu'il avait donnée à sa sœur » (antécédent : « une canne des Indes ») • « que répandaient sur son visage les sentiments (antécédent : « une grâce et une douceur ») qu'elle avait dans le cœur » (antécédent : « les sentiments ») • « que la passion seule peut donner » (antécédent : « rêverie »)	• « que c'étaient des mêmes couleurs » • « qu'elle en faisait des nœuds à une canne des Indes »

DES QUESTIONS POUR L'ENTRETIEN

Lors de l'entretien, vous devrez présenter une autre œuvre que vous avez lue au cours de l'année. L'examinateur introduira l'échange et peut vous poser des questions sous forme de relances. Les questions ci-dessous ont été conçues à titre d'exemples.

1 Sur votre dossier est mentionnée la lecture cursive d'un autre roman : *Raison et sentiments* de Jane Austen. Pouvez-vous le présenter brièvement ?

2 Quelles sont les visions de l'amour qui s'opposent dans ce roman ?

3 Avez-vous apprécié cette lecture ? Que vous a-t-elle apporté en complément de celle de *La Princesse de Clèves* ?

45 Sujet d'oral • Explication & entretien

Stendhal, *Le Rouge et le Noir*, « Ce fut en vain qu'il appela Julien... »

20 minutes
20 points

1. Lisez le texte à voix haute. Puis expliquez-le.

DOCUMENT

Ce fut en vain qu'il appela Julien deux ou trois fois. L'attention que le jeune homme donnait à son livre, bien plus que le bruit de la scie, l'empêcha d'entendre la terrible voix de son père. Enfin, malgré son âge, celui-ci sauta lestement sur l'arbre soumis à l'action de la scie, et de là sur la poutre transversale qui soutenait le toit. Un coup violent fit voler dans le ruisseau le livre que tenait Julien ; un second coup aussi violent, donné sur la tête, en forme de calotte, lui fit perdre l'équilibre. Il allait tomber à douze ou quinze pieds plus bas, au milieu des leviers de la machine en action, qui l'eussent brisé, mais son père le retint de la main gauche, comme il tombait :

– Eh bien, paresseux ! tu liras donc toujours tes maudits livres, pendant que tu es de garde à la scie ? Lis-les le soir, quand tu vas perdre ton temps chez le curé, à la bonne heure.

Julien, quoique étourdi par la force du coup et tout sanglant, se rapprocha de son poste officiel, à côté de la scie. Il avait les larmes aux yeux, moins à cause de la douleur physique que pour la perte de son livre qu'il adorait.

« Descends, animal, que je te parle. » Le bruit de la machine empêcha encore Julien d'entendre cet ordre. Son père qui était descendu, ne voulant pas se donner la peine de remonter sur le mécanisme, alla chercher une longue perche pour abattre des noix, et l'en frappa sur l'épaule. À peine Julien fut-il à terre, que le vieux Sorel, le chassant rudement devant lui, le poussa vers la maison. Dieu sait ce qu'il va me faire ! se disait le jeune homme. En passant, il regarda tristement le ruisseau où était tombé son livre ; c'était celui de tous qu'il affectionnait le plus, le *Mémorial de Sainte-Hélène*[1].

Stendhal, *Le Rouge et le Noir*, livre I, chapitre 4, 1830.

1. *Mémorial de Sainte-Hélène* : récit dans lequel Emmanuel de Las Cases a recueilli les mémoires de Napoléon Ier lors de son exil à Sainte-Hélène à partir de 1815.

2. QUESTION DE GRAMMAIRE.

Analysez l'emploi des temps du passé dans le premier paragraphe (l. 1 à 8).

CONSEILS

1. Le texte

Faire une lecture expressive

- Adoptez un rythme alerte pour la première partie, narrative, qui évoque une succession d'actions rapides.
- Prenez garde aux passages de discours direct qui y sont enchâssés : le père Sorel apostrophe par deux fois son fils, sur un ton de plus en plus violent. Julien, lui, s'exprime pour lui-même.

Situer le texte, en dégager l'enjeu

- Dans ce roman publié en 1830, l'action se déroule sous la Restauration (1815-1830).
- L'extrait étudié se situe au début du roman. Il correspond à la première apparition du héros dans le livre. Julien y est présenté dans un portrait en action, caractéristique du réalisme de Stendhal.

2. La question de grammaire

- Dans ce récit au passé à la 3e personne, le temps de base est le passé simple. À quel autre temps est-il associé ?
- Quelle est la valeur de ces deux temps dans ce contexte ?

45 PRÉSENTATION

1. L'EXPLICATION DE TEXTE

Introduction

[Présenter le contexte] À la fin du chapitre 3 du *Rouge et le Noir*, le héros du roman, Julien Sorel, n'a pas encore été présenté au lecteur. Celui-ci sait seulement qu'il est le fils d'un charpentier et qu'il étudie le latin pour entrer au séminaire.

[Situer le texte] C'est dans ce texte situé au début du chapitre 4 que Julien entre dans le roman. Son père, venu lui annoncer que le maire veut l'engager comme précepteur, le trouve non pas près de la scie hydraulique qu'il devrait surveiller, mais juché sur une poutre, en train de lire.

[En dégager l'enjeu] La scène de confrontation qui suit permet à Stendhal d'amorcer le portrait de son héros, jeune homme romantique malmené par un père à qui tout l'oppose.

Explication au fil du texte

• Dès le début de l'extrait, Julien est à part, plongé dans la lecture de son livre qui le coupe du monde extérieur, bruyant et hostile (« bruit de la scie », « terrible voix »). L'adjectif « terrible » introduit une menace, d'autant plus inquiétante pour le lecteur que le héros n'en a pas conscience.

• Quoiqu'assis en hauteur, Julien n'est pas à l'abri de son père, qui fait preuve d'une agilité surprenante (« lestement », l. 3). Cette insistance sur les capacités physiques du père contraste avec l'activité toute intellectuelle du fils.

• Lignes 5-6, la description purement factuelle des coups et de leurs conséquences (« un coup violent fit voler… ») souligne la brutalité aveugle du père.

• Le père retient *in extremis* son fils, mais la brutalité des gestes cède la place à la violence des paroles. Elles traduisent son mépris à l'égard de son fils (« paresseux ! »), de la lecture (« maudits livres », l. 9) et de toute étude (les leçons du curé sont une perte de temps, l. 10).

• Quoique blessé par son père, Julien trouve la force de lui obéir. Mais la douleur physique lui importe peu : il ne songe qu'au livre « qu'il adorait » (l. 13). Le terme donne au goût de Julien pour cet ouvrage une dimension presque religieuse (on « adore » un dieu).

• Le dernier paragraphe de l'extrait reprend les motifs du premier : le bruit qui couvre la voix du père, le père qui cherche à atteindre le fils. L'insulte du père, « animal » (l. 14), préfigure le traitement qu'il lui fait subir : il le frappe avec une perche et le « chass[e] rudement devant lui », le « pouss[e] vers la maison » (l. 19-20), comme un animal.

• Ainsi, entre le début et la fin de l'extrait, Julien est littéralement redescendu « à terre » (l. 18), ramené de force dans le monde physique par son père et privé de son livre, qui était sa seule échappatoire. Sa fascination pour celui-ci reste cependant intacte puisqu'il ne peut en détacher les yeux : « En passant, il regarda tristement le ruisseau où était tombé son livre » (l. 20).

• Notons enfin que le choix du livre est significatif : le *Mémorial de Sainte-Hélène*, racontant l'exil de Napoléon Ier, fait écho à la situation de Julien lui-même, prisonnier dans un monde où il n'a pas sa place.

DES POINTS EN +
Vous pouvez préciser que, sous la Restauration, une telle lecture doit rester secrète car le bonapartisme est mal reçu. Il est donc impensable de la faire chez le curé, comme le proposait le père ignorant.

Conclusion

[Faire le bilan de l'explication] Cette scène de confrontation, qui intervient juste avant la description physique du personnage, permet à Stendhal de nous présenter ses principaux traits de caractère : Julien Sorel apparaît ainsi en jeune héros romantique, en opposition totale avec son père et avec son milieu. Le lecteur devine qu'il va évoluer vers d'autres sphères dans la suite du roman.

[Mettre l'extrait en perspective] Ce portrait est réaliste mais bien éloigné du style d'un romancier contemporain comme Balzac. Pas de description minutieuse du milieu, ou du physique du personnage, Stendhal procède par petites touches ; le portrait de son héros se complétera, au fil du récit, au fur et à mesure de son apprentissage.

2. LA QUESTION DE GRAMMAIRE

• Parmi les 12 verbes du premier paragraphe, 6 sont au passé simple (« appela », « empêcha », « sauta », « fit », etc.) ; 5 sont à l'imparfait (« donnait », « soutenait », etc.). Le dernier verbe est au subjonctif plus-que-parfait : « eussent brisé » ; il équivaut à un conditionnel passé (= auraient brisé)

• Le passé simple permet de rapporter les actions successives au premier plan du récit. L'imparfait, lui, sert à évoquer les actions de second plan. Ces deux temps sont les plus utilisés dans un récit littéraire au passé.

DES QUESTIONS POUR L'ENTRETIEN

Lors de l'entretien, vous devrez présenter une autre œuvre que vous avez lue au cours de l'année. L'examinateur introduira l'échange et peut vous poser des questions sous forme de relances. Les questions ci-dessous ont été conçues à titre d'exemples.

1 Sur votre dossier est mentionnée la lecture cursive d'un autre roman : *La Place* d'Annie Ernaux. Pouvez-vous le présenter brièvement ?

2 Que pensez-vous du personnage du père dans ce roman ? Finalement la narratrice dénonce-t-elle son père ou lui rend-elle hommage ?

3 Avez-vous apprécié cette lecture ? Que vous a-t-elle apporté en complément de celle du *Rouge et le Noir* ?

46 Sujet d'oral • Explication & entretien

Stendhal, *Le Rouge et le Noir*, « Avec la vivacité et la grâce... »

20 minutes
20 points

**1. Lisez le texte à voix haute.
Puis expliquez-le.**

DOCUMENT

Avec la vivacité et la grâce qui lui étaient naturelles quand elle était loin des regards des hommes, Mme de Rênal sortait par la porte-fenêtre du salon qui donnait sur le jardin, quand elle aperçut près de la porte d'entrée la figure d'un jeune paysan presque encore enfant, extrêmement pâle et qui venait de pleurer. Il était en chemise bien blanche, et avait sous le bras une veste fort propre de ratine[1] violette.

Le teint de ce petit paysan était si blanc, ses yeux si doux, que l'esprit un peu romanesque de Mme de Rênal eut d'abord l'idée que ce pouvait être une jeune fille déguisée, qui venait demander quelque grâce à M. le maire. Elle eut pitié de cette pauvre créature, arrêtée à la porte d'entrée, et qui évidemment n'osait pas lever la main jusqu'à la sonnette. Mme de Rênal s'approcha, distraite un instant de l'amer chagrin que lui donnait l'arrivée du précepteur. Julien, tourné vers la porte, ne la voyait pas s'avancer. Il tressaillit quand une voix douce lui dit tout près de l'oreille :

– Que voulez-vous ici, mon enfant ?

Julien se tourna vivement, et frappé du regard si rempli de grâce de Mme de Rênal, il oublia une partie de sa timidité. Bientôt, étonné de sa beauté, il oublia tout, même ce qu'il venait faire. Mme de Rênal avait répété sa question.

– Je viens pour être précepteur, madame, lui dit-il enfin, tout honteux de ses larmes qu'il essuyait de son mieux.

Mme de Rênal resta interdite ; ils étaient fort près l'un de l'autre à se regarder. Julien n'avait jamais vu un être aussi bien vêtu et surtout une femme avec un teint si éblouissant, lui parler d'un air doux. Mme de Rênal regardait les grosses larmes, qui s'étaient arrêtées sur les joues si pâles d'abord et maintenant si roses de ce jeune paysan.

Bientôt elle se mit à rire, avec toute la gaieté folle d'une jeune fille ; elle se moquait d'elle-même et ne pouvait se figurer tout son bonheur. Quoi, c'était là ce précepteur qu'elle s'était figuré comme un prêtre sale et mal vêtu, qui viendrait gronder et fouetter ses enfants !

– Quoi, monsieur, lui dit-elle enfin, vous savez le latin ?

Stendhal, *Le Rouge et le Noir*, livre premier, chapitre VI, 1830.

1. Ratine : étoffe de laine.

2. QUESTION DE GRAMMAIRE.

« Quoi, c'était là ce précepteur [...] ses enfants ? »

Transposez au style direct ces pensées rapportées au style indirect libre. Commentez les changements grammaticaux.

CONSEILS

1. Le texte

Faire une lecture expressive

• Faites sentir la subjectivité des portraits peints en focalisation interne alternée (l. 3-13, 22-27), la jovialité et le soulagement (l. 28-32) de Mme de Rênal.

• Théâtralisez un peu le dialogue : « voix douce » (l. 14) puis soulagée (l. 32) de Mme de Rênal, honte et émotion de Julien au bord des larmes (l. 21-22).

Situer le texte, en dégager l'enjeu

• Après avoir rappelé le titre, le sous-titre et le sujet du roman, résumez brièvement les chapitres précédents, précisez l'identité et le statut de chacun des personnages.

• L'extrait rend compte d'une première rencontre capitale. Analysez comment Stendhal ménage la progression de ce moment-clé, comment il y peint d'une façon complexe ses personnages et comment il rend compte de leurs émotions.

2. La question de grammaire

• Imaginez que Stendhal ait écrit : *Elle pensa : « ... »* et faites comme si Mme de Rênal pensait tout haut, comme en voix off au cinéma. Que se dirait-elle ?

• Comparez votre phrase et celle du texte. Observez quelle ponctuation, quels mots ont changé (indices personnels, verbes) et analysez précisément ces changements.

46 PRÉSENTATION

1. L'EXPLICATION DE TEXTE

Introduction

[Présenter le contexte] *Le Rouge et le Noir* (ou *Chronique de 1830*) de Stendhal raconte l'évolution sociale, sous la Restauration, de Julien Sorel, jeune homme pauvre, rêveur, méprisé par sa famille (des gens simples), mais cultivé et ambitieux.

[Situer le texte] Au début du roman, il se présente chez Monsieur de Rênal, maire d'une petite ville de province, pour une place de précepteur. C'est la jeune Madame de Rênal, mère de deux enfants, qui l'accueille. Stendhal nous fait partager la surprise de ces deux êtres mis face à face, dans une situation inattendue.

[En dégager l'enjeu] Après avoir, comme un metteur en scène, mis en place cadre et personnages, Stendhal, sur un rythme retenu plein d'émotion, s'appuyant sur le jeu des regards croisés de la jeune femme et de l'adolescent, construit leur portrait et rend compte de leurs émotions lors de cette rencontre capitale pour l'intrigue.

Explication au fil du texte

La mise en place d'une scène capitale (l. 1-14)

Stendhal prépare en vrai dramaturge la rencontre des deux personnages.

• Le décor est rapidement esquissé : « une porte-fenêtre » donne sur « un jardin » ; cette scène en « extérieur » permet plus de liberté et allège le poids des conventions sociales. Stendhal précise en effet que Mme de Rênal se croit seule, « loin des regards des hommes » ; elle est donc « naturelle ». Des sortes de jeux de scène précisent les déplacements : Mme de Rênal « sor[t] » avec une mobilité gracieuse s'opposant à l'immobilité de Julien, qui, placé devant la porte « n'os[e] pas lever » la main jusqu'à la sonnette ; il ne voit donc pas Mme de Rênal « s'avancer » mais elle, elle a tout loisir d'observer le jeune homme.

• Le passé simple « elle aperçut » souligne le caractère soudain de son premier regard, presque involontaire. Julien est alors décrit du point de vue de la jeune femme : il redevient un inconnu, « un jeune paysan » comme un autre. Puis le regard devient attentif, enregistre des détails et les interprète : il décrit l'origine sociale (« paysan »), l'âge (« presque encore enfant »), analyse avec précision les vêtements de Julien, leur nature et leur tissu (« chemise, veste, ratine »), leur couleur (« blanche, violette »), leur propreté (« propre »).

• Après les détails relevés de façon spontanée, Mme de Rênal observe de façon plus réfléchie : son regard revient sur le visage et le « teint si blanc », sent intuitivement l'étrangeté, le déclassement de Julien dans son milieu, puisqu'il n'a pas le teint bruni par les travaux des champs. Tout cela l'amène à une hypothèse « romanesque », à concevoir un mini scénario suivant lequel Julien pourrait être une « jeune fille » déguisée.

• Face à Julien, Mme de Rênal a le regard d'une femme spontanée, pleine de bonté (pourtant toujours incertaine sur l'identité du jeune homme, elle éprouve de la « pitié » pour cette « pauvre créature »), maternelle, capable d'un « amer chagrin ».

• Julien est peu décrit physiquement. Pas d'indication d'une beauté particulière : seuls son teint « pâle » et ses « yeux doux » révèlent en lui un être sensible, vulnérable, presque androgyne.

La scène s'anime : l'émotion des premières paroles (l. 14-21)

La scène, jusque-là silencieuse et traitée comme un arrêt sur image, s'anime.

• Elle se sonorise avec la « voix douce » de Mme de Rênal dont le son « tout près de son oreille » fait « tressailli[r] » Julien. Stendhal transcrit alors au discours direct les paroles des deux personnages. Parallèlement, le jeu du « regard » change : d'unilatéral (l. 13-14), il devient réciproque (l. 17-18), chargé d'émotion (Julien semble sous le coup de la « grâce » d'une apparition céleste). La rencontre devient échange. La question de Mme de Rênal traduit un mélange de respect (elle vouvoie Julien) et de sollicitude protectrice (« *mon* enfant »).

• Suit un moment de silence de Julien, d'abord incapable de parler (« étonné » et « frappé » sont des mots très forts) : c'est la première fois qu'une femme si belle lui adresse gentiment la parole, à lui, adolescent sans expérience de la beauté féminine. Le temps est comme suspendu.

• Lorsqu'il reprend ses esprits, sa réponse à la question réitérée de Mme de Rênal (évoquée indirectement) témoigne de sa politesse (« madame ») et est assortie d'un gros plan sur ses « larmes » et sur un geste gêné (« essuyait »).

ÉPREUVE ORALE

Portraits à travers des regards « miroir » : un moment-clé (l. 23-32)

Stendhal complète alors le portrait des personnages et suggère leurs émotions.

- La proximité (« fort près l'un de l'autre ») entre deux inconnus de sexes opposés et de rangs sociaux éloignés est sûrement troublante pour l'une et pour l'autre. Le jeu de leurs regards, marqué par les verbes du champ lexical de la vue (« se regarder, n'avait jamais vu, regardait »), et la variation des temps soulignent la progression de la rencontre : l'imparfait de durée « regardaient » suggère une observation attentive, le plus-que-parfait « n'avait jamais vu », qui exprime l'antériorité et la négation, souligne l'inexpérience de Julien.
- Stendhal, narrateur omniscient, se sert de ce jeu de regards croisés pour faire un double portrait des personnages, physique et moral (marqué par la subjectivité de chacun d'eux) et pour préciser toutes les nuances des émotions liées à ces regards.
- Le portrait de Mme de Rênal vue par Julien, rapide et direct, est exprimé sous une forme très élogieuse : les adverbes d'intensité (« aussi, si ») donnent aux mots mélioratifs « bien vêtu » et « éblouissant » la valeur de superlatifs. Julien retient chez Mme de Rênal trois caractéristiques : l'élégance vestimentaire (la qualification « aussi bien vêtu » est une marque de la différence sociale à laquelle il est très sensible) ; l'éclat du visage, auquel le « teint si éblouissant » confère sa « beauté » ; il est sensible à ce qui se dégage de toute sa personne, à la douceur de son apparence : elle a la « voix douce », le « regard si rempli de grâce », l'« air doux ».
- C'est d'un œil différent, lucide, que Mme de Rênal regarde Julien : elle ne le voit pas encore comme « un précepteur » à part entière, il est encore le « jeune paysan », mais elle oscille entre ses craintes passées à l'idée d'un précepteur qui gronderait ses enfants et sa joie retrouvée. Le regard qu'elle porte sur Julien révèle sa spontanéité, sa générosité et son amour des enfants (les siens mais aussi un « enfant » comme Julien dont elle remarque les « larmes »), mais aussi sa « gaieté » juvénile (« rire, jeune fille ») et sa capacité à « se moqu[er] d'elle-même », comme en témoigne l'évocation péjorative au style indirect libre d'un précepteur « père fouettard » ! Sa dernière question (rhétorique ?) prouve sa surprise et son soulagement de mère et marque que son jugement sur Julien a évolué : « mon enfant » (l. 15) s'est changé en un « monsieur » respectueux.

Conclusion

[Faire le bilan de l'explication] Des « larmes » au « rire », Stendhal varie le tempo de la rencontre pour mieux peindre ses personnages et leurs émotions, qu'il considère avec un attendrissement un peu ironique. Le lecteur pressent que ce moment-clé ne sera pas sans lendemain : Mme de Rênal y prend dès lors les traits de l'initiatrice, de la première femme qui amorce l'apprentissage affectif et social de Julien.

[Mettre l'extrait en perspective] Il y a, dans cette scène, un parfum mozartien : Julien est le Chérubin des *Noces de Figaro*, ému, sans savoir pourquoi, devant la comtesse. C'est à cette parenté que Stendhal veut faire penser quand il met, en épigraphe du chapitre II, les paroles de Chérubin qui chante son trouble d'adolescent amoureux.

2. LA QUESTION DE GRAMMAIRE

« Quoi, c'est là ce précepteur que je me suis figuré comme un prêtre sale et mal vêtu qui viendrait gronder et fouetter mes enfants ? ».

Changements :

– la présence de guillemets ;

– les indices personnels sont passés de la 3e à la 1re personne du singulier (pronoms : elle s' > je me ; adjectifs possessifs : ses > mes) ;

– les temps verbaux : l'imparfait est devenu un présent, le plus-que-parfait un passé composé.

DES POINTS EN +
Le choix du style indirect libre permet, de façon plus vivante que le style indirect, de rendre compte du monologue intérieur, du flux de pensée des personnages.

DES QUESTIONS POUR L'ENTRETIEN

Lors de l'entretien, vous devrez présenter une autre œuvre que vous avez lue au cours de l'année. L'examinateur introduira l'échange et peut vous poser des questions sous forme de relances. Les questions ci-dessous ont été conçues à titre d'exemples.

1. Sur votre dossier est mentionnée la lecture cursive d'un autre roman : *L'Étranger*, de Camus. Pouvez-vous le présenter brièvement ?
2. En quoi ce roman confirme-t-il son titre, *L'Étranger* ?
3. En quoi *Le Rouge et le Noir* et *L'Étranger* présentent-ils des types de héros profondément différents ?

47 Sujet d'oral • Explication & entretien

Yourcenar, *Mémoires d'Hadrien*, « Le paysage de mes jours... »

20 minutes
20 points

1. Lisez le texte à voix haute.
Puis expliquez-le.

DOCUMENT

Le paysage de mes jours semble se composer, comme les régions de montagne, de matériaux divers entassés pêle-mêle. J'y rencontre ma nature, déjà composite, formée en parties égales d'instinct et de culture. Çà et là, affleurent les granits de l'inévitable ; partout, les éboulements du hasard. Je m'efforce de reparcourir ma vie pour y trouver un plan, y suivre une veine de plomb ou d'or, ou l'écoulement d'une rivière souterraine, mais ce plan tout factice n'est qu'un trompe-l'œil du souvenir. De temps en temps, dans une rencontre, un présage, une suite définie d'événements, je crois reconnaître une fatalité, mais trop de routes ne mènent nulle part, trop de sommes ne s'additionnent pas ; je perçois bien dans cette diversité, dans ce désordre, la présence d'une personne, mais sa forme semble presque toujours tracée par la pression des circonstances ; ses traits se brouillent comme une image reflétée sur l'eau. Je ne suis pas de ceux qui disent que leurs actions ne leur ressemblent pas. Il faut bien qu'elles le fassent, puisqu'elles sont ma seule mesure, et le seul moyen de me dessiner dans la mémoire des hommes, ou dans la mienne propre ; puisque c'est peut-être l'impossibilité de continuer à s'exprimer et à se modifier par l'action qui constitue la différence entre l'état de mort et celui de vivant. Mais il y a entre moi et ces actes dont je suis fait un hiatus indéfinissable. Et la preuve, c'est que j'éprouve sans cesse le besoin de les peser, de les expliquer, d'en rendre compte à moi-même. Certains travaux qui durèrent peu sont assurément négligeables, mais des occupations qui s'étendirent sur toute la vie ne signifient pas davantage. Par exemple, il me semble à peine essentiel, au moment où j'écris ceci, d'avoir été empereur.

Marguerite Yourcenar, *Mémoires d'Hadrien*, « Anima vagula blandula », 1951 © Éditions Gallimard.

2. QUESTION DE GRAMMAIRE.
Analysez les portées de la négation présentes des lignes 5 (« Je m'efforce... ») à 14 (« ... reflétée sur l'eau. »).

CONSEILS

1. Le texte

Faire une lecture expressive

- Soyez attentif à la ponctuation : certaines phrases sont très longues, et nécessitent de bien poser la respiration.
- Votre lecture doit faire entendre l'importance des modalisateurs et des oppositions dans cet extrait.

Situer le texte, en dégager l'enjeu

- Après avoir rappelé les caractéristiques des *Mémoires d'Hadrien*, situez l'extrait dans l'œuvre.
- Le passage proposé ici s'inscrit clairement dans le parcours associé « Soi-même comme un autre », montrez dès l'introduction comment cet extrait s'articule à la question de l'autobiographie.

2. La question de grammaire

- Relevez les propositions à la forme négative.
- Vous devez identifier les différentes portées de la négation : totale, partielle, ou restrictive.

47 PRÉSENTATION

1. L'EXPLICATION DE TEXTE

Introduction

[Présenter le contexte] Le xxe siècle est marqué par une remise en cause du roman et des codes narratifs hérités du réalisme et du naturalisme.

[Situer le texte] En publiant les *Mémoires d'Hadrien*, Yourcenar renouvelle en profondeur le roman historique tout en proposant une réflexion très personnelle sur l'Histoire, le pouvoir et l'existence. Ces mémoires fictives s'efforcent de reconstituer la vie et l'intériorité de l'empereur romain Hadrien. L'extrait se situe à la fin de la toute première partie. À travers une réflexion sur la place du hasard dans l'existence et la difficulté de déterminer ce qui constitue l'individualité de chacun, on peut lire le projet romanesque de Yourcenar.

[En dégager l'enjeu] Dans cet extrait, la métaphore filée du « paysage » de la vie permet d'interroger le sens de l'existence et le geste autobiographique.

Explication au fil du texte

Écrire le « paysage de mes jours » (l. 1-8)

• Dès le début de l'extrait, le lecteur se trouve confronté à une métaphore frappante, puisque c'est le terme « paysage » qui est utilisé pour représenter l'existence. Cette image est déjà une indication sur la manière dont le personnage pense l'entreprise autobiographique : il veut composer une vision panoramique de sa vie, semblable aux « régions de montagne », et non reconstituer les étapes d'une chronologie. Il s'agit de trouver les points communs, les motifs récurrents, et non de refaire la trame des événements.

• La « diversité » des « matériaux » qui composent l'existence de l'empereur est soulignée dès l'entrée du passage. Le désordre semble dominer, puisque ces matériaux sont « entassés pêle-mêle ». Yourcenar exploite ici le double sens du mot « nature », qui renvoie au caractère de son personnage et à la réalité qui lui sert à décrire. L'empereur insiste ici aussi sur le caractère « composite » de sa « nature », à la fois « instinct » et « culture », et qu'il ne veut pas trahir en la simplifiant artificiellement dans l'écriture.

• L'entreprise autobiographique est présentée par Hadrien comme une tentative de « reparcourir [s]a vie ». Cependant, la possibilité de dessiner un « plan », de cartographier précisément ce « paysage » est immédiatement mise à distance. Si le « souvenir » reconstitue un « plan », autrement dit rend lisible le passé, ce n'est qu'une illusion, un « trompe-l'œil ». Affleurent ici une méfiance à l'égard de la mémoire et une éthique du doute qu'on retrouve tout au long de l'œuvre. La métaphore filée du « paysage », qui passe par l'évocation d'une « veine de plomb ou d'or » ou « l'écoulement d'une rivière souterraine », confère une dimension poétique et lyrique au texte.

Ordre et désordre (l. 8-14)

- L'empereur évoque la possibilité de parfois « reconnaître une fatalité », c'est-à-dire une forme de nécessité dans ce qui lui arrive, mais pour la mettre aussitôt à distance par la modalisation (« je crois »).

> **MOT CLÉ**
> La modalisation renvoie à tous les termes (verbes, adverbes, adjectifs…) par lesquels le locuteur montre son degré d'adhésion au discours qu'il tient, par exemple pour exprimer le doute.

- L'objection faite à soi-même est en effet constante dans cet extrait. La répétition de l'adverbe « mais » témoigne de cette recherche de nuance. De la même manière, les énumérations de termes proches (« dans cette diversité, dans ce désordre ») révèlent une recherche de précision dans le vocabulaire. Les longues phrases ponctuées de points-virgules épousent les détours de la réflexion et témoignent d'un effort pour restituer la réalité dans toute sa complexité.

- Au-delà des « événements », c'est lui-même que l'empereur considère comme un autre : Hadrien cherche à évoquer les « traits » de ce que serait sa « personne ». Ici encore, toute nécessité semble écartée : la « pression des circonstances » détermine la « forme » que prend sa personne. La comparaison avec « l'image reflétée sur l'eau » peut se lire comme une référence aux difficultés de l'entreprise biographique menée par Yourcenar, qui dispose d'informations toujours partielles et biaisées pour donner « forme » à la vie et à l'intériorité de son personnage.

Une éthique de l'action (l. 14-20)

- Par la formule « je ne suis pas de ceux », Hadrien écarte tout un champ des possibles du discours sur soi, en refusant l'idée que ses actions ne lui « ressemblent pas ». L'importance de l'action comme « seul moyen » de se comprendre, de se « mesurer », mais aussi de se « dessiner » pour le futur, autrement dit de donner une « forme » à soi-même et à sa vie apparaît ici.

- La deuxième partie de la phrase définit comme le fait de « s'exprimer et se modifier par l'action ». On retrouve par ailleurs ici l'alternance entre le discours sur soi et le discours à valeur générale qui caractérise *Mémoires d'Hadrien* : la réflexion sur soi se veut aussi conception d'une sagesse. Cela rappelle que le destinataire du texte est un futur empereur : pour l'empereur philosophe qu'est Hadrien, il s'agit de transmettre une éthique à un de ses successeurs.

L'incertitude comme art de vivre et de penser (l. 20-26)

• Dans les dernières lignes, Hadrien met à nouveau à distance ce qu'il vient d'affirmer, en soulignant l'écart, le « hiatus indéfinissable » entre lui et ses actes. Cela peut s'entendre aussi comme une mise question par l'autrice de son propre projet d'écriture. Si on ne peut pas réduire Hadrien à ses actes, à ce qui laisse des traces dans l'histoire, comment pourrait-on reconstituer sa « personne », son être, sa « nature » ?

• Dans ce passage, l'empereur se rapproche du Montaigne des *Essais*, lorsqu'il affirme devoir « sans cesse » « peser », « expliquer » ce qu'il fait. La vision qu'il construit de lui-même est toujours en mouvement, toujours à refaire. Hadrien souligne aussi le biais temporel : le discours sur soi est à mettre en regard du « moment où j'écris ceci ». À travers ce discours, Yourcenar réfléchit sur les artifices de l'écriture autobiographique et plus largement sur l'illusion permanente que constitue toute tentative de récit de soi, quand bien même il serait fait à soi-même.

• Cet extrait met également en exergue un des thèmes importants de l'œuvre, qui est l'écart entre le public et le privé, entre ce qui est le plus visible d'une existence (« des occupations qui s'étendirent sur toute la vie ») et ce qui y est véritablement « essentiel ». La figure d'Hadrien, d'abord connu comme « empereur », cristallise cette préoccupation fréquente dans l'œuvre de Yourcenar.

Conclusion

[Faire le bilan de l'explication] Pour conclure, cet extrait est une esquisse de portrait moral de l'empereur. La réflexion sur l'écriture de soi et sur les artifices qui la constitue dessine un homme soucieux de ne pas réduire la complexité du monde et de l'existence. On peut lire aussi ce texte comme une mise en abyme, si l'on considère que s'y expriment les doutes et les préoccupations de Yourcenar à l'entrée de son œuvre.

[Mettre l'extrait en perspective] À travers sa tentative de restitution d'une existence illustre, Yourcenar préfigure les recherches romanesques contemporaines autour de la fiction biographique et de l'autofiction.

2. LA QUESTION DE GRAMMAIRE

• La négation est une forme de phrase qui permet de nier ou de réfuter une affirmation.

• Elle peut avoir plusieurs portées :

– la négation totale, qui porte sur toute la proposition, et s'exprime avec « ne… pas » ou « ne… point »,

– la négation partielle, qui porte sur une partie de la proposition, et s'exprime par « ne » associé à des mots négatifs comme « personne », « aucun », « jamais »,

– la négation restrictive, exprimée par « ne… que », est un cas particulier qui correspond au sens de « seulement », « uniquement ».

Négation totale	Négation partielle	Négation restrictive
« trop de sommes ne s'additionnent pas »	« trop de routes ne mènent nulle part »	« ce plan tout factice n'est qu'un trompe-l'œil du souvenir »

DES QUESTIONS POUR L'ENTRETIEN

Lors de l'entretien, vous devrez présenter une autre œuvre que vous avez lue au cours de l'année. L'examinateur introduira l'échange et peut vous poser des questions sous forme de relances. Les questions ci-dessous ont été conçues à titre d'exemples.

1 Sur votre dossier est mentionnée la lecture cursive d'un autre roman : *Vies minuscules* de Pierre Michon. Pouvez-vous le présenter brièvement ?

2 Que pensez-vous du lien entre fiction et histoire dans ce récit ?

3 Avez-vous apprécié cette lecture ? Que vous a-t-elle apporté en complément de celle des *Mémoires d'Hadrien* ?

4 Contrairement au héros du roman de Yourcenar, les personnages de Michon sont d'illustres inconnus. Quelle mission assigne-t-il ainsi à la littérature ?

48 Sujet d'oral • Explication & entretien

Yourcenar, *Mémoires d'Hadrien*, « Je rassemblais mes pensées... »

20 minutes
20 points

1. Lisez le texte à voix haute. Puis expliquez-le.

DOCUMENT

Je rassemblais mes pensées : Antinoüs était mort. Enfant, j'avais hurlé sur le cadavre de Marullinus déchiqueté par les corneilles, mais comme hurle la nuit un animal privé de raison. Mon père était mort, mais un orphelin de douze ans n'avait remarqué que le désordre de la maison, les pleurs de sa mère, et sa propre terreur ; il n'avait rien su des affres que le mourant avait traversées. Ma mère était morte beaucoup plus tard, vers l'époque de ma mission en Pannonie ; je ne me rappelais pas exactement à quelle date. Trajan n'avait été qu'un malade à qui il s'agissait de faire faire un testament. Je n'avais pas vu mourir Plotine. Attinanus était mort, c'était un vieillard. Durant les guerres daces, j'avais perdu des camarades que j'avais cru ardemment aimer ; mais nous étions jeunes, la vie et la mort étaient également enivrantes et faciles. Antinoüs était mort. Je me souvenais de lieux communs fréquemment entendus : on meurt à tout âge ; ceux qui meurent jeunes sont aimés des dieux. J'avais moi-même participé à cet infâme abus de mots ; j'avais parlé de mourir de sommeil, de mourir d'ennui. J'avais employé le mot agonie, le mot deuil, le mot perte. Antinoüs était mort.

L'Amour, le plus sage des dieux… Mais l'amour n'était pas responsable de cette négligence, de ces duretés, de cette indifférence mêlée à la passion comme le sable à l'or charrié par un fleuve, de ce grossier aveuglement d'homme trop heureux, et qui vieillit. Avais-je pu être si épaissement satisfait ? Antinoüs était mort. Loin d'aimer trop, comme sans doute Servianus à ce moment le prétendait à Rome, je n'avais pas assez aimé pour obliger cet enfant à vivre.

Marguerite Yourcenar, *Mémoires d'Hadrien*, « Saeculum aureum », 1951 © Éditions Gallimard.

2. QUESTION DE GRAMMAIRE. Analysez les pronoms personnels et possessifs des lignes 1 à 6.

CONSEILS

1. Le texte

Faire une lecture expressive

- Veillez à restituer la tonalité pathétique de ce passage.
- Le deuxième paragraphe est dominé par l'amertume et la colère : faites entendre cette rupture de ton.

Situer le texte, en dégager l'enjeu

- Après avoir rappelé les caractéristiques des *Mémoires d'Hadrien*, situez l'extrait dans l'œuvre.
- Le passage est à la fois une déploration de la mort de l'être aimé et une réflexion sur le deuil : articulez ces deux enjeux dès l'introduction.

2. La question de grammaire

- Relevez et classez les pronoms dans cet extrait.
- Pensez à distinguer les différentes personnes, mais aussi les formes au singulier et au pluriel et au féminin et au masculin.

48 PRÉSENTATION

1. L'EXPLICATION DE TEXTE

Introduction

[Présenter le contexte] Le XXe siècle fait la part belle aux interrogations sur l'histoire et le rôle qu'elle peut jouer.

[Situer le texte] Les *Mémoires d'Hadrien* tentent de restituer l'existence privée et publique d'un personnage historique que des siècles séparent de l'autrice. Yourcenar s'efforce de pointer les écarts avec cette époque disparue, mais aussi de trouver des points de communication entre les temps. La réflexion sur l'amour et sur la perte de l'être aimé fait partie de ces points de contact avec le passé. Dans l'extrait, Hadrien, dont l'amant Antinoüs vient de se donner la mort, essaye de comprendre cette mort qui le dévaste.

ÉPREUVE ORALE

[En dégager l'enjeu] Cette tentative de l'empereur vieillissant de donner forme à l'incompréhensible prend la forme d'une réflexion sur la place du deuil dans sa vie et sur la manière dont la mort bouscule l'existence.

Explication au fil du texte

La litanie des morts (l. 1-8)

- Dans un roman où domine un ordre assez rigoureux de la réflexion, l'expression « je rassemblais mes pensées » souligne la difficulté inhabituelle d'Hadrien à penser la mort d'Antinoüs, et suggère déjà la dérive que provoque le chagrin. La première occurrence de la formule, sobre et frappante, qui va scander le passage « Antinoüs était mort », est présentée comme la principale « pensée » qui habite Hadrien.
- L'empereur se livre ensuite à une relecture de sa vie à travers les deuils qu'il a connus pour apprivoiser la réalité de la mort d'Antinoüs. Il évoque l'image frappante du « cadavre de Marullinus déchiqueté par les corneilles », mais souligne d'emblée que son jeune âge et l'horreur de la scène ne lui ont pas donné accès à la réalité de cette mort. Les deux phrases suivantes calquent la formulation initiale (« mon père était mort », « ma mère était morte »), mais pour souligner la différence fondamentale avec la mort de l'homme aimé : Hadrien, jeune, n'a compris de la mort que les répercussions concrètes, « le désordre de la maison, les pleurs de sa mère et sa propre terreur ». La mort de sa mère n'a pas été un bouleversement particulier.

Une perte incompréhensible (l. 8-13)

- Outre les figures familiales Hadrien rappelle les êtres qui ont compté dans sa vie d'empereur, et qui sont morts. Par la négation restrictive, Trajan, à qui il a succédé, est réduit au rôle qu'il a joué, « un vieillard à qui il s'agissait de faire signer un testament ». La mort de Plotine et celle d'Attinanus sont aussi mises à distance, soit parce qu'Hadrien n'en a pas été témoin, soit parce que « c'était un vieillard » : la mort est acceptable, elle a du sens.
- Hadrien évoque enfin des deuils qui pourraient s'apparenter à la mort d'Antinoüs, puisqu'il s'agit de « camarades qu'[il] avai[t] cru ardemment aimer ». Cependant, ces morts sont mises à distance, situées dans des circonstances passées où « la vie et la mort étaient également enivrantes et faciles ». La répétition de la phrase « Antinoüs était mort », qui vient clore cette litanie des deuils passés, suggère que la mort du jeune homme est irréductible aux expériences antérieures.

> **MOT CLÉ**
> Avant d'avoir le sens d'une répétition, la litanie renvoie à un type de prière caractérisée par la répétition des mêmes formules (la litanie des saints dans la liturgie catholique, par exemple).

Discours sur la mort (l. 13-17)

• Hadrien réfléchit ensuite aux discours sur la mort. Il rappelle d'abord les « lieux communs » censés rendre la réalité plus acceptable mais ne les commente même pas, comme si leur incongruité parlait d'elle-même. Il évoque ensuite, à partir de la ligne 16, les « mots » eux-mêmes, en soulignant l'écart entre l'usage quotidien de ces termes, « l'infâme abus de mots », et le sens qu'ils prennent lorsque la réalité de la « perte » vient les habiter.

• Le paragraphe se clôt sur la répétition du refrain qui scande le texte, « Antinoüs était mort », et qui fait entendre le caractère insupportable de cette réalité à laquelle Hadrien ne cesse de se heurter.

L'amour en question (l. 18-24)

• Le second paragraphe se concentre sur ce qui est sous-jacent tout au long du texte : « l'amour ». Hadrien reprend l'association traditionnelle entre Eros et Thanatos, mais pour la mettre à distance aussitôt : à la figure divine, personnifiée, de « l'Amour », succède le sentiment humain (« l'amour »), sans majuscule, et les raisons de la mort sont mises du côté des travers humains, des limites du sentiment amoureux.

• À la fin de l'extrait, Hadrien évalue la culpabilité qu'il éprouve. L'accumulation de ses fautes (« aveuglement », « négligence », « duretés », « indifférence mêlée à la passion »), les termes évaluatifs (« grossier », « trop », « si épaissement ») ainsi que la question rhétorique à la ligne 22 traduisent la colère et le dégoût de soi. Une dernière répétition de « Antinoüs était mort » vient clore ces accusations. La dernière phrase est un aveu : à la colère succède le regret de n'avoir « pas assez aimé pour obliger cet enfant à vivre ».

Conclusion

[Faire le bilan de l'explication] Cet extrait est une réflexion sur le deuil et la perte autant que sur l'amour et les limites que l'égoïsme humain lui oppose. En reconstituant la douleur de l'empereur face à cet événement central qu'est la mort de l'homme aimé, Yourcenar relie le destin de son personnage à la condition humaine ordinaire, loin des considérations sur la gestion de l'empire romain.

[Mettre l'extrait en perspective] L'évocation de l'amour et de la perte permet à Yourcenar de manifester combien « la substance, la structure humaine ne changent guère », comme elle l'écrit dans ses « Carnets de notes ».

2. LA QUESTION DE GRAMMAIRE

• Un pronom est un mot qui en remplace un autre, qui peut être de nature diverse (un nom, un adjectif, etc.)

• Les pronoms personnels renvoient aux personnes du verbe. Dans le passage, on trouve des pronoms personnels de la première personne (« je »), qui renvoie d'abord au « je » du temps de l'écriture (« je rassemblais »), puis à l'enfant qu'était Hadrien (« j'avais hurlé »). On trouve aussi le pronom personnel de la troisième personne, « il », qui renvoie ici à « un orphelin de douze ans » (« il n'avait rien su »).

DES POINTS EN PLUS
Les pronoms de la première personne témoignent du travail d'introspection d'Hadrien. Les occurrences des pronoms de la troisième personne montrent la distance que l'empereur établit entre lui, écrivant, et l'enfant qu'il a été.

• Les pronoms possessifs expriment la possession. Dans l'extrait, on trouve des possessifs de la première personne, au masculin singulier (« mon père ») ou pluriel (« mes pensées »), mais aussi des possessifs de la troisième personne, au féminin singulier (« sa mère », « sa propre terreur »).

DES QUESTIONS POUR L'ENTRETIEN

Lors de l'entretien, vous devrez présenter une autre œuvre que vous avez lue au cours de l'année. L'examinateur introduira l'échange et peut vous poser des questions sous forme de relances. Les questions ci-dessous ont été conçues à titre d'exemples.

1. Sur votre dossier est mentionnée la lecture cursive d'un autre roman : *Rimbaud le fils* de Pierre Michon. Pouvez-vous le présenter brièvement ?
2. Que pensez-vous de la figure d'écrivain qui apparaît dans ce texte ?
3. Avez-vous apprécié cette lecture ? Que vous a-t-elle apporté en complément de celle des *Mémoires d'Hadrien* ?
4. Ce roman se rattache au genre de la fiction biographique. Quel intérêt peut avoir ce genre de texte selon vous ?

Molière, *Le Malade imaginaire*, acte I, scène 5

20 minutes
20 points

1. Lisez le texte à voix haute. Puis proposez-en une explication.

DOCUMENT

En présence de sa servante Toinette, Argan vient d'annoncer à sa fille Angélique son intention ferme de la marier, non pas à son amant Cléante, mais à Thomas Diafoirus, fils d'un médecin.

TOINETTE. – Mon Dieu ! je vous connais, vous êtes bon naturellement.

ARGAN, *avec emportement.* – Je ne suis point bon, et je suis méchant quand je veux.

TOINETTE. – Doucement, Monsieur : vous ne songez pas que vous êtes malade.

ARGAN. – Je lui commande absolument de se préparer à prendre le mari que je dis.

TOINETTE. – Et moi, je lui défends absolument d'en faire rien.

ARGAN. – Où est-ce donc que nous sommes ? et quelle audace est-ce là à une coquine de servante de parler de la sorte devant son maître ?

TOINETTE. – Quand un maître ne songe pas à ce qu'il fait, une servante bien sensée est en droit de le redresser[1].

ARGAN, *court après Toinette.* – Ah ! insolente, il faut que je t'assomme.

TOINETTE, *se sauve de lui.* – Il est de mon devoir de m'opposer aux choses qui vous peuvent déshonorer.

ARGAN, *en colère, court après elle autour de sa chaise, son bâton à la main.* – Viens, viens, que je t'apprenne à parler.

TOINETTE, *courant, et se sauvant du côté de la chaise où n'est pas Argan.* – Je m'intéresse, comme je dois, à ne vous point laisser faire de folie.

ARGAN, *de même.* – Chienne !

TOINETTE, *de même.* – Non, je ne consentirai jamais à ce mariage.

ARGAN, de même. – Pendarde[2] !

TOINETTE, *de même.* – Je ne veux point qu'elle épouse votre Thomas Diafoirus.

ARGAN, *de même.* – Carogne[3] !

TOINETTE, *de même.* – Et elle m'obéira plutôt qu'à vous.

ARGAN, *s'arrêtant.* – Angélique, tu ne veux pas m'arrêter cette coquine-là ?

ANGÉLIQUE. – Hé ! mon père, ne vous faites point malade.

ARGAN, *à Angélique.* – Si tu ne me l'arrêtes, je te donnerai ma malédiction.

TOINETTE, *en s'en allant.* – Et moi, je la déshériterai, si elle vous obéit.

ARGAN, *se jette dans sa chaise, étant las de courir après elle.* – Ah ! ah ! je n'en puis plus. Voilà pour me faire mourir.

Molière, *Le Malade imaginaire*, acte I, scène 5, 1673.

1. Redresser : corriger, remettre dans le droit chemin.
2. Pendarde : qui mérite d'être pendue.
3. Carogne : femme méchante, hargneuse.

2. QUESTION DE GRAMMAIRE. Analysez l'expression de la négation dans la phrase : « Non, je ne consentirai jamais à ce mariage. » (l. 25).

CONSEILS

1. Le texte

Faire une lecture expressive

- Faites bien entendre le contraste entre les deux personnages : le ton d'Argan est celui d'un homme colérique ; Toinette, elle, est déterminée et moqueuse.
- Faites sentir la vivacité comique du dialogue lorsque la course-poursuite autour du fauteuil démarre.

■ **Situer le texte, en dégager l'enjeu**

• Il s'agit d'une scène de confrontation entre deux personnages : Argan et sa servante Toinette. Étudiez-en l'enjeu.

• Observez qui l'emporte et mesurez la force comique de la scène.

2. La question de grammaire

• Vous devez relever deux négations.

• Comment est construite la seconde ? Quelle est sa portée ?

49 PRÉSENTATION

1. L'EXPLICATION DE TEXTE

Introduction

[Présenter le contexte] Dans *Le Malade imaginaire*, Molière associe les arts préférés du roi – musique, danse et théâtre – pour divertir son public, développant ainsi une nouvelle forme dramaturgique : la comédie-ballet.

[Situer le texte] Cette pièce s'inscrit dans une tradition comique bien établie : celle de la satire des médecins. Le spectateur découvre un Argan inféodé à ses soignants, au point de souhaiter prendre pour gendre un fils de médecin, au grand désespoir de sa fille Angélique.

[En dégager l'enjeu] Au milieu de l'acte I, la scène à étudier, particulièrement dynamique, met aux prises Argan et sa servante Toinette, dans un affrontement résolument comique.

Explication au fil du texte

Argan face à Toinette (l. 1-14)

• Le passage s'ouvre sur un échange verbal particulièrement vif. Courtes, les répliques s'opposent deux à deux, selon un mouvement de contradiction permanent qui montre combien chaque protagoniste est campé sur ses positions : le « Je ne suis point bon » d'Argan réfute le postulat de Toinette « vous êtes bon naturellement » ; en affirmant « je lui défends absolument », Toinette s'oppose à la réplique précédente d'Argan, « Je lui commande absolument ».

ÉPREUVE ORALE

• Cette stichomythie suggère qu'aucun terrain d'entente n'est envisageable entre une Toinette soucieuse de l'intérêt d'Angélique, et un Argan sûr de son bon droit, arc-bouté sur ses prérogatives de père.

MOT CLÉ
La **stichomythie** est un dialogue vif composé de répliques courtes qui se répondent deux à deux.

• Toinette mêle la déférence (« Monsieur ») et l'ironie : « Vous ne songez pas que vous êtes malade ». Elle n'a de cesse de railler l'hypocondrie de son maître. Impérieux, Argan s'appuie sur son autorité de père de famille pour légitimer ses choix : « je suis méchant quand je veux » ; « prendre le mari que je dis ».

• Le ton se durcit progressivement face à une servante trop irrévérencieuse, qui dispute le pouvoir à son maître, dans des formules injonctives. Argan condamne, à travers des interrogations rhétoriques appuyées de termes péjoratifs, la révolte de Toinette : « quelle audace est-ce là, à une coquine de servante, de parler de la sorte devant son maître ? »

• Toinette, au verbe haut, tient tête à son maître grâce à une formule proverbiale légitimant sa désobéissance : « Quand un maître ne songe pas à ce qu'il fait, une servante bien sensée est en droit de le redresser. »

Une course-poursuite ridicule (l. 15-31)

• Devant l'insolence évidente de Toinette, Argan veut en découdre : s'ensuit une course-poursuite comique qui dynamise la scène, en renouant avec la veine de la farce. Les personnages usent d'accessoires pour parer aux attaques de l'adversaire, et ce dans la durée, comme l'indiquent les didascalies « *se sauve de lui* », « *court après elle autour de sa chaise, son bâton à la main* ».

MOT CLÉ
La **farce** est une pièce courte qui suscite le rire grâce à des procédés comiques assez grossiers (situations, gestes, mots).

• Retranchée derrière le fauteuil, Toinette continue de défier son maître avec fermeté, en recourant au lexique du devoir (« comme je dois ») et à grand renfort de négations totales (« Non, je ne consentirai jamais », « je ne veux point »).

• En contrepoint, Argan s'épuise en injures, qui fusent en crescendo : « insolente », « chienne », « pendarde », « carogne ».

• Sûre de son fait, Toinette dénonce le choix intéressé et égoïste d'un gendre médecin par l'hypocondriaque Argan, à travers un déterminant possessif accusateur : « Je ne veux point qu'elle épouse votre Thomas Diafoirus ». Plus étoffées et maîtrisées dans le ton, les répliques de Toinette prouvent sa supériorité sur un Argan hors de lui.

La défaite d'Argan (l. 32-40)

• Mis en échec par la verve et la vélocité de Toinette, Argan sollicite comiquement l'aide de sa fille. Soucieuse de ménager son père sans pour autant l'aider, Angélique l'invite plutôt à se calmer et à abandonner son effort !

• La scène se clôt sur un dernier échange amusant, reposant sur le chantage menaçant d'Argan (« Si tu ne me l'arrêtes, je te donnerai ma malédiction. »), rapidement annihilé par la répartie de Toinette, qui surenchérit ironiquement mais fermement : « Et moi, je la déshériterai, si elle vous obéit. » À travers le motif de la succession, Toinette confisque avec humour les prérogatives paternelles d'Argan.

• La dernière didascalie, « *se jette dans sa chaise, étant las de courir après elle* », scelle l'échec d'Argan, physiquement épuisé. Des interjections exclamatives associées à une négation soulignent sa déroute : « Ah ! ah ! je n'en puis plus. » L'hyperbole finale laisse éclater ses craintes d'hypocondriaque, arrachant un dernier sourire au spectateur : « Voilà pour me faire mourir. »

Conclusion

[Faire le bilan de l'explication] Argan est ainsi verbalement et physiquement contrarié dans ses projets matrimoniaux, dans une scène qui prend des accents de farce. Hauts en couleur, les personnages de l'hypocondriaque autoritaire et de la servante à forte tête suscitent un rire franc.

[Mettre le texte en perspective] La figure irrévérencieuse de Toinette rappelle d'autres personnages de domestiques qui osent tenir tête à leur maître : Dorine dans *Le Tartuffe* de Molière (1669) ou plus tard Figaro dans *Le Mariage de Figaro* de Beaumarchais (1784).

2. LA QUESTION DE GRAMMAIRE

« <u>Non</u>, je <u>ne</u> consentirai <u>jamais</u> à ce mariage. »

On relève dans cette phrase deux négations grammaticales différentes, qui se renforcent l'une l'autre, avec une forte valeur polémique.

• L'adverbe « Non » ouvre la phrase : il exprime l'opposition franche de Toinette à la proposition de son maître.

• La locution adverbiale « ne… jamais » encadre le verbe « consentirai » : il s'agit d'une négation partielle qui porte sur le temps, et qui rend absolument définitif le refus de Toinette.

ÉPREUVE ORALE

DES QUESTIONS POUR L'ENTRETIEN

Lors de l'entretien, vous devrez présenter une autre œuvre que vous avez lue au cours de l'année. L'examinateur introduira l'échange et peut vous poser quelques questions sous forme de relances. Les questions ci-dessous ont été conçues à titre d'exemples.

1. Sur votre dossier est mentionnée la lecture cursive d'une autre pièce de théâtre : *Un fil à la patte* de Feydeau (1894). En quoi cette pièce porte-t-elle bien son titre ?

2. Pouvez-vous expliquer ce qu'est un vaudeville ?

3. Selon vous, peut-on se contenter de lire une œuvre comme celle-ci ? Quels éléments le spectacle ajoute-t-il au texte ?

4. Pourquoi cette pièce a-t-elle sa place dans le parcours « Spectacle et comédie » ?

50 Sujet d'oral • Explication & entretien

Molière, *Le Malade imaginaire*, acte III, scène 12

20 minutes
20 points

**1. Lisez le texte à voix haute.
Puis proposez-en une explication.**

DOCUMENT

TOINETTE *s'écrie.* – Ah, mon Dieu ! Ah, malheur ! Quel étrange accident[1] !

BÉLINE. – Qu'est-ce, Toinette ?

TOINETTE. – Ah, Madame !

BÉLINE. – Qu'y a-t-il ?

TOINETTE. – Votre mari est mort.

BÉLINE. – Mon mari est mort ?

TOINETTE. – Hélas oui. Le pauvre défunt est trépassé[2].

BÉLINE. – Assurément ?

TOINETTE. – Assurément. Personne ne sait encore cet accident-là, et je me suis trouvée ici toute seule. Il vient de passer[3] entre mes bras. Tenez, le voilà tout de son long dans cette chaise.

BÉLINE. – Le Ciel en soit loué. Me voilà délivrée d'un grand fardeau[4]. Que tu es sotte, Toinette, de t'affliger de cette mort !

TOINETTE. – Je pensais, Madame, qu'il fallût pleurer.

BÉLINE. – Va, va, cela n'en vaut pas la peine. Quelle perte est-ce que la sienne, et de quoi servait-il sur la terre ? Un homme incommode à tout le monde, malpropre, dégoûtant, sans cesse un lavement, ou une médecine dans le ventre, mouchant, toussant, crachant toujours, sans esprit, ennuyeux, de mauvaise humeur, fatiguant sans cesse les gens, et grondant jour et nuit servantes et valets.

TOINETTE. – Voilà une belle oraison funèbre[5].

BÉLINE. – Il faut, Toinette, que tu m'aides à exécuter mon dessein, et tu peux croire qu'en me servant ta récompense est sûre. Puisque par un bonheur personne n'est encore averti de la chose,

ÉPREUVE ORALE

portons-le dans son lit, et tenons cette mort cachée, jusqu'à ce que j'aie fait mon affaire. Il y a des papiers, il y a de l'argent, dont je veux me saisir, et il n'est pas juste que j'aie passé sans fruit auprès de lui mes plus belles années. Viens, Toinette, prenons auparavant toutes ses clefs.

ARGAN, *se levant brusquement.* – Doucement.

BÉLINE, *surprise et épouvantée.* – Ahi !

ARGAN. – Oui, Madame ma femme, c'est ainsi que vous m'aimez ?

TOINETTE. – Ah, ah ! le défunt n'est pas mort.

ARGAN, *à Béline, qui sort.* – Je suis bien aise de voir votre amitié, et d'avoir entendu le beau panégyrique[6] que vous avez fait de moi. Voilà un avis au lecteur qui me rendra sage à l'avenir, et qui m'empêchera de faire bien des choses.

Molière, *Le Malade imaginaire*, acte III, scène 12, 1673.

---

1. Accident : événement imprévu.
2. Trépassé : mort.
3. Passer : mourir.
4. Fardeau : poids.
5. Oraison funèbre : discours qui fait le portrait valorisant d'un mort.
6. Panégyrique : discours élogieux.

2. QUESTION DE GRAMMAIRE. Analysez la construction de la phrase : « Puisque, par un bonheur [...] mon affaire » (l. 25 à 27).

CONSEILS

1. Le texte

Faire une lecture expressive

• La scène convoque une riche palette d'émotions : donnez à entendre la douleur feinte de Toinette, la froideur de Béline, son exaltation pleine de colère et d'esprit de revanche, l'ironie d'Argan quand il « ressuscite ».

• Faites preuve de dynamisme : les répliques, surtout au début, s'enchaînent à un rythme soutenu qui doit tenir en haleine votre auditeur !

Situer le texte, en dégager l'enjeu

• Après avoir rappelé la situation, analysez la ruse imaginée par Toinette et Argan, et les réactions successives de Béline.

- Soulignez l'importance de ce passage dans l'intrigue : il s'agit d'une scène de dévoilement, grâce à un subterfuge qui précipite le dénouement.
- Soyez attentif à la progression de la scène : Toinette passe du désespoir feint à l'ironie cinglante.

2. La question de grammaire

- Identifiez d'abord les verbes conjugués : il y en a autant que de propositions.
- Puis observez comment les propositions s'articulent : sont-elles juxtaposées, coordonnées, subordonnées ?

50 PRÉSENTATION

1. L'EXPLICATION DE TEXTE

Introduction

[Présenter le contexte] Dans *Le Malade imaginaire*, Molière, s'inspirant d'une tradition théâtrale déjà ancienne, fait la satire de la médecine de son époque. Obnubilé par une santé qu'il pense fragile, Argan – le personnage principal de la pièce – veut absolument marier Angélique, fille d'un premier mariage, à un médecin et se laisse abuser par sa seconde épouse, Béline, qui obtient d'être sa seule héritière aux dépens d'Angélique.

[Situer le texte] Cette scène du dernier acte précipite le dénouement : Toinette, servante avisée, invite Argan à simuler la mort pour percer à jour Béline.

[En dégager l'enjeu] À l'issue de cette scène, véritable comédie dans la comédie, Argan ouvre enfin les yeux sur la réalité qui l'entoure.

Explication au fil du texte

La comédie de la mort (l.1-12)

- La scène s'ouvre sur une série d'exclamations dramatiques : « Ah, mon Dieu ! Ah, malheur ! ». Les interjections soulignent l'exagération de cette comédie du désespoir que Toinette joue sous les regards amusés des spectateurs, complices de sa ruse.
- Quatre courtes questions s'enchaînent sur un rythme vif pour manifester la surprise de Béline : « Qu'est-ce, Toinette ? [...] Qu'y a-t-il ? ». Perplexe,

Béline reprend en écho la révélation de Toinette (« Votre mari est mort » / « Mon mari est mort ? ») et se contente dans un premier temps de vérifier l'information avec réserve, presque froideur.

• En bonne actrice, la servante multiplie par contraste les marques d'affliction (interjections et exclamations pour marquer son abattement) : « Hélas ! oui. » La tournure pléonastique « Le pauvre défunt est trépassé » prête à sourire.

• Toinette renforce son propos en présentant le corps étendu d'Argan – vision amusante pour un public dans la connivence : le maître joue lui aussi la comédie.

DES POINTS EN +
Un **pléonasme** est la répétition dans un même énoncé de mots ayant le même sens. Les pléonasmes de Toinette relèvent du comique de mots.

La joie méchante de Béline (l. 13-30)

• Assurée d'être enfin veuve, Béline tombe le masque. Elle quitte brutalement le rôle de femme attentionnée qu'elle jouait depuis le début de la pièce, et clame son soulagement à travers des exclamations appuyées : « Le ciel en soit loué » joue en écho (comique pour l'auditoire) à la formule inaugurale de Toinette : « Ah, mon Dieu ! »

• La réplique de la servante, au subjonctif imparfait, souligne combien l'attitude de Béline est peu conforme aux usages : « Je pensais, madame, qu'il fallût pleurer ». Loin d'être éplorée, Béline brosse une description accablante (mais aussi en partie exacte) d'un mari déplaisant moralement et répugnant physiquement : « Un homme incommode à tout le monde, malpropre, dégoûtant, sans cesse un lavement ou une médecine dans le ventre […] ». Le spectateur sourit de l'énumération cinglante des défauts d'un Argan qu'on devine médusé : au lieu d'être pleuré, il entend sa femme lui jeter à la figure ses quatre vérités !

• Toinette ironise sur ce portrait désastreux : « Voici une belle oraison funèbre ! », tandis que Béline, sournoise et pragmatique, révèle ses véritables intentions – sans supposer que son mari est là, bien vivant, à en saisir le moindre détail : elle entend voler Argan et faire de Toinette une alliée ! Elle s'empresse de tirer profit d'une situation manifestement providentielle.

Le réveil d'Argan : Béline démasquée (l. 31-38)

• C'en est trop pour Argan, qui intervient à la fin de la scène pour faire éclater au grand jour la supercherie. Molière joue sur un comique de situation savoureux, souligné par des mouvements inattendus (didascalies *« se levant brusquement », « surprise et épouvantée »*) et par la formule paradoxale, pleine d'humour, de Toinette qui commente la (fausse) résurrection : « Le défunt n'est pas mort ! » en écho au « pauvre défunt […] trépassé ».

• Le supposé mort se relève et c'est à son tour de se répandre en sarcasmes en accablant une femme fausse et opportuniste : l'injonction « Doucement ! », suivie d'une question rhétorique, condamne le double jeu de Béline : « Madame ma femme, c'est ainsi que vous m'aimez ? »

• L'extrait s'achève sur une réplique ironique (« beau panégyrique ») qui pousse Béline, confondue, à se retirer de scène, et du jeu : la ruse a porté ses fruits ; la vérité éclate.

DES POINTS EN +
Dans *Tartuffe* également, un stratagème, dont le public est complice, permet de démasquer l'hypocrite.

Conclusion

[Faire le bilan de l'explication] Double jeu, déguisement, effet de surprise, comique de caractère et de situation, ironie piquante : tout est fait pour animer une scène particulièrement réjouissante. Elle se clôt sur la condamnation sans appel de l'opportuniste Béline qui, au même titre que les médecins, cherchait à profiter d'un Argan bien naïf et vulnérable.

[Mettre le texte en perspective] La comédie touche à son terme : Argan revient à l'essentiel, il va bientôt découvrir l'attachement sincère de sa fille, qui épousera l'homme qu'elle aime, tandis que les autres comparses l'inviteront, à défaut d'avoir pour gendre un fils de médecin, à se faire médecin lui-même.

2. LA QUESTION DE GRAMMAIRE

« [Puisque, par un bonheur, personne n'est encore averti de la chose], portons-le dans son lit, **et** tenons cette mort cachée, [jusqu'à ce que j'aie fait mon affaire.] »

• Cette phrase comporte quatre verbes conjugués (encadrés) ; il s'agit donc d'une phrase complexe constituée de quatre propositions.

• Les deux propositions principales (soulignées) sont coordonnées par la conjonction de coordination « et ».

• Deux propositions subordonnées circonstancielles (entre crochets) encadrent la phrase : l'une, de cause, est introduite par la conjonction « puisque » ; l'autre, exprimant le temps, est introduite par la locution conjonctive « jusqu'à ce que ».

• Ces subordonnées soulignent clairement l'opportunisme méthodique de Béline.

ÉPREUVE ORALE

DES QUESTIONS POUR L'ENTRETIEN

Lors de l'entretien, vous devrez présenter une autre œuvre que vous avez lue au cours de l'année. L'examinateur introduira l'échange et peut vous poser des questions sous forme de relances. Les questions ci-dessous ont été conçues à titre d'exemples.

1 Sur votre dossier est mentionnée la lecture cursive d'une autre pièce de théâtre : *Ubu roi* d'Alfred Jarry. En quoi cette pièce se rattache-t-elle au genre de la comédie ?

2 Selon vous, peut-on se contenter de lire une œuvre comme celle-ci ? Quels éléments la représentation ajoute-t-elle au texte ?

3 Des passages vous ont-ils particulièrement marqué(e) ?

4 Pourquoi cette pièce a-t-elle sa place dans le parcours « Spectacle et comédie » ?

51 Sujet d'oral • Explication & entretien

Marivaux, *Les Fausses Confidences*, acte I, scène 2

20 minutes
20 points

1. Lisez le texte à voix haute. Puis proposez-en une explication.

DOCUMENT

DUBOIS. – Laissons cela, monsieur ; tenez, en un mot, je suis content de vous ; vous m'avez toujours plu ; vous êtes un excellent homme, un homme que j'aime ; et si j'avais bien de l'argent, il serait encore à votre service.

DORANTE. – Quand pourrai-je reconnaître tes sentiments pour moi ? Ma fortune serait la tienne ; mais je n'attends rien de notre entreprise, que la honte d'être renvoyé demain.

DUBOIS. – Eh bien ! vous vous en retournerez.

DORANTE. – Cette femme-ci a un rang dans le monde ; elle est liée avec tout ce qu'il y a de mieux, veuve d'un mari qui avait une grande charge dans les finances ; et tu crois qu'elle fera quelque attention à moi, que je l'épouserai, moi qui ne suis rien, moi qui n'ai point de bien ?

DUBOIS. – Point de bien ! votre bonne mine est un Pérou. Tournez-vous un peu, que je vous considère encore ; allons, monsieur, vous vous moquez ; il n'y a point de plus grand seigneur que vous à Paris ; voilà une taille qui vaut toutes les dignités possibles, et notre affaire est infaillible, absolument infaillible. Il me semble que je vous vois déjà en déshabillé dans l'appartement de madame.

DORANTE. – Quelle chimère !

DUBOIS. – Oui, je le soutiens ; vous êtes actuellement dans votre salle et vos équipages sont sous la remise.

DORANTE. – Elle a plus de cinquante mille livres de rente, Dubois.

DUBOIS. – Ah ! vous en avez bien soixante pour le moins.

DORANTE. – Et tu me dis qu'elle est extrêmement raisonnable.

DUBOIS. – Tant mieux pour vous, et tant pis pour elle. Si vous lui plaisez, elle en sera si honteuse, elle se débattra tant, elle deviendra si faible, qu'elle ne pourra se soutenir qu'en épousant ; vous m'en direz des nouvelles. Vous l'avez vue et vous l'aimez ?

DORANTE. – Je l'aime avec passion ; et c'est ce qui fait que je tremble.

DUBOIS. – Oh ! vous m'impatientez avec vos terreurs. Eh ! que diantre ! un peu de confiance ; vous réussirez, vous dis-je. Je m'en charge, je le veux, je l'ai mis là. Nous sommes convenus de toutes nos actions, toutes nos mesures sont prises ; je connais l'humeur de ma maîtresse ; je sais votre mérite, je sais mes talents, je vous conduis ; et on vous aimera, toute raisonnable qu'on est ; on vous épousera, toute fière qu'on est ; et on vous enrichira, tout ruiné que vous êtes, entendez-vous ? Fierté, raison et richesse, il faudra que tout se rende. Quand l'amour parle, il est le maître ; et il parlera. Adieu, je vous quitte ; j'entends quelqu'un, c'est peut-être M. Remy ; nous voilà embarqués, poursuivons. (*Il fait quelques pas, et revient.*) À propos, tâchez que Marton prenne un peu de goût pour vous. L'amour et moi, nous ferons le reste.

Marivaux, *Les Fausses Confidences*, acte I, scène 2, 1737.

2. QUESTION DE GRAMMAIRE. Transformez la réplique de Dorante aux lignes 9 à 13 en discours indirect, comme si vous rapportiez ses paroles.

CONSEILS

1. Le texte

Faire une lecture expressive

• Faites des pauses entre les répliques, pour que votre examinateur comprenne bien que vous changez de personnage.

• Marquez la différence de ton entre Dorante, indécis, et Dubois, qui est sûr de lui.

Situer le texte, en dégager l'enjeu

• Précisez que cet extrait constitue une partie de l'exposition : les personnages y dévoilent le stratagème sur lequel se fonde l'intrigue.

• Soulignez l'importance de ce passage, qui présente Dorante et Dubois et qui dessine, à travers leur dialogue, un premier portrait d'Araminte, jeune et riche veuve dont Dorante s'est épris.

2. La question de grammaire

• Repérez les pronoms personnels : au discours indirect, ils doivent être modifiés.
• Réfléchissez aux verbes de parole que vous allez employer. Pour cela, identifiez la modalité des phrases : sont-elles déclaratives, interrogatives, exclamatives ?

51 PRÉSENTATION

1. L'EXPLICATION DE TEXTE

Introduction

[Présenter le contexte] Les dramaturges du XVIIIe siècle se confrontent à la difficulté de renouveler le genre théâtral, et en particulier la comédie, à partir de l'héritage de Molière, maître de la comédie classique.

[Situer le texte] Marivaux s'illustre comme un des principaux acteurs de ce renouvellement. Si ses pièces comiques reprennent les thèmes de l'amour, de l'argent et du mariage, elles mettent davantage l'accent sur la psychologie des personnages et les ambiguïtés des sentiments. Dans *Les Fausses Confidences*, l'intrigue tourne autour d'un jeune homme désargenté, Dorante, que son ancien valet, Dubois, veut aider à épouser Araminte, une jeune et riche veuve. La scène 2 de l'acte I correspond à l'exposition de la pièce.

MOT CLÉ
La ou les scènes d'exposition permettent de poser le cadre spatio-temporel, de présenter l'intrigue et les principaux personnages, ainsi que les relations qu'ils entretiennent.

[En dégager l'enjeu] Dans l'extrait, le dialogue entre Dorante et Dubois permet de présenter l'intrigue, mais aussi d'esquisser un portrait des personnages principaux.

Explication au fil du texte

Une « entreprise » audacieuse (l. 1-13)

• La première réplique de l'extrait fait suite à une longue réplique de Dorante dans laquelle il exprime sa reconnaissance envers Dubois, qui veut « faire sa fortune ». Dubois témoigne de la fidélité singulière qui le lie à son ancien maître, ainsi que de l'ascendant qu'il a sur ce dernier. Ainsi, l'impératif « laissons cela », l'affirmation « je suis content de vous » évoquent plus le discours d'un maître à son valet. Le lexique de l'affection (« toujours plu », « que j'aime ») justifie l'aide que Dubois apporte à Dorante. Leur relation est à rebours d'un rapport maître/valet habituel.

• Dorante fait écho à ce discours, en exprimant sa gratitude. Puis il affirme son peu de confiance en leur « entreprise ». Ces premières répliques retardent l'exposé au public du stratagème, et donc de l'intrigue, créant ainsi un effet d'attente.

• Elles éclairent aussi le caractère de Dorante, jeune homme apparemment anxieux et pessimiste. Dubois répond d'ailleurs à ces inquiétudes, avec une pirouette pleine de légèreté sarcastique et de pragmatisme : « et bien, vous vous en retournerez ».

• Dorante continue néanmoins à exprimer son scepticisme. On apprend que cette « entreprise » a pour objet une « femme », qui n'est jamais nommée dans la scène. La réplique esquisse en fait un premier portrait d'Araminte : on apprend son « rang » social élevé, et sa richesse, liée à son statut de « veuve ». La fin de la réplique oppose ce statut social considérable à celui de Dorante, ruiné, qui affirme « moi qui ne suis rien, moi qui n'ai point de bien ».

La confiance de Dubois (l. 14-31)

• Dubois reprend la main sur le dialogue. À partir de sa réplique, la distribution de la parole sera clairement en sa faveur.

Il balaie les inquiétudes de Dorante, en soulignant ses qualités physiques, qui constituent « un Pérou » (= « une réserve d'or »). Il va jusqu'à ordonner à son ancien maître de se « [tourner] un peu », afin de le « considérer ». Sa conclusion – « voilà une taille qui vaut toutes les dignités possibles » – la valeur égale d'une belle apparence physique et d'un statut social élevé. Il peut donc imaginer, avec une certaine grivoiserie, Dorante « en déshabillé dans la chambre de madame ».

À travers ce dialogue, il apparaît comme un valet plein de verve et d'humour, prompt à la taquinerie.

• Cependant Dorante ajoute une autre objection : Araminte est « raisonnable ». Dubois fait de cet obstacle un avantage : l'énumération de verbes au futur annonce le combat perdu d'avance que livrera Araminte si elle tombe sous le charme de Dorante. La formule « vous m'en direz des nouvelles » montre la confiance de Dubois dans la réussite de leur entreprise.

• Ce n'est que dans le dernier échange (« vous l'avez vue et vous l'aimez » / « je l'aime avec passion ») que le spectateur apprend que la motivation de Dorante est l'amour, et non l'argent. Marivaux joue avec son public, en distillant petit à petit des informations contradictoires, qui font toute l'ambiguïté de la pièce.

Dubois, maître en intrigue (l. 32-44)

• La scène se clôt avec une longue réplique de Dubois. La ponctuation, ainsi que les interjections (« Eh ! », « Oh ! ») montrent sa certitude, et son impatience face aux « terreurs » de Dorante.

• Dans cette dernière réplique, le valet affirme définitivement sa mainmise sur le plan et sur l'intrigue. Le passage du « nous » au « je », ainsi que les verbes de connaissance (« savoir », « connaître ») traduisent son sentiment de maîtrise. Le savoir qu'il a de la situation lui permet de la prendre en « charge », et même d'en prédire l'issue avec un futur de l'indicatif (« on vous aimera ») qui exprime la certitude. Le pronom indéfini « on » renvoie ici à Araminte. Cela suggère que la jeune femme, quelles que soient ses qualités, ne pourra résister aux « talents » de Dubois.

• L'affirmation « quand l'Amour parle, il est le maître » annonce un des enjeux de la pièce, à savoir le triomphe inévitable du sentiment amoureux, et la manière dont les personnages sont conduits progressivement à se l'avouer. Dubois se présente en véritable stratège, résolu à faire triompher et son maître et l'amour, ce que résume parfaitement son annonce finale « l'amour et moi, nous ferons le reste ».

Conclusion

[Faire le bilan de l'explication] Ce dialogue entre Dorante et Dubois complète l'exposition, en présentant le projet au centre de l'intrigue : faire qu'Araminte tombe amoureuse de Dorante. Ce dialogue dresse également le portrait du jeune homme et de son ancien valet.

[Mettre l'extrait en perspective] La vision de l'amour exposée par Dubois dans cette scène annonce le véritable objectif de la pièce : montrer comment le sentiment amoureux s'installe et grandit dans les cœurs.

2. LA QUESTION DE GRAMMAIRE

« Cette femme-ci a un rang dans le monde ; elle est liée avec tout ce qu'il y a de mieux, veuve d'un mari qui avait une grande charge dans les finances ; et tu crois qu'elle fera quelque attention à moi, que je l'épouserai, moi qui ne suis rien, moi qui n'ai point de bien ? »

→ Dorante souligne que cette femme-là a un rang dans le monde, qu'elle est liée avec tout ce qu'il y a de mieux, qu'elle est veuve d'un mari qui avait une grande charge dans les finances. Il demande à Dubois s'il croit qu'elle fera attention à lui, qu'elle l'épousera, lui qui n'est rien, lui qui n'a point de bien.

DES QUESTIONS POUR L'ENTRETIEN

Lors de l'entretien, vous devrez présenter une autre œuvre que vous avez lue au cours de l'année. L'examinateur introduira l'échange et peut vous poser des questions sous forme de relances. Les questions ci-dessous ont été conçues à titre d'exemples.

1. Sur votre dossier est mentionnée la lecture cursive d'une autre pièce de théâtre : *Les Fourberies de Scapin* de Molière. Pouvez-vous la présenter brièvement ?

2. Que pensez-vous du personnage qui donne son nom à la pièce ? Pouvez-vous comparer Scapin au personnage de Dubois dans *Les Fausses confidences* ?

3. Quelles sont les formes de comique utilisées dans la pièce de Molière ?

4. Avez-vous apprécié cette lecture ? Que vous a-t-elle apporté en complément de celle des *Fausses Confidences* ?

52 Sujet d'oral • Explication & entretien

Marivaux, *Les Fausses Confidences*, acte II, scène 13

20 minutes
20 points

1. Lisez le texte à voix haute. Puis proposez-en une explication.

DOCUMENT

ARAMINTE. – [...] toute réflexion faite, je suis déterminée à épouser le Comte.

DORANTE, *d'un ton ému.* – Déterminée, madame ?

ARAMINTE. – Oui, tout à fait résolue. Le Comte croira que vous y avez contribué ; je le lui dirai même, et je vous garantis que vous resterez ici ; je vous le promets. *(À part.)* Il change de couleur.

DORANTE. – Quelle différence pour moi, madame !

ARAMINTE, *d'un air délibéré.* – Il n'y en aura aucune. Ne vous embarrassez pas, et écrivez le billet que je vais vous dicter ; il y a tout ce qu'il faut sur cette table.

DORANTE. – Eh ! pour qui, madame ?

ARAMINTE. – Pour le Comte, qui est sorti d'ici extrêmement inquiet, et que je vais surprendre bien agréablement par le petit mot que vous allez lui écrire en mon nom. *(Dorante reste rêveur, et, par distraction, ne va point à la table.)* Eh ! vous n'allez pas à la table ! À quoi rêvez-vous ?

DORANTE, *toujours distrait.* – Oui, madame.

ARAMINTE, *à part, pendant qu'il se place.* – Il ne sait ce qu'il fait ; voyons si cela continuera.

DORANTE, *à part, cherchant du papier.* – Ah ! Dubois m'a trompé.

ARAMINTE, *poursuivant.* – Êtes-vous prêt à écrire ?

DORANTE. – Madame, je ne trouve point de papier.

ARAMINTE, *allant elle-même.* – Vous n'en trouvez point ! En voilà devant vous.

DORANTE. – Il est vrai.

ARAMINTE. – Écrivez. « Hâtez-vous de venir, monsieur ; votre mariage est sûr… » Avez-vous écrit ?

DORANTE. – Comment, madame ?

ARAMINTE. – Vous ne m'écoutez donc pas ? « Votre mariage est sûr ; madame veut que je vous l'écrive, et vous attend pour vous le dire. » *(À part.)* Il souffre, mais il ne dit mot ; est-ce qu'il ne parlera pas ? « N'attribuez point cette résolution à la crainte que madame pourrait avoir des suites d'un procès douteux. »

DORANTE. – Je vous ai assuré que vous le gagneriez, madame. Douteux ! il ne l'est point.

ARAMINTE. – N'importe, achevez. « Non, monsieur, je suis chargé de sa part de vous assurer que la seule justice qu'elle rend à votre mérite la détermine. »

DORANTE, *à part.* – Ciel ! Je suis perdu. *(Haut.)* Mais, madame, vous n'aviez aucune inclination pour lui.

ARAMINTE. – Achevez, vous dis-je. « …qu'elle rend à votre mérite la détermine. » Je crois que la main vous tremble ; vous paraissez changé. Qu'est-ce que cela signifie ? Vous trouvez-vous mal ?

DORANTE. – Je ne me trouve pas bien, madame.

ARAMINTE. – Quoi ! si subitement ! cela est singulier. Pliez la lettre et mettez : « À Monsieur le comte Dorimont. » Vous direz à Dubois qu'il la lui porte. *(À part.)* Le cœur me bat ! Il n'y a pas encore là de quoi le convaincre.

DORANTE, *à part.* – Ne serait-ce point aussi pour m'éprouver ? Dubois ne m'a averti de rien.

Marivaux, *Les Fausses Confidences*, acte II, scène 13, 1737.

2. QUESTION DE GRAMMAIRE. Analysez la construction de la phrase « Votre mariage est sûr ; madame veut que je vous l'écrive, et vous attend pour vous le dire. » (l. 29 à 31).

CONSEILS

1. Le texte

Faire une lecture expressive

- Faites entendre les apartés, ils sont essentiels dans cette scène.
- Veillez à faire sentir le désarroi de Dorante, et la feinte indifférence d'Araminte.

■ Situer le texte, en dégager l'enjeu

- Situez la scène dans l'intrigue générale de la pièce.
- Notez que Dorante est ici à son tour victime d'une « fausse confidence ».
- Soyez attentif à la progression de la scène : Dorante s'enfonce dans le désespoir, tandis qu'Araminte multiplie les tentatives pour qu'il avoue ses sentiments.

2. La question de grammaire

- Identifiez les 4 verbes conjugués. : ils vous permettent de délimiter les 4 propositions qui composent la phrase.
- Repérez une proposition subordonnée.

52 PRÉSENTATION

1. L'EXPLICATION DE TEXTE

Introduction

[Présenter le contexte] Les comédies de Marivaux témoignent de l'importance croissante donnée à l'analyse des sentiments et des rapports humains dans la littérature du XVIIIe siècle. La plupart évoquent ainsi un thème cher au dramaturge : la « surprise de l'amour ».

[Situer le texte] Dans *Les Fausses Confidences*, Dorante, amoureux d'Araminte, a mis en place, à l'initiative de son ancien valet Dubois, un plan pour la conquérir. À la scène 13 de l'acte II, il est lui-même victime d'une « fausse confidence » : Araminte, résolue à lui faire avouer des sentiments dont Dubois lui a fait part, prétend vouloir épouser un autre homme. La jeune femme cherche ainsi à vérifier l'intensité de ce qu'éprouve Dorante pour elle.

[En dégager l'enjeu] Dans l'extrait, le dialogue, d'un comique très subtil que le spectateur est le seul à pouvoir goûter, montre comment les personnages sont pris au piège de leurs propres stratagèmes.

Explication au fil du texte

La fausse confidence (l.1-7)

- Le texte commence avec le mensonge d'Araminte, « déterminée à épouser le Comte ». Jusque-là elle avait fermement refusé ce mariage, malgré

ÉPREUVE ORALE

l'empressement de sa mère à le lui faire accepter. La didascalie « *d'un ton ému* » et la question lapidaire de Dorante trahissent son trouble.

• Araminte appuie sa déclaration initiale, en se disant « tout à fait résolue ». La locution adverbiale marque la certitude. La suite de sa réplique est d'une fine cruauté : sous prétexte de rassurer Dorante sur le fait qu'il ne perdra pas son emploi, Araminte lui promet de le faire passer pour celui qui a rendu ce mariage possible. L'aparté « *il change de couleur* » rappelle aux spectateurs le vrai motif de cette « fausse confidence » : pousser Dorante au désespoir et lui faire avouer son amour.

MOT CLÉ
Un aparté est une réplique prononcée par un personnage pour lui-même : elle est donc destinée aux seuls spectateurs. Cet artifice théâtral permet de commenter l'action ou d'exprimer des émotions.

• La réponse de ce dernier marque le désarroi, par l'exclamative et l'apostrophe « madame », qui sonne comme une supplication.

La lettre (l. 8-38)

• La didascalie « *d'un air délibéré* » marque la détermination d'Araminte à faire aboutir son plan. Elle use d'un second stratagème : faire écrire à Dorante une lettre destinée au comte. La phrase « il y a tout ce qu'il faut sur cette table » montre la mise en scène qu'a préparée la jeune femme : elle se révèle aussi bonne manipulatrice que Dorante et Dubois.

• L'interjection « Eh ! » au début de la réplique de Dorante marque le progrès de son trouble. Il est de moins en moins maître de lui-même. La didascalie « *Dorante reste rêveur, et, par distraction, ne va point à la table* », redoublée par la remarque d'Araminte et sa question « À quoi rêvez-vous ? », ne font que le souligner.

• Dans un nouvel aparté, Araminte commente pour les spectateurs ce qui se passe : « Il ne sait ce qu'il fait ». Les apartés qui rythment la scène rappellent régulièrement l'objectif de ce jeu de dupes, et soulignent l'évolution du comportement de Dorante, que le spectateur est invité à observer attentivement. Dorante, en aparté lui aussi, affirme « Dubois m'a trompé » : il se croit dupe de son ancien valet, alors qu'il est d'abord dupe d'Araminte elle-même.

• Les répliques suivantes jouent sur le comique de gestes. Dorante, bouleversé, ne « trouve point de papier » alors qu'il en a « devant » lui, puis n'écrit pas alors qu'Araminte a commencé à dicter sa lettre. La jeune femme souligne à chaque fois impitoyablement sa distraction. Un nouvel aparté marque son impatience et son agacement : « est-ce qu'il ne parlera pas ? ».

• Alors qu'il est question du « procès », dont Dorante devait examiner les chances pour Araminte, le jeune homme tente d'argumenter en défaveur du mariage. Araminte balaie cette tentative par « n'importe, achevez. ».

Le désarroi de Dorante et le trouble d'Araminte (l. 39-50)

• Le désarroi du jeune homme est à son paroxysme, on le voit dans l'exclamation « ciel, je suis perdu ». Il tente une dernière objection, en utilisant cette fois-ci l'argument des sentiments, en rappelant à Araminte son absence « d'inclination » pour le comte. Araminte répète l'impératif « achevez », sans même répondre à cette objection, ce qui marque son impatience croissante face à l'absence d'aveu de Dorante. Afin de le faire céder, elle lui fait remarquer les manifestations physiques de son trouble : « la main vous tremble », « vous paraissez changé ».

• Malgré ses questions, elle échoue encore puisque Dorante se contente d'admettre qu'il ne « se trouve pas bien ». La réponse d'Araminte et les deux exclamations trahissent son propre trouble. Le dernier aparté « Le cœur me bat. Il n'y a point encore de quoi le convaincre » montre l'échec de son stratagème, mais surtout l'effet qu'il a eu sur ses propres sentiments. Tenter de pousser Dorante à avouer ses sentiments a un effet de révélateur de son amour naissant pour le jeune homme. Araminte est prise à son propre piège : celle qui avoue, c'est finalement elle, puisque le public ne peut se tromper sur l'émoi qu'elle éprouve.

DES POINTS EN +
Vous pouvez expliquer que, dans la comédie traditionnelle, le stratagème sert souvent à démasquer les véritables intentions ou sentiments d'un personnage.

• L'extrait s'achève sur un aparté de Dorante, qui se ressaisit. Il exprime sa méfiance et se demande si la conversation n'avait pas pour but « de l'éprouver ». La mention de Dubois rappelle au spectateur le premier stratagème, mis en place par les deux hommes pour qu'Araminte tombe amoureuse de Dorante. Comme dans toute la pièce, finalement l'action suit le plan de Dubois, à l'insu de ceux qui en sont les principaux protagonistes.

Conclusion

[Faire le bilan de l'explication] Dans cette fausse scène d'aveu, le spectateur s'amuse de voir Araminte manipuler Dorante. Mais il rit aussi de voir qu'Araminte est prise à son propre piège : le stratagème qu'elle a mis en place ne fait qu'accélérer le progrès de ses propres sentiments.

[Mettre le texte en perspective] La scène permet de multiplier les « fausses confidences » et leurs victimes. Elle confirme ce que Dubois annonçait à la scène 2 de l'acte I : « Quand l'amour parle, il est le maître ».

2. LA QUESTION DE GRAMMAIRE

« [Votre mariage est sûr] ; [madame veut] [que je vous l'écrive], [et vous attend pour vous le dire]. »

- La phrase comprend 4 propositions (délimitées par les crochets).
- La première proposition « Votre mariage est sûr » est indépendante.
- Elle est suivie par une proposition principale complétée par une subordonnée conjonctive COD du verbe « veut » : « madame veut que je vous l'écrive ».
- La phrase se termine avec une proposition indépendante coordonnée à la principale par la conjonction de coordination « et » : « et vous attend pour vous le dire ».

DES QUESTIONS POUR L'ENTRETIEN

Lors de l'entretien, vous devrez présenter une autre œuvre que vous avez lue au cours de l'année. L'examinateur introduira l'échange et peut vous poser des questions sous forme de relances. Les questions ci-dessous ont été conçues à titre d'exemples.

1. Sur votre dossier est mentionnée la lecture cursive d'une autre pièce de théâtre : *On ne badine pas avec l'amour* d'Alfred de Musset. En quoi cette pièce se rattache-t-elle au genre de la comédie ?
2. Quels liens pouvez-vous faire avec *Les Fausses Confidences* ?
3. Des passages vous ont-ils particulièrement marqué(e) ?
4. Pourquoi cette pièce a-t-elle sa place dans le parcours « Théâtre et stratagème » ?

53 Sujet d'oral • Explication & entretien

Lagarce, *Juste la fin du monde*, prologue

20 minutes
20 points

1. Lisez le texte à voix haute. Puis proposez-en une explication.

DOCUMENT

Il s'agit du début de la pièce.

PROLOGUE

LOUIS. – Plus tard, l'année d'après
– j'allais mourir à mon tour –
j'ai près de trente-quatre ans maintenant et c'est à cet âge que je mourrai,
l'année d'après,
de nombreux mois déjà que j'attendais à ne rien faire, à tricher, à ne plus savoir,
de nombreux mois que j'attendais d'en avoir fini,
l'année d'après,
comme on ose bouger parfois,
à peine,
devant un danger extrême, imperceptiblement, sans vouloir faire de bruit ou commettre un geste trop violent qui réveillerait l'ennemi et vous détruirait aussitôt,
l'année d'après,
malgré tout,
la peur,
prenant ce risque et sans espoir jamais de survivre,
malgré tout,
l'année d'après,
je décidai de retourner les voir, revenir sur mes pas, aller sur mes traces et faire le voyage,
pour annoncer, lentement, avec soin, avec soin et précision

ÉPREUVE ORALE

– ce que je crois –
lentement, calmement, d'une manière posée
– et n'ai-je pas toujours été pour les autres et eux, tout précisément, n'ai-je pas toujours été un homme posé ?,
pour annoncer,
dire,
seulement dire,
ma mort prochaine et irrémédiable,
l'annoncer moi-même, en être l'unique messager,
[…]

Nous n'avons pas eu l'autorisation de reproduire les 9 lignes qui terminent le prologue. Vous pouvez retrouver le texte intégral de cette scène dans l'édition des Solitaires intempestifs (2016).

J.-L. Lagarce, *Juste la fin du monde*, Prologue, 1990.

2. QUESTION DE GRAMMAIRE. Analysez l'interrogation dans ce passage : « et n'ai-je pas toujours été pour les autres et eux, tout précisément, n'ai-je pas toujours été un homme posé ? » (l. 26-27).

CONSEILS

1. Le texte

Faire une lecture expressive

• Ce prologue est une confession de Louis au public : votre lecture doit faire sentir le caractère intime et sensible de ces aveux.

• Louis parle en homme lucide, qui sait qu'il va mourir : il faut que vous fassiez entendre l'aspect tragique de la situation.

Situer le texte, en dégager l'enjeu

• Dans ce prologue, Louis annonce sa détermination à revenir vers les siens pour leur annoncer sa mort prochaine.

• Demandez-vous en quoi ce texte exprime les tourments intérieurs du personnage.

• Montrez qu'il construit une attente : Louis parviendra-t-il ou non à annoncer sa mort à sa famille ?

2. La question de grammaire

• Repérez les différentes marques de l'interrogation (ponctuation, place des mots, intonation...) et demandez-vous ce qu'elles signifient sur le plan syntaxique.
• Étudiez la portée pragmatique de cette interrogation : quel sens a-t-elle dans le discours ?

53 PRÉSENTATION

1. L'EXPLICATION DE TEXTE

Introduction

[Présenter le contexte] Le théâtre de Jean-Luc Lagarce interroge la difficulté à dire la vérité sur soi, mais aussi la complexité des relations familiales.

[Situer le texte] Dans *Juste la fin du monde*, Louis revient dans sa famille après des années d'absence. Au début de l'œuvre, dans un prologue rappelant le théâtre antique, le personnage présente les raisons de ce retour : l'annonce de sa mort prochaine.

[En dégager l'enjeu] En quoi ce prologue montre-t-il les tourments intérieurs du personnage ?

Explication au fil du texte

Un personnage face à sa propre mort (l. 1-14)

• Au seuil de la pièce, dans un monologue singulier, Louis se fait narrateur de sa propre vie : il annonce le thème de la pièce (un homme revient vers les siens pour leur annoncer sa mort prochaine) et crée d'emblée un sentiment d'urgence temporelle (il nous apprend que ses jours sont comptés).

• La parole s'inscrit dans un futur prophétique à travers l'entêtant *leitmotiv* : « Plus tard, l'année d'après ». Le jeu troublant des temps verbaux donne le sentiment que Louis, conscient de sa propre disparition, est suspendu entre la vie et la mort : « j'allais mourir », « j'ai près de trente-quatre ans maintenant », « je mourrai ».

• La parole est lancinante, répétitive ; le personnage ressasse cette attente solitaire. Le parallélisme insiste sur ses tourments existentiels : « j'attendais à ne rien faire, à tricher, à ne plus savoir, […] j'attendais d'en avoir fini » ; l'anaphore « de nombreux mois » inscrit cette souffrance dans une longue durée indéterminée.

• Le personnage éprouve cependant le besoin physique de réagir à la mort qui vient, par une sorte de réflexe instinctif qu'exprime la subordonnée de comparaison : « comme on ose bouger parfois, / à peine / devant un danger extrême ».

La décision du retour (l. 15-27)

• Revenir vers les siens n'est pas chose aisée. La répétition de la formule concessive « malgré tout » rythme l'expression de la détresse (« la peur, / prenant ce risque et sans espoir jamais de survivre »).

• Le personnage annonce son choix à travers le passé simple « je décidai », qui semble constituer le verbe principal de l'unique longue phrase, aux nombreux détours, qui compose ce monologue. Il opère un retour vers sa famille, vers ses origines dans un moment de crise : « retourner les voir, revenir sur mes pas, aller sur mes traces et faire le voyage ».

• Le personnage insiste lourdement sur la manière dont il doit annoncer sa mort : « lentement, avec soin, avec soin et précision […] lentement, calmement, d'une manière posée ». L'interrogation rhétorique qui suit interroge le rapport entre qui l'on est et l'apparence que l'on donne : pour sa famille, Louis est toujours apparu comme « un homme posé ».

Une annonce tragique et dérisoire (l. 28-32)

• L'objet de l'annonce est enfin prononcé comme une condamnation tragique : « ma mort prochaine et irrémédiable ». La parole revient avec insistance sur elle-même, comme s'il s'agissait pour Louis de se conforter dans une résolution difficile mais essentielle : « annoncer, / dire, / seulement dire ».

• Confronté à sa finitude, Louis trouve dans la maîtrise du discours un semblant de prise sur son existence : il s'agit d'être « l'unique messager » de sa mort.

• Ce besoin de s'affirmer une dernière fois, par fidélité à soi, perce à travers l'usage des pronoms de première personne : « l'annoncer moi-même ».

DES POINTS EN +
Comme dans les tragédies antiques où une divinité pouvait prononcer le prologue, Louis ressemble à Hermès, dieu messager chargé de guider les âmes des morts vers l'autre monde.

Conclusion

[Synthèse] Dans ce prologue, le personnage principal de la pièce expose au spectateur les raisons de sa décision de revenir près des siens. Ce faisant, il dévoile sa volonté de rester maître de sa propre destinée, ce qui est une manière de rester vivant jusqu'au bout alors que la vie lui échappe.

[Ouverture] L'épilogue de la pièce constitue un écho tragique au prologue : Louis y fera l'amer constat de son incapacité à révéler la vérité à sa famille, avec une voix d'outre-tombe : « Je meurs quelques mois plus tard ».

2. LA QUESTION DE GRAMMAIRE

« et n'ai-je pas toujours été pour les autres et eux, tout précisément, n'ai-je pas toujours été un homme posé ? »

- Cette interrogation est directe, comme le montre le point d'interrogation final, ainsi que l'intonation ascendante à l'oral. Elle est de registre soutenu : le sujet *je* est inversé par rapport à l'auxiliaire du verbe *ai été*. Elle est totale (pas de mot interrogatif introducteur limitant la portée de la question).
- De forme négative, elle doit être interprétée comme une question rhétorique, qui implique le contraire de ce qu'exprime sa forme : Louis affirme ainsi qu'il a « toujours été pour les autres et eux […] un homme posé ».

DES QUESTIONS POUR L'ENTRETIEN

Lors de l'entretien, vous devrez présenter une autre œuvre que vous avez lue au cours de l'année. L'examinateur introduira l'échange et peut vous poser des questions sous forme de relances. Les questions ci-dessous ont été conçues à titre d'exemples.

1. Sur votre dossier est mentionnée la lecture cursive d'une autre œuvre associée au parcours « Crise personnelle, crise familiale » : *Le Retour au désert* de Koltès. Pouvez-vous en résumer brièvement l'intrigue ?
2. Quelle est la place des enfants dans cette crise familiale ?
3. Quels points communs et quelles différences peut-on observer entre le retour de Mathilde et celui de Louis dans *Juste la fin du monde* ? Quelles conséquences ces retours ont-ils sur la famille ?
4. Expliquez les liens de cette pièce avec le thème du parcours.

54 Sujet d'oral • Explication & entretien

Lagarce, *Juste la fin du monde*, 2e partie, scène 3

20 minutes
20 points

**1. Lisez le texte à voix haute.
Puis proposez-en une explication.**

DOCUMENT

Louis est sur le point de partir définitivement. Antoine dit alors enfin à son frère ce qu'il pense réellement de lui.

ANTOINE. – [...] Tu es là, devant moi,
je savais que tu serais ainsi, à m'accuser sans mot,
à te mettre debout devant moi pour m'accuser sans mot,
et je te plains, et j'ai de la pitié pour toi, c'est un vieux mot, mais j'ai de la pitié pour toi,
et de la peur aussi, et de l'inquiétude,
et malgré toute cette colère, j'espère qu'il ne t'arrive rien de mal,
et je me reproche déjà
(tu n'es pas encore parti)
le mal aujourd'hui que je te fais.

Tu es là,
tu m'accables, on ne peut plus dire ça,
tu m'accables,
tu nous accables,
je te vois, j'ai encore plus peur pour toi que lorsque j'étais enfant,
et je me dis que je ne peux rien reprocher à ma propre existence,
qu'elle est paisible et douce
et que je suis un mauvais imbécile qui se reproche déjà d'avoir failli se lamenter,
alors que toi,
silencieux, ô tellement silencieux,
bon, plein de bonté,

tu attends, replié sur ton infinie douleur intérieure dont je ne saurais pas même imaginer le début du début.
Je ne suis rien,
je n'ai pas le droit,
et lorsque tu nous quitteras encore, que tu me laisseras,
je serai moins encore,
juste là à me reprocher les phrases que j'ai dites,
à chercher à les retrouver avec exactitude,
moins encore,
avec juste le ressentiment,
le ressentiment contre moi-même.
Louis ?
LOUIS. – Oui ?
ANTOINE. – J'ai fini.
Je ne dirai plus rien.
Seuls les imbéciles ou ceux-là, saisis par la peur, auraient pu en rire.
LOUIS. – Je ne les ai pas entendus.

J.-L. Lagarce, *Juste la fin du monde*, 2e partie, scène 3, 1990.

2. QUESTION DE GRAMMAIRE. Analysez la proposition subordonnée relative dans : « replié sur ton infinie douleur intérieure dont je ne saurais pas même imaginer le début du début » (l. 23-24).

CONSEILS

1. Le texte

Faire une lecture expressive

- Le ton juste est difficile à trouver : il faut faire sentir à la fois les reproches d'Antoine, mais aussi son affection pour son frère. Entraînez-vous !
- L'essentiel est de faire percevoir, à travers votre lecture, la douleur d'un personnage incapable d'expliquer clairement ses sentiments. Imaginez Louis muet en face de vous.

Situer le texte, en dégager l'enjeu

- Intéressez-vous à la tension qui traverse l'extrait. D'où provient-elle ? Comment se traduit-elle ?
- Montrez la difficulté avec laquelle Antoine exprime ce qu'il ressent.

2. La question de grammaire

• Repérez d'abord les bornes de la proposition relative. Quel est son antécédent ?
• Analysez aussi la fonction du pronom relatif au sein de la subordonnée.

54 PRÉSENTATION

1. L'EXPLICATION DE TEXTE

Introduction

[Présenter le contexte] Dans *Juste la fin du monde*, Jean-Luc Lagarce met en scène les retrouvailles d'un jeune homme, Louis, avec une famille dont il s'était éloigné : il revient pour annoncer sa « mort prochaine ».

[Situer le texte] Les tensions entre frères sont très vite palpables et culminent dans l'ultime scène dialoguée de la pièce, située juste avant l'épilogue. Devant des femmes muettes, « comme absentes », Antoine prend une dernière fois la parole face à son frère.

[En dégager l'enjeu] Comment cet échange rend-il sensible la complexité des relations fraternelles, entre affection, malaise et rancœurs ?

Explication au fil du texte

Antoine, un frère maladroit mais aimant (l. 1-10)

• Présent, Louis reste muet et insaisissable ; sa posture est perçue comme un affront par Antoine : « Tu es là, devant moi [...] à m'accuser sans mot ».

• Sans illusion, Antoine enferme Louis dans un rôle prévisible, qui ne laisse aucune place à l'échange, ce qu'exprime le conditionnel à valeur de futur dans le passé : « je savais que tu serais ainsi ».

• Malgré un flot continu de reproches, Antoine est touchant lorsqu'il livre ses sentiments. La répétition de la conjonction de coordination « et » souligne son attachement pour son frère : « et je te plains, et j'ai de la pitié pour toi [...] et de la peur aussi, et de l'inquiétude ». Antoine exprime sa mauvaise conscience à l'idée d'accabler Louis, dont le départ semble inéluctable.

• Conscient que Louis va mourir, le spectateur mesure tout le drame qu'Antoine ignore mais pressent peut-être lorsqu'il formule ce vœu : « j'espère qu'il ne t'arrive rien de mal ».

Deux postures opposées (l. 11-24)

- Impuissant, Antoine se fait le porte-parole de la famille entière en s'exprimant par un *nous* qui convoque les autres à ses côtés : « tu nous accables » succède à « tu m'accables ».
- La figure fuyante de Louis semble pour lui une obsession qui l'empêche de se construire en tant que frère : « j'ai encore plus peur pour toi que lorsque j'étais enfant ».
- Antoine esquisse le portrait de deux frères radicalement opposés : le bonheur supposé de l'un (« ma propre existence [...] paisible et douce » de « mauvais imbécile ») contraste avec le martyre exemplaire de l'autre (« silencieux », « bon », « replié sur ton infinie douleur »).
- L'incompréhension l'emporte, faute de réel échange. Antoine se dénigre et se moque de l'attitude de Louis, « bon, plein de bonté » – dans la scène précédente, il l'avait désigné comme « la Bonté même ». Seul le spectateur saisit l'ironie tragique de ses propos quand il évoque la douleur de Louis, douleur « dont je ne saurais pas même imaginer le début du début ».

MOT CLÉ
On parle d'**ironie tragique** lorsqu'un personnage, victime de son ignorance, prononce des paroles qui se retournent contre lui. En s'exprimant ainsi, Antoine ne se doute pas que son frère va bientôt mourir.

Un dialogue dans l'impasse (l. 25-40)

- S'il a des mots durs envers Louis, Antoine ne s'épargne guère non plus. Il se sent constamment coupable. Plusieurs tournures négatives révèlent une piètre estime de soi : « Je ne suis rien, / je n'ai pas le droit [...] je serai moins encore. »
- L'abandon est présenté comme une fatalité douloureuse pour Antoine, qui vit dans l'ombre d'un frère insaisissable : citons les futurs prophétiques « tu nous quitteras encore [...] tu me laisseras ».
- Si délicats à trouver, les mots sont sources de tensions et de malentendus. Parfois blessants pour qui les reçoit, ils se retournent aussi contre leur auteur : « je serai [...] juste là à me reprocher les phrases que j'ai dites ».
- L'affection indéfectible d'Antoine pour son frère éclate avec la reprise du mot « ressentiment » (« avec juste le ressentiment, / le ressentiment contre moi-même »). Ici se lit la souffrance d'un personnage désemparé, habité par l'urgence d'une parole qui sera la dernière : « Je ne dirai plus rien. »
- Si Antoine sollicite son frère (« Louis ? »), il ne semble pourtant pas attendre de réponse ; l'essentiel consiste à livrer son propre ressenti.

DES POINTS EN PLUS
Déjà disloquée, la famille semble vouée à rejouer sans cesse le **drame inaugural de la séparation** : « tu nous as faussé compagnie (là que tout commence) », rappelle Suzanne dans la scène 3 de la première partie.

• Absent ou présent, Louis paraît lointain : minimales, ses interventions finales attestent seulement de son écoute, sans autre réaction. Face à la parole débordante de son frère, il reste quasiment muet.

Conclusion

[Faire le bilan de l'explication] Dans cet ultime dialogue de la pièce, l'échange avorte tragiquement. Sous les rancœurs accumulées et les maladresses se lit l'affection d'un Antoine miné par ses inquiétudes, mais à qui la vérité de son frère échappera définitivement.

[Mettre le texte en perspective] Louis repart seul avec un secret qu'il n'aura pas su livrer. Dans d'autres pièces, c'est à l'inverse la délivrance d'un secret intime qui plonge la famille dans une crise dont elle ne se relèvera pas : tel est le cas de Phèdre et de son amour incestueux dans la tragédie de Racine.

2. LA QUESTION DE GRAMMAIRE

« replié sur ton infinie douleur intérieure [**dont** je ne saurais pas même imaginer le début du début] »

• La proposition subordonnée relative (entre crochets), introduite par le pronom relatif *dont*, a pour antécédent le groupe nominal *ton infinie douleur intérieure*.

• C'est une relative apposée à valeur explicative : elle apporte un commentaire sans contribuer à l'identification de son antécédent.

• Le pronom relatif *dont* a une fonction de complément du nom du groupe nominal *le début du début*.

DES QUESTIONS POUR L'ENTRETIEN

Lors de l'entretien, vous devrez présenter une autre œuvre que vous avez lue au cours de l'année. L'examinateur introduira l'échange et peut vous poser des questions sous forme de relances. Les questions ci-dessous ont été conçues à titre d'exemples.

1. Sur votre dossier est mentionnée la lecture cursive d'une autre œuvre associée au parcours « Crise personnelle, crise familiale » : *Antigone* de Jean Anouilh. Pouvez-vous resituer le personnage d'Antigone dans sa propre famille ?
2. En quoi peut-on dire qu'Antigone traverse une « crise personnelle » ?
3. Comment la confrontation d'Antigone et de Créon ouvre-t-elle une réflexion sur les valeurs qu'un être humain doit défendre ?

Notes

Notes